星元历

History Is a Rolling Future

杨昊宇 著

河南文艺出版社
·郑州·

序

杨昊宇同学在繁忙的专业学习之余，完成科幻小说《星元历》，小说获得首届“鲲鹏”全国青少年科幻文学奖，是一件值得庆贺的事情。小说即将付梓，昊宇嘱托我写几句话，盛情难却，姑且写一写自己的阅读感受。

科幻是一个充满青春与生命力的文学题材。《星元历》蕴含着作者的创作激情与人文精神，表达了以人为本的思想，体现出作者对社会、政治、哲学等问题的思考。科幻与人类社会的历史与现实具有深刻而密切的联系，本书描绘了地球人类文明与太空玛雅文明的世界，通过探讨男女平权、种族歧视、世战危机等时代议题，深思人类未来世界的多面性，如人类生命进化、文明守护与爱、人类整体命运与生命个体价值、未来世界人类如何生存、人类群体心理等。作者站在高于现实的另一个时空维度对现实进行深度的观照和剖析，探讨未来社会发展进步的潜质和可能性，显示出对人类命运和发展前途的关切，对生命的思考和尊重。

这本书科学推理细节详尽、场面宏大，高潮迭起、悬念丛生。在现有科学话语的基础上进行科幻构思，在科幻元素细节设置上表现出很好的想象力和创造力。联系萨特、托尔斯泰的创作理念，结合培根、爱因斯坦、高尔基、李大钊、柴可夫斯基、村上春树等人的思想观点，以及毕达哥拉斯球形论、阿利斯塔克日心说、牛顿万有引力定律、赖特银河系猜想等天文地理知识，书写“科幻下的批判现实主义”，塑造内蕴深刻、更为饱满的人物，提出“人类的历史车轮随着文明漂流而继续滚动”的设想，在科幻中嵌入了具有哲学深意的文学思考。

杨昊宇将科幻视为一种叙事内容，一方面直接提及科幻产生所必需的自然资源，像殷商甲骨文有关日食和月食的记录，《夏小正》关于中星、斗柄指向和物候的记载，天文算法著作《周髀算经》中“盖天说”的叙述。另一方面间接表现了志怪小说中时空穿越、人造机器这些带有想象色彩的科幻设计，以此体现出科幻作品博采众长、海纳百川的特质。

中国科幻在反映现实的同时，也对未来进行想象、表达崇敬。从电子技术到核能利用、从生物工程到人工智能、从宇宙探索到纳米构建、从催眠冬眠到时间旅行，近些年，刘慈欣《三体》、郝景芳《北京折叠》等科幻小说接连获奖，郭帆执导的科幻冒险电影《流浪地球》取得高票房，中国科协以“科学创想　智遇未来”“科学梦想　创造未来”为主题的中国科幻大会在京召开，在国家实施科技强国、文化强国战略背景下，科幻文学迎来新的发展机遇。文艺是时代的号角，文化是民族的精神命脉，青年一代蕴含着创新创造的无限活力。

杨昊宇同学对科幻文学创作的热情投入，是值得我们期待的。

《星元历》充满了思想探索的热情和表达的欲望，这是非常可贵的。在文学创作中，除了写什么之外，还需要更多思考如何写的问题，如何将自己的思考、体验、情绪、记忆与故事情节、人物形象、艺术风格等很好地结合起来。不难看出，作者为此做出了积极的努力，取得了明显的成绩，当然也还存在某些不足，在思想、体验、修辞、技巧等方面都有待进一步提高。希望作者能够继续保持思想探索和艺术探索的热情，不断提升和突破，写出更好的文学作品！

河南省文艺评论家协会副主席、河南大学文学院院长　武新军

2023 年 3 月 16 日

目　录

Contents

第一章

穹顶之隔

1—18

第二章

历史的天空

19—42

第三章

少年们

43—62

第四章

玛雅的黎明

63—81

第五章

躁动的世界

82—100

第六章

星河帷幕

101—118

第七章

萌芽与新生

119—134

第八章

一蹴千里

135—152

第九章

信仰之光

153—168

第十章

机械之心

169—183

第十一章
新世界
184—199

第十二章
学院
200—218

第十三章
废土
219—235

第十四章
选与择
236—252

第十五章
人与人类
253—269

第十六章

那些心事

270—292

第十七章

造神

293—310

第十八章

乱世序曲

311—327

第十九章

交谈

328—344

第二十章

起点与终点

345—364

后记
365—371

第一章 / 穹顶之隔

人们喜爱谎言，不仅因为害怕查明真相的艰难困苦，而且因为他们对谎言本身具有一种自然却腐朽的爱好。

——［英］培根

一柄巨大的石锤从远处飞来，重重砸在身披机甲的士兵身上。士兵身上充满科技感的机甲，在这样原始而又野蛮的力量面前显得脆弱不堪，在短暂的相持之后很快崩坏开。身着叶片和树枝编成的简易衣物，仿佛来自石器时代，身材健硕、面目狰狞的原始土著走到士兵身前，咧开嘴巴挤出了可怖的微笑，拾起士兵身上的锤子打算给他最后致命的一击。叮当一声，空中飞下来的激光剑挡下了这一记重击，这是帝国军队战士的标配，更是身份的象征。

几乎每一个帝国战士都有一把自己的激光武器，每个人又各不相同，但激光剑并不是“激光”构成的，这种剑类武器的原理都是一样的，通过高强度高密度压缩合金材料，使其无比坚韧，又通过微量分子机切割成极其细致的厚度，削铁如泥，准确说，削合金也是一样的，激光剑本是“无形”的，因为其存在已经远超过人眼可以看到的极限，而所谓的颜色，官方声称是为了更好地使用，避免误伤自己和友军。也有一说，帝国军队武器研发部的现任高层小时候是一个“星战”系列铁粉，便“毫无私心”顶着军械监测中心的压力做出了这样的设计，并一直沿用至今。

肌肉土著双手握紧石锤，以示认真，但看上去就空有一身蛮力的笨重土著显然很快在战士精妙的剑法之下被打得节节败退。眼看就要败下阵来，土著眼角的余光往刚才被击倒的士兵身上扫过，嘴角再次咧开来，手持巨锤朝着倒地的士兵奔袭过去。果不其然，贯彻执行任务至上主义的战士显然是接到了营救士兵的任务，奋不顾身朝着士兵扑过去，但显然已经来不及了，巨锤呼啸着砸下，为了保护毫无防护的士兵，战士用自己的身体扛下巨锤的冲击。令人大跌眼镜的是，战士被击飞出去，口吐鲜血，但是身上薄如蝉翼的装甲却毫发无损，战士用手抹掉嘴角的血迹，持剑冲锋，早已瞠目结舌的土著自然无法抵挡，丢下巨锤，跪倒在地以示臣服。

战士收起手中的剑，阳光倾洒在战士的装甲上，刚才被重击的地方只是微有擦痕，装甲依旧熠熠生辉，一个大大的特写镜头下飘着一行字幕：斯坦特机甲压缩衣，你值得信赖的选择。随后就是产品特点的介绍：由前军械开发专家把关，世界一流的全自动化生产线，薄如蝉翼，做到防御力和轻便程度的完美结合等。

视线一转，飘浮在半空中的红绿灯牌从红灯切换成了绿灯，覆盖了空中屏幕上循环播放的视频广告牌，少年收回了紧盯着屏幕的目光，从满脸向往中恢复心神，按下手中的启动键，脚下的小电飞梭便冲了出去。

“姜来，你骑慢点啊，没看后面的飞车都鸣笛了呀?”一旁的陶白不紧不慢朝身前一个身位的少年说道。陶白身体略胖，脸蛋圆嘟嘟的，笑起来的时候就是个圆球，两边的酒窝深深陷进去，格外明显，留着老款的西瓜头，依旧没有遮住庞大的脸庞。与其对照的是脚下三角形构造的穿脱型电飞梭在他的脚下显得格外娇小，看上去似乎难以承受这样的体积。

姜来对身后的少年早已习以为常，但他还是略带些火气地说道：“你还说，要不是你赖床，怎么可能会迟到，赶紧点，再慢陈老师该要发飙了。”

陶白翻了个白眼，显得有些不耐烦：“知道了知道了，我看陈老师倒是个幌子，你是一点都不想错过你最爱的天文学。真不明白你们这些疯子，地球不好吗?月球，火星，水星，金星，木星……别说什么领先几亿年绚烂多彩的外星外太空文明了，连个生物都没有。早就发现了除了地球以外，其他星球的环境根本不可能产生生命体，我看就是各国打着星际探索的幌子，一轮接一轮的军备竞赛。以前卖衣服现在卖机甲，这些武器装备没拿去打外星人，先是用到了自己人身上，还滋长了违法犯罪。”

“你闭嘴吧，陶胖子，现在也只是完成了太阳系的初步探索，太阳系以外的世界谁也不知道。现今的军事水平，已经没有国家敢肆意发动战争，防患于未然的外星危机是我们必须面临的问题，居安思危。万一真的有一天外星文明入侵的时候，手无寸铁的我们要如何守卫家园？而且科技的进步是历代科学家们的不懈努力和追求，不然睡得跟头猪一样，你上学都赶不上二路公交车了。”姜来充满憧憬地打断了陶白的吐槽。

姜来的话戳到了陶白的心坎上，臊红了他胖嘟嘟的小脸蛋，他一脸愤愤地说道：“得了吧你，就是科幻小说看多了，拜托了这是现实生活好吗?”

姜来沉默了下，缓缓说道：“我总感觉这一切不是我们看上去的这样风平浪静，我们都是被守护着的普通人。就好像我们现在的‘天路’原理，我们的腾空距离，导致从地面上看连小黑点都算不上，根本不会影响到地表层的生活，所以国际才得以据此建立完全独立的空中航线，星际里发生的事情我们又没有亲眼看到。”

陶白垂下了头：“唉，又开始阴谋论了，你不会想告诉我，我已经飞到云层之上了，在我看不到的上面的地球之上，在那浩瀚无垠的银河里，此时此刻正在进行着你梦想中、科幻电影里那样残忍激烈的星际战争吧?”

两人就这样你一句我一句地争吵着，驶向学校。

向上，向上，在千层云海之上；

向上，向上，在寰宇苍穹之上。

在目光所及之处，更在目光所不能及之处。

当地球成为一颗蔚蓝的圆球，流星成为娇小的弹珠。

万里长城沉默，珠穆朗玛峰低下头颅。

我们盈盈一触，璀璨星河似乎就尽在掌握。

此时此刻，在地球的穹顶之上，一发激光射线洞穿了从星系间飞驰而来的巨大陨石块，很快陨石块就从中间的破口处炸裂开来，碎屑飘浮在太空。在如同烟花般炸裂的爆炸中心，一艘流线型设计的太空战机以中光速穿过，时而旋转升空，时而低空俯冲，躲避着爆炸和碎石，时不时发射出强大的射线摧毁着飞袭而来的巨大陨石块。战机并不孤单，在它的周围还有十多艘同等规格和型号的战机重复着相同的动作，整个机群分散又统一在大片的陨石流中。当然时不时也有不慎坠毁的战机，即使已经是最为先进的材料和工艺，战机在陨石的巨大冲击力之下依旧显得脆弱不堪。而陨石流也不是正常的太空现象，战机群和陨石流博弈的另一头，是一块悬空的陨石群落，站在陨石群落之上的，是一群身着叶片和树枝编成的简易衣物、仿佛来自石器时代、身材健硕、面目狰狞的原始土著。他们不断地举起巨大的陨石，朝着战机群的方向用力扔过去，两人一组，一个人在前面扔，一个人在后面搬运陨石，粗壮的手臂充满了肌肉感，如果累了两个人便交换位置，配合默契，像机器一样运作着。眼看着土著们的手臂有些脱力，逐渐无法维持这样高速度高质量高强度的陨石投掷，维系陨石流的攻势。战机或躲避或主动出击，以一个杂乱但统一在体系中的战法逼近陨石群落。一马当先飞在最前的战机发射出一记射线光炮，陨石群落被炸飞一块。见状不妙，领头的土著吹起了口哨，紧接着这些人一个个都用尽全力丢出了手上的陨石块，做出了最后也是最猛烈的一波进攻，然后吹响了口哨。一匹匹战马高昂着头颅，鸣叫着在太空中奔袭，以不亚于甚至更快于战机的速度朝着陨石群落飞奔而来，土著们熟练地翻身上马，撤离陨石群落，朝着视线尽头的太空飞奔而去，而等到陷入最后一波陨石流的战机摆脱困境之后，方才还战况激烈的太空，转眼间就恢复了平静。

屏幕后的中年男人，一袭帝国指挥官军装，双手抱在胸前站立，目光深邃，紧紧盯着大屏幕，整个主控室内的气氛非常凝重，参谋、指挥官、各级军士们沉默不语，甚至没有左顾右盼和窃窃私语的声音，实际上此刻能站在主控室的，无一不是在帝国军队中威名在外的传奇将领，每个人身上都肩负着帝国军队的荣誉，他们英勇善战的过往和出众的指挥领导能力早已写进史册。但此刻，他们却都像犯了错的小孩一样局促地站立着，所有人的目光都是一个方向，紧紧盯着伫立在主控台大屏幕前的中年男人——星际特战部队猎鹰军团总司令，被誉为“帝国雄鹰”的佩里特·安德森。

安德森的脸庞如同刀削一样锋利，在其健硕挺拔的身板上显得尤为突出，一对剑眉，高挺的鼻梁，并不大的眼睛却有着炯炯有神的瞳孔，整个人英气十足，凛人的气质不自觉外放出来，似乎很难接近，周身散发出让人不适而紧张的“寒气”。主控室的平静刹那间被打破，安德森开口了：“把主控切换到多频道分屏显示，主镜头上帝视角，拉到地球的36倍空间，我要看到整个战场的后续。让‘天眼’不需要跟踪，主要镜头回航蓄能，调出战斗录像拷贝，派出后备‘天眼’以千分之一光年为直径，环绕航天母舰巡视，时刻注意保护母舰的隐蔽性。”急促的声音有如雷霆之势，安德森几乎一口气完成了下一步的战略指挥。

“是的，长官！”下方的众人如释重负，朗声回复。领了任务之后回到自己的控制台坐下，开始分别发号施令，迅速投入到下一步的工作推进中。安德森深信自己的判断，了解并且深信着每一个他手下的指挥官，他知道他们的疑惑和关切，也知道他们的疑问，但是他依旧没有回头，没有过多的解释和回应，分配完工作就又紧紧盯着主控屏幕。似乎刚才波澜壮阔的战场、惊心动魄的牺牲、生离死别的悲痛只是发生在屏幕内的一段影像，对安德森的心境没能造成一点影响，而这一切似乎也只是日常一般的例行公事。事实上对于从少年时代作为前海豹特战队队长，以出色的个人能力屡立奇功，又作为远东军区指挥官导演了无数传奇战役，如今又久经沙场来到“人类穹顶防线”星际战场的安德森来说也似乎确实如此。起码自他带领着老部下组成的这支军队来到银河时，至少所有管理层都坚信这一点：从未在大规模战役中失败的安德森，是不可战胜的。他们要做的只是相信他，并且无理由无条件支持并且践行安德森的决策和战略指挥。

但紧随着安德森站立的佩鲁，显然有些欲言又止，作为“海豹”时期幸存不多的老队友，猎鹰军团的副官，有“鹰之左翼”之称的男人扶了扶其标志性金丝圆镜的镜框，本也高挺的鼻梁在常年的摩擦下有着巧妙的凹陷。他察觉到了安德森微微皱起的眉头，在侧后方的角度看上去尤为明显，低头想了想的佩鲁正要开口，却被突然的吵闹声抢先了。

“报告，报告，我要见安德森长官，让我进去!”

“将军统战期间，未经授令不允许进入主控室，士兵，请你出去。”

“给我让开，我要见安德森！你们这群看家的忠犬，让我去见安德森!”

主控室的大门打开，身材匀称的士兵肯特率先冲了进来，手持长枪的士兵们紧随其后冲上前来拦住肯特，长枪组成枪阵架在肯特的肩膀上，要把他叉出去，领头的护卫队队长休斯赶忙冲安德森做出标准的军姿敬礼：“报告，长官。是我的问题，让他冲了进来。”

安德森首次回头，举手示意休斯带领着护卫队撤下，冷峻的目光上下打量着狼狈的肯特，工作台上的指挥官们用余光扫视着他，心中暗暗为肯特捏了把冷汗。

“士兵，你要见我?”安德森缓缓开口。

“长官，我不明白……”肯特急促说道。

“先回答我的问题，士兵。”安德森略有不悦地打断了肯特的话。

“是的，长官。”肯特敬礼。

“先整理好你的军装。”安德森望向肯特在争执中松散凌乱的军服。

肯特手忙脚乱整理好军装，忐忑地朝安德森说道：“报告长官，整理完毕。”这次有了经验的他强压住内心的急迫感，静静等待安德森开口和下一步指示。

安德森冷峻的目光稍有缓和，嘴角也逐渐有了弧度，朝肯特开口道："士兵，你知道擅闯指挥室是重罪吗?"

"报告长官，知道。安德森长官，我有我的名字，埃尔法·肯特。"肯特大声回复道。

"哦？记得你的身份，一等兵肯特。"安德森居高临下盯着肯特的肩章，用他一贯不急不缓的语速说道，从表情上看不出他在想些什么，整个主控台的人都低头专注于自己的工作，尽量不让自己的视线对上安德森，唯有副官佩鲁饶有兴致打量着肯特，又关切注意着安德森面部的细微变化，眼神游移在二人之间。

"是的，中将。"肯特故意拖长了"中将"二字的尾音，目光正面对上了安德森。

天啊，主控室的众人此时充满了震惊和难以置信，记不得已经多久没有人敢这样子向这位"帝国雄鹰"说话了，这个名不见经传的普通一等兵肯特，为他的勇气祈祷，也为他的无知感到遗憾，他最好有合适的理由说服安德森。

"你没做过我的兵吧。是新调过来的吧，肯特?"安德森在一个晃神后，少见地收回了命令式的威压，带着询问的口吻，身后的佩鲁太了解眼前的安德森了，他反而是对眼前的士兵更有兴趣了，他很期待这个士兵会带来什么样的惊喜。

"报告中将，我来自大不列颠岛，先前任职于帝国军械维修部，是一名机械工，一直负责'天眼'的维修和保养工作，几年前接到上级命令，知晓了事态的严重性，请示司令部后，得以进入您的猎鹰战队，现任职于‘天眼’系统，负责‘天眼’的战时侦察实操与战后的维修工作。”

分管“天眼”系统的指挥官诺德此刻满头冷汗，捏紧了拳头，手心早已湿润，心里已经在祈求上帝，把这个不知道从哪里冒出来的麻烦包带走吧。

“说一说你的来意吧。”安德森甚至都没看诺德一眼，依旧紧紧盯着肯特。

“我还在大不列颠的时候，就听闻‘帝国雄鹰’的传说。安德森中将，您是完美军人的代表，也是无数后辈追随的偶像和榜样。我只是一个机械维修工，星际形势突变，星际土著的出现，不仅是让这些我朝夕相伴的星际装备有了用武之处，更给了我一个真正走上战场，守卫自己的故土，参与战斗的机会，而我来到这里之后，都看到了什么？这一切太让人失望了！”

眼眶微湿的肯特哽咽了。安德森不置可否地望着他，还是那双宁静的眼睛，你从中永远看不出这个男人在想些什么，但中将并没有打断眼前的一等兵肯特，似乎是示意他接着说下去。当然，即使安德森没有示意，肯特也会这样觉得并且继续说下去。

“不败的雄鹰，低下他高昂的头颅，他在做些什么啊？猎鹰军团组建到现在的两年时间，这支承载人类希望的军队，却在面对外星土著的时候被动防守，从没有追击和主动出击，只是一味躲避着、防御着土著们的骚扰和试探性进攻，安德森中将，您到底在畏惧些什么？我们根本没法对他们有更多了解和获得情报，很多方面我们一无所知，我们不能这样畏畏缩缩，我们不能再一味退步了，我们代表的是身后的蔚蓝星球！”

鼓掌声打断了肯特的话，鼓掌的人是安德森，其他人的手攥得更紧了，就连佩鲁盯着安德森的目光都多了几分担忧。安德森鼓完掌，依旧平静俯视着激动的肯特说道：“多么精彩的演说，士兵，我想你不应该是一个机械维修工，或者是一个士兵，你更像是一个政治家，一个说客。”佩鲁差点没憋住笑意笑出声来，似乎是察觉到安德森的情绪变化，他悬着的心也放下了一点。

肯特显然已经到了不能退让的境地，破罐子破摔般，他非常不满地回击道：“这并不好笑，长官。请你尊重我，虽然你是我的长官，但如果你拿我作为一个军人的荣誉和骄傲当作取笑逗乐的游戏，我有权到军事法庭以人权的名义起诉你的傲慢。”

“哦？”安德森继续说道，“士兵，军人的天职是什么？回答我。”

肯特：“服从命令！”

安德森：“有什么条件限制吗？”

肯特：“无条件服从命令！”

安德森：“再说一遍！”

肯特：“无条件服从命令。”

安德森：“大声点，再来三遍。”

肯特：“服从命令！服从命令！军人的天职，无条件服从命令！”

空气中突然弥漫紧张的氛围，安德森突然的施压和肯特的不甘示弱相持。

“一等兵肯特，那请你以你军人的身份告诉我，刚才的情况，如果让你来指挥台发号施令，你会如何去做?”安德森漠然道。

“长官，我没有您的战略经验和能力，但在机械维修这块，我比任何人都要更出色，我甚至比那些研发它的科学家更了解‘天眼’。它陪了我无数个日夜，我清楚知道它的能力。‘天眼’以人类眼珠的形态拟形化构建，但其核心是昆虫的复眼系统，通过高压缩电能储备作为能源供给，再记载在其核心存储系统，连接天体卫星，得以实现近乎实时的转播和拷贝保存，而其大小完全是肉眼无法观测的程度，圆球体的自身和外部灵活度拉满，配合当前的动力系统，其速度早已超过光速，至少根据我的观察，要远远在土著战马的速度之上，刚才您为何不下令指挥‘天眼’继续深入追踪敌人?获取更多土著人的情报?我有这样的自信，我相信我和其他‘天眼’的操纵员们都可以操纵‘天眼’来完成这样的任务。”

肯特的发言引来了许多将领和副官佩鲁的侧目，即使是人群中早已微微发抖的“天眼”系统指挥官诺德也不禁微微点头，显然肯特说出了他们碍于安德森强大的权威不敢说出口的内心疑问。

安德森瞳孔微微收缩，英气十足的脸庞更显锐意，“我没有怀疑过‘天眼’，也没有怀疑过你们的能力，我们对于敌人所知太少了，‘天眼’发挥的作用太重要了，我不能冒险让敌人发现后对其加以防范，甚至在我看来，‘天眼’被发现是迟早的事情，这才更有意义，我需要‘天眼’，需要你们发挥更大更关键的作用。”

“长官，可肉眼是不可能观察到‘天眼’的存在的！这点我确信。”肯特的语气也不再像之前那样笃定。

“你说的是人类的肉眼，你了解你的敌人吗？了解这些土著人的眼睛吗？你之前有见过可以在太空中如履平地奔驰的骏马吗？”

“这……”面对安德森连珠炮般的发问，肯特低头陷入了沉思。

“维修记录显示，‘天眼’已经多次不同程度有过受损现象了。这不是巧合，我的直觉和判断告诉我，若是‘天眼’盲目接近到一个足够被土著发现的距离，就会遭受到土著们猛烈的攻击，就好比是望远镜的极限距离，而这个距离到底是多少我们不得而知，也不能拿伤亡和牺牲去尝试。战局只有一次，生命更是。”

早已陷入沉思的肯特一言不发。

安德森接着说道：“整场战役也是如此，我知道你们都充满了疑惑，这次的敌人，是全新的，完全未知的，并且这场战役也是不容许失败的。我们没有那么多次‘尝试’的机会，我们需要一锤定音的结局。一等兵肯特，你还有什么异议吗？”

从沉思中回过神来的肯特咬唇说道：“报告长官，没有！”

“一等兵肯特，第一，你擅自违抗军令，未经允许擅闯指挥室，无视战友的劝阻和对上级的服从。第二，你丢下手头工作，擅离职守，对整个军队而言，你成了未知的隐患。第三，作为一个军人，记得时刻整理好你的军装。鉴于以上，现将你先行关押，等待最终的决议处分，保留你向地球总部军事法庭起诉的权利，你可有异议？”安德森说道。

"报告长官，没有。"肯特陷入了前所未有的颓丧中，以军姿笔直地站立着。

"护卫队！"

"收到，长官。"早已在外等令多时的护卫队冲进来，将肯特架起带走，护卫队队长休斯面露敬意地朝安德森行军礼。

安德森紧接着朝着肯特最后开口道："猎鹰军团代表着军人的荣耀，更代表着地球的需要，我有着自己的荣誉，但我身后有着数以亿万计的地球文明。士兵，你来到这里并不是为了实现自己的军人梦想，我们是为全人类的命运做先驱，这才是猎鹰的使命。"

肯特停下脚步，愣在原地一言不发，护卫队发力拽走呆滞的肯特。

整个主控室的指挥官们眼神更加坚定，也更加信任眼前这位传奇的中将。"天眼"系统指挥官诺德局促的手无处安放，正要说些什么，安德森没有回应他的目光，只是紧接着发号施令提醒所有人继续进行手头的工作，不要分心。副官佩鲁朝着安德森的位置向前一步，将手轻轻放在安德森的背上，开口道："安德森，这个肯特在'天眼'系统中的各项指标测试都是第一，评价是远高于其他人一个档次，不管是操作的熟练度还是战术执行度。另外他还有一股难能可贵的执拗和无畏，其实还蛮招人喜欢的。"

"我知道了。"安德森回头负手站立，回避了佩鲁的眼睛，头微微抬起，再次紧盯着已经空白的大屏幕，不知道在想些什么。佩鲁见安德森的状态，便退回去，他知道安德森已经有了答案，安德森随后又缓缓开口道："侦察队一队回来了吗？"

“报告长官，全部安全进舱，现在进行机体的维修检测。队员们准备进行休息和补给。”

“让战场上私自脱离队形，擅自驶向敌军阵地的战机驾驶员来见我。”

安德森似乎没有过多受到刚才肯特事件的影响，又迅速继续这场小规模遭遇战后的收尾总结工作。不一会儿，主控室的大门再次打开，休斯带着年轻的驾驶员走进主控室。

“报告长官，人带到了，是尤塔。”

这个名字并不意外，显然主控室内的每个人，都早已猜到了这个答案，这个名字实在是太常出现了，名字的主人以其出众的能力和正式加入侦察小队的卓绝而“独特”的战绩闻名。此人不仅是帝国军事学院历届文化和军事理论最高分纪录保持者，以综合成绩第一的成绩特招进入猎鹰军团，更在加入后以其熟练的驾驶技术屡立奇功。而最让其声名鹊起的是他第一次正面搏击击败了一个土著战士，并将其尸首完整带回供军队研究，在此之前军团的所有战斗，都是在战机内，包裹着一层一层的防护，勉强周旋和侥幸击杀，此人此举证明了土著人是可以在正面被击败的，他们不是像神明一样强大到令人无法接近的存在。而在此之后，其“雏鹰”的名号也逐渐在军中扩散开来，甚至在猎鹰军团的年轻一辈心中，这个名字的影响力正不断追赶着“那个男人”。

并且“那个男人”此刻也在这里，而以上显然并不是无比强调和看重秩序的团队的“那个男人”安德森所希望看到的，军中早已流传了安德森对于尤塔的不满，而真假未知，因为毕竟只是传闻。

尤塔穿军服的方式无比传统，严谨整洁，一丝不苟，他有着和安德森一样俊朗的样貌：一对剑眉，高挺的鼻梁，英气十足的脸庞透露了些许未退却的稚气，脸蛋多了几分俊俏和柔美，身板相较于无比健硕的安德森，还是略有些瘦弱，但在绝大多数人眼中，已经足够肌肉饱满。但就这样一副近乎完美的面容，其右眼眼角位置却有两道十分明显的交叉十字疤痕，多了些恐怖瘆人和粗犷，柔美、英气、粗犷集中在一张脸上，矛盾的元素和谐统一在了一起，让人只一眼就会牢牢记住。

“雏鹰”和“雄鹰”自然少不了会被人们拿来比较，成为军队茶余饭后消遣的谈资。

关于当年的“雄鹰”和现在的“雏鹰”谁会更优秀的争论显然在今天是见不到的，因为安德森非常生气，罕见的生气。面对刚才无名小兵肯特的误解和质问都只是微微皱眉的男人此刻皱紧了眉头，压抑着近乎发狂的眼神，直勾勾盯着尤塔。

安德森显然已经忍无可忍了：“尤塔，你知道猎鹰军团最引以为傲的是什么吗？是团队意识，是合作，是对命令的绝对执行，是无与伦比的强大战术执行力。这些是军团建立伊始培养的习惯，猎鹰长久受益于此，我不希望你们被帝国内部一些个人英雄主义的传统所影响，而你是如何做的？一次又一次触犯军队的原则，擅自脱离队形，想要通过个人去独立决策和擅自做出判断，这样的行为，会对整个队伍的战术体系造成巨大的影响。如果在刚才的战役中，因为你的擅自行动，你牺牲了，或者导致队友队形混乱产生后续负面连锁反应，这个责任你负得了吗？或者你还有机会承担吗？”似乎知道每句话尤塔的回复，安德森情绪激动，滔滔不绝地质问道。

“我只是做出了当时那个环境中最适合、最恰当、最有益的决定。”尤塔冷漠地回复道。

安德森：“我已经将你从战斗队移至侦察队，但你依旧没有改变你个人化的战术习惯，甚至可以说不知悔改。”

尤塔：“你不应该做出这样的决定的，我是最优秀的战士。”

安德森：“你首先是个军人。”

尤塔：“这不矛盾，长官。我来的路上有所听闻，我觉得刚才那个一等兵说得没错，也许你真的只是老了，被时代淘汰的保守和缩手缩脚。”

安德森双手不受控制地狠狠擂在控制台上，这是安德森罕见的失态。他深邃的眼球上已经凸显出一道血丝，努力调整情绪后，他尽量以一种举重若轻的口吻说道：“下去吧，从今天开始回你的房间好好反省，在给我答复之前，取消你一切战斗活动和任务。”

尤塔非常不满，但他显然不愿意和眼前这个他眼中无比顽固的男人多言语，冷哼一声就走出控制室。

安德森似乎卸去了全身力气，背靠着座椅坐下，一只手扶着额头沉思。整个主控室鸦雀无声，气氛无比凝重，佩鲁默默走上前来，以只有二人能听见的声音嘀咕道：“安德森，年轻人有自己的想法。”

安德森：“但是很多事情长久以来证实过是错误的。”

佩鲁：“我们年轻的时候不也是这样吗？尤其是你，你似乎更没有资格去斥责这样的个人英雄作风吧。”佩鲁微笑着感慨。

安德森：“但我，我们，付出了最惨痛的代价不是吗？”

佩鲁和安德森似乎想起了什么，都皱紧了眉头，陷入了沉思。

第二章 / 历史的天空

从那以后，我拥有了作为老师的骄傲。

——［联盟传奇教师］陈延庭《一个历史老师的回忆录》

“对不起，陈老师。”姜来和陶白交握着小手，放在身前，四个脚尖相对着站立，局促地站在教室门口等待着面前男人的回复。站在讲台上戴着眼镜的男人名叫陈延庭，是这所学校最有名的天文学老师。70 岁高龄的陈老师本该在十年前就光荣退休了，但在家长和老师们的一致呼声中，在人们殷切期待和当地教育良莠不齐、青黄不接的严峻现状面前，这个为当地教育奉献一生的老师重新接受返聘。与当代区域“史册”上记载和保留的图片不同，这个老人早已没有年轻时的活力和仪表堂堂，但依旧保持了年轻时的穿衣习惯，本该合身的白色衬衫在骨瘦如柴的老人身上依旧显得太大，小夹克此刻却像个披风，整个将老人包围起来，眼镜还是多年前的眼镜，不同的是脸上早已布满了皱纹。随之改变的是年轻时愤青一般的暴脾气温和了许多。他点头示意二人进来坐下，便自顾自接着讲起了课堂内容，但余光却时不时往尴尬坐下的姜来身上瞟去。显然姜来给陈老师留下过很深的印象，这个头发蓬松微卷，刘海刚到眉头，浓浓的眉毛下一双似有似无的小眼睛，总是戴着一副金丝圆框眼镜，身上是一套衬衫和线衣的搭配，棕色裤子下一双黑皮鞋，对天文学充满热情，时刻毫无保留地将要对天文星系研究实践的热情表达出来的少年，在此前从没缺席过任何一节他的课。姜来不敢和陈老师的目光有所接触，微微低着头，时不时向陶白投去埋怨的小眼神，仿佛在说：都怪你，我以前从没迟到过。陶白则有意无意回避着姜来的哀怨，似乎早已见怪不怪，趴在桌子上便准备睡觉，对他来说，现在没什么事情是比把早上被吵醒后少睡的觉给补回来更重要的了，如此美妙的早上，一定要有一个美美的回笼觉。

不一会儿，微弱的鼾声传来，姜来心烦意乱的同时，也安慰自己早就习以为常。二人就读于联盟应天区最好的高中——应天高中，此刻中学旁边的马路上是各种飞驰的车辆，步行的行人实在是少数，应天的上空也有序行驶着无数空中交通工具，在阳光的倾泻下熠熠生辉。整个校区是由最前沿的科技重新翻新建造的，外观上是20世纪民国时期的经典建筑群，也是最初校区的复刻，但与曾经的砖瓦不同，在微粒聚纤维纺织混凝土之上又镀上一层高密度合金，这是历史和时代的完美结合。但气派的学校其实已经是应天区的核心建筑，也是中心地带了，事实上和联盟世界一流的经济和科技实力不相适应的是，国内局部地区发展的不充分、不平衡。得益于整个国家的高速发展，以及科技对于时空距离的重组和拉近，国内区域的划分自交通工具的速度不断接近声速的同时进行着不断的合并。事实上在刚进入22世纪时，联盟内已经取消了具有历史传承的市级以下区域划分，整个国家改由36个区为基础地方单位组成，但实际上区域间的经济、科技、文化实力参差不齐。应天作为曾经的资源大省，在新型能源的冲击下，整个城市丧失了资源优势的工业产业，转型遭遇到的人才不足、区位吸引力小等问题，导致应天区沦为人文旅游经济主导的区域，而应天高中作为国内名列前茅的人才培养基地，几乎每年都有全国前十的优秀考生。凭借几乎百分之百的一流高校达线率，应天高中也引领着全区的核心竞争力，没有科研基地、经济基础，气候干燥炎热的应天区几乎没有对高端人才形成吸引力，这导致即使国家给予了一定程度的政策倾斜，应天区的首所大学也是在今年才开始投入校区的初步建设，地点在城市的另一侧，刚好和应天高中遥相呼应。而象征着城市当前最高文化素质的应天高中和城市未来的这批学子，自然也就更受关切。事实上在从小的动员下，这批承载城市未来希望的学子，每个人心里都憋了股劲，也格外努力，当然，可能不该把此刻正在呼呼大睡的陶白计算在内。

“即使是科技发展到这样的地步，人类实现了飞天梦、航海梦，让无数想象变成了现实，但始终未能解决的衰老问题，反复提醒着人类，自然规律看上去还是那样的不可战胜，依旧是这个星球乃至整个星系的牢固法则。”联盟航空奠基人杨鸿延如是说。

写在联盟天文学教材首页的，是联盟乃至全人类航空历史上最伟大的科学家之一杨鸿延在生命的尽头，留给人类的最后一句话。这段话当时成为轰动整个人类社会的热点，甚至一度引起恐慌，诸多各行各业的杰出人士，在伟大如杨鸿延的妥协和倒下之后，也对自己的生命体存在形式产生了询问和深思，此举引起了全社会对生命本身的“追思潮”，这一历史事件又被称作“丧鸣追思”。

事实上，姜来佩服陈延庭厚重的学识，但许是受年龄的影响，姜来始终认为陈延庭的课堂并不是他很喜欢的。姜来是一个很“拎得清”的人，这样的人似乎天生就应该做科学家，他对于很多事情或者说这个世界的看法都非常的冷静，甚至是有一些冷漠。比如刚才的“丧鸣追思”就让姜来默默架起了手中的课本，挡在自己脸前，在姜来看来，这并不是他期待中的天文学。他期待的是那些天体的运行轨迹、跃然于纸上的星际奥秘、在公式之间排列的最前沿的星际密码，当然他也知道在高中阶段这些他很难接触得到，可显然这些历史知识点与他想象中的天文学可不太搭边。事实上周遭的同学们显然没有姜来这样的想法，他们对陈老师口中栩栩如生的人物、惊心动魄的故事，还有才子佳人的野史充满了兴趣，也完全被此吸引，这才是天文学课堂甚少有人缺席的原因。比起那些主课来说，在巨大的学习压力下，风趣的陈延庭显然给了学生们十分与众不同的课堂体验。

姜来的沮丧不是没有道理的，天文学一直以来都是大学的课程，而在大约两年前，全球的政府将天文学拔高到主课的高度，一些高度发达的城市甚至从小学、幼儿园就有启蒙课程的开设，而一贯望子成龙的家长们，也掀起了天文热潮，生怕自己的孩子比不过别人。难以想象这对于从小立志要做一名天文科学家的姜来来说是一件多么令他惊喜的事情，但让姜来失望的是，应天高中的课程普及却直到返聘陈延庭才提上日程，因为对于新兴科技几乎没有学术环境的应天区来说，培养一个出色的天文学老师显然是天方夜谭。校方也想过很多办法，重金向其他地区招聘，但几乎为零的天文研究环境，让本就是金子般珍贵的天文学人才望而却步。陈延庭虽然一直担任的都是历史老师的职务，但其令人瞩目的知识储备和历史经验，以及退休后对于天文史的研究和关注，让他不得不肩负起这样的历史使命，暂代应天高中唯一的天文教师。而事实上，姜来也很清楚，陈老师所授内容，更多是“天文史学”，思绪早已放飞的姜来显然没注意到教室的突然安静，“啪”的一声，姜来遮挡视线的书被重重摔在桌子上，陈老师的目光透过厚厚的镜片严肃地盯着姜来，姜来没有察觉到陈老师是什么时候走下讲台的，他低下了头不敢说话。

“姜来，你这节课很不在状态，迟到就算了，注意力还非常不集中，是觉得我教得不好吗？”陈延庭有些不悦地说道。

姜来赶紧起立，低着头道歉：“当然不是。老师，对不起。”

“我知道你在想什么，姜来。我也知道你很喜欢天文学，甚至是痴狂，但是历史是时代的基础，如果我们不去铭记这些历史，不去学这些很基本的知识，你永远抵达不了很高的高度。天文学是未来的潮流，但它仍旧是前人一步一个脚印探索到现在的，我一直都很相信你会在天文学上有所成就，因为你的专注和热情，但你今天丢掉了这些。”陈延庭毫不客气地当着全班同学的面指责了姜来。

“老师，我没有。”感觉自己对天文学的热爱遭到了质疑的姜来罕见地动了气，反驳道。

陈延庭：“好，那你来回顾一下最基础的天文史吧。标志性节点就好。”

姜来：“公元……公元……前……十……四世纪，中国殷朝甲骨文中已经有了日食和月食记录……”

“停。”陈延庭打断了姜来结结巴巴的回答，看向一旁坐得笔直的陶白，说道：“陶白，你来背给他听。”

一旁早已一副热衷于学习、专注在课堂样子的小胖子，一个愣神，涌动着胖乎乎的身子站起来，清了清喉咙，一本正经看着前方，嘴里背诵道：

“约公元前 30 世纪：埃及人使用太阳历。

“约公元前 2000 年，埃及的‘纸草书’上记述了从天外落石和铁块。

“约公元前 21—前 16 世纪：《夏小正》一书中按月记载着中星、斗柄指向和物候，堪为物候历和天文历的结合体。

……

“公元前 6 世纪—前 5 世纪：古希腊毕达哥拉斯学派论证地球为球形，提出地球每天绕地轴自转的思想。

“公元前 3 世纪：古希腊的阿里斯塔克提出最早的日心说。

“公元前 1 世纪：中国天文算法著作《周髀算经》发表，书中叙述了‘盖天说’。

“公元 2 世纪：古罗马的托勒玫撰《天文学大成》，是西方古典天文学的百科全书，论证地心体系，发现大气折射和天球北极在星空间位置的变化。

……

“公元 1453 年：波兰哥白尼著《天体运行论》出版，建立了日心体系。

“公元 1610 年：伽利略和德国的席纳尔、法布里修斯用望远镜观测黑子，发现了太阳自转。

……

“公元 1687 年：牛顿著的《自然哲学的数学原理》一书出版，发表万有引力理论，奠定了经典力学的基础，天体力学由此而诞生了。

“公元 1718 年：哈雷发现了天狼、大角、南河三颗恒星自行。

“公元 1750 年：英国的赖特最早提出银河系概念。

……

“公元 1918 年：沙普利提出太阳不在银河系中心。

“公元 1919 年：国际天文学联合会成立。

……

“公元 1957 年 10 月，世界上第一颗人造地球卫星 Sputnik-1 在苏联发射成功。

“自此开启了人类航天的新纪元，到 1990 年 12 月底，苏联、美国、法国、中国、日本、印度、以色列和英国等国家以及欧洲航天局先后研制出约 80 种运载火箭，修建了 10 多个大型航天发射场，建立了完善的地球测控网，世界各国和地区先后发射成功 4127 个航天器。其中包括 3875 个卫星，141 个载人航天器，111 个空间探测器，几十个应用卫星系统投入运行。目前航天员在太空的持续飞行时间长达 438 天，有 12 名航天员踏上月球。空间探测器的探测活动大大更新了有关空间物理和空间天文方面的知识。

“进入到 21 世纪，人类对于地球的近地科研已经趋向饱和，载人航天充满了探索和走出地球的野心，而一场突如其来的疫情，却打乱了不只是航天科学、天文探索方面的研究，类同于 SARS（非典型性肺炎）病毒但远超其影响力和破坏力的新型冠状病毒悄然而至，使得整个人类社会几乎停滞不前，当时的人类社会显然未曾想到这场疫情会带来对人类有史以来几乎毁灭式的打击，后也被称为‘21 世纪之殇’。这场疫情显然没有那样简单，其打破了整个世界的平衡，而显然这样的能量并非出自大自然本身，而世界卫生组织在全人类承受了疫情的冲击，形势几乎难以掌控，积极研制的疫苗速度却难以匹配病毒高速的进化和变异，世界卫生组织暨联合国，决心对于病毒的真正源头，追根溯源，而牵扯到政治外交上的巨大阴谋也随之浮出水面。”

“好了，停一下。”随着小胖子陶白的讲解，班内的气氛也随着历史车轮的滚动陷入了低沉，经验丰富的陈延庭显然注意到了这一点，紧接着望向早已经眼神飘忽的姜来，说道：“姜来，你听清楚了吗？你能做到陶白一半那么熟练吗？”

姜来低着头，余光瞟了陶白一眼，陶白回避着他的目光，有些不好意思地挠了挠头掩饰尴尬，被肥胖的大肚腩遮挡着的与陈延庭所在方向相反的右手将巴掌大的笔记本合上，两个指头一夹，往桌斗里一弹，又故意挺了挺胸膛，像是答对了问题骄傲地挺立。姜来此时特别想翻个白眼，但又怕一旁的陈延庭误会，想了想，压着一肚子的火气和委屈，重重点了点头，这下被夸奖的陶白也不矜持了，嘻嘻地咧嘴笑着。

姜来想到这死胖子细腻的心思、卑鄙拙劣的手段本是生气，又看他故作正经的滑稽样子，竟觉得好笑。当然，他几乎不带感情色彩的理性思考能力提醒他，这个时候若是将这抹乐趣表现出来，对陈延庭来说，应当算是一种挑衅了。姜来便一个劲儿点着头，面色黑沉，和一边正朝着同学投去嘚瑟目光的飘飘然的陶白形成鲜明对比，显得竟有些可怜。陈延庭毕竟是个花甲老人了，早也没了年轻时那份锐利，倒是一副小人得志嘴脸的陶白此刻在众人眼中得到的却是嫉妒般的反感，再加上陈延庭对于姜来那股少有的对学科的执着和热情一直都很喜欢，此时便也陷入了沉默，不想给姜来太多打击。毕竟抛开姜来极度理性淡漠，从而显得成熟稳重的脾性以及一贯以来在整个联盟范围都远超年龄段的实践创造能力来说，眼前的少年依旧只是个刚十六七岁的高中生，对他来说，还只是个孩子。对一个这个年龄层的小孩子来说，迟到和上课走神似乎也不是那么难以原谅或难以给予改正机会的错误。

有着这样想法的陈延庭心情和态度显然缓和了不少，低头看了眼手腕上的仿古机械手表，嘀咕道："离中午还有些时间，你们这帮小孩子，对于历史太缺乏了解和尊重了，跟我来吧，今天上午最后的课堂时间，我带你们到校史馆看看吧。”

说完，他收回了对姜来的目光拷问，转身负手朝教室门口走去。

“老师，可是下节课是外文课。”班长提醒道。

陈延庭停步，冷哼了一声：“自己国家、人类的历史都琢磨不明白……老师那边，事后我会去说明情况的，权当是给我糟老头子一个面子了。”说完，他头也不回朝门外走去，一边走一边提醒道：“对了，把东西收拾好，看完直接回家吃饭吧。”

相较于晦涩难懂的语言课，一场校史馆的观摩自然是更令人期待的选项，除了少部分成绩出众的学霸，大家对于这趟“游学”显然是无比期待的，绝大多数人都面露喜色赶忙收拾着东西。长舒一口气的姜来，恶狠狠瞪了陶白一眼，嘀咕道：“死胖子，别以为我不知道，你倒好，睡了一节课，拿我当挡箭牌了。”陶白紧张地搓着一双胖手，面露尴尬地说道：“哪有哪有，来哥，我这不是帮你吸引仇恨打掩护嘛，就兄弟刚才那波吸引火力，这叫什么，围魏救赵！”姜来没好气地嘲笑道：“别了你，干吗不用隐形或者水溶乃至气溶的纸张，你那小动作也就陈老师看不到，换个老师肯定抓个正着。”说到了陶白骄傲的地方，他嘚瑟地挑着眉毛说道：“这你这个科学狂就不懂了吧，这叫前人的伟大智慧，所谓‘道高一尺魔高一丈’，就这点小手脚，我连背后那俩‘高科技作弊手段检测仪’都过不了，那俩仪器可聪明着呢，就盯着咱，稍有啥特殊物质，就得嘀嘀响。还得是最古老的手段，这种植物纤维纸张早没人用了，甚至都没列入高科技检测名录里，只要我小心点，肯定不会被发现的，嘿嘿。”姜来翻了个白眼，刚要开口，陶白也应和着他，两人异口同声说道：“歪理邪说，旁门左道，难登大雅之堂。”话音未落，陶白一只胳膊早已经攀到了姜来肩膀上，眼睛笑成一条缝，笑眯眯地说道：“哈哈哈，好了好了，知道了，快过去吧，别惹得陈老头子真发飙了。”

姜来拿这个没心没肺的家伙没任何办法，只得叹了口气，拽着陶白，三步并作两步朝着教室门口小跑，追赶上在他们聊天间隙早已出了教室的人群。从小就是这样，一起吃饭不管多少人，好的贵的抓起来就往嘴里塞，自己吃饱至上，别的什么也不管，任别人去议论，陶白从不在意别人怎么看待他，会在背后怎么说他，只是饿了就要吃，他就要过得好，哪怕会自私点，用他的话来说：“吃到肚子里的才是自己的。”这样没心没肺的性格，造就了他现在的体型，也让他的生活看上去似乎很少会有烦恼。他过的生活是让人艳羡的，毕竟他在衣食住行上从未亏待过自己，很多人羡慕他的性格，但是要想拥有这样的好心态是不容易的，但姜来是个例外。他认为这是非常不科学的生活方式，而陶白的体型也常被其诟病为“不科学不健康的生命体形式”，姜来也把陶白这种性格描述为没皮没脸，没羞没臊。

教室所在的是应天高中的中间地带，也是主楼，而食堂、运动场、图书馆等建筑以教学楼为中心绕圆周排列着，校史馆也不例外。从教学楼中心有直通校史馆的悬空玻璃栈道，这样的设计除了浪费了一点空间以外，深受教职工和学生的喜爱。走在透明的轻质化合金玻璃上，抬头就是云层与飞鸟的自然景观，低头是车水马龙的都市，四周的空旷感让人极度舒适，而在这样的高度，已经时不时能看到若隐若现的空中航线“天路”。而经过特殊设计的栈道道路主体是双向的加速带，经过特殊的设计，人走在上面如履平地，并不会感到任何助推力和阻力，但是其实它会随着人体行走的方向变换方向。传送带不间断地运作，采用了电能风能光能等多种新能源的混动模式，全天全年无休运作。

很快，全班同学跟在陈老师的身后，抵达了校史馆。与整个学校的外部复古风格不同，校史馆完全呈现的是最新最前沿的科技，以及毫不掩饰的摩登风格，反光材质为主，表面极度光滑平整，各种几何线条，或规则或不规则排列成为展板、橱窗、陈列室。整体上观光浏览的路线呈M形，遵循左入右出的原则。陈老师也没有言语和过多的讲解，似乎自己也被观光线路上四周安置着的文字、图片、视频、器物所吸引，自顾自在前面左顾右盼地漫步着。而同学们跟在后面，每个人喜好不同，观光时注意的重心也不同，学霸们显然对一些以前的书籍、历史、文化等充满了兴趣，有的甚至停步摘抄和研究，显然嘴上说着不乐意的这些人反而是最接近陈老师初衷的，而很多女孩子显然是被一些图片和视频所吸引了。陶白望着她们花痴的眼神，嘀咕道：“哼，这些小白脸、肌肉男，身为男人还卖弄风骚，明星还不都是一个样，卸了妆谁也不认识谁。”娱乐偶像，虚拟偶像，从20世纪末到21世纪初大火后，至今这种文化依旧对尤其是这个年龄的少女们具有重大的影响，姜来这样分析着，而身边的男同胞们已经无影无踪，姜来抬头一看，他们早已都围在同一个展览橱窗，橱窗里陈列着许多女人的视频、海报以及手办，随之传来的还有这帮男同胞的热议：“哇，这就是奥黛丽·赫本，啊？”“真的好赞啊。”“Lady Gaga 真的比传闻中还要性感啊。”“喂，快来看，21 世纪最著名的虚拟偶像初音未来的手办！”“斯嘉丽和刘亦菲简直是东西方美女的集中体现！”陶白清了清嗓子，义正词严地说道：“唉，这帮小子，真拿他们没办法。”姜来扶了扶额头，正要跟一旁的陶白吐槽，却发现陶白早没了踪影，“喂，陶白？”姜来话音未落，却看到陶白早已经完美融入了“这帮小子”之中，他们为谁才是更美的女明星展开了激烈的讨论。

“你们在做什么？”停步的陈延庭的声音传来，围成一团的男男女女这才恋恋不舍散开来，一步三回头朝着前面区域继续进发，姜来自然不是对这些东西毫不感兴趣，他也有喜欢的娱乐明星，但比起花边新闻和八卦，理性告诉他，这显然不是校史馆存在的意义和陈老师带他们来的初衷。他很期待的东西显然还在后面，他不愿意让这种兴奋时产生的多巴胺过早阻碍了自己的理智思考。

入口的大段路程中大多是娱乐性质的展览，名人的海报视频录像等，但走到一个灯光改变的拐角，显然就完全不同了，也得益于此，本已失望到发困的姜来打起了精神。他想：这也许是建造校史馆的前辈的恶趣味，或者就是他的个人爱好，但总之把这些东西放进校史馆进门如此显眼的位置，显然是一件难以理解且一定程度无脑的冲动决定。

映入眼帘的是学校的发展历程，从最早的木质建筑，到后来的砖瓦，再到钢筋水泥，一直到最近一次重修和之后数次翻新，这所老牌学校经历了从 20 世纪到如今 23 世纪的 300 多年历史，经历的数个时代按顺序排列，随着同学们目光被彻底吸引，沿着通道往前，陈老师的声音也缓缓传来：“第一次科技革命（18 世纪 60 年代—19 世纪中期）又称工业革命，该阶段资产阶级统治在英国确立。海外贸易、奴隶贸易和殖民掠夺积累了大量资本，圈地运动的进一步推行造成了大批雇佣劳动力。工厂、手工业的发展，积累了一定的生产技术。18 世纪中叶英国成为世界上最大的资本主义殖民国家，国外市场急剧扩大。1840 年前后，大机器生产成为工业生产的主要方式。工业革命创造的巨大生产力，使社会面貌发生了翻天覆地的变化。工业革命以后，资本主义最终战胜了封建主义。率先完成工业革命的西方资本主义国家逐步确立起对世界的统治，世界形成了西方先进、东方落后的局面。”

姜来等人一边走着，一边浏览着蒸汽机、早期殖民画册，为科技发现和进步感到振奋，同样也为侵略和剥削深深蹙紧了眉头。

走到下一个橱窗，陈老师接着讲解道：“第二次科技革命（19 世纪 60 年代）又称第二次工业革命，在此期间电器开始逐渐代替机器，成为补充和取代以蒸汽机为动力的新能源。以蒸汽机为主力的机械化时代自此过去，人类也因此进入了第二次工业革命时代：电气化时代。第二次科技革命期间，资本主义制度在世界范围内确立，资本积累和对殖民的肆意掠夺积累了大量资金。而学校最早也兴建在这样一个年代，1916 年林博维、杨复等教育家在清代贡院旧址之上创建学校，开设最早的国文、数学等学科。在此之后第二次世界大战爆发，几乎波及全球，学校也不例外，饱经战乱，名字和地址不断更改，社会战乱频繁，政权也不断更替，而学校也不断履行着其历史使命，同样也见证着整个社会的变动和发展。”

画册中，图片里邋遢大叔发明出新物件的喜悦跃然纸上，映入同学们眼帘的是相较之前的更为方便杰出的发明创造和全新的能源利用。当然也有更先进的武器装置，更为残忍的战争场面，一些女同学甚至为影像中一些血腥的战斗场面、血肉横飞的画面流出了眼泪。人类手足相残，生命在这个时代轻如鸿毛。一些男同学也红了眼眶，安慰着身边的同学们。陶白这个话痨小胖子此时也安静了下来，姜来还是老样子，低着头沉思，无喜无悲。

这个区域陈列的内容比较多，陈老师察觉到了大家的不适，示意加快脚步，来到下一个展区，紧接着说道：“第三次科技革命（20 世纪四五十年代），也就是二战后，国际形势逐渐趋于稳定，以 M 国为首的资本主义推行福利制度与国家垄断资本主义，政局相对稳定，而社会主义制度的强势崛起，以 S 联为首的社会主义国家登上了历史舞台。出于对高科技的迫切需要，20 世纪初科学理论取得了许多重大突破并促进了一定的物质、技术基础的形成。而 M 国和 S 联的两极争霸格局，军备竞赛，也从客观上大大加速和推动了科技在各个领域的应用和发展，资本主义和社会主义制度孰优孰劣，也成了全球关注的命题。事实上经历了两次世界大战，在这个阶段，人们已经意识到当时掌握的武器和科技水平，使得战争的规模和惨烈程度将达到种族灭绝和影响地球生存环境的恐怖地步，而战争离人们很近又很远，战后应运而生的联合国，为解决国际争端提供了新的平台和方式。而这个时候稳定的国内环境，也让学校得以第一次大步发展。”

大家继续行走着，观看着这个时代独有的影像资料，感受这个时代的气息，当然还有人文上的，尤其是两个制度间的互相借鉴和比较。庞大而又充满沉淀感的知识很快令众人沉浸其中，这样庞大的知识量想要精细探究显然是短时间内大脑无法承受的，陈延庭示意大家继续往前行进，不要过多深思，很多不明白的地方记下，回头再来。此刻不用陈延庭提醒大家集中注意力，包括姜来在内的所有人显然已经完全被这全新的世界所吸引了，这是他们闻所未闻的，年轻人嘛，急需满足好奇心。陈老师的讲解并没有停下，他对这里了如指掌，如鱼得水般游刃有余，而也只有今天、在这里，所有的同学才第一次见到了陈老师的热情，也明白了这个老师为什么会得到这么多人的尊重。

“第四次工业革命（20 世纪后期）以系统科学的兴起到系统生物科学的形成为标志。系统科学、计算机科学、纳米科学与生命科学的理论与技术整合，形成系统生物科学与技术体系，包括系统生物学与合成生物学、系统遗传学与系统生物工程、系统医学与系统生物技术等学科体系，是转化医学、生物工业的产业革命。而发展新能源也被看成是第四次科技革命的核心任务。在这次工业革命中，和平与发展逐渐成为时代命题，而全人类的科技水平、生活质量，方方面面也逐渐朝着一个充满希望的方向发展，人们甚至开始大胆畅想，随着人类寿命的延长，生命的永恒似乎也不是不可能实现的事情。整个国际社会相互制约，不仅因为现代武器的破坏性，更多的是时代经济科技的紧密联系性，国际合作不断加深，国与国之间，人与人之间的隔阂和界限在不断模糊，绝大多数人为了人类命运共同体而不懈努力，这大概是人类历史上曾有过的最‘安逸’的时代。”

正当同学们还在为展区20世纪末、21世纪初的伟大发明创造、历史文明所赞叹之时，陈延庭的面色逐渐凝重，顿了顿步，继续往前走，示意大家保持安静，气氛逐渐沉重，语速加快，语调也变得不同。同学们的注意力也完全从学校的历史，转移到了整个国家、民族甚至人类社会的历史高度上。

“电子和信息技术的普及应用开启了第五次科技革命之门，而随着互联网技术的普及和移动互联网的发展，全球迎来了又一次重大技术周期，移动宽带覆盖到所有人群。人们幻想着一个全新的时代，人工智能，克隆技术，对于星际的探索也不断稳步前进，而危险也潜藏在看似和平的国际氛围中，谁也逃不过‘分久必合，合久必分’的历史定律。面对着唯一超级大国领先地位的不断模糊，新兴国家势力的强盛和冲击，M国在外部制造不稳定因素的同时，其内部也同样矛盾重重。而与此同时，先一步有所预兆，即将开启的第六次工业革命，思想已经高度膨胀的人类文明，认为自己对于自然的认识和改造已经达到峰值，而当时真正突破性的革命则着眼于全新的方向，针对‘人自身’。从科学角度看，是一次‘新生物学革命’；从技术角度看，是一次‘创生和再生革命’；从产业角度看，是一次‘仿生和再生革命’；从文明角度看，是一次‘再生和永生革命’。”

说到这里，陈延庭停下了脚步，眼前的陈列室氛围也彻底改变，颜色的基调也完全发生变化，整体偏向暗色调，展览墙上无数白衣医护人员的照片异常显眼，空无一人的街道，出现在影像资料里的人们戴着口罩甚至呼吸装置，“口罩”被放在代表着时代印记的主位上。同学们显然非常好奇，而一些历史较为出色的同学已经低下了头，陈延庭摘下自己的眼镜，用手抹了抹眼角，接着说道：

“又称作一次失败的革命，失败的尝试，人们赋予了这次革命前所未有的重视和希望。同样这也是高度发达的人类群体，一开始就知道风险极大的一次革命，正如其根本性的改造能力，其毁灭程度也是根本性的。‘克隆生命体’的非人道主义，‘人工智能’对人的冲击，机械体本身的生命意识一旦成功，其带来的思想理念和物质上的挑战和颠覆，人类社会也一度达成共识停止科研，但难免会有一些偏执的科学疯子，而事实上也正是这些疯子一直以来改变着世界，但这一次，他们被利用了。2012 年年底，因 M 国秘密进行生物研究的实验室偶然的一次实验事故，导致其自主合成的生化病毒失控，这些病毒在由亡命之徒和死囚犯们组成的实验体身上出现了基因突变，这样的变化远远超出了实验室的掌控，并且出现了通过唾液媒介进行的人传人现象。而为了遮掩研制生化武器的国际性丑闻，M 国对此采取消息封锁，反而没有及时进行病原体的封锁，导致引发了全球性病毒传播，病毒通过机场车站，肆无忌惮传播到了五湖四海，而当时的国际社会起初只认为这是一场自然的惩戒，但显然随着疫苗的研制，病毒的反复进化，人们意识到事情的严重性。在以华夏为代表的诸多国家的努力下，病毒一方面得到初步控制，一方面国际社会也开始彻查病毒的来源地，该国的阴谋也逐渐浮出水面，备受国际社会的压力。而随着 2025 年病毒的彻底颠覆性进化，完全全新类型的病毒，在人体内部会直接消除病毒抗体，甚至根据抗体自主合成生成完全独立的全新病毒，病毒的差异性，或高传染性，或高致死性，给整个人类社会的防疫工作带来了极大的挑战，而病毒源头国家国内形势的失控，人民的不满难以压制。他们不再隐瞒，交代了病毒的来源并且请求国际社会的援助。而这样公然违反国际秩序、宣战性的行为甚至都难以挑起国际战争，因为在这样的生化灾害面前，人类早已自顾不暇。各国都知道，战争只会让形势完全失控，当务之急是彻底消灭这一病毒，而人类社会也暂时摈弃前嫌，迎来了第一次真正的深度合作，在各国政府和人民的努力下，人类付出了巨大的牺牲与惨痛的代价，彻底摧毁了所有病原体，并且消灭了病毒发生变异的能力，完善了应对的手段，大大提高了医疗设备水平和医护能力。而从人类进化的角度看，人体的病毒免疫系统达到了新高度，而生命科学的研究也达到了前所未有的高度，‘口罩’也因此成了这个时代的鲜明印记。

“当然这一大跨步，建立在全球人口骤减百分之三十的基础上，无数人失去了亲人，人类文明在数年之后，才彻底回到正轨。这种独特的情绪使得人们重新思考整个国际社会的形势，已经产生了对生命存在体的全新独立思考。一部分偏执的疯子，里面不乏疫情中做出重大贡献拯救全人类的科学家，其中代表性的人物，被称为 21 世纪风向标的男人——奥古斯托，多尔特堡实验室的总负责人，没错，正是他带队研发病毒作为生化武器，但他同样研发出了彻底毁灭病毒的特效药，不等人们和国际法庭对其审判和定罪，他在研发出特效药后，服下大量安眠药笑着死在了自己的实验室。除去特效药以外，他还留下了著名的遗书：‘疯狂吧，庆祝吧，这场与病毒的战争中，人类取得了胜利，是人类本体的优胜劣汰，更真正以较为人道主义的方式缓解了即将爆发的地球承载力的考验，留下的人们有幸享用这场战争的成果，见证下一个伟大的时代，人类在这场战争中得到的经验和成长，足以开启真正的第六次科技革命！’这封遗书轰动了整个国际社会，人们对此褒贬不一，但受到的影响却是无法磨灭的，这一次科技革命到底是成功还是失败，未有定论。这场革命被称作‘生化革命’，也有人称其为‘第三次世界大战’，但人们达成的共识是：这场革命才刚刚开始。”

随着陈延庭的讲解，同学们从悲壮紧张的全人类抗疫气氛中走到下一个展区，但出乎意料的是，尚未平定心神的众人，眼前所见却是完全空白的展区，不等同学们开口发问，陈老师便阐述道：

“正如你们所见，2035 年左右，疫情的影响完全过去，但所有关于那段时间的记载众说纷纭，并且时间和事件都是非常模糊的。从 2035 年开始，还有一些记载是关于人们对第六次科技革命的延续和发展，开始对未来重新规划。但在 2036 年 1 月 1 日之后，一百年的历史蒸发了，整个人类文明突然消失了，此后的一百年里，没有任何关于历史的记载，所有那个时代的人记忆就如同消失了一样，没有人有任何关于那百年的记忆，这样的情况根本不可能是某种人为约定的行为。在几乎‘科学无法解释’的情况下，这一百年被称为‘消失的一百年’，它宣告着第六次科技革命的戛然而止。”

陈延庭嘴角翘起一个难以察觉的弧度，接着往前走，似乎有意回避些什么。同学们一脸疑惑甚至有点留恋地望着完全空白的展柜，而沉默了许久的姜来，情绪似乎也达到了难以抑制的程度，正要开口，陶白察觉到了姜来的变化，突然面色严肃，一只手死死摁在姜来的肩膀上，凑到他耳旁："姜来，等陈老师说完吧，他似乎还有话要说。"姜来死死攥紧的手又缓缓松开，朝陶白点了点头。

陈延庭带领大家走到下一个展区，整个展区也已经接近尾声，陈延庭接着开口讲道：

"接下来的历史，大家应该就比较清楚了，2136 年，因为'生化革命'彻底爆发的国际分歧，因为'消失的一百年'的缘故，史册有所记载的，人们所能回想起的就是，各国领导人面对这样的国际形势，不约而同做出了自己或合作或对峙的选择，没有人敢在这样的科技水平面前挑起战争，人们已经见识到了科技的破坏力。而这也注定是一个复兴的年代，一直到 2140 年，各国的首脑不断会谈，各种意见相互碰撞和妥协，联合国彻底退出历史舞台，全新的世界格局应运而生，因意识形态的根本对立性，以 M 国为首的资本主义国家，走向了彻底的合并，以大国消化小国的资本运作手段，形成了名为'恩派帝国'的新国度，简称'帝国'。而'帝国'彻底取消了国与国的划分，'帝国'内全部以'民族'进行区分，只存在'帝国'唯一的国家形式。金融、实业、新能源、电子信息等各行各业的行业精英，商业巨鳄，企业资本主要负责人，这些掌握着资本的组织，在名录上的，可以推举一个人作为议员，而通过唯一议会的形式，选举出首席行政官，作为帝国的代表管理整个帝国，行使所有权力。而议会只有选举和建议权，在完成选举之后，为了权力的集中和高效，首席行政官任期内，无权更换议会成员，同样议会也无权干涉首席行政官的决策，只能进行合理的监督建议。议会每五年进行一次重新选举，十年作为最长任期时限，可以说在首席行政官任期内，其行使着独一无二、至高无上的权力。而本国没有丝毫资本竞争力的小国，不愿走帝国道路的第三世界国家，不输于帝国规模的以华夏为首的国家成立了‘雷帕里联盟’，简称为‘联盟’。事实上，‘联盟’是一种政治、经济、军事、文化全方位的国际联盟组织，是多个国家的结盟，而各个国家之间是完全独立、主权完整的互帮互助，共同发展进步，先富带动后富，强国帮衬弱国。尊重每个成员国的文化传统和制度自治，每五年推选一个盟主国，盟主国的最高领导人将负责整个联盟内部的共同发展和外部的国际关系，而事关联盟的决策，需要每个国家的领导人共同决议，由盟主国领导人发布执行决议，现场采取一国一票的投票制，可以弃票，针对任何提案，盟主国领导人具有投 5 票的权力。而自‘联盟’成立至今，一直是由我们华夏担任盟主国，接下来‘帝国’和‘联盟’几乎包括了地球上所有的国家，独立在外的国家屈指可数。而为了国际形势的稳定，以及人类社会的有序发展，虽然意识形态不同，为了人类命运共同体的未来，‘帝国’首席行政官和‘联盟’最高领导人将通过不断的联系和商议，决策出整个人类社会的发展方向。随着两个‘国家’的深入合作和共同监管，人类社会终于再一次得以重新前进，而这也意味着‘第六次科技革命’的最终结束。两国领导人达成‘黎明共识’，限制规劝科技的发展方向，克隆、生化武器、基因技术、人工智能生命体等争议性研究被彻底禁止，在零容忍式的打击下，科研完全社会公示化和透明化，使得科研的重心重新回归到前五次科技革命中。航天、新能源等研究飞速发展，硬件条件的不断提高，也促进着科技的进一步飞升。2140 年至今将近 200 年的发展中，科技取得了不可思议的发展与进步，尤其是在航空航天科技、机械化、军事武器等方面的研究。在民用航天通道等领域，科技的发展以造福社会为主旨，覆盖了日常生产生活的方方面面，而至此，许多人包括两国政府将这个时期的科技发展称为第七次科技革命。”陈延庭带着骄傲介绍着 200 多年间的标志性发明和大跨越式的进步，随后又犹豫了，简单思考过后，还是开口说道：“当然，也有一些人认为第七次科技革命的称呼有名无实，人们这些年的发明研究全都是基于前五次科技革命的思路，所做的都是技术领域的不断突破，但在技术领域本身未能有任何实质性的变化。这些人认为，如果我们正视历史，会发现，人们始终没能从第六次科技革命失败的余波中走出来，人类已经感到畏惧了，要想科技真正意义上不受限制，必须直面第六次科技革命的失败，也就是说‘重启第六次科技革命’。有这样思想的科学家很快遭到了两国的一致打击，在无声的风波处理方式下，这些群体基本被消灭，只有极少数的人得以藏匿，这些人也统一被称为‘逆流’。”

话音未落，历史走廊就走到了尽头，最后一个展厅是学校主题的展厅，完整回顾了学校各个时期名人名师的风采风貌，同样记载了一些和学校有关的著名事件，校区的迁址、校名的更改、校区的重建等。每个人都陷入了沉思，具体在想些什么不得而知，而陈延庭的目的显然已经达到了。

陈延庭重新戴上眼镜，看了眼手表，示意同学们可以自行离开了，然后自己回到教室去整理刚才落下的教案，陶白拍了拍愣在原地若有所思的姜来，“你在想什么呢？走啰，回家去啰。”姜来抬头看了眼陶白，一贯理智的他眼神闪过了一抹慌乱，问道：“胖子，你有没有想到些什么？”陶白打了个哈欠，一脸正经地望着姜来，两只手搭在姜来的肩上，良久，开口道：“终于……终于见到了高清的Lady Gaga，她比书上画的性感得多!”姜来捏着陶白肚子上的赘肉，陶白疼得直哆嗦，浑身卸了力气，姜来趁势把他往旁边一推：“果然……你自己回去看吧，我找陈老师还有一些事情。”说完，他朝着教室走去。被丢在一旁的陶白冷哼一声，揉了揉自己也不知道是真的浮肿了还是太胖了的堆满肥肉的小脸蛋，叹着气去骑自己的小飞梭：“唉，这家伙，真是无趣。”

许是今天校史馆的观摩太让人震惊了，大量的内容急需消化，教室内只有收拾教案的陈延庭，姜来走进来，愣愣开口问道：“陈老师，机器人真的没有生命吗?”

第三章 / 少年们

真相不止一个，有多少人见证过就有多少真相，如果不相信历史的话，就亲眼看世界吧。

——《07-GHOST》

“哦？那你认为呢？”姜来的话对绝大多数人来说，像是个笑话，天方夜谭，甚至一些心胸狭隘的人，可能认为这是姜来在质疑自己，一些脾气不好的人，甚至早就借题发挥，认为这个人是在挑衅了，就仿佛在科技革命之前，有人问那些满口“子曰”的人，先生你说人可以飞天吗？先生估计早已经面红耳赤、声色俱厉地教训他了。但是此时的陈延庭已经是个“真正的老人”，不只是年龄，更多的是被磨灭的心境，还有就是，他真的蛮喜欢眼前这个愣而不自知的小孩。

“我不知道，也不确定，所以才要请教老师。”其实姜来并没有想那么多。至于姜来这样的理性至上主义者，怎么会问出这样的问题，只是因为这对他来说单纯是个问题，他想要个答案，并且他寄希望于他的老师、博学的陈延庭给他的是他想要的答案。

陈延庭："我认为你刚才并没有认真听讲。"

姜来："不，老师，我听了，听得很清楚。"

陈延庭："那你为何还会再问，我又说了什么？"

姜来："陈老师说全世界范围内没有，也不会再有机器人的研究了，但我怕是我听错了，怕老师的话本不是此意。"

陈延庭笑了，他这下大概明白了，眼前的人是个呆子，可能未来会是个疯子，但他喜欢这样的人，因为这样的人往往都很纯粹，这样的人往往也能做出一些成就来。陈延庭目光突然又闪过一丝留恋和失落，似乎是想起了年少时，甚至没有给他勇气的人，能创造未来的话，谁又甘心铭记历史呢？

"孩子，你听得很清楚，但我不觉得你是个愚蠢的人，如果放在第六次科技革命前夕，这样的想法或许才是时代的主流，我们可以飞天，机器人为何不能拥有自己的生命？我记得你很喜欢天文，也许是星空太平静了，才会让你把目光放在了已知的这片土地。"陈延庭显然不愿意给这个疯子一个过于肯定的答复。但事实上不只是他，每个人都知道，经历了那样一场大的持续性的变故，生命科学，人类伦理学，从科研到人文，人们的注意力已经在那次"黎明共识"的持续影响下，彻底"逃离"了地球，漂流到了广大的太空中，而那些永远无法回答的科学议题，也已经埋在众多科学家心里成为他们不愿意揭开的伤疤了。曾经该领域的科学家，被迫彻底告别自己穷尽一生心血的研究，这当然很难令人接受，有人调整研究方向，名利双收，有人从此隐退，不问世事，有人则随着固执的一腔热血，无声无息泯灭在了历史长河之中。而陈延庭这样说，也是他敏锐察觉到了，姜来身上无疑有那些伟大科学家几乎都有的特质，但也包括了他们特有的固执。

出乎意料的是姜来并没有表现得多么沮丧，只是简单思索了下，就很有礼貌地朝陈延庭点头致意，“感谢陈老师，我知道了。”便告别了陈延庭。

陈延庭暗暗嘀咕道：“孩子，那些走在时代前沿，引领时代方向的惊才绝艳的科学家，是时代真正的宠儿，但也理应担负起一个时代的未来，下个时代的责任。”

驾驶着飞梭从应天高中回家的姜来，显然是心不在焉的，每次过空中红绿灯的时候都要被身后的一阵鸣笛声叫醒，这些被命名为“飞车”的空中载具再次引起了姜来的沉思，不过更多是恶趣味式的吐槽，因为方才，他在21世纪初的橱窗里，看见了许多以“飞车”命名的游戏，显然这些车是飞不起来的，而盯着身后的“飞车”，他总感觉它们像是马上就要被一个漂移给撞飞了，思及此处，他止不住打了个寒战。

姜来的住所是独栋的二层带阁楼的平房，每层占地100平方米，还有一块空地作为院子，非常普通的建筑风格。事实上，这只是一栋经历了“生化革命”后在人口飞速减少的社会中很普通的住所。这个时代，最不值钱的就是地皮和房子了，在联盟，人均有一栋房子居住已经成了标配，高度发达的经济社会中，人们的生活比起之前好得太多。

姜来进门，换上拖鞋，把鞋子规整地放进鞋柜，事实上，他虽然是一个理性到极致的人，但他并不像陈延庭心目中纯粹的科学怪人那样。他热爱着科学，热爱着航天事业，但他首先是一个人，真正意义上的“一个人”。在他不能自立之前，他都是在陶白家里，由陶白的父亲陶海抚养长大的，而在他能逐渐独立的时候，却知道了陶海并非他的亲生父亲，陶白也不是他的亲弟弟。事实上，理智的姜来对此早有心理准备，毕竟陶海是一个大腹便便的大胖子，而站在陶白和陶海中间的姜来总显得格格不入，与对陶白的“不开心了就给一脚，看不过眼就臭骂一顿”完全不同的是，陶海完全区别对待姜来，姜来无论做什么，陶海从来都没有限制管教过姜来。姜来心里清楚，这是份很微妙的克制和距离感。陶海亲自把这件事情告诉了姜来，并且转交了他尘封多年的“家书”，告诉他，他的父亲叫姜浩天，母亲叫孟雅，曾经他们三个人在大学是一个班最好的朋友，父母为了国家航天事业，不得不将姜来托付给自己，毅然决然投身国家航天科研工作。姜来接过信件翻看，看得很仔细，似乎要从信件上手写的笔迹里把对父母所有的念想看个精光，看个通透，把过去的人生中从未得到的东西，通过目光牢牢锁进心房。但他看过之后，又出奇的平静，一贯的超越年龄段的平静，只是将自己锁在了房间里。陶海他们放心不下，多次或自己或差人叫姜来出来，姜来一到饭点，把门开一条缝，拿了陶海事先放在门口的饭菜进来，吃完又将碗筷放出去，房间内洗浴如厕一应俱全。就这样过了三天。在陶海几乎扛不住压力，要破门而入开导姜来的时候，连小胖子陶白都瘦了一圈，姜来自己从房间里出来了，神色与平日无异，举止平和。他同陶海私下沟通，说了父母留给他一栋小楼，把楼拜托给了陶海，他希望自己可以选时候住过去。陶海出于对姜来的关心，还是希望他继续同自己住在一起的，但拗不过姜来，还是随他去了。自此姜来便一直一个人住在这里，每月陶海会按时打来生活费。而住所偏僻，姜来也只会在交叉口等着与陶白一起上课，有时候陶白放学了会到家中做客。习惯了一个人生活的姜来，虽说不是什么“老油条”，但精通联盟的法律条文，更是深谙这个社会的生存法则。

他一路上都在认真思考，但并不是消化那些波澜壮阔的地球发展史，因为这些都写在历史课本上，闲家杂谈，野史里的故事。对于从小博览群书的姜来来说，它们太熟悉了。他一直在回味的是陈延庭的话，寻找着话里可提取的信息和有用的“疏漏”，他知道，让陈老师失望的是，对待科学他是无比纯粹的，但他也留有自己的小心眼在为人处世这方面，这不是他能选择的。早早独立的他，从小就被迫装进了太多的心事。这些心事成就着他，也同样制约和困扰着他。

刚进门，就传来了客厅电视的声音，但一直以来一个人居住的姜来却没有感到很困扰，仿佛早就知道一样，他怀着去抓“做坏事的好友”的心态冲进客厅，可当门“啪”的一声合上的时候，客厅电视的声音却戛然而止，等到姜来冲进客厅的时候，纯透明化的电视早已经呈关闭状态，还在缓缓被收进墙体。保管舱的过程就这样伴随着机械工作的细微声响，完全显露在姜来面前，“人赃俱获”，而主人公，此刻正跷着二郎腿，坐在沙发上，双手捧着一本倒过来的《海底两万里》读本，它的脑袋小而方，关节都是由可伸缩管连接，身体外部覆盖着一层光滑的“铁皮”。眼前的人一脸认真地盯着手中倒拿的书籍，似乎看得很入迷，没能注意到姜来的归来。事实上，姜来眼前的人，更确切地说是一个“机器人”，彻头彻尾的机器人，和大街上随处可见的当代智能机器人一样，有军用的，有民用的，各种用途的，通过提前的程序设定，来固定完成单一化的工作。而其智能性也完全体现在其可以完成的工作种类的多少，从而尽可能智能，但也完全是程式化的流程，被出厂调试好的程序，所有智能机器人都有着几乎一模一样的外观，依靠一些持有者的“染色潮”和颈后的编号来识别。而完全相同的外观，编号区分，无论军用民用，由国家统一组织生产的智能机器人，也是“黎明共识”后的全球法则之一。

姜来只有面对极少数的人才会卸下出于戒备心的“正经”，显露出本还是小孩子的那一面，陶白和陶海算两个，眼前的机器人也算一个。姜来盯着小动作不断、看起来十分慌张的机器人，开口道：“小六，你干吗呢，你看什么呢？开启。”不等默不作声的机器人解释，随着开启的语音指令，识别到语音解码的电视屏幕又缓缓降下来，视频图像、声音传来，画面上赤裸着身体的男人和女人……“关闭!”姜来又赶忙关掉电视，没好气地瞪着恨不得把脸埋进书里的机器人小六。

姜来：“我不在家的时候你到底都在干些什么啊?”

小六：“我……我……没有，不是你想的那样。”

姜来：“不是吗？我想的哪样？你快去照照镜子看看你自己现在的心虚样子吧!”

小六把书放下，摸了摸头，感觉解释已经没什么用了，便不甘示弱地说道：

“喂，姜来，这个21世纪的光碟，我可是从你的房间里拿来的！”

姜来一听，更加生气了，拉长了语气说道：

“你偷偷进我房间？”

小六一副恶人先告状、谁先谁有理的脸色说道：“喂，不是偷偷地好吧，我是正大光明地看见了。在你来这里之前我才是这栋楼的唯一主人好吧，你是鸠占鹊巢，而我见你一个人可怜才收留了你好吧？我进我家房间还需要偷偷地吗？而且你为什么会有这种光盘啊？”

这下姜来也红了脸，赶忙说道：“喂，这是我拿来收藏的古董好吗？还有这栋房子是我父母留给我的，信件上面也说得很清楚，我们俩拥有同等的使用权，搞得好像我抢你家一样。”

小六一脸得意道：“你敢说你自己没看过吗？”

“你……”姜来一时气得说不出话。但他在不知情的情况下，为了知道光碟记载的内容，当时确实拿来放映过，只是很快就被他收起了。可能当时这一幕被小六察觉到了，才有了最近小六的偷偷摸摸和他现在的骑虎难下。索性也就不解释，两人你一言我一语吵了起来，但与之前的很多次一样，很快满屋跑的两个人累了，便停下了互相攻击，躺在沙发上，宣布“停战”，重归于好。

姜来：“小六子，姜公子大人不记小人过，就不和你计较了。”

小六：“哼，今天六爷我宽宏大量，放你小子一马，切莫得寸进尺！”

“哈哈……”

在一片欢笑中，两个人的闹剧这才收了尾，各自打道回了各自的房间，而也正是小六子的存在，给姜来的生活增添了几分烟火气。

事实上，如果这一幕有第三个人，任何一个人看到这样的场景，都会用手仔细擦拭眼睛，反复确认后，才敢惊讶地大叫出来，胆小的，应该拔腿就跑了。他们会反复怀疑看到了什么，机器人宛如人类一样自然地独立地思考和表达，我想没人不想把他的铁皮脑袋打开，看看里面究竟是怎样的程序和芯片构造。但是又应该没有一个人敢，这个星球上，恐怕早已没人敢公然违抗凌驾于道德和法律之上的第三准则——“黎明共识”，那必然是一场血腥的清扫和屠杀行动，这是全人类的底线。每个人都很清楚，无论“小六”是否真正有比拟甚至超越人类的自我意识和思考能力，其现今表现出来的智慧和自主程度，已经远远超越了机器人所能研发的范畴，没有一个组织和机构的科学家，更没有一个军用或者民用的公司，有这样生产条件的同时还具备这样的技术，就算是以几乎不可能发生的形式出产成功，那又如何会出现在这一并不发达甚至落后的小城市中毫不起眼的小楼里呢？

姜来的理性从小就过分超出年龄了，很多人从未敢想象也不会知道的是，即使是在初步知道身世的时候，他在接过陶海给自己的父母信件之前，就已经将这一切情绪——对被父母抛弃的不解和悲伤，对与陶海一家如何相处的复杂情感，对自己如何面对这一现实的矛盾——尽数压在心底。调整好情绪，拿到信件阅读后，他的完全禁闭，是对当前情况和情绪的消化反应，更多的是如何去完成信件中狠心抛下自己的父母的“要求”，甚至连姜来自己都不知道，陶海的克制，父母抛弃幼子离开的狠心，他对于“父母”这一概念已经陷入了难以体会的自我怀疑中。陶海做得足够优秀了，他给了姜来一个传统意义上所有的父爱，甚至给心思细腻的姜来的疼爱，还要多过没心没肺、大大咧咧的陶白。但是他的父母是“那样的两个科学家”，姜来又岂是正常的孩子啊，越是这样的父爱，越让早有预知的他内心封闭和无感，他自己也不知道，从那以后，他对于“父母”留信中的要求，对于他们事业的不断努力追求，想要在航天科学上有所建树，去寻找自己的“父母”，到底是出于“对父爱母爱缺失的想念，对父母的思念”，还是“对抛弃的疑惑，对所谓父爱母爱真正含义的重新解读和寻觅”。但对他来说，无论哪一个“课题”的第一步都是相同的，他要去到那个联盟的最高科研核心基地之一——联盟航天科技研究院。他愿为此付出任何代价和不懈努力，而对于当时的他来说，从小背诵的“黎明共识”与父母信中摧毁他世界观的冲突，三天，仅仅用了三天，他便想到了初步的计划和接受了既定现实。

与信中前面长篇诉说对儿子的愧疚和可想而知的离开后会承受的思念痛苦不同，提到“小六”几乎是在混乱情绪中恢复了独属于伟大科学家的理性和淡漠：兹事体大，来不及解释，不可再多任何一个人知道，无论是谁，小楼里的机器人，务必如同爱护自己一样珍视和信任，这是我们留给你的改变世界的最伟大的礼物。你不需要去理解他，他会帮你，你也会帮他，这是你们的宿命，对外它只有一个身份，语言类机器人，编号 DM666，镶嵌了设定好的语言程序，可以陪主人聊天解闷。

姜来意识到事情的严重性，他不得已撒谎骗了所有人，包括陶海和陶白。他谎称信中是要他独自在小楼居住，他那三天情绪不稳定的崩溃状态，成功让陶家出于对姜来的保护，完全任由他做出这样的选择。而当姜来第一次踏入小楼，看到自己哼着小曲收拾家务的小六，即使是冷漠如他，还是如同所有人一样难以置信，他对于找到“父母”更加偏执和渴望了。小六的存在本身就是世界性的谜题，他终于理解为什么“黎明共识”会以军事手段去零容忍地执行，这些被严令禁止的非人道的伟大研究，对于任何一个人，尤其是有科学素养的人来说是一剂毒品，一朵罂粟，明知道危险，还是让人无法抗拒，趋之若鹜。而这样的机会却降临在姜来的身上，再冷静，他也仍是少年心境，当时的姜来是真的有拆了它的心。

“你个混球，那是什么目光？你在想啥呢？”这是小六和姜来相遇时，所说的第一句话，一个拿着扫把扫地的铁皮人，突然以诧异的眼光望着你，仿佛你才是那个奇怪的不该存在的铁皮人一样，这副形象让还是孩子的姜来笑了出来，无可抑制地笑了出来。

“喂，小子你笑什么？你爸妈不要你了，但他们创造了我。虽然没有血缘关系，但六爷我还是非常感谢他们的，所以六爷屈尊答应了他们照顾好你。你以后就跟着我混，叫我六爷，首先以后家里的家务就都交给你了，六爷先去歇着了。”小六拎着扫把坐在沙发上，一本正经说道。

“哦？那不就是说你得管我爸妈叫主人？那我也就是你的新主人，你得叫我少爷。算了，看你难为情，以后就叫我姜公子，好了小六，快去接着扫地吧。”

“你……胡说，我可是先来的，你父母让你听我的。”

“少骗人了，信里写得很清楚，你可没资格指使我，这是我家！”

……

两人你一言我一语，索性不再口头争执，干脆扭打在一起。一个固执的人和一个固执的铁皮机器人，两人难解难分，打累了就趴沙发上休息。

最终小六以微弱的劣势丢掉了手里的“武器”，宣告投降，通过和谈签订了往后让其一直抱怨的终生不平等家务条约。此后多年，小六致力于重新谈判和解除条约义务，都被眼前的姜来驳回：赢了一次能顶一辈子的，傻子才要再比，万一输了呢？

而也就是那时，姜来第一次了解到，小六居然会疼，而且真的很弱，人类这么担心的有意识的机器人就是这样？也太丢人了。

小六也第一次了解到：我一个机器人居然会疼？而且真的很弱，也太丢机器人脸了。

二人当时、此时、未来也不会想到，在这样小孩子般的争斗下，无声无息陪着彼此度过了隐瞒全世界的漫长岁月，而这段感情，起于姜浩天和孟雅对姜来的留信和对小六的嘱托，但又远远超过了这份彼此的协定，那是独属于人类文明的，时间铸就的感情纽带。两个孤独的、怀揣秘密的人，注定只有彼此能走进彼此的内心。

格利泽 667Cc 行星。

一众健壮的土著人正在草地上休息，这是颗浅绿色的星球，整个星球基本都被陆地覆盖，伴随着陆地上的一条条小溪和河流纵横分布。能在星际间驱驰的神奇战马在大地上肆意奔驰，累了便低头吃草，整个星球就是一片完美的牧场，也正是玛雅战士麾下战马的产地。在这样的独特太空区位环境中，星球上类似于地球的生物其实都面临着太阳系内最大的压强，最稀薄的氧气，以及远低于地球的引力，而在这种环境下生长进化，适应自然的战马们早已可以面对太阳系内任何复杂的环境，简单来说，整个太阳系的其他空间对生活在这里的生物来说完全是高速赛道。与其说这是一片天然牧场，不如说是生物进化的完美场所，生存在这里的战马在身体上甚至是超过玛雅人的存在，也因此在玛雅人发现这个星球的时候，这里也成为玛雅人进行自身锻炼和再进化的试炼场。

在这些土著人的最前方是一个戴着凶神恶煞面具的战士，后面的土著们七嘴八舌向他说着什么。这群土著人正是刚和地球科技最高结晶和地球文明最出色的战士们战斗过的难缠的战士，事实上这群战士并不像离开时那样轻松，很多人身上都有血迹和伤痕，甚至一些人有脱力的情况，更有甚者，似乎在高强度的作战中，已经失去了对手臂的感知。为首的土著人盯着前方的小河，摘下了脸上的面具，这个在帝国猎鹰军团重点观察名单上，曾带队给猎鹰军团的前进带来诸多麻烦，甚至开启了首次主动出击和埋伏的危险人物，这副凶神恶煞的面具下竟是一个看上去稚气十足的少年。

随意向上生长的头发，脸部的闪电刺青，以及赤裸着的满是肌肉的上身上有各种食肉动物的文身，但与那阳光下未脱稚气的脸庞却显得格格不入。事实上只有无遮盖的才是无法骗人的，库洛姆确实只是个十六岁的少年，而他却已经是这支土著精锐小队的队长和领袖。在这支小队中，只有拳头的大小来决定话语权，他无疑是小队中最年轻的一个，但也无疑是最善于战斗的一个，他击败了每一个轻视他的战士，他没有修长矫健的四肢，也没有最霸道的力量，体形上更是充满了劣势，但他确实是最强的，他用一次一次鲜血淋漓的挑战生生打出来了荣誉。

当然，对于实力的认可让这支小队团结在库洛姆身旁，但是这并不代表这群战士会同样地认可少年的阅历和战场经验，而在不成功的遭遇战之后，这一切展现得更加直白。针对与那些超过战士们认知的外来物种在星际间的遭遇战，甚至从未败绩、令小队战士引以为傲的个人战也被那个“令人赞叹的少年”打破纪录了。他们显然没有办法骄傲地回到家人身旁，回到自己的祖国，更让战士们难以理解的是这样的打完就跑的战法，大大损伤了属于战士们的自信，队伍中已经有很多不同的声音出现。

“我想库洛姆队长毕竟只是个孩子。”

“我不知道我们在做些什么，如果不是队长下令撤退，我会把那个臭小子干掉的，让他后悔敢直面真正的战士。”

“我想我早就已经登上他们的飞船，砍下他们的头颅作为纪念了。”

“就这样回家乡，是耻辱的！”

面对队伍中的议论，人群中最显疲态，也是在小队时间最长，年龄最大，某种意义上比库洛姆更有声望的精神领袖扎卡洛走向不动声色的库洛姆，开口说道："队长，现在大家的情绪都不是太高。"

库洛姆回头，对上了扎卡洛的眼睛，短暂的沉默后，他起身，用稚气的声音，尽量大声地喊道："你们是不是都感到很困惑？"

躁动的小队突然陷入了沉默，原因倒也很简单，无论再如何不满，眼前的这个小孩子，他们确实谁也打不过。

库洛姆："我知道大家都是最英勇无畏的战士，我们的家园期待着我们的捷报，但我认为你们已经做得足够好了。我们根本不知道这些家伙的具体情况，他们使用着我们未曾见过和拥有过的武器防具，我们这次的出击并不是要歼灭，而是要试探，看看他们真正的实力和意图，要得到更多的情报，并且我认为敌方也没有真的殊死一搏，我的直觉告诉我他们有所保留，在畏惧，或者说一直在等待些什么。"

听到库洛姆提到"我的直觉"，所有人的情绪似乎得到了安抚，因为他们知道，自从库洛姆带领这个小队以来，他的直觉从来都没有出错过，或者说这才是库洛姆真正的天赋，他对于战斗的擅长也是如此，他总能通过自己的直觉提前判断对手可能的走位和攻击，并可以更早地做出应对和反应，当然他在带队以来的战略意图和战斗方式也是如此，他的直觉帮助他支配着整场战斗。

库洛姆接着说道："我在跟他们战斗的时候，总觉得有无数双眼睛正盯着我们。在刚才的战斗中，这样的感觉尤为强烈，我的直觉告诉我，我们被盯上了，甚至可能再晚一点就会被吃掉了，那种压力让我选择了后撤，同样的在我后撤的时候，我一度感觉马上，我们马上就要揭晓这种感觉来源于什么了。但敌人出奇的狡猾，我不知道是不是他们也有这样的直觉，但最终我们什么也没能发现，但我始终认为，我们的所有战斗都是在敌人的监视之下的。”

这番话给了土著们很大的安抚，但显然无法完全解除他们的疑惑，包括一直以来帮库洛姆稳定小队间关系的扎卡洛，他悄悄问道：“队长，我们的人并没有看到有敌军的眼线或者伏兵，会不会这次您的直觉……”

不等扎卡洛说完，库洛姆打断他说道：“我相信我的直觉，它能带给我成功，我也接受我的直觉可能带给我的失败。”

接着，他便自顾自沿着溪流奔跑，一直到刚才肉眼可见的溪流尽头。扎卡洛紧跟着突然奔跑的库洛姆，站在停下的库洛姆身后，一言不发望着溪流后方无数的看不到尽头的支流，库洛姆双手叉腰，打了个哈欠，回头给了扎卡洛一个自信的微笑，说道：“扎卡洛，有时候我们没能看到的东西，并不表示它就真的不存在，只是我们看得不够远。我们需要的是亲自检验，不断提高，又或者等待，只是再多一点耐心的等待，时间会给我们答案。在答案到来前的那一天，我们能做的就是做好充足的准备。”

“传令下去，让大家原地休整过后，接着开练吧，我们还得变得更强大！”

与此同时的帝国猎鹰军团母舰内也并不安宁，原本偌大但空无一人的监狱里却迎来了离开地球后的第一个“犯人”。刚刚被押来的肯特无精打采地靠墙思考着什么，事实上因为只有一人的缘故，大通铺变成了私人大床一样的存在，各种设施一应俱全，但肯特却并没有选择躺下休息，反而是在角落里默默思考着什么。

一旁负责看守的士兵是安德森的超级迷弟，面带不屑地讥讽道：“知道为什么只有你一个人吗？我想也就只有你这样被安排进来的傻子才会质疑和顶撞伟大的安德森长官的决定，天啊，你知道你在做些什么吗？从未有你这样的士兵敢违抗他的军令，这是对整个军队的亵渎。”

肯特看上去像丢了魂一样，并没有理会士兵。

刚来到门口就听到各种讥讽声音的副官佩鲁叫停了看守的嘲笑：“士兵，你先下去吧。”

眼见是佩鲁到来，士兵们赶忙听令离开。

佩鲁走进敞开着的大门，走到肯特的身边，开口道：“年轻人，很沮丧吗？你们看不到的东西还有很多，但起码我看到了许久没看到的东西。”

肯特见是佩鲁，终于开口说话，强撑的冷漠面容也开始逐渐崩解，他的眼角垂下去，眼眶开始湿润：“很好笑吧，长官，我看上去是那么的自以为是。”

佩鲁安慰道：“只是所站的角度不同罢了，站在你的角度上，你很有勇气，也说出了内心的想法，不见得就是错的，毕竟‘天眼’是你们这些人的心血。”

肯特接着说道："我想我确实不是个，也不配是个合格的士兵。"

佩鲁："对，起码现在看上去还不是，但你身上有成为独特的优秀士兵的潜力，我想你应该离开了。"

肯特："去哪儿?"

佩鲁："回到地球。"

肯特："我会直接接受我的任何惩罚，不会再起诉到军事法庭了。"

佩鲁："我想你误会了，你不用去什么军事法庭，回到军校吧，或者回到装备部，那里需要你，需要你这样敢于发言的人。我们都有预感，星空短暂的平静维持不了太久的，地球文明是不会坐视不管这样充满威胁的种族的，总有一天，战争会来临，并且我感到这样的日子已经快到来了。将你的这份感悟和愧疚带回去吧，然后等到需要你们的那天，再带着全新的你，和全新的士兵们回来，我们和星空都等待着你们的归来。"

此时肯特的脸上已经满是泪痕。他开口说道："安德森长官知道吗，您这样做?我这样的人配吗?"

佩鲁笑着说道："你还有梦想未实现，我们的使命也还未实现。鼓起干劲来啊！至于安德森嘛，在这个军队，没有人会在未经安德森允许的情况下做出任何决定，包括我。"

肯特原本动摇的心突然涌上了无尽的暖流，他越是用力让自己看上去没有悲伤情绪，眼泪越是不自觉地在倾泻，他脸上的肌肉纠结在一起。尽可能标准地站直，他朝着话音未落就已经离开的佩鲁敬军礼，又颤抖着用不太标准的军姿，朝着作战指挥室的方向敬礼立正，高喊道：“遵命，长官！”

一个年轻人离开了，另一个更年轻的人还在关禁闭。

在安德森的命令下是没人敢同被关了禁闭的尤塔联络的，但士兵们口中，一个神秘的女人却拿着同行的命令见了尤塔，并和其有过一段较长的交流。而在那之后，第二个拜访者也成功被“放”了进来，同前一个访客一样，这名来客也是个女人，并且也是个无法阻拦的女人：一头精干的短发，立体的五官，飒爽矫健的身姿，不着雕饰，微微敞开的军装给整个人增添了活力，还有让人难以忘却的干净而温柔的笑容。

她是尤塔最信赖的伙伴之一，更是他从小一起长大的玩伴，无论尤塔去到哪里，她都会跟着去，也会支持尤塔所有的决定，当然也是为数不多会让尤塔改变主意的人，尤塔一直以来的参谋——凯特琳。但凯特琳是以另一个身份出入禁闭室的——在这个军队中一人之下的副官佩鲁的独生女。

凯特琳走进禁闭室，差走了看守的士兵：“喂，士兵们，今天的事情不准说出去。”然后指向自己肩上的军衔，接着说道：“我是你们的上级，这是猎鹰的规矩，也请你们至少先服从我的指令。”

“是的，长官！”士兵们齐齐答应，就一起几乎是逃一样离开了这里，对于他们来说多待一秒都是一种折磨。看管着最年轻的新“传说”，还面临着一而再再而三的“无法阻拦”的探监，这几天的生活他们早受够了，这已经远不是他们可以看清的局势了。

凯特琳关上门，走到坐在一旁看书的尤塔身旁，看了眼桌上的水果，开口道："阿姨来过了吧？"

"嗯。"尤塔放下手中的书，有些意外地说道，"你怎么也来了？"

凯特琳笑着说道："这不是阿姨来过了嘛。我跟我爸说了，他知道的，没有拦我，估计知道你心情不好。"

尤塔："辛苦佩鲁叔叔了，跟在那样一个人身边这么久。"

凯特琳："尤塔，或许这次你也应该从自己身上找一下原因，你有些过分的个人英雄主义，甚至你违反了军令。这两天你大概也应该听说了，肯特被送回地球了，安德森将军的做法也因此得到了大家真正的理解，他总是有他的考量的。"

尤塔："我想你不该在这个时候劝我，你知道我可以的。"

凯特琳罕见地打断了尤塔的话："安德森将军并没有为难肯特，反而给了他重新证明自己的机会，如果你愿意，也会有这样的机会的，我的父亲跟着他并不后悔，我跟着你也不后悔，因为我们都对所忠诚的人充满了信任。"

尤塔："我也信任着你凯特琳，只是我迫切地需要去做一些事情，不管是对我，还是对整个军队，甚至是整个人类。"

凯特琳的脸蛋突然添了几分红晕，她接着说道："但就像我的父亲劝安德森将军，我也需要在应该这样做的时候拦下你，没做到是我的问题。我不应该眼看着你违反军令，下次不会再让这样的事情发生了，无论如何我会做好一个参谋该做的事。"

"无论如何，我会一直等你的，等你想清楚，等你重新再来，尤塔。”不等尤塔反应和回复，凯特琳像是暗暗下定决心，只是单纯来向尤塔说出自己的宣言和决定一样，留下尤塔一个人回味，转身离开。

尤塔没有挽留离开的凯特琳，他了解她，正如她了解他。他重新拿起桌上的书，举起放在脸前遮挡住了面部，不让人看到任何表情，没人知道此时的他到底在想些什么。

与此同时，地球上准备复仇的少女，一直在偷偷减肥的少年们，土著主星球上，王宫里的一片嘈杂声中，年轻的公主正骑着自己的小马任性地踏上自己的旅程。无数少年都在积累着，或者经历着，或者期待着，或者践行着，他们迫不及待地去迎接、去催促属于他们的时代，他们已经迫不及待要登上大人们口中说的，在书本中描述的，无比诱人的历史舞台。

第四章 / 玛雅的黎明

事物是永恒运动的，是相对的静止和绝对的运动，而看似沉寂的太空更是如此。

——［24世纪著名哲学家］巴塞罗

太空，帝国星际特战部队猎鹰军团母舰总司令部。

安德森在自己的房间内，以一个相对勉强，但又挺拔的坐姿坐在自己的办公桌前，两只手交叉撑着下巴，盯着手中的文件，看上去有些心不在焉。

“安德森，喝些咖啡吧。”中年女子从背后轻柔地将手搭在安德森肩上，另一只手将咖啡端到安德森的桌前，这个时候能出入安德森办公室的，当然也只有他此生唯一的挚爱，他的妻子阿丽塔。岁月已经在女人的脸上布下了皱纹的痕迹，但无法遮盖的是她温婉的美丽，岁月同样也给她时间的风韵，胜过火辣的身姿，历久弥新。

“谢谢夫人。”安德森现出脸上久违的微笑，他将杯子拿起，放到鼻尖嗅了下咖啡的香气，就着热腾腾的杯口轻轻抿了一口，热意让他陷入沉思的大脑稍微清醒。安德森摸了摸放在肩膀上的手，彻底将身子瘫在了椅子上，卸下了所有防备，除了身上那件几乎没有皱褶的军装，没人能把此时的人同那个冷漠骇人的帝国司令员联系起来。

阿丽塔抽回了放在安德森肩膀上的手，顿了顿开口道："安德森，听说今天你接连遭到了两个部下的指责。"

安德森的眉头皱起，重重叹了口气："是啊，现在的年轻人，火气都大得很，公然违抗命令。"

阿丽塔："也许是我们年龄大了，已经不再是一个年代的人，但从历史上来看，多听听年轻人的看法或许没错。"

安德森："哼，我可没觉得我老了，无论如何，下级违抗上级的军令可不是个好习惯。"

阿丽塔的声音突然变了味道，向后两步说道："那尤塔呢？"

安德森喝咖啡的手也一顿："不让人省心的家伙。"

阿丽塔："也许你不应该仅仅当他是你的部下，毕竟他是我们的血脉。"

安德森将杯子用力放在桌子上："儿子更不该违抗一个父亲的命令，更何况我还是他的长官。"

阿丽塔："但你首先是他的父亲，我去看过他了，他很沮丧，似乎有使不完的力气却无力宣泄，无法证明自己。我看得心疼，你应当对他委以重用的，所有人都认可他的能力，你所谓的侦察工作对他来说就是侮辱，你知道这一点的，但你还是这样做了。他想要的证明自己的机会可不止如此，而他迫切地要证明自己这件事也和你不无关系，毕竟他是尤塔·安德森，有一个被誉为‘帝国雄鹰’的父亲。”

阿丽塔特意拖长了安德森三个字，安德森紧紧闭上眼睛，眉头皱得更紧了：“正是这样，他才太过于年轻，太冲动，也不懂得退让。战场上从来没有一帆风顺的，不是每一次冒险都能获得该有的收益，有时候一次失败的代价会大到你无法承受。”

阿丽塔：“安德森，你我都清楚，你曾经也是这样的，你最没资格评判他的行为。”

安德森：“但我们付出的代价也都还历历在目不是吗？我是他的长官，更是他的父亲，现在的他还欠缺太多。”

阿丽塔：“可你从没给他真正的信任。你不行的事情，为什么就要觉得他也不可以呢？他已经比同一年龄的你优秀得多，那些属于你的记录也在不断被他打破，你有你的方式，他也会有他自己的方式。”

安德森有些不耐烦了，摆了摆手道：“你先回去休息吧夫人。军令如山，我做出了决定就不会轻易更改，让他冷静下来思考一下吧。”

阿丽塔追着问道：“那这个时间是多久？他可没那么多年轻的时候。”

安德森彻底不耐烦了，说道：“至少最近一段时间吧，具体多久我不能给你答复。”

阿丽塔冷哼一声，朝着门外走去，走到门口的时候，又回头用细细的声音说道：“那安德森长官，您最近也就先在这里休息吧，可以先不用回房间去了。”

安德森咬紧牙说道："最近？最近是多久？我想你不该在这个时候给我再增添烦恼了。"

阿丽塔朗声留下一句："如你所言。"便头也不回地离开了办公室，只留下在座位上已经彻底瘫坐扶着额头的安德森。

安德森显得有些苦恼。但他明白眼下最重要的事情还是整理和分析手头这些文件，他知道离"那场会议"的截止日期近了。而这段时间通过侦察和遭遇战，对于这些土著人的军事意图、作战习惯的分析，是他的任务和使命。而桌边被他单独放置的，是仅存的一份关于同土著人单兵作战的战斗报告和数值分析，显然经过帝国专业的数据化分析系统，一场战斗录像，甚至是记载在装备芯片内的损伤数值等结合起来，可以将战斗的数据量化成数值去进行更好、更直观的比对和分析。在安德森的看似佯攻实则分析的作战计划中，其实并没有这方面的数值取证，换句话说，在远超人类群体的进化数值、可以通过群体的进化来面对人类科技的土著人时，单兵作战显然是最没有效率和胜算的一种方式，这在安德森的"不败作战哲学"中无比鸡肋。事实上安德森一贯以来的战术确实是看似保守的，通过对大规模的集团军联动作战，立于万物战场之上的高度大局观，这是安德森无与伦比的独特优势和天赋，但这也建立在，对于整体的强调和个体发挥的扼杀，这种协调作战更是以克制的防守战术为核心。在安德森担任指挥官以来，甚至没有敌人能攻到安德森的司令部，只要司令部不被攻下就有卷土重来的战略可能，就可以立于不败。其实，安德森也会有局势处于下风之时，甚至有过司令部遇险的情况，但这也是他私下里曾为老一代军人们诟病的地方，顺时，他是战无不胜的雄鹰，逆时，也不会负隅顽抗，像不可捉摸的飞天雄鹰，拍拍翅膀溜走，再图谋反击。安德森在军中是几乎没什么同级别的战友的，因为所有人都知道，与安德森并肩作战时，遭遇不可逆转的险情时，安德森会毫不犹豫地弃他人于不顾，舍弃局部利益看重战场全局，放弃个人能力强调集体协同。仿佛战局是棋盘，他手中一切可用的战力都是棋子，而站在最高处的执棋手安德森也因此被反对的人称为“无情的雄鹰”，正如他在自己的军事著作中所言：为一场胜利而牺牲，是所有军人的最高荣誉。

从不尝试冒险战法的安德森，收到了全球第一份关于单兵作战的可能性分析，而这一切得益于被他关了禁闭的儿子尤塔，当然接下来的这一幕也没人会看到：安德森几乎带着满脸的笑容，将这份仅仅几页的分析报告翻阅了无数次，甚至拿出笔勾勾画画，仿佛是在研读一本爱不释手的军事巨著。

地球，南极圈。

无数被架起来的集装箱组成了纵横交错的空间，在冰冷的废土上，不同于当下流行的建筑风格，整个建筑区域构造并没有强调集合区域和线条感，而是采用了非常简易的方式，单纯的箱体相连，行走在其间的人们穿着特制的南极科研工作服。事实上在生化革命之前，各国对于南极的探险和利用已经较为完善了，通过生化革命，南极也被实力领跑的帝国和联盟划分，泾渭分明。而据说帝国依旧没有放弃“曾经”的生物实验，这一传闻的大部分原因要归咎于完全对外消息封锁的南极圈实验，而联盟显然并未用“黎明共识”针对帝国，也被认为是其同样未公开南极科研圈的秘密。两个超级政治军事体在互相包庇的传闻也甚嚣尘上，但传闻依旧只是传闻，双方都保持着沉默，并没有对具体情况有所回应，所以所谓南极的秘密也就更加吸引着无数人。南极圈是开放游览的，恒温服的不断轻薄化也使得很多人愿意来此。但是即使是当今的科技水平，对于人的身体素质提高并没有发生质的变化，更多的是依靠科技装备来说，南极的“游览”依旧是非常危险的，有各种不确定因素，同时这里两大国的空间站是不予接待的。当然，挡不住真正具有好奇心的人，同样拦不住金钱的驱动力，两大国之外的极个别小国，完全有能力在南极建立小型空间站，而南极的空间站住宿租赁也成为国家创收的重要来源，但两大国的科研空间站宛如禁地，被严加防控。

贝鲁是帝国的一名公民，也仅限于此。在机械代替人工生产之后，贝鲁失去了赖以生存的加工业，彻底失业，所幸国家的资源配比完善，仅是最低生活保障就已经可以生存得不赖，因此贝鲁每天不是和同样群体的朋友喝酒便是在喝酒的路上，醉鬼的名号也“小有声誉”。如果说这一号人物会出现在南极，酒桌上的朋友们一定会把这当作天方夜谭，认为是造谣者的异想天开，但显然，生活就是这样充满了未知，你分不清是惊喜还是惊吓，而醉鬼贝鲁此时此刻正穿着轻薄的恒温服，背着特制的可以飞檐走壁的钩锁猫在联盟南极站的界线边缘。他身着帝国装备部的最前沿信号屏蔽器，紧盯着巡逻的卫兵，对他来说，只要用最原始的方式躲开这群卫兵，就可以潜入进去一看究竟。

贝鲁拿出特制瓶子装着的酒，往嘴里送了一口，扔出钩锁，他找到了完美的时机，在两个卫兵背身交错的一刹那，但等他飞出去的那一秒，他便后悔了，从外围陡峭的雪山飞过去，交界线内是一片冰原，在这样的空旷中，贝鲁根本无可遁形。事实上，在外界远处看见的空间站完全是假象，整个内部完全颠覆了贝鲁的认知，甚至是人类的认知。白茫茫的冰原上是随处可见的绿植，在这片白色的“土壤”里，企鹅、雪豹、雪狮自由地在这片乐土里生存，沙漠绿洲还是海市蜃楼，一直是个千古的难解之谜，那么这片南极绿洲，则是在蜃楼之下。贝鲁来不及惊叹当代科技的伟大，他内心热血涌动，他明白自己发现了真正的秘密。他心里焦急地思考着：他即将扬名立万，让那些小妞后悔拒绝他的追求，让那些狐朋狗友惊叹他贝鲁的伟大，不对，这足以让整个帝国记住。严密的防守和密集的守卫竟也是海市蜃楼，贝鲁眼前除了冰原外，只有一条路和一个告示牌，写着：回家的路。

贝鲁此时哪里还有心思胡想，他径直沿着这条路走下去，他知道他每多走一步，多看到一些东西，之前大价钱参与实验的那只假眼，就会将这里的信息同步到他的雇主，事实上在帝国的地下社会，这样的亡命之徒太多了，而他显然是最幸运的那一个，至少在他看来。无论是否能活着走出去，他都是真正的传奇，但显然他的野心更大了，如果他能活着走出去，是否还有机会参与竞选呢？在他的胡思乱想中，路很快就到了尽头，尽头处是独一栋的院落，贝鲁上一次见到这样的建筑，还是在那个远古的游牧时代，而在这里他第一次见到了人，他不知道是不是幻想，这些人仅仅用叶片遮住关键部位，四肢修长，肌肉健壮，像极了在帝国近年来随处可见的荧屏上的土著人形象。而在这样恶劣的严寒中，这些人竟然和身着恒温服的他看上去没什么区别，而在一众人围坐的正前方，是一个白发苍苍的老人，穿着便服，衣服一看便是经过特殊处理的。老人在前面教授他们一些东西，贝鲁警惕地站在一旁盯着他们，语言并不是任何问题，耳朵里的语音转换器帮助他很快得到信息。

老人在跟面前围坐的土著人讲解着一些文字，子曰："学而时习之，不亦说乎？有朋自远方来，不亦乐乎？人不知而不愠，不亦君子乎？"

而本该无比违和的这一幕，在土著人皱褶遍布的微笑中，和老人温柔的强调和耐心的讲解中显得出奇静谧和谐。贝鲁不自觉就跟着听了进去，呆立在一旁听着这些晦涩难懂的文字背后的意义。

老人显然注意到了一旁的贝鲁，开口打破了眼前的宁静："年轻人，坐下听吧，别站着了。"

贝鲁一愣神，竟然呆呆坐了下去。老人示意一旁的土著人可以先行离开了，土著们跟放学了的小孩子一样，四散开来，他们超人的身体素质使得对人类来说无法生存的环境对他们来说就是一个天然的游乐场。老人示意贝鲁跟着他过来，然后自顾自朝着唯一的小屋走去，贝鲁有些迟疑，老人又开口道："这里有你想知道的一切。"

贝鲁迟迟等不到雇主的下一步指示，或者说当前的情形已经完全让贝鲁失去了对于当下形势的判断，他也似乎根本没注意到耳朵里联络外界的微小仪器早已没了动静。

老人一进屋便娴熟地沏茶。简单寒暄了两句，屋子里的氛围十分温馨。对于贝鲁来说，一种难以名状的温暖涌上心头，贝鲁很快完全卸下了防备，面前只是一个手无寸铁的老人，并且似乎还很温柔和知心，贝鲁已经忘了有多久没有人这样对待他了。作为一个被时代和社会抛弃的失业工人，贝鲁受惯了冷眼和嘲笑。

老人缓缓开口道："年轻人，我叫孔立人。如果不介意的话，可以和老夫聊一聊，你的眼睛里似乎有很多心事。"

贝鲁在这样的环境中不自觉开口："我，我叫贝鲁……"贝鲁自己也没有发现，他不知为何就这样说出了自己的真实名字和从前的经历。如实道来。

老人看一旁的茶水烧开了，听了贝鲁的讲述，眼睛里也有一些动容。他亲手为贝鲁沏了一杯茶，沉思了会儿，见贝鲁不动，便自顾自沏了杯茶，放到鼻子前一闻，抿了一小口放下。贝鲁便也学着老人的动作，抿了一口。

老人："为什么要来到这里啊？你不该出现在这里的。"

贝鲁脸蛋微微一红，开口道："说真的，是来做亡命之徒的。不瞒您说，现在我们的一举一动都会被传递给我的雇主。"

老人似乎有些诧异贝鲁会直接说出来："那为什么又要告诉我？"

贝鲁："其实对我们这种人来说，如果放在曾经的社会，不知道要生活成什么样子，但反而是现在这样，我们什么也不做，也可以很好地生存。那种迷茫您懂吗？似乎失去了本来生存的价值，我们都已经是无意义无价值的死人了，其实早也活够了，有时候我们做了什么，远比得到了什么重要，起码这是一件看上去就很酷的事情不是吗?”

老人笑了：“那为什么不杀了我呢?”

贝鲁：“您是个不一样的人，一位我没见过的人，似乎您从没有轻视过我。即使我们从未有过交集，但我感觉我伤不到您，我们之间的距离远不止于眼前所见。”

老人先是畅快地大笑，随后严肃了起来，说道：“年轻人，你也比之前的人有趣多了，真可惜我今天还有一件很重要的事情要做，不然真想陪你多聊一会儿。人的价值有很多种实现的方式，可你们却偏偏选择了错误的那条路，便理所当然要付出一定的代价。”

贝鲁低头沉思，似乎是想起了什么。老人接着开口说：“你是个有趣的人，而我也答应了会解答你的疑问……”

贝鲁慌张地打断了老人的话，指了指自己的眼睛，用力挤弄着眉眼开口道：“先生，真的可以告诉我吗?”

老人见状，笑得更开心了：“还真是出乎意料的有趣。喝口茶吧年轻人。没关系的，我从来也不觉得这是什么见不得人的秘密，或者说当这是秘密的人也从来不是我。如你所见，那群土著人，早已不是孩童的年龄，但智力好像甚至还不及孩童，这几乎是人类不可能拥有的基因能力。”

贝鲁忍不住再次打断道：“先生，可是生物基因工程的研究，涉及此领域的有违人类自然进化的研究早已经被铁血手段明确禁止了，难道是有人偷偷……”

老人也直面了贝鲁的疑惑：“你说得对，但这个世界上就有很多阴影中的东西不是吗？比如我们现在所待的这里，再比如你背后的雇主。”

老人没理会重重低下头的贝鲁，接着说道：“人类是有其贪心的一面的，但人性总归是善良的。同样人类是善于反思和总结的，事实上我认为即使不这样严控，已经付出惨痛代价的人类，无非是彼此之间的争斗，在面临整个族群兴亡之时，没人会做出这样的决定的。而你所见的却也是真实，因为他们并不是人类。他们的进化也并不是在地球环境中可以实现的，可以说人类在大脑不断进化的时候，他们的身体在不断发生进化，这一切和环境有关。地球没有如此恶劣的生存环境，但是太空就不一定了，而他们也正来自太空，可怜的孩子们。可想而知那样恶劣的太空环境，给予了整个族群怎样恐怖和惨烈的蜕变过程，才让他们像如今一样适应绝大多数环境生存。”

贝鲁显然十分惊讶于老人的话，急忙问：“太空？不是早在很多年前就已经验证过整个太阳星系内除了人类是没有其他所谓碳基生物的文明，甚至说没有生物文明的存在吗？”

老人的面色变得沉重：“孩子，你说得没错，但太空在不断变化不是吗？许多年前一位伟大的科学家牛顿提出万有引力定律的时候，也不会想到自己的发现只是个特例，更不会想到自己在晚年会相信神的存在。但任何事物都有其存在的意义，同时也可以对其追根溯源。事实上，一直以来的探索是没有出现致命错误的，整个太阳系中，很难找到像地球一样适合人类生存的环境了，甚至是人们认知中的生物。但如你所见，甚至又超出你所见，这些土著人，可以这样不着寸缕适应太空环境的极温严寒，皮肤可以抵抗高压力，可以类似于厌氧生物在氧气稀薄甚至完全没有氧气的情况下生存，肌肉的力量和耐力极限难以估量。”

不同于说完之后还能云淡风轻抿口茶水的老人，贝鲁已经目瞪口呆，良久才又问道：“那联盟和帝国不知道吗？这样的消息是如何被封锁的？为什么整个人类社会毫无消息？”

贝鲁的话显然也涉及老人比较敏感的地方，老人加重了语气说道：“那些人啊，瞒了很多。畏惧社会的动荡。我们目前所处的南极，另一头的北极，大洋的深海，荒无人迹的高山，一望无际的沙漠，这些地方都有这样的基地。而自从帝国和联盟第一时间针对这些消息做出了稳定社会、暗中开辟太空战场的决定后，这些地方就加速了军工甚至民用装备的研究，这两年来应该已经小有成绩了。大批广告的投放，民用防护装备的普及和教学，人类应对威胁的能力在不断提高，这需要一个过程，虽然我并不认同欺瞒大众，但从目前的情况来看，这样的做法似乎取得了成效。”

“假的？全部都是骗人的吗？”贝鲁眼中有恐惧，也有惊恐，情绪十分复杂。

老人接着开口：“但从另一个角度来看，也许不能称作是完全的谎言，毕竟这些土著人严格意义上并不能算是外太空生命体，因为他们也是人，也是地球人。”

“什么？”贝鲁这次彻底控制不住情绪，大吼出来。

老人似乎早就知道他会有这样的反应，不紧不慢又倒了杯茶，示意他平复情绪："这些土著人确实是人类，和我们来自同一个星球。这两年来帝国和联盟各自的太空军队，一直在不断收集情报和数据，不断分析和研究土著人的由来。首先是确定了土著人所生活的主星位置，包括几颗占领星球，事实上通过对土著人最新的解剖及基因分析等来看，他们的基因完全就是人类的基因不断进化而来。但是至少在太阳系的星球中，再没有星球能诞生人类这样的生命，可以说他们当前所在的星球，是后来不断进化中选择的地方。而在全世界人文社科领域的专家学者们的不断探究中，在一年前他们初步理清脉络，土著人是从地球文明中逃离或者说自行离开的，我们用另一个名字来称呼这些几千万年前的同胞应该更合适，他们是玛雅人，来自那个凭空人间蒸发的玛雅文明。"

贝鲁这次彻底惊讶得说不出话了，过了好一会儿才嘀咕道："那他们当时为什么要离开，又是如何离开的，难道人类文明在倒退吗？那他们现在是要重返地球吗？又是为什么？是侵略吗？我们人类能不能抵御？"

老人缓缓开口："你现在的问题，也是这两年来困扰全世界知情人士的问题。目前我们能做的也只是尽力做好准备迎接一切未知。"

贝鲁接着喃喃道："你到底是谁啊？"

老人看了眼墙上挂着的钟表，说道："时间也快差不多了，这是你最后一个问题了吗？"

贝鲁愣愣地点头。

老人带着一个极度温柔的微笑说道："孔立人，一个儒士。"

贝鲁作为帝国的公民，很少会接收到关于联盟比较正面的信息，尤其是以他这样的社会地位，很多人可能一辈子都难以在帝国听到这个名字，但相信每一个联盟的人都会艳羡于此时的贝鲁，他面前的这位，可是被誉为当代“亚圣”的教育家、哲学家，当然他本人更愿意称自己为一个普通儒士的儒学大家。而从联盟组建以来，儒学就再次成为整个联盟内部的显学和指导性思想，社会大刮东方“文艺复兴”之风，更是归功于眼前划时代的孔子百代后人，九九进百，自幼立志弘扬先祖学问的孔立人，在古稀之年，早已称得上无比成功。

贝鲁告别了老人，心底将这个名字牢牢印下，而老人也亲自来到门口送行。一老一中年，白发人送别黑发人，在一片白茫茫中，贝鲁转身走向唯一的道路，嘴角带着微笑，他似乎找到了重新面对生活的理由。就如同老人最后所说，他这样的人，同样肩负着时代的使命，何苦为不知道来历的人卖命？简直是浪费了自己的生命。

贝鲁就这样想着，想着……扑通一声，他毫无征兆地倒在了地上。

洞穿他心脏的是一记几乎快到看不见的激光射线，来自小屋背后更深的地带。事实上南极是一个圈，小屋的位置也只能算最内圈，内圈内的区域，贝鲁是看不到，也不会想到的，他刚才在屋内没有问这个问题，也再没有机会知道这个问题的答案了。贝鲁在外圈所见的并不是什么海市蜃楼，而是真实的存在，只是内圈内部的联盟南极总基地，通过镜像反射放大无数倍后的镜像投射在外圈，实际的总基地并没这么大，对外来侵入者来说，这里要比看上去更危险致命，但对其守护对象而言，这很安全，这里有联盟最先进的武器装备，守护着国家最机要的秘密。

贝鲁眼睛里的芯片在进入圈内的一瞬间就失去了对外界的传输能力，就算是帝国最高的科技也仅是能和联盟旗鼓相当，想要这样大方闯入带走影像简直是天方夜谭，这也是他后来再没能收到指示的原因。所以对于贝鲁的一生来说，他认为最酷最有意义的事情，似乎也根本毫无意义。他们就是被随意牺牲掉的亡命之徒，但唯一值得庆幸的是，贝鲁死得太快了，甚至来不及感受到疼痛，他还是微笑着，死之前最后一刻还是那样的幸福。

同样他也不会知道自己得到了那些最出色战士的诧异式关注，给出那一击的战士甚至迟疑了片刻才扣动了扳机，因为之前从没有一个人像贝鲁一样可以在屋内待如此长的时间。会不会真的是屋内老人的老朋友？但没有接到新的指令他只能执行固有的命令，这是孔先生亲自要求的，一方面是亲自盘问这些将死之人，不过明眼人都知道，更多的是另一方面，孔先生想让他们最后实现心中所想，先生谓之：“先礼后兵。”

本在一旁玩乐的玛雅人显然注意到了倒下的贝鲁，鲜血在白茫茫的大地显得尤其明显。玛雅人内心的原始渴望被激发，就如同他们的穿着一样，他们的野性也停留在玛雅文明凭空消失的那个原始时代。

“停下来，我是怎么教大家的。”孔立人一句话，玛雅人便不舍地停下了奔袭，谁也不敢有什么异议。这一幕基地的人都见怪不怪，但很多从太空战场受伤回到地球，或者还坚守在太空的人要是看到眼前这幕，一定是不敢相信的。凶狠血腥的玛雅人会听一个老人的话克制了自己原始的冲动，也许这个老人当初看上去不切实际的设想，还真的不是不可能。

随着玛雅人悻悻散去，离开尸体，尸体很快就在雪中以一种奇怪的方式下沉，消失在白色大地。耳边的声音传来，告知了联盟的太空军队根据指示捕获了新一批的玛雅人，即将运送回南极基地，同时全球高层瞩目的星空会议，也将按时召开，通知孔先生如期赴会参加述职。孔立人心意一动，模拟传音器就将其所想通过文字和音频传到了报告消息的人处，孔立人低头不知道在想些什么，随后将手中的茶水洒向小屋门口，然后回头面向屋内的黑暗，没人知道此刻他是什么样的表情和心情。孔立人并没有呼唤灯光的开启，他以余光瞥向贝鲁曾待过的地方，喃喃道："有错在先，当负其责，此为规矩。老夫亦不可逾矩，走好，小友。"

后人们对于孔立人有很多的疑问，有人说他原本不姓孔，他到底是不是孔子的百代后人？有人质疑他是虚伪的儒士，卑鄙的政客，有人说他是这个时代最有责任感的文人，也有人说他是时代最扭曲残忍的骗子，有人说他是仁德义行的圣人，也有人说他是精神分裂的病人。当然这样的人生平早已被人刨个彻底，但对于其晚年常挂在嘴边用以举例教书育人时常说的："我的一个西方朋友贝鲁。"贝鲁是谁？他是什么时候见到这个西方人的？这一切都无从考证，也成了真正的历史疑云，而唯一可以考证的是孔立人小屋门口不远处，确实立着一个墓碑，上面镌刻着：我的一个西方朋友贝鲁——孔立人。

当中间传令的卫兵将孔立人的反应报告给远在穹顶之上的联盟联军星际军总统帅——张振国之后，整个联盟联军星际军便因此再次爆发了分歧，事实上作为联盟华夏军代表人物，张振国是深受由华夏历史中生发，流行于当今联盟的儒学思想影响的。在帝国和同盟国有了“黎明共识”之后，世界局势并没有想象中那样和平，各国边境依旧小规模矛盾冲突不断。在两国默认限制武器破坏力的情况下，小规模的军事冲突和不良事件爆发已经成为心照不宣的事实，而当今服役的高级军官们，无疑都是这些战争中脱颖而出的当代杰出的军事家，帝国雄鹰安德森正是其中之一，同样在联盟也是如此。但与各国实力相差不大的帝国不同的是，华夏对于整个联盟区域来说，从每一个方面来说都是真正的巨无霸，是全方位的碾压，而张振国以其高明的怀柔手段，用最少杀伤的方式对战争进行整合而不是斷杀，因此得到“儒帅”的美名，其麾下同样受儒学熏陶的军队，也自发形成了道德上的崇拜，同样还有无形的约束，被称为“儒军”。因为深受所领导的军队好评，以及人民赞誉有加，联盟星际战场初开辟，张振国便毫无悬念被推举为军队统帅，甚至整个联盟军队只有一个人公然和张振国竞争总统帅的位置，也就是现在的联盟联军星际军副统帅，被称为“豺狼”的图哈德。事实上这次竞选并不是图哈德第一次输给张振国了，图哈德曾是非洲大陆最勇猛的战士，领军以来更是非洲大陆最令人闻风丧胆的战神，他麾下的部队血腥凶狠，在粮草耗尽时甚至还会生食敌人的血肉作为补给，以战养战，永不止战。而外界对其和其军队赋予豺狼和野兽大军的称呼，显然也不是褒义词，更多是一种未知者的畏惧和被伤害者的抨击，后者是少数的，因为在他胜利的战争中，鲜少留下活口。而在图哈德和张振国的战争中，图哈德因为武器装备、部队人数的全方位劣势，在鏖战之后，不得已接受张振国的怀柔政策。在这场战斗后，连张振国自己都曾表示：“如果是同样实力的军队，我会被那头豺狼撕碎的，但这也正是华夏团结一心的伟大之处。”这一场战役也彻底将张振国和他的怀柔战法捧上神坛。

事实上传令卫兵话音未落，本就在会议桌边跷起二郎腿的图哈德，直接就把腿放在了桌上，点了根烟，叫喊道：“××××的张振国，知道你们这群读书的人事多，可没想到这么事儿。要不是老子麾下这些小子的命，你来怀什么的时候，我就该剁了你，今天也不用在这儿耳朵起茧了。”

张振国也是一脸严肃地说道：“我尊重你与我的差异，但这里我才是总统帅，你可以不尊重我，但请你尊重孔先生！”

图哈德咧嘴切了一声：“当初我就说让我自己来，你非要凑这个热闹，你看你这个样子，你能跟这些玛雅人讲什么怀柔吗？还不是得靠打？磨磨唧唧地延误战机，要不是你拦着，老子早就打到他们主星上，看看你们说的什么玛雅公主长啥样了，哈哈哈哈。”

张振国显然已经有点不悦，这个家伙总是能让他这样沉稳不动怒的人感到急躁：“这是上级的决定，你有不同意见可以去请示。”

图哈德愤懑应道：“老子打赢了仗，不让杀不让庆祝，还让我给你活捉回来。捉回去干吗也不说，他们杀我那么多兄弟，老子偷偷杀一个泄愤，还要给我处分。”

张振国也不甘示弱：“战争的胜利也不是你一个人的功劳，何况我们还远未胜利。如果比较战损的话，我们一直处在下风，我坚信玛雅人和我们同出一源，并非无法沟通，只是我们还不了解他们靠近地球的动机，不能妄下判断，还需要更多的了解。”

图哈德打断了张振国的话：“行了，我不想跟你这个死脑筋废话了。我已经跟总部表明了，我只带我的兵，让我自己干，其他事是你们的，不行的话老子就回地球养老去！”

图哈德看上去是真的不想再费口舌，撂下话便离席了。桌上的其他高级将领也都陷入了沉默，传令卫兵的又一次到来打破了会议桌上的沉默，卫兵报告：“张大帅，上面来命令了，让您即刻前往信息台接通视频会议，代表联盟联军星际军出席。”

张振国：“只我一个人吗？”

卫兵：“还……还有图哈德将军，刚才正好碰到，已经通知过了。”

张振国没好气地说道：“哼，无组织无纪律的家伙。”随后暂时解散了会议，下达命令严格警戒，独自前往信息台准备出席会议。

第五章 / 躁动的世界

我们用文雅和华丽的辞藻粉饰野蛮，却把它称为文明。

——［英］阿瑟·黑利《身居高位》

月球。

一个喜怒不形于色的小女孩，同一个身体外覆盖着一层光滑的“铁皮”的机器人。

这本来应当格格不入的两个存在就这样并肩坐在月球表面坑坑洼洼的地面上，小女孩不知道在思考着什么。

铁皮机器人率先开口了：“你说，如果土星上的生物和木星上的生物突然来一场星际大战的话，这个宇宙会是怎样的景象？”

小女孩低着头思考了一会儿说道：“那一定是一场血腥又惨烈的战斗。”

铁皮机器人笑着说道：“女孩子不要老想着是暴力的冲突，同等级的文明与文明之间，暴力冲突往往是最后也是最无可奈何时的手段，你这个样子，我可不敢送你去地球啊。那里的人可要比你聪明多了。”

小女孩不服输地撇着嘴说道：“哼，那你说该怎么办?”

铁皮机器人耐心地说道：“如果土星和木星两个星球真的各自有自己的文明，那它们本身自然已经完全掌控了自己的文明领域，并且极有可能已经是太阳系中发展相当靠前的存在。文明的本质是侵略和占领，这源于原始的对未知存在的渴求和贪婪，但星际之间可以维系着目前的平衡与稳定，一定是因为，这两个文明各自是奈何不了彼此，或者说实力是均衡的。这个时候关键点就在这些周遭的小星球，尤其是没有文明或者文明较弱的星球，一定会成为必争之地，而弱国无外交的历史真理显然印证着一切即将发展向人们可想而知的模样，对这些小星球文明名义上主权的尊重，是避免大文明之间战争的重要方式。这样的途径可以让中立国的存在来制衡和缓和决定星际走向的先进文明之间的关系，实际上一定是大型文明之间暗中军事胁迫行径的角力，而大型文明之间为了整个星际的和平，默认彼此小手段的同时也不会纵容对方的扩张，不断通过军事打击和政治手段将本就为数不多的、广泛分布于星际之间的独立文明不断吞并，然后划分势力范围。”

小女孩似懂非懂地追问道：“那这样的手段，岂不是像两个心思缜密的人相互算计？这么大的文明使用这样的手段，传出去岂不是丑闻?”

铁皮机器人彻底笑了：“哈哈哈哈！传出去？岂会那么容易？这样的局部斗争一定是以非官方的方式传出，只有所在文明和参战的士兵才知道的，文明官方一定会采取消息封锁手段。不管是存在怎样先进的传播手段的科技时代，在统治者的高压之下，这些本该在历史上浓墨重彩的一页页篇章，一定会被蒙上薄纱，人们都知道纱布下面是什么样子的，但没有人敢掀开。”

小女孩似乎又想到了什么似的，接着说道：“可是土星和木星真的有文明吗？据我所知，不是只有地球上才有文明的存在吗？”

铁皮机器人似笑非笑地说道：“我只是给你举个例子嘛，至于地球是不是唯一存在文明的星球，那谁知道呢？”

……

冰岛。

偏居一隅，向往自由独立的冰岛人，像是时代遗留中变味的存在。要说冰岛的国力、地理位置注定了冰岛并没有什么真正意义上的战略价值，但势力最经不起的是此消彼长。小国寡民、渴望独立的冰岛人，在“黎明共识”之后，逐渐在各种势力的作用之下，成为名义上仅存的第三势力。同样也作为联盟和帝国商议大事的唯一中立地，而在南极和北极这些敏感地点的中立住宿、餐饮等行业，成为冰岛的经济爆发点，整个冰岛得到了前所未有的国际地位，本就居高不下的居民幸福指数也直接飙升至世界第一。

但明眼人都知道，冰岛的地理位置和现今独特的必须“不偏不倚”的政治地位，注定了全世界的眼睛都始终瞄着小岛，从全方位尽收眼底的地面观测系统，到远在太空之上的卫星监测系统，都让冰岛几乎完全暴露在世界面前，可以说，岛内的信息完全透明化，人一出岛就会受到严密的审查和监视，冰岛从地理位置到人文政治，是“桃源仙境”，更是“孤岛”。

今天的冰岛最高人民政府格外安静，但与表面上的安静不同的是，因为某起银行的债务纠纷案，外部已经围满了安保人员，完全谢绝外人的进入，而几乎没多少人知道的被完全保护起来的决议厅空间，锁死了内部多层三维空间锁，将整个空间完全置于地球的“另一时空”的会议厅，此刻的安保人数还要远远高于外围所能看见的。因为今天这里会如期召开联盟和帝国的世界会议，而作为东道主的冰岛，将一如既往承担着第三方公证人和承办地的光荣使命。显然这是一个不能为外人道，但是却无比重大的内部机密，但整个冰岛政府高层们却很悠闲地喝着饮品，与外部接到“银行债务纠纷案”无比紧张担忧神秘恐怖组织威胁的安保人士们不同，核心内部的安保人员非常的轻松惬意，因为这样的场景对他们来说简直是例行公事。自从冰岛宣布重新独立之后，它成为举世瞩目的第三势力，固定的世界会议召开地。这个场所已经承办过无数的会议了，为了避嫌，联盟和帝国都没有参与内部“另一时空”的搭建，而以冰岛的科技水平，其即使竭尽所能也很难真的达到符合时代最高标准的水平，但这并不需要冰岛人担心，因为整个冰岛都在联盟和帝国两方最先进科技的监控下，无数的精准制导，无论是超远距离的个人狙击还是甚至直接让一个岛屿消失在地图上的核能武器对于两方来说都再轻松不过了。

事实上现在看上去悠闲得很的冰岛官员，平时是更为清闲的，因为承办会议几乎已经是他们全部的核心工作了，如果放在平时，冰岛政府的日常工作和社会的协调，更是不用或者也没法交由他们操心的。自Y国和M国开始军事监管冰岛后，至今从没完全撤走过的M国士兵人数早就高于冰岛的总人口，而这些士兵甚至已经在这里繁衍后代，只要完成自己的工作，每年都可以定期从M国军队领取高额薪酬。而在冰岛独立后，这里又从联盟的国际大同盟范围内搬来了黑色皮肤的、黄色皮肤的、白色皮肤的各行各业的先进人士，当时的冰岛移民局局长和外交部部长公然谴责这样的行为是政治监视，是历史残留和时代糟粕的结合，宣称这些移民其实是所谓政治间谍。他们因此番言论被诊断为精神病患者，被送往帝国和联盟最先进的医院长期接受治疗，新的冰岛政治班底也开始重组，为了保证冰岛人的执政权，必须是冰岛原住民才能当选政府要员，以此来证明两国没有对此地进行政治干预。

“佐夫，都已经是外交部的部长了，还不注意你的个人形象，你的领带系错了。”坐在会议室圆桌最中间位置的和蔼金发老人对一旁的中年人说道，他正是冰岛现任总统，以随和亲民作风闻名于世的所谓第三势力领袖，“世界的润滑剂”——帕卡莱迪。他37岁就作为冰岛最年轻的总统上任，在上任第二年，他就遇到了冰岛的自立风波。在世人眼中，现年已经70岁的他执掌下的冰岛奇迹般获得了长达多个世纪争取独立的胜利，还有已经富裕的人民生活和经济的飞速增长，而他出色的外交能力也让冰岛作为固定的世界会议承办地享誉世界。

然而坐在这儿的佐夫却没有因此感到激动，他对着这个曾经的师长、现在的领袖说道：“帕卡莱迪先生，我，或者说我们如何穿着，真的有意义吗？”

帕卡莱迪愣了下，默不作声低下了头。佐夫随即还是认真地把领带取下重新系好，又核对了下资料重新坐好。事实上整个圆桌只有佐夫和帕卡莱迪两个冰岛政府要员，随着中心的钟表指针划过规定的时间，圆桌空旷的座位上显现出透明的大屏幕，而来自各方的图像也从各自对应的座位上显现。

正中的帕卡莱迪微笑着起身，张开手臂说道："欢迎尊敬的来自帝国和联盟的我亲爱的朋友们，很高兴这么快我们又见面了，又能在故地等待着一个伟大的时刻和伟大决策的诞生，我感到一如既往的荣幸，接下来还是由佐夫来为大家宣读与会章程，之后由两国提议的关于星际文明阶段性总结会议暨星际战场总战略开辟大会就正式开始。"

联盟连接到星际战场上的屏幕中，刚和张振国闹过不愉快的图哈德显得非常的不耐烦，率先开口打断："行了，不要给我整你们政治家这套东西了。我们赶紧说正事，说完我还要赶时间多砍下几个土著人脑袋。"

在他一旁的座椅屏幕里的张振国冷哼一声："不知道你如何有这样的资格，但你应当把可以出席会议作为你的任务和荣幸，图哈德副将。"

图哈德："原来你也在啊，这里确实挺适合你的，毕竟比起一个纯粹的军人、一名战士，你显然跟这些政客更接近点。"

张振国显然很尊敬联盟最高领导人，见他深不可测的眼睛里闪过了一丝别样的情绪，张振国马上停下了对图哈德的回应，而也正是这一停歇，让他看见了对面屏幕上代表着帝国星际战场首席的安德森。

他们是战场上的老熟人了，帝国和联盟在小国战场的最终清缴过程中难免也会有小规模的摩擦和冲突，张振国显然警惕了起来，因为对面这个男人，让他在每一次遭遇中都未能讨到好。在军队实力相当的情况下，张振国固有的犹豫和各种难以割舍的情怀也使得他面对安德森，总是被压制，而不得不承认的是，后期也正是因为有了图哈德的加入，才让张振国可以和安德森旗鼓相当。而此刻安德森正喝着咖啡，和副官佩鲁交流着，似乎正注视着他们的闹剧，这更加让张振国觉得没有必要和图哈德纠缠下去做折损联盟形象的事情了。

而此时的图哈德显然也注意到了安德森，特别是注意到了安德森此时的形象，刚才面对张振国还有所收敛的憋着的一肚子气，可算是彻底爆发出来了。他冲着安德森喊道："你这个卑鄙的家伙，老子总有一天要砍掉你的脑袋，当年你骗我出击，说要援助我，老子一出兵你就占了我们的领地，摆起阵势防守起来，说这是什么帝国土地，让老子有家回不去，最终输给了这小子……"

一旁的佩鲁忍不住发话了："图哈德先生，我没记错的话，安德森将军完成了对你所有的承诺，也提醒了你可能遇到的兵力差距等危险，但你一意孤行，也是你说好了去攻占领地，而安德森将军带兵也只是去守护了你许诺给我们的土地。至于你的进攻失利也完全因为你的判断失误。"

图哈德显得更生气了："判断失误？张振国这个懦夫，你个跟屁虫，安德森就是个自私鬼，呸，要是真刀真枪地干，你们也配做我的对手？"

安德森终于笑着说话了："图哈德，你就是再如何不服气，可无论是跟屁虫，还是懦夫，又或者是我这个自私鬼，你好像从未赢过吧？"

张振国也是憋不住暗爽，但出于威严和对安德森的警惕心还是忍住了没有笑出来，图哈德再如何不满都是联盟内部的事情，而眼前的安德森显然才是真正的潜在的敌人。至少在他们那代军人心目中，这种历史的敌视感是驱散不了的。

"那么，各位将军久等了，我们会议开始吧。"中间的帕卡莱迪在跟左右手边的第一席座次对过眼神之后，宣布省略宣誓环节，直接进入主题。在大概率预测中即将到来的战时时代，没必要跟这些一线的将军讲究所谓的细节了，帕卡莱迪和两国的最高领导人这些年来太过熟悉了，三个人一个眼神就可以读懂彼此的心意。事实上彼此敌视的两国将领不知道的是——全世界只有他们三个人知道两国的领袖一直都是很好的密友。而很多国家的利益划分也是为了更好制衡国内，当然这就是之后永远不会再被人提及的事情了。

首先是两方一线战场上的将军们具体讲解获取的战斗数据和战斗习惯。

安德森："具体的数据想必大家都已经看过了，我曾运用部队的试探性出击发现，这群土著，也就是曾经的玛雅人是有高度集中的战斗组织的，并非之前我们印象中那样简单的战略能力。虽然他们中的绝大多数还是比较松散，战术水平并不很高，但一些个别的群体似乎是有指挥、有组织地回应我们的试探，会使用一些游击战术，借力打力，甚至还有诱敌深入的理念。总体来说我认为他们也是具有将领这样的军队领导核心，但具体每个部队的战术战略水平参差不齐，差别较大。”

安德森主要还是去简述了一些他总结的玛雅人常用的战术习惯，同样还有战斗能力上的报告，当然还额外强调了关于个人能力搏杀土著单兵作战可能性的分析。而张振国也很认可他的调查，但一是作为联盟方的代表之一，二是自己遇到老对手也激发了他的好胜欲，他紧接着开口说：“我还是保留着之前的意见，我认为我们和玛雅人系出同源，沟通是有很大的可实行性的。现今通过我们的‘治学计划’，初步培育开化的一批玛雅人已经愿意去讲述一些关于他们的事情，但绝大多数还是具有强大的警惕心。目前通过这种初步的感化以及观察，连同之前的战斗接触，基本确定了玛雅主星位于土星和木星之间，也基本确定了他们以几个星球作为下属星球，归于一个统一的玛雅政权领导，并且与历史记载中的玛雅文明突然消失时的文明情况极度吻合。与其疯狂进化的身体条件相比，其文明似乎还停留在那个时代，起码可以基本确定，他们仍旧是母系氏族社会，国家的领袖是所谓的女皇，政权也是由女孩继承。但最新的报道又表明，他们的社会体制似乎也在当时产生了进化，只是速度远没有我们地球文明快，他们最多停留在以女性继承为基础的王朝，目前已知的信息，我们并不能确定他们为什么离开地球，又是如何离开地球的，以及为什么会重新不断试图靠近地球，这是当下最大的问题。”

图哈德则是毫不留情地吐槽道：“行了你俩，一个炫耀自己儿子，一个赞扬老丈人。要我说就是痛快点，我觉得我打得过，给我兵权，给我最多一年，我肯定打上他们主星了，什么问题就都解决了！”（为了便于人们计时，通过速度的换算和科技的加持，在太空的时间流速已经和地球上统一了，虽然太空的距离较长，但是同比例下人在太空活动的速度也较快，导致整体上时间也是相同的。）

安德森和张振国面色突然就沉了下去，还没来得及反驳，联盟一边参加会议的最后一个人，孔立人终于开口了：“现在不是讨论家庭关系的时候。”

图哈德是极个别孔立人认为其善恶观已经无可救药，纵使圣人也难和他沟通的人，他接着道：“我想我还需要更多的时间，目前一切都向着较好的方向发展，我们俘虏的一些玛雅人已经从一开始的抵触变得渐渐习惯，也愿意传递更多信息了，我们还是要以可能的对谈交流为主。”

图哈德的不爽显然已经快要爆发，这个时候联盟最高领导人轻轻咳了一下，天不怕地不怕的图哈德，竟然悻悻低下了头。他看着帝国一侧唯一空着的屏幕，冲着帝国首席行政官说道：“代表所谓帝国科研最高峰的人还是这么神秘啊，至今还是用一块全黑的屏幕来见面吗？”帝国首席行政官似乎已经知道了联盟会以此突然发难，微笑着说：“你们知道的，在帝国没有人能干涉一个人的自由，博士不愿意露面，并没有违犯任何法令，我们无权要求他什么。”

孔立人接过话茬，开口道：“这是尊重。法律只是最低的道德标准，显然这种行为是不太礼貌的，行政官先生。”

黑屏的另一边紧跟着传来了低沉的声音：“孔先生似乎不太有资格

在此插话的吧?”

孔立人像是终于等到回应：“哦？其实说到私情，我倒希望博士的发明创造可以不这么神速和契合。不然我可能会认为是借助于偷运回的或死或生的玛雅人进行了不为人知的实验呢！要知道我们最新的决议是把玛雅人划分在地球人里的，那自然也是要受‘黎明共识’制约的，我想博士不会不清楚吧?”

黑屏接着传来爽朗的笑声：“没有证据可不能妄加猜测。为了适应战斗，我进行的不改变基因层面的统计和分析，正是报备过的，倒是孔先生‘养’着那么多玛雅人到底是何打算，现在也是不为人知的……”

眼看帝国和联盟阵营的唇枪舌剑即将一波波到来，没人注意到坐在正中的帕卡莱迪罕见地保持了沉默，常年挂在脸上的微笑也逐渐消失，取而代之的是一种庄严和隆重。其左右手坐着的两国首席应该清楚得很，上一次帕卡莱迪露出这样的表情，还是宣布冰岛独立的时候，但与那时不同的是，帕卡莱迪坚定的眼睛里，有涌动着的湿润，留下了一抹动摇的深情，和其毅然决然的情态格格不入。

帕卡莱迪缓缓开口：“好了，大家不要吵起来伤了和气。适度讨论，这应该是我最后一次喊停你们了，可能是太熟悉这样的事情了吧，这次本想做得特别一点的，但还是感觉也就仅仅如此而已。”

屏幕里这些两国的风云人物的面孔都显现出平时根本见不到的困惑，事实上，与其说是帕卡莱迪的异常，更异常的是他们各自连麦的房间都是绝对禁止打扰的地方，但有人的视频里已经传来急促的脚步声。

帕卡莱迪环顾了四周充满疑惑的老伙计们，开口说道：“当今的整个冰岛，是全世界居民幸福指数最高的地方。但许多人不知道的是，冰岛政府的议员，成了抑郁症等精神类疾病最频发的人群，这里也是辞职率最高的地方，当然它还有更可怕的诅咒，辞职离开这里的非疯即死。很多冰岛的居民就越发对此充满了抵触，可以说很多事实被遮掩着的，一旦揭开给人们看，很多人是承受不了这样的改变的。”

看到旁边的人想要开口，帕卡莱迪并没有打算给他们打断的空间：“让我说完吧，可能是最后一次了，应该也是这么多年来我最长的一段讲话了。事实上不只是发言权，也不只是我，整个冰岛就像台前掩人耳目的小丑，我被冠上当代历史级别的荣誉，但我清楚地知道，有一天，或许一百年或许一千年，人们讨论起如今被蒙蔽着的真相，我将是最大的笑话，最大的耻辱，我远没有那些选择辞职离开的冰岛人勇敢，我像个懦夫一样带领着冰岛人民承受着这一切。”

虽然不知道老搭档为何突然如此感慨，但这番话还是让佐夫彻底红了眼眶，让整个会议室的帝国和联盟出席人员选择了沉默等待。相信此时以各种途径闯到他们身边的人应当已经把发生了什么大概的情况告知他们了，当然与沉默的空间完全不同的是，此时此刻的世界，正在一片躁动之中，此时连麦的他们虽然可以想象到那幅场面，并且已经盘算接下来的一系列行动了。但所有人用社交工具疯狂地传播着同步着这场直播内容的画面，要远比想象中盛大百倍：新闻组织马不停蹄地工作，许多公司已经开始进行大批资金的流动，许多家庭已经开始了对房屋进行改造的联系，工程公司迎来了前所未有的忙碌。当然他们中的很多人选择自己先顾好自身的情况，这些动作是在刚开始直播就发酵起来的，因为直播几乎是与会议同步开始的，所有的内容完全暴露在了公众的视线之下，而短短的这段会议直播时间，生产所谓“太空概念服”的斯坦特公司所有商品被抢购一空，预售早已爆满，网站也几近瘫痪。

而直播间内仍旧是很安静，大家在想些什么不得而知，但这种沉默是出奇一致的。大家都在等待着，倾听着帕卡莱迪的发言，因为每个人都清楚知道这一系列事件意味着什么。

帕卡莱迪说：“其实不用追责和诧异，他们的工作做得一直都很好，被从内到外几乎完全渗透监控的冰岛，我这个光杆司令到底是如何做到现在的一切的。很简单，如果整个冰岛是一个监狱基地的话，那么监狱的中心关押着的犯人是最大的核心机密，我们都是犯人，做着见不得光的监狱交易。说真的这让我感到恶心，只有一个地方是我全权的，也来源于你们双方的彼此不信任，在这唯一一个由我由冰岛人设计的会议空间里，你们的视觉死角有高清的微型摄影机，而从刚修建开始它就一直放在这儿。你们放心，除了这场对话，之前的所有我在这次会议之前就全部删除了，没有任何备份留存。最后顾念到这是我这辈子唯一做到的，对得起你们的信任和我的职业操守的事，但没想到最终我还是被迫放弃了，我再没任何体面的事情了吧。”

帕卡莱迪将代表着冰岛、代表着所谓第三势力最高权力的勋章摘下，佩戴给了早已满脸泪痕、愣在座位上一言不发的佐夫，又接着说道："我已经骗了冰岛人这么多年了，现在又要我骗全世界，骗所有的地球人，我做不到了。我记得我上台时的承诺，说会对所有公民坦诚，但我把这变成了个笑话，无论这是不是我的初衷和本意，但现在，人民大众都有权知道真相，而不是被蒙蔽，人类的未来和历史都应该真实展现在世人面前！"

咆哮过后的帕卡莱迪彻底卸掉了力气，自顾自小声说道："而我，自愿接受所有对我的处罚和裁决。"

看到喊出宣言后静坐在座位上的年迈的帕卡莱迪，联盟的最高领导人先开口了："会的，帕卡莱迪。你会有一个公正的裁决的，你是老糊涂了，你带来了前所未有的大麻烦。"

帕卡莱迪突然就笑了："老伙计，我希望我们都不会背离本心，但你和他显然对此是听不进去的。我们认为的大局，不能去改变整个社会的基本轨迹，就比如现在的我。我在想，我被架在这个位置上，这应该就是我一直等待着的最后和最初使命，这也应当是我做的第一件'政绩'吧。"

久久沉默的帝国首席行政官，看了眼对面的联盟方，两人一个眼神交集："这件事情没有结束，你不会是这个样子的，一定是接触到了什么人。"

帕卡莱迪："哈哈哈，我想也是。这么多年了，你们是比我更孤独的人吧，舍不得杀我吧，也罢，但都到这地步了，还是给我最能为人传唱的结局吧。"说着，他手中紧握着的那支笔不知什么时候被拔开了笔盖，随着笔盖落地的一刹那，老人的额头也被洞穿了。而让人们揪心的直播也就这么戛然而止，所有的显示器突然黑屏，每个屏幕对应的场所情绪未可知，但佩戴着冰岛最高等级勋章的佐夫，早已抱着倒下的帕卡莱迪的尸体，泣不成声。

其实帕卡莱迪并没有什么庞大的势力和恐怖的情报网，但他坚信，以现在的科技程度，这件事情的特殊性，几乎是无法去封锁的。而也正如他所料，全世界都知道了，包括在酒吧吧台前媚笑如斯的女人，在小城里内心早已热血澎湃的从小对航天工程充满无限兴趣的少年，他身旁的小胖子，还有装作没有思维的机器人，时刻没能停下对这件事的思考。在保护着地球漂泊在太空的飞船上，禁闭室里的少年锻炼得更加卖力，一旁的少女参谋也更增添了看着少年走神的频率。但事实上也是有所谓“地球人”不知道这件事，没从各种渠道看见这一幕的，比如在未知星球上，对近日地球舰队的消极对策直觉上感到困惑和无所适从的戴着狰狞面具的蒙面少年，还有躲躲藏藏早已远离了玛雅主星的落跑公主。

“这是更好的时代，也是更坏的时代。”这句话成了世界的影射，在那场轰动世界的直播戛然而止之后，帝国和联盟便各自展开了雷厉风行的手段。联盟内基本是集体组织垄断了航天军工等行业，包括所谓飞船航天维度武器装备的生产，所以国内的人民几乎没有实质意义上的利益损伤，政府尽可能保证每个人都能领取到几乎相同的应对航天时代的装备和补给，免费提供知识和培训。再加上良好的社会舆论疏导，很快就稳定了内部的局势。

“魔退，叹而言曰：‘不忘恭敬，民之主也。贼民之主，不忠；弃君之命，不信。有一于此，不如死也。’触槐而死。”（《左传·宣公二年》）孔立人宣讲的视频在联盟内的每个屏幕上公开展播，这个时候，他口中那一个个鲜活的小故事以及故事背后传达的精神力量和内涵，在团结社会方面起到了巨大的作用。

对于孔立人来说，能够让更多的人感受到这种来自儒家传统的力量，自然也是一件幸事。他依旧还是那样平和沉稳的状态，面对着每一个人：“‘信’既是儒家实现‘仁’这个道德原则的重要条件之一，又是其道德修养的内容之一。孔子及其弟子提出‘信’，是要求人们按照礼的规定互守信用，借以调整统治阶级之间、对立阶级之间的矛盾。儒家把‘信’作为立国、治国的根本。‘信’作为儒家的伦理范畴，意为诚实，讲信用，不虚伪。对于现在的政府和人民也是一样的，只要政府的公信力在，人民依旧信任着我们的政权，我们就不会被任何未知击败，众志成城，共克时艰。”

曾经的显学在这样的时代，重新发挥了历久弥新的重大作用。

但一旁的帝国形势就不容乐观了，自由和人权使得政府的干涉和调控几近于无，各种网站铺天盖地的质疑和不满，人民的愤怒情绪无法缓解，帝国政府破罐子破摔，干脆放弃了这方面的监管，而这样的社会仍然没有倒下，因为军械部、检测中心、科研基地这样的地方虽然负责研究最新最高尖的国家拥有无条件征召权的最新科技，但是其生产和销售，包括科研资金的赞助，基本都是由大中小型的私人企业负责的，所以早已推出上市的装备也成了超级爆发式的利润增长点。显然在此之前许久就开始售卖航天装备的斯坦特公司成为最大的受益者，也得到了最多的来自政府和公民的双重质疑，但大多数人在意的就是斯坦特超出同行一截的出色制作工艺和科技加持。在一大批资本的重新分配后，社会也算是渐渐回归平静。

但双方政府完全统一的是，明面上彻底摒弃前嫌，重启联合国组织，打起人类命运共同体的口号，采用五人投票决议制，制定大的方向，具体的实施阶段以不违背大方向为前提，帝国和联盟针对自身国情有所调整。联盟、帝国各两人的配置，而第五个名额，则属于那次事件后就危急时刻上任，稳定国内外政治局势的冰岛元首——佐夫。冰岛也迎来了震荡时刻，大批人口退出冰岛国籍，返回母国，在这之后紧跟着是追溯之前自 D 国驻军时代就扎根冰岛的士兵，彻底分批全员遣返回国。日新月异的冰岛人民虽然损失了巨大的人口基数和 GDP，但是没有一个本地居民为此感到遗憾，起码现在看起来，经过无数代人的努力，他们似乎真的达成了对真正主权的拥有。

联合国重组后，彻底承认并完全公开了玛雅人的存在和已知情况，然后紧跟着宣布人类进入新的时代，“第五次科技革命”进入高潮期。同时终结了多少年来对于公元历的使用，除了一些老人依旧顺延公元纪年，全新的教育和社会规范已经进入全新的“星元历”时代。公元 2345 年，也就是发生后来被称为“启示录”的预谋直播事件的这年，既是最后的公元年，也是最初的星元 1 年。整整两年，政府重新安抚人心，社会的自行大变革和大跨越，才使得在星元 3 年的时候社会小型摩擦不断，但总体上重新趋于稳定的阶段。这时的很多人是幸运的，他们成了公元的终止和星元的新生的见证人，但注定也有人是再也看不到这些的。

星元1年，联合国重新成立。最高决策层五人组，分别为：联盟最高领导人，帝国首席行政官，冰岛总统，帝国当季首富以及最后由联盟全体公民选举出的代表。

星元2年，冰岛彻底迎来独立。帝国和联盟公开承诺撤离，冰岛总统佐夫重新整顿冰岛，成为首任冰岛元首。冰岛总统的联合国席位更改为冰岛元首所有。

星元3年，联合国通过决策，将本被定重罪，被视为破坏世界和平的罪人的前冰岛总统——帕卡莱迪被国际社会平反，遗体下葬陵园。其陵园刻着两行字，内容相同："冰岛的英雄"，汉字字体署名——李瀚，英文字体署名——福德。

星元4年，联合国通过决策开始在世界范围征兵，兵员选拔后参与航空战场。重组地球航空远征军，任命两大军团，分别是曾经的帝国军序列下的由安德森率领的猎鹰军团，以及经历过换帅风波的现由图哈德率领的蜜獾军团。同时，星际战场取得重大突破，战事转守为攻。

星元5年，远征军机制走向成熟，航空战场重归对峙阶段，战事纷乱胶着，联合国钦定将帕卡莱迪陵园刻字更改为："世界的英雄。"

遗憾的是，曾经的三人聚会变成了两个人的悼念，长眠的帕卡莱迪看不见，并未如他所料，他走之后被钉在历史的耻辱柱上，所谓的冰岛的懦夫，成了世界的英雄。没有人敢去计较他的错误，也不知道他是否真的会开心，他再一次被迫捆绑上了新的荣誉，所有对错误的批判都变成了对他义举的赞美，也许冰岛最伟大的总统在很多人心里已经被那个他亲手培养、被他临终授予徽章的佐夫超越，这或许也是佐夫改冰岛总统为元首的原因，但无可否认的是，他已经成了独一无二的以“一己之力”开创新时代的“星元之父”“世界的英雄”——帕卡莱迪。

第六章 / 星河帷幕

“社会犹如一条船，每个人都要有掌舵的准备。”

——［挪威］易卜生

星元6年，人们似乎已经习惯了这个星球外虎视眈眈的威胁，或者说大多数人也明白，这不是他们应当肩负的使命，起码当前无法影响到他们的生活，而很多机会主义者甚至借此找到了新时代的新机遇，正如公元19世纪的小说家狄更斯所言：“这是最好的时代，这是最坏的时代。”当人们的重心已经全面投放在太空之中时，时刻警醒着人们的太空危机中也蕴藏着无数地球上难以寻觅的宝藏，事实上在人们习惯了太空作业之后，神秘的太空装置和探险成了时尚前沿弄潮儿们的新宠。当然，帝国和联盟依旧是两幅光景，而两个世界的交界线也不再只是那座当前已经逐渐坐实权力的小岛，它从一个被两方操控的国家变成了一个强迫两方战略妥协的政治要地。而事实上，代表着联盟内最开放氛围的魔都霓虹下，从来不乏各色各样的人，要说这里是被影响最小的地方不为过，因为这里夜夜笙歌，奢华繁荣。说是被影响最大的地方也不为过，这里永远站在时代的前沿，代表着经济巅峰的一群来自世界各地的资本者，永远推动着时代不断向前。每年这里的流行趋势都会改变，但这里也有不变的东西——城里有家远近闻名的酒吧，叫作“极乐夜”。这家酒吧从名媛们大都身着旗袍的时候便开业了，经历了几多沉浮，到今日仍旧是城里最火爆的酒吧。

来这儿的无非两种人，失意的和得意的。

但又都是一种人，揣着秘密来秘密寻找秘密的地方的秘密的秘密的人。

酒吧一公里内是不允许车辆通行的，无论是地下的还是地上的。在与太空有关的故事总无法被规避的时候，就会有小道消息传来，即使是“地外的”也坏不了规矩。刘宪轻车熟路地走进酒吧，问酒保要了杯马天尼，便找地儿随意坐下了。酒吧的光五颜六色，实则偏暗，独坐角落的刘宪并不起眼，一身黑色的衣服将他本来高大的身材彻底遮住。刘宪的心里如同喧闹的酒吧一样难以平静，他手里紧攥着一张纸条，这是他早上起床后在城郊别墅的邮箱里发现的，打开信封的一瞬刘宪便冷汗直冒。这是封用血写的死亡威胁，不，不如说是死亡宣告，而日期就是今天，署名“致命邂逅”。刘宪大脑飞速运转，想要找寻笔迹的主人，无果后只得将注意力倾注在“致命邂逅”。这四个字无疑像根针直扎刘宪内心的痛处，如果说血书可能是有人恶作剧，那这四个字则将这种可能彻底否定。刘宪是做珠宝生意的，而他具体的职业则在珠宝的原材料上，帮助加工商获得物美价廉的材料。物美价廉的原材料，使得他在近些年突然崛起，没事时便混迹在酒吧和城郊的别墅。作为饱和市场的外来户，刘宪也因此得罪了不少人，所以他毫不怀疑信的真实性，却又无从查询信的主人。刘宪在家里坐立不安，一地的烟头如同监狱的栏杆将他围在床上，刘宪清楚地知道，那人知道自己的住所，那么晚上在家无疑是等死，刘宪便从车库提了车子，多绕了好多路从交通繁忙的路段驶向酒吧。

任何人想在人流最多的“极乐夜”酒吧杀人都是一项难以完成的任务，望着酒吧里外两层的安保人员，刘宪手中的酒杯已经空了一半，悬着的心也放下了不少。舞池中的美女们无疑是每个夜晚的焦点，领头的菲儿面容很是清秀，与身旁妖艳的舞女们不同。但一头披肩大波浪，火红色的短裙和白色短袖以及脚下一双又细又高的高跟鞋却将她性感的身材凸显到了极致，吸引了绝大多数男人的目光，就算是心事重重的刘宪也不例外。刘宪拿起桌上的酒，朝舞池中央的菲儿走去，迎着众人的目光同菲儿耳语了几句，另一只手通过旁人视野无法到达的角度将一沓现金塞进了她的短裙，然后同菲儿相视一笑，出人意料地牵着菲儿的手回到了原来的座位，也不顾舞池下男人们的嫉妒。“人性本是无罪的，而金钱的本身却是罪恶的，不是吗?”刘宪得意地咧着嘴朝菲儿说道，菲儿也不解释，只是低着头笑了笑。二楼栏杆旁的黑影见状也是笑了笑，以只有自己能听到的声音嘀咕道：“吸引所有人的目光来保护自己，真是只老狐狸。”

酒桌上的空杯越来越多，零点也越来越近，刘宪也逐渐将死亡宣告抛之脑后，没有比狂欢中的“极乐夜”更安全的地方了。喝了不少酒的刘宪摸了摸大拇指上戴着的镶嵌着夺目钻石的大扳指，朝着菲儿炫耀道："女人都喜欢闪闪的东西，比如星星，比如月亮，又比如一颗独一无二的闪耀的钻石。"菲儿浅笑着默不作声，盯着刘宪手上的钻石，眼里精光闪烁，似乎下定了什么决心。刘宪见状，心头也是一乐，接着开口道："这样的对我来说太容易不过了，我想你配得上这样一颗闪耀的钻石，也许你可以成为这美好上帝造物的主人之一。"菲儿已经喝了不少的酒，脸颊微红。她手指绕着酒杯口诡异地一滑，从对面俯身坐在刘宪身旁，轻轻抿了一口酒，又将杯口另一端转向刘宪。刘宪喝下之后，菲儿一闪身，以去卫生间为由推辞着离去，一会儿菲儿从卫生间出来，在洗手台洗了手，便踏着高跟鞋一步步朝二楼走去，一边走一边朝四周抛着媚眼。每一个正注视着她的男人，都赶忙收回了视线，而酒桌上的刘宪则是正面迎了上去，嘴里还嘀咕着：小样，迟早的事情……

二楼的黑影漠视着这一切，他始终注视着步步生花的菲儿，但菲儿的目光似乎从未朝他的位置寻觅过。不一会儿，菲儿便走上了二楼，跟旁边的人一一致意，碰到熟人便也聊上几句。最后，她走向了二楼的黑影，看来她注意到了黑影的注视，只是很配合地装作没有看见。菲儿一只手臂搭在栏杆上，身子稍稍欠下，浅笑着盯着面前的人打量着，嘻嘻一笑，开口道："喂，呆子，你刚才一直在看我吗?"面前的人显然被菲儿直白的问法弄得有些蒙圈，又似乎只是在很认真地想回答她的问题。只见他重重点了点头，菲儿将脸凑近他的耳旁，吐了口气，微红了脸蛋用极细微的声音说道："怎么样？美吗?"面前的人脸蛋也有些微红，但是语气却毫无波澜，他向后退了一步，整理了下衬衣上沿，说道：“美。”似乎完全没想到是这样简单而直接的回答，菲儿反而愣了神，她有些微微恼怒，轻咬着牙说道：“喂，你这个人，就算美，你就能一直看着吗？”面前的人倒也还是不生气，微笑着说道：“你问我，不是什么秘密的话，我自然会如实回答。小姐你确实很美丽也很有趣，当然我更在意的是您这灵巧的手指。”听到被刻意重读的手指二字，本来微怒的菲儿眼睛里突然闪过一分警惕，再次迎上面前人的眼睛中的情绪也不尽相同，开口问道：“你叫什么？这应该不是秘密吧。”

“当然不是。我叫姜来，很高兴认识您。”姜来浅浅一笑。

菲儿又是一愣，他还真是告诉了自己，便把脸扭过一旁，不再看姜来，喝了口杯子里的酒，然后将杯子伸到姜来面前，说道：“喂，叫我菲儿就好。喝口酒吧，这酒挺有年头的，别浪费了。”

姜来很有礼貌地推开拒绝：“谢谢，我想我还是不用了。”

菲儿脸蛋更加红润了，开口道：“喂，你都看到了吧？还装什么，叫你喝我喝过的这边。”

姜来面露难色地盯着杯子上的唇印，一言不发，也没有任何行动。

菲儿咧嘴喊了一声，收回了伸出去的手臂，自顾自抿了口酒，嘀咕道：“无趣。”然后，她从腰带里摸索出一张卡片，顺着酒杯从一个不会轻易被人看见的角度手指一夹然后稍稍用力一弹，纸片就飞到了一楼在来来往往的美女身上左顾右盼的刘宪身上。刘宪显然注意到了纸片，看完之后，他的面色突然沉重起来，惊恐的目光向四周巡视着，然后朝着酒吧门口走去。

二楼的菲儿突然再次开口：“喂，数十个数吧。”

姜来环顾四周，确定了应该只有自己听得到菲儿的话。他没有照她的话去做，因为他不习惯被别人操控着节奏的感觉。菲儿见他无动于衷，便自顾自数起了数字：“6……5……4……3……2……1。”

话音未落，就自门外传来了尖叫声。刚刚走出酒吧门口的刘宪，口吐白沫瘫倒在了地上，身上没有任何伤口，神情痛苦而诡异，拇指上的大钻石在灯光下熠熠生辉。

菲儿收敛了脸上的笑容，将杯子中剩下的酒往地上一泼，嘀咕道：“丑陋肮脏的并不是金钱，罪恶来自没了人性的恶魔。”

极乐夜门口很快停满了警车，但这个案子注定没有结果，没有人会去试图探究极乐夜的事情，有无数真相被隐没在了夜的黑暗和极乐的狂欢中，更何况只是一个最近几年突然发家的暴发户。

酒吧里的人不少已经跑出酒吧，有停留在门口看热闹的，也有自觉有亏心事，偷偷溜走的，当然也不乏依旧在酒吧里尽情歌舞的，或者不动声色的，大多是些问心无愧的，又或者满不在乎的。而姜来是他们中的一员，却又不是，陪同在他身边云淡风轻喝着酒，盯着下面看的美女，正是这场躁动的制造者。

“美丽的东西总是致命的，人们却总不明白这样的道理。”姜来云里雾里地说道。

身边的菲儿趴在二楼的栏杆上，甩开头发，朝着姜来回眸一笑：“也许人们都知道，只是谁会愿意活那么清醒呢？小到这鱼龙混杂的一间小酒吧。”说着突然面色添上一抹阴郁，她抬头看了眼屋顶，接着说道：“大到我们未曾见过真面目，只能看到想被看到真相的那片星空，这世界上又有什么东西算得上绝对真实的呢？”

姜来似乎并没有受到什么影响：“手指在杯口藏毒的手法和速度，换作填弹应该也会很快吧。来来往往这么多人，泼掉的酒水竟没有一滴沾在身上，你可不要跟我说都是巧合。”

菲儿看着空掉的酒杯愣神：“你一直都知道。门口的阵仗，你要开口，我也走不掉的。”

姜来想也没想说道：“我是个依据推理和分析生活的人，在我看来，这个阶段，你不是个坏人。”

菲儿似笑非笑地抿着嘴说道：“依据什么看出来的？”

姜来：“不知道。”

菲儿一时语塞，把头低下，扭到一旁，脸蛋红润到可以掐出水来。

良久，菲儿又稍稍把目光移到楼下渐渐回归正常秩序的人群，警务人员是有不能进入极乐夜公然调查客人信息的规矩的，便集中在极乐夜的门口拦下出来的人群调查，一些嫌麻烦的人便索性在酒吧里不出去，毕竟这里可是极乐夜啊。

菲儿：“听说过海王星吗？”

姜来点了点头。

菲儿：“自从星元后，政府放开了对于私人和民营航空的管控，这给了航空事业百花齐放的发展机会，甚至不断提高着全球 GDP 向另一个台阶升级，创造了新的经济收入。这一巨大的涉及军政的空间，不断在经济乃至人文社科领域影响着人类进程，但同样的，也滋生着犯罪，创造了恐怖的灰色经济带。”

姜来：“犯罪？”

菲儿笑了笑：“如果残疾小孩子乞讨可以赚到钱，那么就会有贪心的人参与人口拐卖和虐童，因为有利可图，错的从来不是高层决议，但社会与人心是复杂的。”

姜来：“那跟海王星又有什么关系？”

菲儿：“那可是座天然的钻石库啊！近些年来，诸多所谓的暴富者，大都是利用时代的便利，毫无节制地盗取几乎没有法律和执法机构管控的太空其他星球的资源。而联合国忙于对付域外玛雅人的挑战，几乎是疲于应对，所有的航天资源都紧锣密鼓地被利用在这一次关乎种族兴亡的战争中。”

姜来紧跟着问道：“星系情况的复杂性，战争的残酷性，就算是训练有素的军队在太空中都要时刻小心，可以说凶多吉少，这些人又是如何能连续性完成这样危险的作业？”

菲儿笑了：“这些人当然不行，他们高价雇用那些社会底层人士，亡命之徒，廉价批量生产航空工具，通过大量的试验，只要成功一次，其一本万利的高额利润就足以承担数以百次的航空活动，同样伴随着的也有一次次送死般的无谓牺牲，是一条真正的血腥发家路。而可悲的是这些每天花天酒地的人却是利益的最大获取方，最嘲讽的是，这样的事情已经开始从帝国不断影响到排斥资本掠夺的联盟。”

姜来沉默了会儿，开口说道：“那刚才的死法确实便宜他了。可这里毕竟是极乐夜，你这样做不会惹恼‘上面的人’吗?”

菲儿笑了笑说道：“我在这里不少时间了，这里是最适合也是唯一适合办掉这些家伙的地方。不只是钻石，黄金、玉石、贵重金属、稀有资源，这些人掠夺着你所能想到甚至难以想象的庞大的太空资源，回到地球高价抛售。当然不只有这些人，总之，那些我认为该死的人，都会得到制裁，至于‘上面的人’，你也看见了，我可没在极乐夜杀人，他们也都不是死在极乐夜内。”

姜来：“跟我走吧。”

菲儿又莫名其妙感觉哪里有些不对劲，但也没有反驳。

姜来接着认真说道：“我需要你。”

菲儿的脸再一次红了，说道：“那对我来说有什么好处?”

姜来：“你狙击罪恶，今天杀死一个，明天还会有新的递补，你是改变不了这些的。你难道就不想看看，你口中罪恶的源泉，那片星空的模样吗?我相信在那里你可以找到想要的答案。”

菲儿凑近姜来耳边问道：“那为什么是我啊?”

姜来：“我通过了联盟第一期的直招军官，马上就要正式启程奔赴星际战场了。队伍里没有女性，但是显然有男有女的搭配才是合理的。”

菲儿往后一跺脚，略带些不悦地说道：“那你随便找个不就好了，干吗找我?”

姜来：“你有超过常人的身手，思维敏锐周密，沟通能力也强……综上所述，在我的身边，没有和你条件一样的女性了。而这次，说实话，我也是有所耳闻近期的传闻，特意过来看一看的，你确实很优秀，可以成为我未来并肩作战、值得信任的队友。”

菲儿：“可我手上沾了这么多血，还是个来历不明的女人，你可以信任我?”

姜来略微思考了一下：“战争开始后，每个人的手上都可能碰到鲜血。至于你的故事，你的来历，你说我便会听，你不愿提及我也不会过问，起码我们有共同的点，并且你带来的收益是远远大于风险的，这不就够了吗?”

菲儿扑哧笑了，一个弹指，又不知道从身上哪里掏出了小纸片，纸片精准落到了姜来手上。菲儿头也不回地隐没在了霓虹中，“喂，等着吧，之后会联系你的，呆子。”

姜来眼睛盯着前方，耳朵里接听器闪烁，很快传来熟悉的声音，接着，他说道：“陶胖子，什么事情啊?”

陶白：“你搞定没?”

姜来：“不知道，她是个让我没把握看得懂的棘手的女人。”

陶白似乎是提起了心气：“我就说嘛，我早就说了，干吗要找这么个来路不明的女人。就咱们这个结业成绩，那训练营那些姐妹还不是随便我们挑啊，我看二营那个小妮子就不错，好几次我看见她盯着咱俩看，多半是被我吸引了……”

姜来习惯性不耐烦地打断了陶白：“如果报到前她没来的话，就随便你吧，但一定要综合成绩在前一百的。”

陶白：“没问题没问题，报到那天，我多带几个好吧，让你挑好吧，早就说嘛……”

这次姜来没等他说完，直接就挂断了通话。脑海里始终有挥之不去的身影，多半是今天为了适应环境，喝了点酒，精神上有些恍惚了吧，他这样想道。

历史上的每一年都发生着足以永载史册的事件，星元 6 年更是这样的一个年份。如果说有什么事情是这一年最值得铭记的，应该是发生在联盟南极发射站点的出征仪式，距离星元 1 年首期星空指挥官的直招训练营开营已经正好五个年头，这意味着首批年轻航空军团在航天知识、特种作战训练、政治理论各方面的全面训练和考察中脱颖而出，这是联盟军队拓宽人才选拔、军队年轻化的重要决策之一。但当时谁也不会想到，这些早已摩拳擦掌、渴望着时代舞台的年轻人，一扫几个世纪以来被中年人执掌的世界秩序，刮起了真正的青春风暴，时代需要这些人，而时代也恰巧碰到了这批人。

南极洲联盟航空基地。

在航天基地的发射广场，海陆空三军部队旁边，多出了一抹紫衣军团，这是去年刚刚成立的联盟第四大兵种——航天军队。象征着神秘的紫色军装，将人们对星际未知的神秘探索欲和恐惧完美展现，他们是三军部队选拔出的精锐中的精锐。任谁都知道，这样的时代里，曾经的三军终将成为“常备军”的历史，而未来，将由这抹紫色重新定义。

站在四军之前的，是一个没有军衔的老人，一个不知道枪械如何使用，却在漫天枪林弹雨中奔波一生的学者——“当代儒圣”孔立人。孔立人眼含热泪，为这群即将奔赴最危险战场的战士饯行。在经典的儒学同当今时代政事的思辨动员下，孔立人面前的这帮训练营中的尖子，同样也是战场新兵，即将上战场的菜鸟，每个人都对自己的命运、时代的抉择有了一种从内到外的独特感悟。

孔立人：“天下之兴亡，非匹夫之所能为。吾辈之传承，非孤寡之所能袭。然人尽人之所能为，实乃人之理所当为，人皆尽力为之，何患胜负?”

在这群精壮的人群中，陶白还是小时候一样的身材，甚至好像更发福了点，但这个灵活的小胖子即使是在速度和敏捷性方面仍旧不居人下，也算得上训练营的一大奇观。他身后的姜来看上去就要有些变化了，白净的嘴角也开始有了短胡子碎楂，两侧脸庞具备着满脸络腮的潜力，身板也要硬朗了些。军队永远是个改变人最快的地方，就好比曾经总在校长讲话完之后大吼一声“好”，然后开始起哄带领人群鼓掌的小陶白一样，如今的陶白也没有丢失这项传统技能，在人群中嘶吼一声：“战!”紧跟着整个人群便开始整齐地振臂高喊：“战!”整个动员大会的气氛也被带至高潮，姜来私下里一直是对陶白这一点嗤之以鼻的，但早已习惯的他这一刻似乎也觉得，这一声吼叫还是出奇的应景。

……

孔立人的发言结束后，便被专机接走了，之后的具体工作还是交由这些新兵的直管上级负责。在星元历开启、新的联合国时代到来后，帝国和联盟都有心做出实际行动去消除长久以来两大阵营的隔阂，不同制度以其各自的国家体系和制度架构分开运行，统一在以人类命运共同体为最高准则的联合国体系中。联盟首批训练营的年轻航天军官和军人们即将和久负盛名的帝国军事学院近几届以来最优秀的年轻军人们同组在一个特别行动军团——萌芽军团，而萌芽军团的领袖也毫无疑问是两国军队中久负盛名的儒将张振国。也有人说是因为无法接受主战场两军残忍的杀戮行径，张振国数次请调，而军中甚至有激进分子称张振国是战场上最高级别的懦夫将军。五年时间过去，这支承载着人类期待的年轻化军团整装待发，这也是张振国证明自己的最后机会了。在张振国的发言结束后，紧跟着的是萌芽军团下属军队的介绍，萌芽军团下属四个大队，而每个大队都由一名上校带领，下面又分为若干个小队，而这样的小队队长，则是这批年轻军官的最高入队级别。整个军团走的都是精兵化路线，一个小队分派一架航天战斗机，根据战斗机的配置，基本为三人一队，一个驾驶员，一个领航员，一个战斗员。事实上对于这批精锐来说，每个位置他们都可以胜任，只有更适合一说。

姜来毫无疑问成为小队长之一，在队内担任领航员，而同样毫无疑问的是，陶白是小队的驾驶员。在张振国下令各个大队长认领各自的成员之后，成员小队的组成完全是自愿的，队友之间的信任和关系是无比重要的。事实上这个看上去繁杂吵闹的组队过程并不像看上去那样，因为谁会跟谁在一起，大家心里都早有个预期，所以很快绝大多数的分队便组建完成，而久久身边只站着陶白一个人的姜来似乎并不着急，他目光笃定地在等待着什么，一旁的陶白就不同了，朝着姜来一个劲儿地挤眉弄眼，示意着旁边大批等待着的女营员。淘汰的制度是残忍的，如果没有被小队长选走的话，这些剩下的营员至少这一次就注定和心心念念的航天战场无缘了，要回到海陆空三军待命。所以每一个等待着的营员一方面是抱怨自己的表现为何不够优秀，另一方面则炙热期待着面前的队长们会选走自己。姜来没有理会陶白，陶白的话近乎要从喉咙间蹦出来：不是说好的吗？你在等啥啊？

很快姜来这边的情况也被所在大队的大队长注意到了，大队长身着联合国紫色航天军装，身板挺拔壮硕，脸上有道浅浅的伤痕，瞳孔里饱含风霜，但身上的军装却一丝不苟，立挺的款式在风中都不曾凌乱。他关切地问道：“姜来是吧？我看过你的资料了，很优秀，是在选人上有什么问题吗？有什么我能帮到你的。”

姜来回了军礼，回答：“谢谢肯特长官关心，我在等人。”

肯特看着姜来，眼里有掩饰不住的欣赏，开口道：“好，等会儿组建好队伍之后，来基地我的办公室找我一趟吧，但千万不要错过报到时间了啊。”说完就朝着基地走去。

陶白看向姜来的眼睛里急躁的情绪更甚了，不满地噘起嘴，满脸的抱怨。

“喂，你是在等我吗？”一袭黑色皮裤，身着黑色运动背心，脚踩棕色皮靴，金色长发如同瀑布般散落在肩上的菲儿负手站立在姜来身后不远处，浅浅微笑着说道。

姜来猛地回头，视线对上身后的菲儿，傻笑着开口道："嗯。"

菲儿小跑两步上前拽着姜来往报到处去，嘴里还催着："快点快点，别耽误了报到！"

姜来紧跟着小跑着嘀咕道："迟到的不是你吗？"

两人你一言我一语，慢悠悠一脸沮丧跟在身后的陶白唉声叹气不断，一边还回头依依不舍望着身后大群的训练营的美女。

姜来小队几乎是来报到的最后一支队伍了。报到结束后，姜来没有着急让大家整理东西准备登上军团的航天母舰，而是带着陶白和菲儿前去找肯特大队长，在门口便碰到了刚从肯特办公室出来的尤塔和凯特琳。五年的时间过去，凯特琳脸上少了几分稚气，更添了几分成熟的魅力，当然更多是属于知性的魅力，和一旁的菲儿气质迥异，但又各自芬芳。当然她的眼里还是只有那个脸庞如刀削般锋利的，一脸英气的男人，尤塔的变化很小，眼神似乎更加坚定了。

姜来和尤塔擦肩，两人都没有继续往前，而是不约而同停了下来。姜来感受到菲儿和尤塔似乎彼此都不太感冒，甚至有点别样的感觉，两个强势的人这样倒也正常，倒是陶白盯着尤塔的眼神里充满赞叹，如果眼睛会说话，此时一定是一连串的褒义词。

姜来率先向尤塔伸出手，开口道："你好，我叫姜来，之前看名单，我们应该都在肯特上校的大队。初次见面，久闻大名，很高兴认识你。"

尤塔犹豫了下还是握上了姜来的手，开口道："尤塔，帝国军事学院毕业，之前一直在猎鹰军团服役。我刚调来，你在航空理论上的成就和发明要比你在战场上几乎空白的简历有说服力得多，虽然不明白你为什么离开科研小组，不做你的科学家跑来成为一名军人，但是战场远非你想象的那样，自求多福吧，菜鸟。希望日后你不会后悔这个决定。”

凯特琳紧跟着说道：“我是尤塔小队的领航员兼驾驶员凯特琳，你们好。”

姜来有些疑问地打量了下她，问道：“兼任，你的小队只有两个人吗?”

尤塔似乎很不以为意，冷冷回道：“两个人足够了，多的人也只会碍手碍脚。”说完便眼神示意，带着凯特琳离开。凯特琳也来不及说些什么，用眼神稍稍表达了歉意，小声咕哝了句：“这个家伙就是这个样子，不好意思了。”便赶忙快步追了上去。

旁边的菲儿一脸不悦，正要上前拦住他，姜来把菲儿拉住，笑着说道：“没关系没关系，不要起争执了，他说的没错。”陶白脸上的赞叹也消失了，他愤懑地说：“哼，本来还觉得他挺厉害的，没想到这么目中无人。”

姜来尴尬一笑，一行人快步走进了肯特的办公室。

肯特坐在座位上，看到姜来他们到来，笑着说道：“快坐下吧，应该碰到尤塔了吧，他就是这个样子。你们应该也都听过他的事迹，帝国的雏鹰，老实说他参军比我更早，曾经有一段时间还是我的上级。”

陶白快人快语道：“哦？这么牛逼哄哄的，还不是和姜来一个军衔嘛，我还以为是哪个将军呢!”

肯特尴尬一笑："其实以他的履历和能力，到现在最少也该是最年轻的少将了吧。但他每次立下功勋就会因为违反军纪、私自作战、违抗上级命令等纪律问题受到处分，所以升一级降两级的，这么多年了，军衔不升反倒还降。兜兜转转居然成了我的下属，何德何能啊我……"

姜来接着说道："肯特长官找我们是有什么事情要说吗？是菲儿的事情吗？"

肯特打量了一下面前的菲儿说道："这倒不是，上面的命令说了，你有权选择任何人作为队伍的成员之一。你的选择由你自己承担结果，我相信以理性著称的你的选择，正如同你会相信她，不是吗？"

姜来没有吭声，默默点了点头。

肯特："其实我是帝国军械部出身，曾是名机械维修师，机缘巧合下遇到了人生中的贵人，伟大的安德森将军偶然地点拨，才有我的今天。说来也是神奇，我看过你的资料，我知道你和很多同期的年轻士官不同，你们的航天战机，融合了我近些年来的心血和研究，要和一般的战机不尽相同。我想把承载我心血的战机托付给你，一共两艘，'雷神号'已经给了刚刚离开的尤塔，给你留的这艘，叫'风神号'，你慢慢会发现它的与众不同。"

姜来："谢谢肯特长官，尤塔的话不难理解，可另一个人为何是我？"

肯特："不需要什么理由，长官给下级升级装备需要什么理由，请服从命令，姜来队长。"

姜来立正行了标准的军礼："收到，长官！"说完便领着菲儿和陶白离开。看着姜来一行人离开，肯特长舒一口气，躺在靠椅上嘀咕道：“你们俩可是那些家伙的孩子啊，要说下个时代真正值得期待的萌芽，应该也就是你们了吧。”

与此同时的星际之间，战斗也从没停止过。戴着恐怖面具、身形矫健的玛雅战士冲锋在前，胯下一匹烈马，他一斧将一艘来自地球的联合国航天战机劈成两半，垂下双臂稍稍休息，紧接着就是一个接一个连续打了几个喷嚏，吸了吸鼻涕，愣愣自言自语道：“天杀的，本大爷怎么会突然打喷嚏呢?”调整完状态，他又指挥身后的玛雅战士们：“冲锋，给我上!”

天体从未停止运动，时间从未停止流逝，年轻的充满活力的时代执笔人从未停止过用汗水和鲜血镌刻出属于他们的永载青史的铭文。

第七章 / 萌芽与新生

知道危险而不说的人，是敌人。

——［德］歌德

玛雅的主星距离地球是有些距离的，它处于土星的运行轨道之外。由于近年来的交战，联合国事实上已经大致摸清了玛雅主星的位置，地球人类千年来在人文和社会心理学上的卓越成就和领先成功辐射到了这场星球间的战争中，最先开始于联盟，由孔立人亲自开启的“感化土著”，实际上已经随着手段的成熟，将孔立人明升暗降，调离项目权力中心。换组之后的这一项目组实际上成了最高级的星际间谍组织和情报部门，不断输送着玛雅的历史和现在的情报，而帝国的科研部门紧随其后，依据此，但几乎是完全不同的手段，利用高科技干涉人的脑电波，也就是所谓的“读取脑部记忆”，甚至打着“玛雅人不是地球人类，不违背黎明共识”的旗号偷偷进行“精神控制”研究。在各方面信息的不断完善下，玛雅人正是当年从地球凭空消失的创造玛雅文明的族群的论断已经得到充分的证实，而联合国也只是在技术成熟后，内部严厉处罚了有关项目的涉案人员，但是其研发技术并未明令禁止，甚至默许其用在了对玛雅人的战争中，但与人们预想中的不同，人们想象中在获取玛雅主星位置后，联合国军队摧枯拉朽，直取玛雅主星的设想未能如愿。玛雅一族缓慢的社会生活发展和智力进化，也使得他们出奇地团结在一个氏族组织之内，而这样的氏族架构至今已经进化成了国家的形式，并且历史上玛雅一直是作为一个共同的族群生存发展。所谓的争斗也只停留在王室，甚至保留下来的近亲婚配的传统，使得整个玛雅一族在血脉上都有很深厚的联系，一致对外的团结因素，以及保卫家园的决心使得玛雅一族爆发出了超乎人们想象的战斗力。

星元 1 年，战争开始。在战争的初期，玛雅一族利用自己对于太空更加熟悉和适应的优势，采取“合围打点”的基本战法，对游荡在主力军之外的联合国侦察部队与先锋部队进行不断的骚扰和偷袭，一旦形势不对，就马上利用复杂的太空环境果断地撤离，这一战法一度让整个联合国的太空军队都非常被动，一时只能被动迎击。两大太空军团，帝国的猎鹰军团在安德森的率领下，中军布防森严，使想要来打探情况的玛雅军队损失惨重，同样的，安德森果断舍弃局部的个别部队的迎战方式，使得玛雅在和其的交战中，战损比始终难以占到上风。面对这个固若金汤，看上去又几乎没有实质威胁的井然有序的太空庞大军事体，原始思想主导的玛雅人，本能地将火力撤离，更多地将兵力集中在了对付联盟张振国率领的军团上。而在张振国“不愿意牺牲放弃任何一个士兵”的原则下，联盟的军队很难破解玛雅军团的战法，到处支援、疲于应对的张振国军团损失惨重，而好战的玛雅人自然不会放过这样的机会，不断损耗着张振国军团的战力。张振国不断要求安德森的合作打援，但安德森则固守其战法“按兵不动”，坐视玛雅军团和张振国军团的互相消耗。但这样的被动挨打显然是刚刚组建的联合国不愿意看到的，他们将功勋卓著的儒将张振国调回了地球，也有一说是张振国主动请调。而有“豺狼”之称的联合国传奇将领图哈德抓住了这一等待已久的机会，雷厉风行地进行内部调整，以其以战养战的战争手段，很快制止了这样的战争形势，他以不计牺牲的方式疯狂进攻，在极大的自我损耗中，同样也极大地损耗着玛雅军团的兵力。

星元 3 年，被誉为“豺狼的撕咬”一战成为整个战场局势的转折点之一。这同样也是图哈德立威的代表之战。图哈德亲自率领着主母舰，在突围战的最前方发起进攻，调整将领们默认使用的将母舰团团环绕的战法，削弱军舰群的宽度，使得整个舰队成为一枚开弓射出的箭头，锋利刺向玛雅军团分散的包围圈。图哈德指挥运输机和侦察机类战斗力稍弱的兵种，让其暴露在整个突击阵形的最外侧，紧贴着这一机群的是战斗力最强的战斗机。当勇猛的玛雅战士们骑着战马撕裂开外围的侦察机和运输机时，藏在内侧的战斗机，就会瞬间近距离击溃玛雅军团，即使是矫健灵活的玛雅战士，也很难在刹那间做出反应和应对，而后面的运输机和侦察机则会不断递补到牺牲掉的战舰位置，如若玛雅军团不近距离突击的话，远距离作战中即使是侦察机的火力也足以在同玛雅军团的战斗中占据上风，一时之间局势扭转，轮到玛雅军团陷入进退两难的窘境。

利用局部重点突围打破困境，尝到甜头的图哈德并没有收手，好战凶残的他势必会让敌人尸骨难存，战至终章。同时玛雅军团也开始不断收紧包围圈，不再肆意骚扰和进攻，在图哈德的疯狂进攻中且战且退，而图哈德的战法很快也受到了相应的反噬。在初期图哈德通过将不情愿的士兵就地正法的铁腕手段维持着外围军舰的不断牺牲和损耗，但其面临最严重的问题还是在运输舰的不断损耗下，军队的物资补给已经极度匮乏，许多士兵已经面临吃一顿饿三顿的窘迫局面。而此时的图哈德却做出了更为疯狂的决定，他采用了野蛮更甚于玛雅人的原始手段，将战死的玛雅人尸体作为食物的来源，以战养战，这样疯狂而又残忍的战法也更加激化了双方之间的仇恨和愤怒。玛雅军团调整阵形和图哈德率领的军队进行了正面疯狂的大对攻，而很多张振国的旧部，彻底对图哈德的战法无法忍受，许多士兵宁愿选择饿死也不愿意进行这种原始和野蛮的食物补给。内部的矛盾不断升级，一时之间哀怨连连，许多士兵无心作战，本就在兵力上不占上风的图哈德军队很快又在玛雅军团的全力进攻中落入下风，难以招架，但固执的图哈德却毫不退却，他在等，等一场不会输的赌博。

星元 4 年初，在玛雅军团效仿图哈德野蛮追杀歼灭的战斗风格乘胜追击之时，变数悄然而至。一直以来按兵不动，让玛雅军团早已放松警惕的安德森率领的部队，在最合适的时间出现在了最合适的位置，小规模派遣部队已经在玛雅军团曾经的游击包围圈外围，从外到内不断递进，形成了更紧更周密的包围圈，随着包围圈的逼近和缩小，其包围质量也不断提高。正全力与图哈德军团战斗，早已疲于奔命、损失惨重的玛雅军团对战以逸待劳、预谋在先的精锐猎鹰军团，其结局可想而知。而得到这一消息的图哈德，当场朗声大笑，下令让早已到临界点的军团来到猎鹰军团包围圈后，负责清扫极个别突破包围圈的士兵。更让人在意的是，包围圈内的诸多玛雅高层，因为事实上，及时不断地对玛雅人进行精神干扰和感化，玛雅内部秩序的森然和稳定，注定了底层的士兵对于玛雅核心文化和政治决策等都是一无所知的，真正玛雅统治阶级高层的秘密，人类依旧知之甚少，严格执行命令的风格使得猎鹰军团的包围圈密不透风。然而这毕竟是战场，变数依旧出现了，“雏鹰”尤塔率领部队，孤军深入，反而导致包围圈产生了一个缺口，玛雅留下少部分人缠斗尤塔，以较大的牺牲从缺口突出重围，虽然依旧付出了无比沉重的代价，但是高级将领和核心要员几乎全员撤退，愤怒的安德森将尤塔革去军衔，遣返地球。但造成的影响终归是产生了，地球联合国重赏两大军团，重新册封猎鹰和蜜獾两大军团。元气大伤的玛雅军团收缩防线，联合国远征军转守为攻，意图一举攻占玛雅主星。

星元 5 年，作为先锋的蜜獾军团在图哈德绝对的进攻战法下，连战连捷，不断压缩着玛雅军团的防线，但当这样的闪电推进打到木星附近之时，情况却完全失控。玛雅战士们灵活穿梭在火星和木星之间的陨石带中，借助密集的陨石躲避着战舰的攻击，同时被陨石带影响了速度和航行轨迹的战舰们在这里完全就是活靶子。图哈德的盲目进攻适得其反，而维持大军推进的猎鹰军团的安德森又不愿意涉险分兵进入陨石带，一时之间战争再次进入了僵持阶段，而联合国秘密训练的青年军士们，已经整装待发。

星元 6 年，完成母舰和战斗机、侦察机、运输机机群的统一升空仪式的由前联盟名帅张振国率领的萌芽军团正式进入太空战场。而联合国也正形成了猎鹰、蜜獾、萌芽三大军团三条战线的战略部署，对玛雅主星发动全面大总攻。

这一夜注定是难眠的。初入太空的萌芽军团的年轻士兵们在母舰内、在太空中度过了第一个夜晚。很多士兵不约而同地聚在一起聊天，既是增进感情，更是用来缓解这样无眠夜晚的紧张情绪。当然也有例外，比如在房间内每日例行健身和训练的尤塔此刻仍旧聚精会神在自身的提高上，这片战场对于他来说再熟悉不过了，这里有属于他的无数荣耀，无数个第一次由他创造，当然也有被钉入耻辱柱的时刻，比如让他差点再无法回到战场上的围剿行动。他的情绪应当是最复杂的，但他却反而是最平静的，与眼神永远无比坚定的尤塔不同的是，始终跟在他身边的凯特琳看向他的目光充满了犹豫和心疼，这位一直跟着他，在围剿中奋力劝谏尤塔不要擅离位置的女副官，选择了默默陪他一起承受那让人无法接受的错误。

再比如一个叫姜来的年轻士官，带着他强烈要求要带上太空的机器人小六，在瞭望室近距离凝视着他曾经无比向往的充满无数奥秘的太空，跟在他身边的还有这艘母舰上几乎唯一的大胖子陶白，以及身后不远处装作偶遇到的性感女人菲儿。

菲儿有些不满地瞪着姜来说道：“喂，你干吗时时刻刻都要带着这么个机器人啊。不是说严格限制带上的人员吗，有这个死胖子就算了，怎么还有个跟屁虫机器人啊。贼。”

陶白只要看到菲儿，就会想起那些没能带上来的又温柔嘴又甜的年轻女营员，越想越不耐烦地说道：“我有名字的，我叫陶白。还有，这就只是个机器人啊大姐，你不会连机器人的醋都吃吧？机器人是人吗？动动脑子吧你。”

“要你管啊？”菲儿听完一咬牙，头发甩过一边，遮住微红的脸蛋，瞪了陶白一眼就回去休息了。

陶白看着离开的菲儿，一脸得意的傻笑。他怎么也不会想到，那个自己印象中永远傻乎乎的机器人小六，呆滞的目光会突然变得凶狠，然后抬起腿对准陶白的大屁股就是一脚。

陶白一个踉跄才站稳，回头朝着姜来喊道：“喂，姜来，你干吗啊？不就说她两句嘛，这还急眼了呢！”

姜来摇摇头，总不能说我的机器人他比绝大多数人聪明多了吧？只得缓缓开口道：“你也不要老那么说，菲儿是我们的同伴，我们之间都是战友关系……”

陶白懒得跟他讲道理，反正也说不过他，他总有道理，便也不自讨没趣，暗骂了声就回房间休息了，偌大个瞭望室再次只剩下了姜来和小六。

姜来：“在航空科研院的时候，我查阅了所有的资料，也旁敲侧击了很多人，但大家似乎都对姜浩天和孟雅这两个名字感到很陌生，似乎根本就未曾有过这样的两个人。”

小六：“会不会是陶海叔那边的消息出了问题？”

姜来：“不会，海叔是不会骗我的。要说是科研院有意隐瞒我也不现实，别人是不知道我和他们的关系的，我最后也算接触到最核心的东西了，但还是没有任何新的消息来源。”

小六：“所以你才毅然放弃了岗位，选择做一名士兵亲自来到太空找爸妈吗？”

姜来小声嘀咕道：“不，我只是找一个答案，继续去找那一个答案，不然我为什么要来到这个世界上，为什么要一步一步来到这里？我需要这一个答案。”

在这样独特的温和气氛中，一切事情都显得十分温和又熨帖。可惜只有他们自己可以注意到这一切，所有的监控系统，都随着天眼的倾数出动而陷入了瘫痪。在甲板上的少年瞭望星空找寻自己的答案之时，在无人问津的角落里，于茫茫人海中，最不会被注意到的角落里，在所有人的心思不会停留的地方，同样也发生着故事，一个身形消瘦、四肢修长，整个人看上去有些枯槁的身影弓着腰在飞船里穿梭，他是个几乎不被人注意的存在，是在这样的英雄辈出的年代一个难得的普通到不能再普通的人。他此时正偷吃着厨房剩下的动员夜特配的高级补给食材，看见食堂偶尔不知道哪个倒霉蛋遗落在这儿的物件，他便随手将其揣进了口袋里，他的动作很敏捷，神态却又若无其事，唯一就是嘴角不自禁的微笑似乎在倾诉着他此时脑中的妄念：看，这个家伙明天再次来到这里的时候，一定会很失望和诧异吧。不被注意似乎是他这样人的专长，但人总归是独特而不同的，即使是平凡如此又擅长伪装的人也无法掩盖的是他右边眉毛下方，和眼角上方相交位置上那颗显眼的黑痣。

正当太空夜的静谧温润着每一个士兵的心，萌芽军团母舰上的最高级别警报突然响起，没错，就在他们出征的第一天。所有士兵聚集在动员大厅，站在宣讲台后的张振国一身军装，早已经等候多时。

张振国盯着台下一片慌乱整理军装仪容的年轻士兵们，用一贯庄严而没有压迫感的语气说道："你们都是最年轻最精锐的士兵，很多人都说除了我和这里的几个大队长，这是一支完全由年轻人组成的队伍，但我想说，这次重返太空，我也是个新人，我身上有很多故事，比如你们听过的荣耀，也听过的最近一次被送回地球。在上一次战斗中，那些秉承我的理念的坚持战斗信仰的士兵，绝大多数已经牺牲，我的时代过去了，但我不能自暴自弃，我需要给他们一个交代，给我热爱的祖国热爱的地球一个交代，我重新回到了这里，作为一个新人，还是在战争最胶着的时候加入战局，我们要打出点名堂来，你们有信心吗？"

台下的士兵们被点燃了激情，异口同声说道："有！"

张振国接着说道："事实上，在地球的这段时间，我想明白了一些事情，很多时候我们身在太空就会忘掉了和地球的联系，如果我们能不断知道玛雅人的情况，那玛雅人又怎么会对我们一概不知呢？也许在我们的内部，我们的高层，也会有玛雅一方的存在呢。"

台下突然安静下去，没人敢在这个时候吭声，大家等待着台上早已满头白发的张振国继续讲话。

张振国说："那我们就赌一次，今晚对于这些守在陨石带的玛雅士兵来说，是一次难能可贵的假期。因为他们知道我们刚刚到来，需要休整需要准备，我知道大家很累，但我相信大家早已做好了准备，在敌人睡觉的时候，你们需要休整吗？"

台下的士兵们接二连三开口喊道："不需要！"

张振国说："那登上你们的战机吧，让我们去近距离看一看木星的模样吧！"

本该静谧的太空中，划过了无数来自地球的战舰，他们以近乎能达到的最快速度正大光明地横穿了那片阻碍了无数军舰前行的陨石带，而毫无阻力就穿过了陨石带，开始在木星附近组建阵形设防的萌芽军团的所有人的心情都是无比激动的，他们明白自己的任务，但他们不曾想到，一切会这样的轻松和顺利。他们太清楚这是一次多么干脆利落，但又具备超强军事高度的伟大决策了，而这一切都要归功于一直低着头躲在母舰监控室等待着消息的张振国，当接收到成功的捷报时，饶是见过诸多大风大浪的张振国也是松了口气，他的设想是成功的，但他很快再次忙起来，这个最新的报告一定要通知给那两个家伙和地球基地。好的地方在于，马上就可以准备下一个阶段的战斗，而坏的事情在于，推想合理意味着大概率地球的高层是出了问题的，而这会使得战争情况和对玛雅人的评估，要有一个全新的认知了。

猎鹰军团母舰上的安德森依旧是几十年如一日的样子，站在主控台的大屏幕前。从睡梦中接到加急来信的安德森火速喊醒了所有士兵和军官，开始发号施令，井然有序地指挥大军在远程反掩护最前方成功形成防御阵形的萌芽军团提供随时火力打击的情况下，稳步维持阵形向前推进。下令结束后的安德森盯着主控台的屏幕发呆，小声嘀咕道：“儒将？世人对于张振国看来是一点也不了解啊，那个他又要回来了啊。”

与此同时，蜜獾军团反应则更为剧烈，在这片陨石带吃尽了苦头的他们来不及庆祝，图哈德从床上蹦起来，亲自驾驶着一架战斗机就冲出了母舰，一边向萌芽军团的前方逼近，一边向母舰发令：“都给老子醒醒，给老子上，风头和军功可别都被那老小子带着这群乳臭未干的臭小子抢干净了！”一架架战机紧跟着图哈德冲出母舰，开往前方。

事实上，在公元最后一个世纪末期到星元1世纪，地球最知名的三大将军无非就是：安德森、张振国和图哈德。但是正如安德森的保守，图哈德的残暴，张振国的儒将风范，三大将军虽然战功赫赫，成就斐然，但仍旧会被世人诟病，而张振国无疑是其中受到质疑和争议最多的人，从来都是以军事的绝对碾压为辅助，总以“非冲突的手段”取得胜利，使得张振国虽然是明面上战功最卓著的将领，其军事才能却最容易受到质疑。然而正如这场将永载星元史册的奇袭登陆战，张振国总能出其不意地看到最难被察觉到的、最有效益的稍纵即逝的战机，而这就是属于张振国天赋般的军事才能，因此很多后人评价张振国是三人中天赋最高的将领，相比于世人皆称的“儒将”，后人更习惯称其为“银狐”。

从睡梦中最先惊醒的玛雅人，一定不是距离赖以击退敌军数次的陨石阵地最近的，不然的话联合国的战舰也不会得以奇袭阵地，迅速排兵布阵。当狰狞恐怖面具下的眼睛突然睁开，精壮的青年玛雅战士来不及唤醒所有熟睡的同伴，吁的一声，跨上飞奔而来的战马，少部分被缰绳拉动、战马嘶吼声唤醒的玛雅士兵，来不及多想，纷纷跟随着早已策马前驱的年轻统帅冲出来。一传十，十传百，这支赫赫威名的玛雅小队成为唯一一支紧随着联合国战舰布防木星序列行动的玛雅军队，士兵们无一质疑地跟随着最前面领袖向着前方看上去无比寂静的太空冲锋，只因他们的领袖是年轻的库洛姆。那个有着超敏锐第六感的年轻统帅，那个仅凭着直觉做战略决定却屡立战功的疯子。事实上库洛姆的眼睛里看到的景象和他的同伴们看到的并没有什么区别，都是一片寂静的太空，但是他的直觉唤醒了沉睡的意识，并且让他向前迈进，那里有一切疑问的答案。

当一匹匹战马逼近空旷太空，什么都没有的太空当然会被赋予意义，但不是因为这一经常会出现的瞬间，独特的意义在于同时同刻，来自联合国的战舰，也出现在了这里。相比较玛雅小队的人来说，显得更加式微，驾驶着这艘被命名为“雷神号”战舰的驾驶员是凯特琳，而战舰里唯一的战斗员——尤塔，已经穿着太空战衣，从战舰里跳了出来，踩上飘浮着的陨石，与被直觉支配的库洛姆不同，尤塔相信的只有自己的实力，而此时他的手臂扬起，透明的光剑已经指向领头的库洛姆。库洛姆的直觉让他来不及多想，从战马上跳上另一块飘浮的陨石，身体控制平衡，后脚往前一推，陨石朝着尤塔的方向飘过去，两个人没有多说一句话，因为他们太熟悉彼此了，这样的战斗在这片宇宙已经发生过无数次了。库洛姆的战斧势大力沉劈向尤塔的心脏，尤塔侧身用剑格挡，顺势往下倒来卸力，比力气肯定是库洛姆占尽优势，尤塔出色的技战技巧才是最大的优势。事实上，在太空之中，氧气罐可以说是地球人的第二个心脏，而像尤塔这样富有战斗经验和习惯的战士，会将太空服的氧气罐部分放置在胸口心脏部位，因为地球传统的格斗技艺里，对于心脏的保护是一脉相承的，这样最大化保障了战斗习惯，但同样也暴露了一定的缺陷，比如遇上此时的库洛姆，他的直觉告诉他，要尽其所能朝着这个值得尊敬的敌人的左胸口砍下去。这场决斗再次僵持下来，这是力量和技巧、直觉和素养的最高级别的对抗，但是精彩的对抗恰巧发生在了错误的场地，而这次库洛姆的直觉依旧是未能出错，或者说尤塔也没有出错，这是符合他战斗哲学的又一次孤军深入，他再次脱离了阵形，而纵使库洛姆已经交代了自己的士兵们尊重这一场男人的决斗，但是已经逐渐清醒的玛雅军团的士兵们可并不这样认为。那张脸被刻画在通缉榜上极为显眼的位置，这代表着巨大的荣誉和嘉奖，不少玛雅战士投掷的飞斧、石块已经先一步抵达了属于二人的战场。库洛姆停下了手中的双斧，用玛雅的语言示意这场战斗已经索然无味，他呼喊自己的战马，回头瞥了眼疲于应对飞来战斧的尤塔，他知道自己无法阻止这群同胞，但他不会认可这样的胜利，尤塔无疑是人类史上最出色的战士之一，至少从记录上来看，他亲手打破了太多属于前人的指标，而后人显然还迟迟未能到来。但是面对身形、体力、力量，甚至数量都远高于自己数倍的对手，尤塔已经逐渐力竭，有些招架不住，真正的战士渴望战斗，但并不是纯粹的莽夫，尤塔知道，此时此刻他需要为自己的行为找到后备的解决方案，而他一切自信的原因是因为这一幕他太熟悉了，身后一直都是那个他无比了解和信任的女人。在蜂拥而至的玛雅战士到来之前，一声巨响再次划破了太空的宁静，随着用力往后跳，企图挣脱包围的尤塔往后倒下，“雷神号”的秘密武器、肯特改良过的适应于尤塔作战风格的粒子大炮轰出，距离尤塔最近的一批玛雅士兵早已化为粉末，泯灭在了太空之中。这一炮冠名“雷神”，耗尽战舰所有可供攻击用的能源，与其说是为了攻击，不如说只是为了战舰最大化地掩护单兵作战的能力，而无论是出于战士的精神还是再一次直觉的拯救，提前撤出战局的库洛姆再一次躲过了这次致命的攻击，但被战友牺牲彻底激怒的玛雅战士们并未因此畏惧，反而更加勇猛地冲向后撤的尤塔，以“雷神号”的距离，去救尤塔肯定是来不及的，而此时，另一艘联合国的战舰突然从战局的下方出现，赶在玛雅战士再一次包围之前，顺势将尤塔拉进机舱，撤出一定距离，而能瞬间消耗大量能源达到短时间爆发速度的，正是肯特研制改良的另一艘战舰“风神号”。两艘战舰相辅相成，将尤塔从孤军深入的困境中解救出来。而顺势进入机舱内的尤塔收起了光剑，朝战舰的指挥官望去，这个时刻，本来平静的太空太不平静，直觉至上的年轻统帅，个人英雄主义的战士，理性主导的指挥官，第一次在太空中相遇了。

尤塔：“你怎么会在这里？”

姜来：“我分析过了，你会忍不住过来的，但刚好赶得上也还挺幸运的。”

战舰驾驶位上的陶白显得有些恼怒，开口说道：“你还问呢？我这一路追赶，连句谢谢都不先说的，我们要不来的话……”

尤塔迅速打断了他的话：“不来的话，我也有别的准备。”

陶白正要发作，在一旁身着战斗太空服，随时准备出舱的菲儿喊住了他：“行了，看这样子今天是不能出去活动筋骨了，赶紧开走吧。要吵回去吵，这还没开出去呢。”

已经和姜来一行人取得联系，确定了尤塔情况的凯特琳，率先驾驶着“雷神号”先行返航，而以速度见长的“风神号”再俯冲借由太空的相对引力彻底拉开同玛雅追兵的距离。看着即将陷入包围圈的尤塔奇迹般杀出重围，玛雅士兵们显得无比沮丧，而早已撤出最前线的库洛姆却心情大好，他的兴奋都写在脸上。他有些不屑地瞥了没能追上敌人的玛雅士兵们一眼，然后下令率领自己的直系部队后撤确定情况，等待上面命令。望着已经彻底消失在视线中的两艘战舰，库洛姆心跳不断地加速，澎湃的热血被压抑着，暗自低声赞叹道：伟大的对手，期待下次与你未完的战斗。

这样的小插曲无疑会以尤塔再次受到处分而告终，但是同样再次实质意义上拖住了唯一可能在最佳时间内重返阵地的玛雅队伍，帮助大部队成功地布防提供了足够的时间和空间准备，没人知道勇猛的尤塔口中最后的底牌是什么，因为凯特琳在最合适的时间点开了那一炮，而姜来也在最合适的时间点出现在了最合适的位置。明面上对于此时的地球和玛雅的大战来说此战实际分量是聊胜于无的，但日后的历史学家们无一不赞叹于这一次遭遇战的情况，因为在这里，那三位日后对人类进程产生巨大影响的卓绝的战役天才真正意义上第一次同时在战争的同一个横截面碰面了。

第八章 / 一蹴千里

倘使成功有秘诀的话，那就是要有理解他人的立场，同时，有站在自己的立场和他人的立场，看各种事物的能力。

——［美国］福特

整个联合国远征军团是忙碌的，又是幸福的。通过一次天才般的战略奇袭，他们以近乎最少的牺牲攻克了最大的难关。陨石带前后，代表着截然不同的战争走向，至少在人们对于太阳系的常规认识中，从木星到玛雅主星之间，再没有这样得天独厚的防线了。在明面上，联合国军队向玛雅主星的进发也只是时间问题了。三大军团的主帅在不约而同的默契下，形成了以图哈德的蜜獾军团为先锋，实则是大范围的前逼侦察，而安德森率领的猎鹰军团则以其久负盛名的联动性、执行力，以及在战争中最少的牺牲率稳步推进，而不动声色的张振国则直接打散了整个萌芽军团，各个小队享用着一定限度的自主行动权，星罗棋布排列在了两个军团的周围，互作呼应。而也许是陨石带的沦陷使得玛雅军团再也不敢掉以轻心，整个联合国军队的推进也一直如同预想一般的顺利，玛雅一改其战争初期显示出的一往无前的战争风格，大幅收缩防线。

星元 7 年年末，在玛雅分散而稀少的人员布防面前，联合国军团很快就推进至射程直指玛雅主星的位置，而联合国内部也形成了进一步行动的激烈讨论。

地球，冰岛。

冰岛的政府大楼内部的绝密隐私空间，正举行着一次关于种族命运的会议。会议圆桌正中，作为主持者和调节者坐在座位上的是冰岛元首佐夫，而这个位置的上一个主人，是世界的英雄帕卡莱迪。而在他身旁的，是联合国的另外四个决议人，以及此时远在太空的三大统帅的影像。但事实上，这场会议的主体，却不是这几个人，他们彼此都有自己的政治觉悟和诉求，反而碍于各方面的考量不会发声。而两旁座次还要稍微靠后的两人，却在进行着这些年常见的戏码，当世儒圣孔立人和永远黑着屏幕的前帝国科研部的掌舵人，现联合国科研顾问——布莱克博士。

孔立人罕见紧绷着脸，收起了微笑，语气严肃地说道：“博士，我们的军队已经来到了这个位置，我们已经完全占据战争的主导权，和玛雅文明取得沟通和交流既是彰显我们的态度，也是完全符合我军诉求的。”

黑屏中传来的是熟悉的布莱克博士的声音：“战争的形势瞬息万

变，这是我们距离胜利最近的时刻。当我们的军队穿着我们研制的最新装备，登陆玛雅主星，可想而知这是一场怎样伟大的会被永载史册的胜利，那个时候我们会以胜利者的姿态接收所有的真相，包括孔先生想要的所有的答案。”

孔立人：“这只是你想写在自己功德碑上的一厢情愿，博士。我们至今仍旧不了解玛雅离开又重返地球的谜底，甚至挑起战争的一方到底是谁也仍旧是难以分明的。尚未探知的星系众多，如果我们惯用这样的姿态，一旦遇到科技进度远高于我们的文明，我们应当如何应对?”

布莱克：“那个时候，更强大的文明可不会和我们讲道理，孔先生。”

孔立人：“我们在这场战斗中，重启的曾被明令禁止的各种所谓军事武器实验，真相如何我相信博士是最清楚的。我们欠民众一个真相和交代，纵使不站在玛雅的立场，也应当关注到我们同胞们的诉求……”

在孔立人和布莱克激烈讨论的同时，佐夫等人也在各自讨论着事情的解决方案。在事情僵持不下的情况下，双方还是各退一步达成了共识，联合国的军队即将通过太空投影发出为期三天的谈判信号，而一旦三天之后仍无音信，联合国的军队将武装登陆玛雅主星。这一会议的结果履行联合国的公约，被通知到地球的每一个角落。每一个人都忐忑等待着事情的最终进展，而最为揪心的依旧是在星球之上的地球人们，有过诸多军事谈判经验的张振国显然是承担这项工作的首选，但他却罕见地拒绝了。安德森接过了这项核心任务，虽然让他把整个军团舰群围绕着母舰依据原阵地向前推进数个光年，暴露在玛雅可能的打击范围内，他心里也是不情愿的，但出于其军人的素养，仍旧是按照指令完成任务。但对于猎鹰军团的军士们来说，这三天无疑是异常难熬的，他们将以战时最激烈时刻的节奏和频率进行日常的工作和运作。三大军团的各自独立指挥权，在这个时候显现了早期被人们担忧，但又被出色军事素养掩盖的问题，蜜獾军团第一时间以一个完全进攻的阵形排阵在了侧翼，他们的总指挥官图哈德在三天期限第一天刚到来之时，便已经大口嚼着生肉，饮着烈酒，亲自观看着部队的军事演练。图哈德根本没想过这三天可以解决什么问题，如果不是害怕不仅得不到火力支援还被那个老顽固安德森来一次就地执行军法，背后捅上一刀的话，图哈德早已经率领着麾下的舰队直指玛雅主星了。

至于萌芽军团，在奇袭陨石带之后，以每个小队为单位，都获得了独立指挥和行动权，仿佛你永远都可以指望他们，他们出现在战争的每个角落，但你又不能把他们算进战斗力里，因为根本没人知道他们在哪里。图哈德显然不在意老搭档和对手张振国这只老狐狸的想法，他主要担忧张振国会抢走本属于他的战功，这样反而让他感到庆幸。但安德森几乎是令部下查阅翻译古籍，以“揠苗助长”的寓言强烈抨击和指责张振国对战争不负责的轻率决定，张振国则宣称自己的战法是最符合当今战局，同样萌芽军团也是为了锻炼这些青年军，这是让他们得到锻炼最好的方式，必要时自己会出手干预的。

因果是个循环，现在轮到在这场战争中总是在规避风险的安德森头疼了。日后副官佩鲁在回忆录中以在地狱中遭了大罪的怨气记录下了这件事情：自打张振国给萌芽军团下达所谓“星火”指令之后，安德森就再也没能喝到热腾腾的咖啡和返回自己的房间休息，在能给雄鹰拔毛的元帅夫人阿丽塔和她唯一的宝贝儿子尤塔取得联系之前，这样的窘境显然还要持续一段时间。

最近一次关于萌芽军团的消息是在第一天夜里传来的。面对整整一天无动于衷的玛雅文明，张振国下达了“星火”指令后第一个指令，差遣几个休整中的小队火速返回地球去接一个重要的人物，事实上军内都知道，这个时候希冀于取得阶段性进展的，也唯有孔立人了。

第一天里还发生了一次萌芽军团内部的碰面，是在战争中各自屡立战功的两艘传奇小队的战舰——“风神号”和“雷神号”。在两艘战舰短暂地停滞，战舰的指挥官进行了会面交流之后，“风神号”便紧随着“雷神号”向离玛雅主星不远处的星球进发。

时间来到第二天，备受瞩目的孔立人老人的影像已经投影到了玛雅主星之上，而与其同侧站立的并不是功勋卓著的军士，甚至出乎意料的是，没有一个军队的士兵陪同，在他身旁站立着的，是一群玛雅青年。第一批被带回地球，被孔立人在冰岛抚养教导长大的玛雅小孩，他们站在孔立人身后，用玛雅一族的语言，陈述着他们在地球的所见所闻所学，以及澄清着地球人的友善，试图解释所谓的敌意并不存在。

但是玛雅一方仍旧是毫无反馈。整个星球陷入严阵以待的安静中，这种平静似乎预示着一场血腥的涉及种族灭亡的战斗渐渐变得越发不可能阻止了，而与此同时，安德森已经下令“天眼”侦察小队，利用

“天眼”系统以几乎无法察觉的方式逼近着玛雅的主星。蜜獾军团已经急不可耐地偶有示威性的鸣枪。

与此同时，在联合国的阵地之后，早已被排查干净的战争转折点，位于火星和木星之间的小行星带，也就是玛雅人口中的陨石带却展开了激烈的战斗。赫赫威名的“雷神号”在一颗看上去已经被毁灭过一次的星球灵神星上空追击着一艘神秘战舰，战舰的科技水平十分先进，甚至比起已经屹立于当世人类科技顶端的“雷神号”也不遑多让。在两艘战舰的追逐战中，“风神号”以其傲人的加速度和敏捷性从神秘战舰的前方突然拔起封锁了战舰的前进方向，而身后的“雷神号”发出准备已久的致命一炮，饶是强大的神秘战舰，在面临两艘战舰的通力合作之下，也无奈地需要朝着灵神星的表面迫降。

尤塔和菲儿穿着战斗服从两艘战舰中走出，神秘战舰的全貌映入眼帘，外观构造别出一格的机身即使面临这样的打击，仍然没有破坏掉整体的美感，尤塔靠近机身侧面，在机翼部位是一串英文字母加阿拉伯数字的标识：STANT056。

机舱里突然射出一道激光，尤塔几乎是下意识拔出光剑格挡，侧身躲避，但人的反应速度跟高科技枪械比起来还是慢了不少。在尤塔左肩受伤，垂下手臂的同一瞬间，菲儿以迅雷不及掩耳之势，靴子往上一翘，抽出激光手枪，朝着机舱内几乎是只能看见眉毛高的额头，精准射击。尤塔稍作调整，朝着战舰周身疯狂开枪，虽然他并没有见过这样型号的战舰，但是在可能部位的火力覆盖之下，能源储存箱还是很快被击中。本来敌暗我明的局势很快就在尤塔和菲儿的配合下被扭转，现在轮到战舰里的人着急了，失去能源供应维系舱内类地环境的机组成员，很快就穿着氧气服一个个狼狈地从机舱内爬出来。察觉到动静，将两艘战舰停靠着陆后，姜来、陶白、小六以及凯特琳也紧跟着抵达现场，局势很快就被姜来一行人控制，与随行人员一起被缴获的还有大量的黄金以及稀有金属。姜来和尤塔互相对视一眼，神色显得十分凝重。

时间回溯到一天之前，尤塔通过“雷神号”和“风神号”内置的通话连线取得了同姜来的联系。

尤塔：“我们的进程未免有些过于顺利了，我想你明白我的意思。”

姜来：“但至少目前来看，并没有什么明面上的异常。”

尤塔放低了声音：“我在追击一伙儿玛雅溃逃士兵的时候，一路追到了早就应该完全在我军掌控中的小行星带。”

陶白在一旁打岔道：“你直接说你这个白痴又过于深入了就好。”

尤塔翻了个白眼，没搭理陶白，接着自己的话朝着对讲机说道：“我发现一些之前从未见过的战舰，这些战舰的航行速度，各项指标都有些惊人，这肯定不是我们的军队，我想这也不是玛雅文明可以达到的科技水平。我们必须做好更坏的打算，也许除了玛雅之外，还有更强大的太空敌人和文明正在靠近银河系。”

姜来的脑海中如电影般滚动播放着许多记忆碎片，随后缓缓开口：“也许更为恐怖的事情可能是，根本就没有第三个文明的存在。”

尤塔顿了顿说道：“你是指?”

姜来："我们去看看吧。"

当姜来看到这几个走出战舰的地球人的脸庞，很多问题在他的心里也就有了答案。也正因如此，姜来的情绪似乎有些不受控制，他以他少有的暴怒的姿态，命令被俘虏的士兵们说出真相，即使这个真相很多在场的人心里也都有了准备。这些人并非什么受过专业训练的士兵，只是群拿钱办事的亡命之徒，很快他们便竹筒倒豆子一般抖搂出来：他们都是受斯坦特公司雇用的雇佣兵，秘密训练之后，驾驶着斯坦特公司的战舰前往太空，掠夺各个星球上盛产的有价值的资源，然后回到地球上倒卖，赚取暴利。这次来到灵神星，就是为了开采星球上丰富的黄金和稀有金属等资源。

奇袭陨石带的作战计划成功实施之后，军队中一些有素养的士官就已经察觉到了最大的麻烦似乎并不是玛雅军队。而地球内部出了什么样的状况，在这星空之外几乎是不得而知的。而姜来心里清楚，张振国在作战成功后马上下达的"星火"指令，似乎并不那么简单，再根据之前碰到菲儿时的所见所闻，姜来心事重重，他向一旁的尤塔问道："斯坦特公司是前帝国的吧，你应该有所了解。"

尤塔："帝国最大的民营武器装备公司，涉及高科技领域作战武器的自主研发和生产，在星元历开启，航空时代到来后，又不断丰富其航空航天领域的产品。"

姜来："你知道我想问的不是这些。如果我没记错的话，在冰岛那次会议之前，我们对于玛雅文明和星际危机一无所知的时候，他们就开始进行航空装备的研发和售卖了。"

尤塔顿了顿开口说道："这其中涉及帝国的机密，我……"

陶白打断了他们的谈话："什么机密啊？你们帝国的这些资本家，为了自己的利益最大化什么事情做不出来，经济干预政治，国家的权力一团乱麻。"

菲儿："尤塔，你一直在太空，你应该很久没见过现在的地球了，或者说，你就算在地球，也根本不会接触到底层的世界。这些高额利润的产业背后，滋生着庞大的罪恶利益链，滋生着犯罪和不法勾当，社会需要公平和正义。"

尤塔低着头一言不发，几乎无时无刻不在眼睛中的那抹坚决在此刻竟然有些许的动摇。凯特琳默默注视着尤塔的情况，然后对大家说："这些我们都看得到的东西，联合国那些地球上真正的权力中心又怎会视若无睹？斯坦特公司的实际控股人，是那位数次改变人类科技进程的布莱克教授，他是前帝国整个科研界的信仰。这样的信仰没有坍塌的可能性，整个人类社会都需要他。"

陶白："可他是在公然地敛财，可想而知每年他们可以赚取多少资金，那这庞大的资本掠夺又用在哪里了？"

沉默已久的尤塔开口了："社会福利啊。当今社会，再没有饿死的人了，人们凭借着各国最低的生活保障，也可以过着高枕无忧的生活，政府哪里会有钱？税收需要用于国家的建设，政党需要这样的庞大经济体的支持，不然那些政策将毫无实施的可能性。同样的，我们现在身穿的战斗服、驾驶的战舰，从研发到实施生产，需要庞大且稳定的资金链，我们没有资格去评论博士的对错。"

陶白显得非常气愤："所以你们这些所谓的军人，就用自己所谓的军事素养，以专注于战争为由，去逃避你对于这个社会的其他作用和价值吗？"

尤塔同样不甘示弱："我是个军人，不是个政客，我只坚定履行我的职责，成为最出色的战士，保卫我们的国家和人民，对于这个时代来说，甚至是保卫整个地球文明，这才是当代军人的使命。"

姜来："不要争论下去了，布莱克博士确实做了很多有利于人类的事情，但是他现在所做的事情，又为什么需要在暗地里避开所有人的视线呢？更何况我们刚才看到的战舰，早已经超越了民用的配置和规格，甚至有着高于军队常规战舰的战斗力，疑点还是太多了。"

一连串马蹄声，打破了陷入尴尬的气氛，那是听上去人数不算少的一支玛雅军队到来的预兆，姜来催促大家回到战舰。就好像斯坦特公司没能预料到他们的突然到访一样，战场总是让人难以预料的，但至少目前来看，出现在这个位置的玛雅军队，预示着完全不同的战争走向，他们是如何避开前方的大军，抵达后方的？然而在众人的担忧下，挺拔伫立在原地的尤塔却显得十分轻松，甚至还有一些兴奋。

陶白应当是和尤塔从见面以来就最不对付的人了，习惯性对尤塔的不满，也让他忽略了在自己心中，尤塔早已经是同生共死、经历过无数场遭遇战的战友了，他几乎是声嘶力竭地咆哮："喂，尤塔你这个白痴，现在可不是犯病的时候，这么多人还不跑？再迟一点，我可不管你了！"

尤塔显然没有理会陶白，缓缓迎着已经渐渐显现的玛雅战马群的方向走去，抽出自己精致而优美的激光剑。前方不远处，一柄飞斧从天而至，尤塔俯身一个缓冲，向上挥剑迎击，勉强将飞斧击开，在斧子被震飞的不远处，一道戴着狰狞面具的熟悉身影悄然而至，他抓住被震开的斧头，重重落在尤塔身前不远处的位置。

尤塔提起激光剑，库洛姆双手紧握双斧，两人朝着彼此相向前进，剑拔弩张的气氛让战马都停下了嘶鸣。库洛姆的士兵列队在他身后不远处，“风神号”和“雷神号”升空在尤塔上空不远处，这场属于真正战士之间的搏斗他们已经在这片星系见证过无数次了，只是每一次都没有一个最终的结果，但每一次都让人无比期待，血脉偾张，而这次在这片沉寂的星空，应该再没什么可以阻止这场争斗了。

只见两人几乎走到了武器可以砍下彼此头颅的位置，库洛姆却突然将手中势大力沉的双斧交叉收至背后，几乎与此同时，尤塔将自己的激光剑收鞘，伸出了一只手臂，库洛姆紧紧握住了尤塔伸出去的手，两个人紧紧地拥抱在了一起。

在所有人从紧张到突然错愕的目光中，这场还未开始的关于战士巅峰对决的战斗似乎就这样轻描淡写地结束了。

尤塔：“好久不见，库洛姆。”

库洛姆：“好久不见，我的朋友。”

在战争的现阶段，玛雅文明早已在战争中渐渐熟悉了地球文明的语言，而地球文明先进的同期翻译器，也使得玛雅的语言从一开始就根本不是难题，可当两个人的对话传至众人耳朵里的时候，几乎所有人都怀疑自己刚才所听到内容的真实性。

尤塔迅速利用战斗服改变重力，凯特琳在错愕中下意识打开舱门，尤塔朝着大家说道："时间很紧，我们边走边说，往金星去吧，快一点。"

库洛姆也转身上马，指挥着身后的士兵们同样朝着金星的方向进发。很快刚才还剑拔弩张的灵神星，就只剩下战舰残骸旁被五花大绑的几个斯坦特公司雇用的亡命之徒不绝于耳的求救声了，而这片太空中也第一次出现了此前从未有过的一幅"世界名画"：联合国传奇战舰"风神号"和"雷神号"一左一右急速行驶在太空，中间并驾齐驱的是骑着战马的玛雅传说中戴着面具的传奇战神库洛姆，而身后则跟着库洛姆的王牌军队。这应当是真正意义上的首次跨星球联军，他们正浩浩荡荡地朝着金星进发。

在"风神号"驾驶舱内，姜来对着传呼器说道："这是怎么回事，应该可以说了吧？"

尤塔眼神中还是那抹坚定，慵懒地说道："喂，你不会以为我真是个愣头青吧？你说旁边这家伙是，我还信，要不是这个家伙，我怎么会现在还和你们一个级别。"

陶白从刚才的犯蒙中反应过来："尤塔，你拣重要的说，现在可没空听你吹嘘自己。"

凯特琳一边驾驶着战舰一边接过话茬说道："还是我来替尤塔说吧，尤塔自打第一次和库洛姆交手之后，两个人对彼此就十分欣赏。在第二次交锋之前，玛雅军团的一些变故也让库洛姆产生了直觉，而他们两个人经常通过单兵对战交流着军队和国家内部的事情。而最近，情况越来越不对，上次二人在陨石带交手的时候，那次其实玛雅内部就已经有了巨大的分歧，国内正在商讨放弃对于主星的防守，转而绕开地球文明的正面大军，实行暗度，抢先登陆金星计划。”

菲儿打断了她的话：“所以你说这个家伙每次的贪功冒进，都是事出有因的，而不是纯粹上头了？”

凯特琳扶了扶额头，试探地看着尤塔，说道：“当然也不全是吧。”

姜来认真问道：“话虽如此，但事实上玛雅一族如何绕开三大军团铺天盖地的天罗地网式推进呢？”

库洛姆笑着说道：“这就说到你们常识上的错误了。虽然你们的统帅让我感受到了很强的军事素养和压迫感，但事实上，这毕竟是他们第一次指挥太空上的大作战，你们忽略了一个点，你们的布防，战舰群的运行都是基于星球的相对位置的，比如布防木星，你们保证着军队和木星的相对距离不变，但事实上，整个太阳系都是在不断运动的，木星也是在不断运动，你们围绕着木星也在做着运动。而木星作为类圆形横截面的一个顶点的话，在几乎相对的顶点位置就是视觉的绝对死角，这样的直径已经远超过你们的侦测手段能覆盖的距离了，我们的军队只需要适中卡在这样的死角进行相对运动，就可以在完全避开你们军队的同时，不断靠近金星。”

姜来的思维似乎被打开了一个全新的思路，这确实是在作战中一直被忽视的一个地方，但同样令人细思极恐的是，在这样的宏观战略的领先下，玛雅文明为何不采取前后夹击等战法，毕竟这样看来玛雅完全可以掌握着战争的先机和主导权。

似乎是感受到姜来一行人沉默中的困惑，库洛姆接着说道：“因为我们从未想过征服你们的文明，我们只是为了重返故土，从而再次冲击圣地。”

姜来更加疑惑了，接着发问道：“故土？圣地？那还不是要重返地球？”

库洛姆接着解释道：“你们很聪明，地球确实是我们的故土，但并不是唯一，刚才你们看到的灵神星同样也是我们生存过的领地，我们玛雅一族喜欢探险，善于生存和迁徙。在离开地球后，我们在很多星球上驻足生存，离开灵神星，正是因为这颗星球遭遇到陨石流的打击，这也是灵神星变成现在这个样子的原因，我们在那之后便迁徙到了现在你们口中的玛雅主星。所以这也是为什么，我们可以做出全族迁徙作战的决定。我们并没有你们地球人常说的所谓‘思乡’和‘故土’的概念，这在我们的文化中是毫无意义的，我们只会选择当前最优的居住地。”

陶白忍不住插话道：“所以现在的玛雅主星，早已经空无一人了？”

库洛姆骄傲地说道：“当然，不要小看玛雅人的行动力。”

姜来习惯性瞪了陶白一眼，示意他不要打岔，接着说道：“请继续说下去，库洛姆队长。”

库洛姆接着说道：“事实上，灵神星也不是我们离开地球后的第一个驻扎地，我们的第一个驻扎地是金星。”

姜来感觉自己的星球观被完全颠覆，忍不住开口问道：“金星？可那里一片荒芜，表面被高反射、不透明的硫酸云覆盖着，这样的环境中如何生存?”

库洛姆眉头一蹙，语气稍显凝重地说道：“那里在我们登陆之前，曾是一片比地球还要适宜生存的乐园。事实上你们一直以‘玛雅文明’来定义我们，但在那样的时代，根本没有任何实现星际跨越的科技水平出现的可能性。如果有那样的水平，地球早就被我们统治了，但我在尤塔口中得知，你们地球人早已经习惯了内斗和自我消耗。”

陶白没好气地又在一旁插话：“你这涉及种族歧视了啊，注意你的语言。”

库洛姆也渐渐习惯了陶白有一句没一句的牢骚，也没放在心上，接着说道：“我们诞生于金星，并且我们也如同你们一样，刚开始借助能源、外物去改变自身的生存环境和挑战大自然，但是在进行到类似于你们的两次工业革命时期，金星的环境因为无节制的开采和破坏，环境承载力已经彻底被破坏，最终工业排放物摧毁了所有的植被、河流，甚至大气。金星也成了现在的表层如同废土一般的星球，再也没有了往日的生机和活力，也正因如此，我们金星人才明白，只有让自身不断进化，而不是依靠外物的力量，才能让这个种族在优胜劣汰的自然法则中存活得更为久远。而至于你们口中的玛雅文明，也许是我们先祖的分支，也许真的只是个不同星球上的巧合，在金星家园彻底崩塌后，我们走上了不断迁徙去适应各种各样的生存环境，适应恐怖的太空的进化之路。我们摧毁了几千年来前人的文明和创造，选择了更艰难，但起码前景可能会出乎意料的道路，这些文明里包括语言、社会风俗，这是一次为了进化的伟大退化!”

在姜来一行人被库洛姆的谈话深深触动，为玛雅文明也就是金星文明不破不立的坚决和毅力深感钦佩之时，尤塔也没有闲下来，他第一次拨通了他的专属线路，这条线路通向的是远在玛雅主星前静静等待地球基地指令的猎鹰军团母舰的办公室，办公室的主人叫安德森。

已经在办公室被自己的担忧和妻子的唠叨搅得心烦意乱的安德森接到这通通话时，几乎是下意识忘却了等通话那头开口和确定就忙着问道：“尤塔，你去了哪里？你是要被张振国那个糟老头子带得更加没有纪律了，作为一个军人，在战争时期消失在了军队之中，简直是一个天大的笑话。”

安德森心里想象过无数关怀的话，但说出口依旧是变了味道。尤塔对此再了解不过了，所以他从来没有拨通过这条线路，但现在的情况太特殊了，远非他的力量可以应对。“听着老头，长话短说，你现在需要马上带领军队赶往金星，地球内部出了问题，玛雅文明也是。地球和玛雅之间，出现了大的误会，几乎所有的玛雅军队都会聚集在金星，我们需要你的帮助，应该是两个文明都需要你的帮助……”

通话那头突然变得沉默，尤塔感到有些急躁，吼叫道：“你听到我的话了吗？喂，老头子？”

安德森浑厚的声音传来：“尤塔，回来阵地吧，不要蹚这趟浑水。”

尤塔更加着急了：“你不相信我的话？”

安德森：“我相信你，所以才叫你回来，这样的情况不是你能改变的。刚刚‘天眼’侦察系统带回来的情况已经在我的屏幕上了，我比你更清楚玛雅主星的情况。”

尤塔：“但你可以啊，猎鹰军团在战争中几乎从未遭受任何重创，几近满编。”

安德森沉重地说道：“尤塔，你要知道，猎鹰军团不是我的军队，我们都是帝国的军队。我们效力于自己的国家，不论我身上佩戴着怎样的军衔，我首先是个军人。军人的天职是服从命令，我已经把战场的实际情况加急发给了地球基地，现正等待着联合国做出的决策。在作战指令未曾改变之前，我目前接到的命令是布防在玛雅主星，待命三天。”

尤塔挂断了通话，眼神变得更加坚决，而另一边的安德森，脸上彻底布满了愁容。

此时的地球，同样并不平静。联合国的会议上，大堆的资料和战场情况就显示在冰岛政府机密房间正中的大屏幕上，其内容涉及三大太空远征军团主帅的抗命，斯坦特公司和其幕后掌舵人布莱克教授的越界行径，玛雅文明即金星人战争的走向和诸多谜团。而正在佐夫等联合国领导人想要当面审判和调查之时，那个代表布莱克博士的黑屏幕却没有任何信号接入，已经失联多时的萌芽军团主帅张振国自然是不会出席视频会议的。而刚刚还在奋力规劝玛雅文明缴械投降的孔立人在看到屏幕里的那些资料之后，便中断了通话，差人驾驶飞船只身赶往金星。与他同时挂断连线的还有图哈德，此时的他正率领着整装待发多时的蜜獾军团沿最短路线奔赴金星。整个会议室只剩下了五个领导人，显得冷清得很，对了，起码在地球之外的太空中，还有唯一一个正参与着会议的人，猎鹰军团的领袖安德森。

佐夫叹了口气："乱，彻底乱套了，这帮疯子。"

安德森还是一贯严肃的表情，看不出情绪地说道："所以，几位领袖，我们会议最终的决定和命令是什么?"

佐夫和另外四个联合国的领袖商讨完，给出了他们的答案："太空战场，原地待命，静观其变，消息来源真假性未知，继续执行先前待命三天的作战计划。"

安德森的眼睛突然有些看不清内容，只听见他一字一顿地说道："是，猎鹰军团领命。"说完，他便挂掉了通话视频。

佐夫五人显然也知道地球内部出现了问题，也认识到了问题的严重性，甚至已经多半猜到了情况，可除去太空此刻未知的战局，地球内部的稳定显然是他们不愿意说，但却更严峻的问题。一些智能机器人，竟然自主拓展出了出厂功能之外的智能型，甚至局部地区已经出现暴动行为，开始对人类产生攻击和破坏建筑的行为。火速将之镇压的同时，佐夫等人代表的联合国高层，还不断承受着公众舆论的压力和事态扩散难以掌控的风险。这一天时间内发生了太多的事情，三天中的最后一天太关键了，太空战场的稳定和少生变数是佐夫等人心中的愿望。佐夫等人心里清楚，他们现在面临的问题是如何让一天之后，地球的权力还能牢牢掌控在联合国的手里。

附：文中玛雅文明和金星人的叫法根据不同的主体进行区分，但所指内容相同。

第九章 / 信仰之光

信仰是精神的劳动；动物是没有信仰的，野蛮人和原始人有的只是恐怖和疑惑。只有高尚的组织体，才能达到信仰。

——［俄国］契诃夫

还没等姜来一行人彻底搞清楚金星人内部的文化和分歧，整个看上去十分别扭的小队一行人就抵达了金星附近。他们现在的首要目标是找一个合适的位置登陆，据库洛姆说，此时的金星应该早已经满是玛雅文明的布防。而库洛姆小队负责通信的通信员已经许久没有消息传来了，他的直觉告诉他，金星的情况此时又有变故，姜来则是利用库洛姆给出的太空相对的思路，通过精妙的公式运算，计算出了最大概率的平安登陆点，当然，概率学永远不存在绝对的安全。

猎鹰军团无疑是整个太阳系此时最安逸也最矛盾的军队了，他们手持当前可能的最强战斗力，也心知肚明“敌军大本营”玛雅主星的真实情况，但是他们依旧得镇守在原地，准备打一场“可笑的会战”。

而此时统领全军，负责在阵前发言，稳定军心，率领猎鹰军团守住军团传统和尊严，固守阵地的领袖却不是威名赫赫的传奇将军安德森，而是他的副将佩鲁。至于安德森，他早已经带着阿丽塔，未带一兵一卒，亲自驾驶着私人战舰驶出猎鹰军团战线，其轨道直接偏离向了远处的金星。

佩鲁此生难忘安德森命令他率军固守的场景：

安德森挽着妻子的手臂，向佩鲁敬了一个军礼，朝他以命令的口吻说道："副将佩鲁，接下来你将全权接过整个猎鹰军团的指挥权，请严肃完成军令。"

佩鲁一脸不解："那你呢？你总不是要违抗军令吧？"

安德森一脸不悦地说道："违抗军令？哼，我可没有。军令是让猎鹰军团继续执行三天指令，又没说不让一个父亲去找他的儿子。现在在你面前的是尤塔·安德森的父亲佩里特·安德森和尤塔·安德森的母亲阿丽塔·安德森！我们要去找自己儿子了。"

还没等佩鲁开口，两人就已经步入了出舱口，战舰启动的声音，连带着安德森最后若隐若现的声音传来："喂，佩鲁，你就放心吧。你女儿，我未来儿媳凯特琳，我们也会给你平安带回来的。"

佩鲁擦了擦红了的眼眶，低声咒骂道："这个老无赖，又把烂摊子丢给我。我还没开口呢，就先把我要做的事情做了，堵住我的口溜之大吉。"

"那一天，某种意义上金星是真正的宇宙中心。"一位后来的学者如是说道。

姜来一行人的登陆并未受到阻碍。他们很顺利地抵达了金星的表面，但是通过战舰对金星表面热成像的观测数据，玛雅人似乎团团围在一起在等待着什么，包围圈的中心却被空置出来。库洛姆下令让部队分散开，为了避免目标群体太大，姜来问道："他们在等什么?"

库洛姆面色沉重说道："这是古老的仪式，在等待着圣女的到来。"

姜来："圣女?"

库洛姆回忆道："在我们的文明中，所有人团结在首领的周围，首领类似于你们口中的国王，而首领只能由女性继承。"

陶白又在这个时候开始插话："这我们知道，那圣女又是什么啊?"

库洛姆："自从金星生态环境崩塌之后，我们第一个想要登陆和征服的星球，其实是太阳，显而易见，我们为此付出了沉重的代价，有太多的族人牺牲在这里。但是这也催生了最野蛮的进化，所以在我们当中，兴起了圣日教。圣日教几乎是所有金星人的信仰，我们总有一天要登陆和征服太阳。教会的首领由选举产生，与一脉相承的王室血脉不同，教会的首领比起世俗的首领得到更多的支持。为了团结教会和部落的关系，女王就制定了新的继承政策，在她的子嗣中选出一位公主作为圣女，加入教会，而圣女也作为部落的下任首领，密切了王室同族人的关系。"

菲儿理智地说道："那教会的首领自然是不希望看到这样的情况。"

库洛姆肯定地点了点头："当然，所以族内的矛盾也就诞生了。圣日教的教宗同你们人类高层取得了联系，得到了关于科技上的承诺，要集合你们的科技水平和我们的身体能力再一次挑战太阳，这当然深得信仰疯狂的族民的支持，但代价是需要我们帮助地球方完成一次权力内部的改组，在我们的理解中就是地球上有人要谋权篡位。圣女不希望挑起两族人民的战争，但族民的迫切欲望已经无可避免，而且这些年的战斗中，已经积累了许多同族对人类的仇视，这场战争等待着圣女的出征仪式。而这一切都是教宗的算计，一旦圣女驳了族民的心愿，必然会彻底失去族民的信任，他将彻底大权独揽，王族的死忠势力同激进的宗教徒们必然会产生一场内乱，这可能是我们的族民有史以来第一次大规模的内乱。"

陶白插话道："那圣女既然不想战斗，不要来不就好了，现在这种情况来了岂不是很危险啊?"

库洛姆的眼睛里闪过一抹别样的情绪，他笃定地说道："圣女一定会来的，她不会坐视族民被蛊惑挑起这场战争。"

姜来："现阶段来看，我们不一定有改变什么的能力。但如果是面对一个友善的异族好友，希望我们保护的是一个爱民如子的公主，我想我们一定会拼尽全力。"

通话结束后就一直提不起精神，显得有些沮丧的尤塔反复感受着激光剑的距离，随时要出鞘的武器已经替他做出了回应。库洛姆的双手也不自觉握紧了斧柄，因为此时在头顶的星空，头戴法冠、身披金缕的女人的影像被投影出来，此时不只是身处金星的姜来一行人和玛雅文明的族人们可以看见，在联盟的强行干预下，几乎所有地球生产的屏幕都投射着相同的影像。虽然这一时刻到来得有些晚了，在教宗和地球潜在的不安分因素私通良久之后，玛雅文明未来真正的领袖也和代表地球官方的联合国取得了联系和合作，他们需要放下彼此高傲的态度，互为亲密的盟友去解决各自星球内的困境。

而这一切的转折是在第三天，地球舆论环境彻底失控，佐夫等人一筹莫展，即将施行武装镇压的时候，一直失联的张振国恢复了通信，同他一起在战舰的主驾驶舱内的正是玛雅一族的圣女——乌藤公主。

屏幕中的公主又黑又直的长发快要抵到腰部，雪白的长裙露出光洁的手臂和脚踝，脚下的鞋子熠熠发光，一副与生俱来的高贵。她神色严肃地说着，而一旁的张振国则代表着地球人类社会的官方，把公主的话翻译过来："地球的朋友们大家好，我是你们口中玛雅文明的公主和圣女。事实上，我们曾经来自金星，很早就知道有你们这样的邻居，但我们从未想过征服和侵略，未来也不会有。我们两族人民的怒火被别有用心的人点燃了，同样的误会也因此而生，我们本来生存在我们现在的主星，但是在我们战争爆发的前些年，星球上爆发了罕见的瘟疫。瘟疫是人为的，教会抓到了投放病毒的真凶，正是来自地球的人。"

所有地球人、玛雅人不论身在何地，此刻都被公主的话深深震撼了。大家聚精会神地等待着解释，此时信号接入了新的视频，是来自联合国的代表人之一佐夫。

佐夫："我来接着公主的话做个补充吧，病毒确实是我们地球人投放的，但整个地球政权也是在今天才知道这件事情和事情的真相。事实上我们从未能控制住那些能改变时代的疯子，很遗憾现在才告诉大家真相，所谓的‘生化革命’确实是人为导致的。被人为干涉终止的第六次科技革命，事实上是以病毒和生化武器的研制为开端的，而一切罪恶的开端——多尔特堡实验室正是斯坦特公司的前身，而布莱克博士也正是那个差点摧毁人类文明的疯子奥古斯托的后人。我们需要他的指挥和创造力，所以选择了纵容，一直以来都未曾追究。而在玛雅主星上的病毒，正是在航空时代来临后，布莱克博士和其麾下的斯坦特公司，暗中选取离玛雅主星不远处的冥王星作为病毒库和研究基地，研制出病毒作为生化武器为玛雅一族带来了危机，而这一切都是为了挑起两族之间的纷争。”

乌藤公主接着佐夫的话说道：“而他们之所以可以如此轻松地渗透进我们的领地，也正是因为有那个道貌岸然的教宗的暗自支持。这根本就是预谋已久的跨越星球的阴谋！他隐瞒病毒的真实原因，坐视族人们的痛苦和牺牲，同时以‘重返母星，登陆太阳’作为噱头，规划诱导性返航路线，和途经的地球文明产生不可避免的碰撞，而这一切都是为了他内心一己私利的偏执想法。”

许多闹市街头，人们的反应尽收佐夫等人眼中，民愤并没有因此得到平息，甚至是带来了更多的不解。人民心中充满了更多的怀疑和愤怒，佐夫只得再次发言说道：“事实上，博士一直在用所谓的‘玛雅文明’制造巧合的真相混淆视听。我们一直以来都十分信任博士的通信科技和间谍工作，甚至从未想过，在涉及整个地球文明命运的领域，依旧会有极端分子的渗透。更不会想到是从最顶层最根源的位置，产生了这样的星际误会被别有用心的人利用，不只是向我们的友好睦邻表示抱歉，毕竟是我们的失察带来了战争和后续矛盾的激化。同样的，也为我们固有的隐瞒作风向所有支持我们的人民道歉。不会再有欺骗，不会再有隐瞒，我将首先把那‘消失的一百年’重新带回给大家。在‘生化革命’的影响初步平息之后，第六次科技革命的热潮已经难以阻止，被禁止生化实验的那批被称作‘逆流’的科学家，包括源源不断受到影响的科学家递补，针对再进化的研究从未停歇，而研究的重心也转移到了基因工程和机械人工智能。这正是灾难的开始，有了独立智慧的机器人，如同很多人曾经的预言一样，开始妄图转变自身的地位，颠覆人类社会的统治，其后便是人类血与泪的一百年人机战争史。战争胜利后，为了最大化减轻战争的影响，同样当时的领导人不愿意后来的人类抵触科技的传承，也不愿意亲手否认这个时代的伟大创造，基于人类的生存和安全，这才制定了‘黎明共识’中的那些限制和条约用以约束，以期避免悲剧的再次发生。”

真相和选择诚实，总能得到人民的谅解，但在战争年代，其残忍性就在于宽慰的笑容出现的一瞬，也代表着懈怠，希望的背后孕育着死亡。

帝国卡尔郡的酒吧，人们围坐在悬空的屏幕面前，各自私语着一连串的变故，对未来畅所欲言。在人们情绪最放松的时刻，一旁木讷的调酒机器人，突然做出了不可能被写进程序里的事情，它轻轻擦拭着酒杯，嘴角露出诡异的微笑。酒吧里的顾客们面色痛苦地接连倒下，刚刚他们在酒吧喝的都是名为“毒药”系列的鸡尾酒，而这个机器人，刚刚手滑了，将真正的毒药也混了进去。

非洲南部的一个伐木场向来是比较安静的，伐木场的负责人也不问世事，无论外面的格局如何变化，都是不太能影响到他的，毕竟如他所言，他确实也只是躺在床上，作为一个通信员存在，汇报伐木场的情况，因为主要的工作都是伐木机器人在做，这些设定了伐木定式程序的机器人会熟练完成所有工作。而就在刚刚，这位员工在熟睡中，被突然闯进房间的伐木机器人砍下了头颅。

联盟也没消停，潘森是牛肉面馆的常客了，他是个戴着眼镜的老绅士，每次吃面的时候，都会将眼镜摘下来，放置一边，久违地感受面的热气浸润眼眶。而他做梦也不会想到，就在他抬头的那一瞬间，广受赞誉的削面机器人，突然就挥舞着手中的削面刀，狠狠地朝着他砍下去，摘了眼镜的他视线比较模糊，而这模糊的画面却成了他此生看到的最后一幕。

而这些出现各种突发状况的机器人，有一个共同特征，它们都产自全球最大的机器人制造厂商——斯坦特公司。在佐夫等人缓和矛盾、疏导公众的同时，一直未曾现身的布莱克博士已经摆明了自己的态度，做出了回应。

投影在本就空旷荒芜的金星上，几乎没什么阻碍这里的人知道真相，早早知道谜底的姜来一行人，反应很快地接受了一切，也接受得最不是滋味。

陶白面无表情，呆呆地说道：“两个手无寸铁的人，却挑起了太阳系史无前例的战争。”

似乎是和陶白待久了，本来闷闷不乐的尤塔看着陶白一副认真感慨、悲天悯人的模样竟觉得有些搞笑，拍了拍他的肩膀打趣道：“是啊，我以前也不会想得到，圆球一样的身形也可以上战场的。”

一旁的凯特琳赶忙打岔，站在了两个人中间，三个人你一言我一语。

菲儿走上前来，用手轻轻捏了捏姜来的小臂，正在发呆的姜来缓过神来。姜来点了点头示意自己没事，又似有所指地感叹道：“事实上，我对这两个人有深刻的共鸣和理解。两个纯粹到极致的不择手段的疯子，一个为了自己贯彻一生的信仰，无非只是想去太阳上看一看，一个为了自己的科研，无非只是想要一个完全为学术和科研服务的环境。但我又是不能认同他们的，因为他们也是绝对自私的，这个世界对每个人来说都有不同的美好，但他们的眼里再容不下一点其他了，显然我不期待他们如愿后的世界。”

菲儿或许听进去了，或许根本就不知道姜来说了些什么，她只是就想像现在这样站在他身旁，从他们见到的第一天开始，就这样陪在他身旁，听他说着远大的志向又或者悲观的未来。姜来始终望着远方，菲儿的目光所向皆是姜来，两人都不会注意到，身后眼神时不时会瞟向菲儿的库洛姆。

但是这抹惬意是短暂的，热成像仪发出了警报声，本来静止不动的红点开始有序移动，这意味着，等待着公主到来的阵形已经出现了变化。以玛雅人的进化速度，在抛弃科技的情况下，自然法则的选择是远远不够的，玛雅的基因进化，正是地球第六次科技革命的另一个方向。教宗和博士联系上应该很久了，事实上，站在地球科技顶端的博士告诉了世界一个可以沟通到外界文明的时间，但他到底是什么时候与外界文明进行沟通的，这恐怕只有博士自己知道了。站在教宗的角度，这样的基因改造恰好适应了玛雅人迫切需要自身进化的热潮，而对于博士而言，玛雅人恰好为他提供了科学研究和实验的最好样本。不得不说，这两个人的邂逅可以说是时代的偶然，也可以称为时代的造就。初尝甜头，又信仰火热的玛雅人，自然是有很多人甘心团结在教宗的周围，而同样的，玛雅的历史传承，亘古不变的王族统治，也有其不可动摇的积累和底蕴，像库洛姆这样忠于国家的士兵也不在少数。文明内的两种势力早已泾渭分明，而今天，公主不装了，教宗也就摊牌了，原本整齐划一的玛雅军队，顷刻之间便陷入了混乱的内斗。

玛雅人之间的战斗，

是最原始最野性也是最血腥的场面。

是战斧挥舞，身首异地的残忍；

是铁骑飞奔，尘土飞扬的豪阔；

是笙歌一起，尸横遍野的悲壮；

当百战的勇士们终于踏上阔别已久的故土，

多遗憾。

要将那白骨深埋，用这同胞的鲜血浸润大地。

这场战争自然不是独属于玛雅的悲歌，姜来一行人不需要言语，只一个眼神便重新归位，驾驶着自己的战舰，跟随着刚刚鸣鼓助威集结起来的库洛姆小队。战马的鸣叫声刚起，便引来了同样整装待发的敌人，狰狞的面具覆盖了年轻勇士的脸庞，沉重的双斧紧握在手中，一夫当关万夫莫开。战舰里的战士们早已按捺不住体内躁动的鲜血，手持无形激光剑，看上去只是拿了剑鞘的战士跳出机舱，在身后熟悉的火力掩护下，用华丽剑法，优美的身形，将战场的戾气和狂野一并刺穿。

金星的上空，早已埋伏多时的印有独属于自己的STANT编号的黑色战舰迅速加入战局，残忍地进行无差别杀戮，它们的驾驶者似乎毫无人性可言，因为驾驶战舰的皆是来自同一个产地的机器人，与其说它们开启了人的思维，不如说，是有可随时更改的代码，而预先设定好的隐藏程序，会随时更改固定的模板，从而使这些机器人做出操控者想让其做出的行为，而有能力完成这样复杂操作的，整个地球只有斯坦特公司总部，也就是前帝国科研部基地，布莱克博士所在的地方。这个地方此时早已被联合国的军队重重包围，久攻不下。布莱克博士的生平简历已经有很多“第二身份”了，但还是添上了其隐藏已久的另一个身份——“逆流”的幕后领袖。久攻不下的主要原因，像极了历史上著名的系列电影《生化危机》中的场景，击败人类的永远是人类。虽然丧尸没有出现，但这些机器人展现出了高于丧尸太多的纪律性和智力了，联合国军队已经对机械化的行动，对这些用途多样的机器人产生了巨大的依赖，每个军种都有较高的机械配比，此刻的包围圈是环环相扣，包围斯坦特公司的包围圈又被暴乱的机器人包围，整个战场的混乱程度完全不亚于金星战场。

距离第三天的结束还有三个小时。金星战场上，斯坦特战舰群不畏牺牲，完全程式化的战法和行动力使得他们完全压制住了忠于王室的军队。随着同样以命搏命突然的攻击势头袭来，战局又重新陷入混乱，可以说玛雅一族史上最畏惧的人，图哈德带着他的蜜獾军团，赶到了战场，憋了太久的怒火无处宣泄的图哈德并没有下达太多指令，他知道这是一场会战至终章的最终战，在“给老子打完最后一颗子弹”的咆哮声中，王室军队和地球人再一次稳住了局势。

宏观的乱战，少不了局部战场的卓越贡献。孤军深入的尤塔以及身后为其做掩护的亲密战友们，小队一行人组成了足以改变局部战场的卓越战力，但再出色的战士总归也不是战争的精密仪器，再完美的配合也会出现失误。在一次掩护炮火没能击中敌人，凯特琳几乎瞬间哭泣掩面、尤塔身陷囹圄的时候，这个家伙又一次在生死关头，被横空出世的战舰救起，不远处的“风神号”也勉强自保。这个时候出现在战场上的全新力量，是不亚于此前所见的所有操纵技术的来自帝国的雄鹰，饶是强大如尤塔在雄鹰面前也只是一只雏鹰，满头白发的安德森驾驶着战舰张狂地大笑着，他已经好久没有深入过战场这样的位置了。事实上，在安德森之前的将军们没退伍之前，安德森还有现在早已不为人知的一个带着贬损意味的绰号——“孤傲的鹰”。那才是孤军深入、目空一切、绝对个人主义的写照，尤塔稳定身形，当看到熟悉的战舰时，泪水就忍不住地在眼眶中打转了。

阿丽塔的声音在尤塔耳朵里的传呼器里响起：“宝贝尤塔，保护好自己！”

安德森战意一起，此刻没有主帅身份束缚的他本性完全暴露。他已经压抑太久了，他没有理会阿丽塔的话，朝着尤塔吼叫道：“这就不行了吗？你说自己是最优秀的战士，证明给我看吧尤塔！”

尤塔脸上笑意完全绽放，重重点头说道：“是的，将军。”

安德森冷哼一声：“你说什么？”

尤塔：“是的，父亲。”

凯特琳偷偷抹去眼角的泪水，紧追上尤塔一家人的脚步。四个人，两艘战舰，就这样横行在炮火密集的战场，这不是哪个闻名已久的优异小队，只是站在战场顶端的一家人。

望着可以互作收尾的两艘战舰，久战之下情况早已不容乐观的“风神号”，在姜来的判断下，沿着较低的航道，突围向战场注意力最少的地带调整状态。

疲惫的姜来一行人来不及调整，因为战舰内最紧急的联络方式被开启，通话的一端来自战舰的改良者肯特。

肯特的声音听上去有些焦急：“陶白在吗？”

陶白挺着大肚子已经被累得够呛，喘着粗气说道：“在呢在呢，长官。”

肯特听见熟悉的声音，只是简单问候了几句，便直入重点地说道：“我需要给你转接一通电话，这通电话是打给你的，你看是否需要……”

没等肯特说完，陶白便打断了他的话："没关系的，都是自己人，快接吧快接吧！"

通话那头先是陷入沉默，随后就是转接成功的声音，电话那头的人正是已经几年没见过自己孩子，确切说是两个孩子的陶海，陶海的声音还是一贯的温柔踏实："爸想你了，给你打个电话。"

陶白有些不耐烦地说道："唉，我都多大个人了。都说了，我很好，等战争结束了，我就回去，衣锦还乡。看谁还敢说我陶白是个只会享乐的废物！到时候准叫您老脸上有光。"

陶海慈爱地笑了："哈哈哈，没事就好，没事就好。姜来在吗？"

姜来也很激动，赶忙回应道："在的，我在。"

陶海下意识说"爸"，又觉得不妥，赶忙改口道："叔叔也好久没见你了，很想你。但叔叔这次是想跟你道歉的，从你小时候起，骗了你这么多年，长大了叔叔又骗你。其实啊，你的父母并不是什么航空科学家，叔叔只是希望你可以往一个正确的道路上去努力，施展你的才华，不要再走父母的老路了，他们啊，坏心思没有，就是太纯粹太固执了。"

姜来似乎早已经猜到了什么一样，很镇定地说道："那我的父母……"

陶海少见地对姜来以严肃的口吻打断了他的话，接着朗声说道："你的父亲姜浩天、母亲孟雅都是随着'消失的一百年'被抹杀掉痕迹的卓越科学家，是在人工智能、机械领域有史以来最伟大的两个科学家！"话音未落，破空的枪声传来，通话那头再没了声音。

陶白几乎是瞬间呆滞，然后发了疯地似的道：“爸！爸！你说话啊爸!”

但通话那头并没有等来陶海的声音，也再不会等到了。一生廉洁奉公、尽职尽责的应天区区长，被历史所畏惧的科学家姜浩天夫妇最好的朋友陶海，一个连“逆流”到底是什么都不知道的人，在临时审讯室为自己的好友，做了第一次也是最后一次辩护和正名宣言之后，被激进的看守一枪毙命。

肯特的声音接着从通话端传来：“斯坦特公司久攻不下，与此同时，地球内部需要就布莱克博士及其麾下的科研势力进行严查。严查秉持宁可错杀不可放过的原则，姜浩天夫妇虽然已经失踪很久，与这次暴动并没有直接关联，但是目前斯坦特公司所有关于人工智能的技术和机器的研制，都是由姜浩天夫妇留下的科研成果作为支撑的。陶海先生始终不愿意撇清与二人的关系，那边的士兵也是执行命令……”

已经僵滞的陶白完全听不进去肯特的话，开始疯狂地咆哮和谩骂。

姜来很担心陶白的情况，理性的他更担心目前战场的情况：“陶胖子，现在我们的当务之急是面对此时的战场……”

陶白彻底被惹怒了，他打断了姜来的话：“为什么？为什么你可以毫无感情一样？我受够你所谓的理性了！对了，你可是被亲生父母抛弃了都不会觉得有什么的人，死的又不是你的父亲，你当然也不会觉得有什么!”

姜来：“陶叔的事情我不比你好受，但是你现在这样子有什么意义，在这样关键的时刻。”

陶白："是，是没什么意义。该是你去死的吧，你却什么事都没有，所有人都在保护你，但做错事的不是你的父母吗？我爸养了你，还要替他们承受错误，但要说追究的话，你不才是最大的祸患吗？"

通话那头的肯特听不下去了："陶白，你怎么能这样说？"

一旁的菲儿也赶紧拉住陶白，怕他冲动。陶白愤怒地举起拳头，朝姜来挥去，姜来也不躲开，直直站在原地，陶白的拳头在即将打到姜来面部的时候，停了下来。他攥紧了拳头，又狠狠放下，一言不发，朝着战舰里自己的休息室走去。

菲儿看着愣在一旁的姜来，欲言又止。

姜来用力挤出了一个微笑，朝菲儿说道："做好防控，观察敌人的情况，尤其注意下陶白的状况。我带着小六出去走走，你照顾好他。"

菲儿虽然很关心姜来的状态，但她也知道，此时的陶白，是更不稳定的存在，起码姜来的话，他那超出常人太多的理性，总是让人感到安心。

姜来带着小六往更为僻静的方向走去，金星表面的可见度极低，他们的身影很快就消失在了视线之中。一通电话、一声枪响、一艘战舰，分开了两颗心。

第十章 / 机械之心

人逢厄难总有一个攸关的时刻，在我们向恶超过向善的时候，向恶的部分就会把向善的部分拉过去，我们就跌倒了。

——［法国］雨果

“喂，卡塔司长？”

无人应答。

“斯达尔部长？你在吗？”

无人应答。

“纳达尔市长？请回复我的消息。”

无人应答。

……

这样的电话布莱克博士已经呼出去无数次了，作为地球方曾经叱咤风云的关键人物，这些电话本该是在第一时间就被接起，甚至从来都是另一头想尽办法拨过来的。而现在令他没想到的是，这些博士眼中蝇营狗苟、拉帮结伙、私欲甚重，甚至骨子里无比软弱的人，竟然没有一个人接起这通电话。在智商上，布莱克博士想来已经是人类历史上的标杆了，但这样的成功带给他的是从来没有见过社会的底层，更没有认识过人心，因为他不需要，他只依靠过人的天分，就站在了在其每个阶段都对人类进程不可替代的位置上，所有人都在巴结他，所有的势力也都在拉拢他，他并非是不能拥有情商，只是这样的东西对他来说毫无施展之处，或者久而久之也就退化甚至不存在了。他认准了很多人一定会趋利避害，但他没想到的是一些本来在其阵营，有着深厚利益羁绊的人，在这样只需要笼络一部分人类势力团结在其两侧，形势就可以大好推进的情况下，却同样没有人回应他的联络，在这样一个他实现个人抱负的时候，他从未像此刻一样深刻认识到，这真的是要一个人持续战斗下去的个人抱负了。

布莱克显然没有被他未曾考虑到的变故束住手脚，地球战场上似乎有源源不断的机器人供仍旧躲在暗处的布莱克博士驱使，但是在一连串行动的纾解和镇压下，尤其是人们在见到机器人群体对人类无差别的残杀时，再联想到那“消失的一百年”，突然彻底爆发和展现了那种来自文明深处的排外性，这时候不需要喊任何一个口号，人类社会早已团结成真正的命运共同体。不断失去民心的布莱克博士，固守的防御阵地也在一圈一圈地缩小，而佐夫等人代表的联合国政权，在绝对的共同利益下，对彼此真正坦诚相待，对各自国家政权下的历史残留进行梳理和解决，对“逆流”组织以及第六次科技革命中存在的、可能的余孽进行“宁可错杀，不可少抓”的清洗工作。在这样的节奏下，局势已经渐渐明朗，布莱克博士曾是最精明的利益者，他深谙如何最大限度在国家这个庞然大物内谋取私利，但是可能他也没想到，自己犯的最大一个错误，就是他做出的最新选择要颠覆和重新解构整个国家之时，也失去了在这个国家和既有政权中他所得到的红利和便利。

比起地球战场的局势，太空战场的局势似乎更为胶着一点，也更让人关注。萌芽军团那些早早分散出去的奇兵在战场上各个角落突然出现，正面战场上，王室部队出众的底蕴和蜜獾军队不计伤亡的抵抗，使局势彻底被拖住。而最不利于教宗和布莱克博士的事情是，他们的军队没有补给更没有供给，这是真正的背水一战。事实上，一旦他们可以在金星控制住乌藤公主，整个战场局势就会偏转，这才是他们最有力的武器，但是这个环节同样在一开始就出现了差错，就在“星火”战术的最高发动人和执行人张振国身上，这个丢掉“儒将”包袱的老狐狸尽情在这片战场展示着自己的洞察力和创造力。张振国的战舰自太空中消失，他提前截和了乌藤公主，整个星系“只闻其声，不见其人”，而至今仍未能以任何方式联系到的张振国心里明白，现在的敌人发了疯似的想找到他们，而他只需要保护好身边的公主，完全消失在这片星空，就是他能为这场战役做的最大的贡献了。

当然，在老狐狸张振国带领的萌芽军团大打游击战，然后主将保护关键人物遁形的时候，与整个军团时不时传来的战功赫赫和奇袭胜利又或者壮烈牺牲不同的是，在最不会被注意到的太空角落，有一个几乎不会被注意到的萌芽军团的战士，竟然做到了和有着数十年战争经验和素养的张振国一样的事情，躲开了几乎此时星空上全覆盖般的战火波及，完全不被发现和注意，就这样突然“失踪”了。不过与张振国保护主要战略目标的军事动机不同的是，这名战士驾驶着他的战机，漫无目的地飘荡在星空躲避着战火，而在一些可以看到的安全地带甚至开启了战机的自动驾驶，跷着二郎腿胡吃海喝，耳边回响着悠闲的《Deja Vu》（法语，译为“似曾相识”）。路过资源星球的时候，他还会拿出自己的开采装备，抄起“小锄头”肆意掠夺和窃取珍贵资源，然后小山似的收纳在飞船的后备空间。注视着这一切的战士在这片成就英雄的舞台上显得格格不入却又不为人瞩目。像这样的人应该还会有很多，他们各自都有各自的心思，但这名战士右边眉毛下方和眼角上方相交位置上那颗黑痣格外显眼。

地球上零点的钟声马上敲响，战争并未因为钟声画上休止符，反而变得更加的激烈和残酷，而远在两个战场之外，休养生息后整装待发，几乎完好无损的一支战力强大的部队还停靠在平静的太空，这是正在执行“三天计划”的第三支部队，很多人眼中联合国最强的一支太空军队——猎鹰军团。主帅安德森失踪后，整个军团有条不紊地在副官佩鲁的率领下做操练和信息收集、分析等，此刻的佩鲁站在主控室的屏幕前，他没有站在正中安德森常在的位置，而是下意识地停留在自己这么多年来站着的位置。他一边注视着屏幕上神秘的太空，一边时不时瞟向手腕上的手表。

秒针一秒一秒地转动，而地球上代表12点的钟声响起，在太空中沿用着地球计时法的佩鲁几乎是在同时，大声朝着传呼器下达命令：

“猎鹰军团，已完成原地待命三天的任务。根据之前的军令，指挥权重新回归，在未接收到新的特殊命令的情况下，我宣布，全军前进，坐标金星！不需要保留任何能源，最大火力奔赴战场！”几乎是在同时，所有的战舰群开始运作，像一台精密运转的战争机器，久等的不只是佩鲁，还有每一个整装待发的战士。

在不计较能源损耗的奔赴下，猎鹰军团已经创下了大规模集团军在太空统一部署前进的最快速度了，而抵达金星战场的猎鹰军团也有条不紊地展现其强大的战场掌控力。当这样一支全状态的军队作为生力军加入战场，太空战场的局势似乎就一下定下了基调，很多信仰不坚定的玛雅士兵，甚至开始纷纷投降，一时间整个战场局势瞬间明朗。图哈德一方面臭骂着猎鹰军团抵达战场的时间，但一方面展现了其对这支队伍的绝对信任，他将军队的猛烈进攻停止，习惯性地往外围边打边撤，将后续的主要作战工作留给完全体的猎鹰军团。之所以说是完全体，是因为就在刚刚，独自驶出猎鹰军团战线的私人军舰带着萌芽军团的著名战舰返航猎鹰军团的母舰，“帝国雄鹰”安德森回来了。和刚才在战场亲临战阵的情况不同，安德森刚刚踏入指挥室的那刻，就重新接过了军队的完全指挥权，熟练地回到了自己的位置上，几乎还是那副不苟言笑的面容，眼睛里的那抹坚决格外抢眼，镇定自若地指挥作战，与此同时，他的身后多了一位军士尤塔，令人诧异的是他没有冲在第一线浴血奋战，而是默默站在了安德森的背后，等待着安德森下达指令，猎鹰军团真正展翅高飞，等待着彻底捕猎它的猎物。

而金星某个角落里，停靠着的“风神号”附近，菲儿和陶白正在分头寻找着什么，当陶白突然面无表情地出现在菲儿面前时，她才突然想到一件事情：大家都下意识地习惯了小六的存在，而忘了小六也是机器人，如果布莱克博士能借助机器人的出厂程序设定来操纵机器人的话，那么此时和小六独处的姜来，无疑非常危险。

菲儿焦急地寻找着，一旁的陶白要显得有耐心得多，陶海的死亡，短时间就给他带来了肉眼可见的改变和打击，菲儿决定和陶白分开来寻找。刚刚还在规规矩矩听着安德森下达指令的尤塔此刻却出现在了机舱，和身后的凯特琳相视一笑，在接到了菲儿的情况汇报后，“雷神号”再次启动。这两艘战舰可以轻松定位到彼此的位置，尤塔再一次擅自行动了，但这次不是为了战争的胜利，而是为了找到一个人。

正在被大家寻找着的姜来和小六此刻确实与众人失去了联系，他们低估了金星地表环境的复杂程度，在可见度极低的情况下，掉进了一处沟谷，也失去了通信信号，只能依靠原始的方式求救。姜来朝着滑落的高处拼命喊叫着：“有人吗?!”

但一声声的呼喊一直没能得到回应，可事实上，姜来和小六走出去的距离并不很远，至少在他最近的一声喊叫中，是有人切切实实听见了的。出现在这个距离上的人是姜来最好的朋友，刚刚失去父亲的陶白。小胖子显然听到了姜来的呼喊，他低着头，面部的表情看不太清，在这漫天沙尘里，他顿了顿脚步，然后便若无其事地继续向前寻找，他并没有理会这熟悉的声音，微笑着和传呼器其他端口的亲密战友们说话：“我这边并没什么异常情况，没找到姜来的踪迹。”

漫天的黄沙遮住了视线，我们看不清人的面容、脚步，甚至是心灵。

姜来的焦急小六看在眼里，但即使是经历了如此多的特殊情况，姜来仍旧没有失去理性，他发现了所带物资中有后坐力极强的枪械，他想到了可以通过枪械的后坐力作为启动的动力，其瞬间的助推力足以把一个人的重量推送到一个钩锁可以够到掉落的崖边的位置。眼下唯一棘手的问题是，虽然很多人眼中小六只是个机器人，但是姜来知道这其中的秘密，他需要考虑到让自己和小六谁先上去是最有利的情况。和姜来独处的时候比较话痨的小六此刻却出奇的安静，姜来似乎看出了他的情绪，开口道："小六，怎么了吗？感觉你的情绪不太对。"

小六看着姜来的眼睛里早已没有了停滞状态时的木讷，眼中是抹属于独立思考的智慧，他朝着姜来说道："我听得见，属于机器的声音，听得见那些同胞的呼唤，你可能觉得很奇怪。"

姜来习惯了对小六袒露心声："我曾经就是为了找到真相而不断地努力，但现在我想我遇到了很多让我珍视的人，所以我不知道从什么时候开始真正期待着战争的胜利，可以保护所有想要保护的人。但事实上，随着战争的进程，我的心脏总能感受到痛苦和哀伤，本来应该开心的，这种悲伤来自哪里我说不清。"

小六突然语气变得低沉："其实，你知道的吧？"

姜来："知道什么？"

小六缓缓开口道："在那封信里，你的父母，也是我的创造者或者说父母，不只是跟你说了你跟我说的那些吧，就好像他们也在我的记忆里储存了这些。应该都跟我们说了只有我们知道，要保守秘密这样的话吧?”

姜来低头叹了口气说道:“小六,你在说什么啊?”

“其实你早就知道吧,我才是战乱的根源,我是最初程序的开始,只要我被摧毁,控制这些机器的程序就会完全被摧毁,地球的叛乱也会被终止。”小六一边说着,一边抽出姜来一直交由他携带的自己的激光剑,小六同样身处漫天的沙尘之中,看不清脸上的神情,它将剑的另一端指向姜来,然后接着说道:“如果你死了,应该就不会有任何人知道这件事了吧?”

姜来停在原地,一言不发,也没有闪躲,不知道在思考些什么。小六慢慢靠近,直到肩部撞击到了姜来的肩部,姜来明显地感觉到了肩部受到撞击的疼痛,但他愣了神,并没有远离和闪躲。在最紧密的距离,小六紧接着将剑柄递到了姜来的手中,又缓缓说道:“但我尝试了很多次,用各种方法去停止我的程序,都不能自己摧毁自己,我在想如何摧毁我的生命。如果有人知道应该也只有你了。说来确实滑稽,作为一个人类眼中的机器人,我却被创造者赋予了机械领袖的使命,但是在这样的抉择点,我却不能站在机械的立场上思考问题,甚至想要为了人类的文明,终结自己的生命。其实蛮想说的,我到底是人吗,姜来?我还蛮想做个真正的人。”

姜来的眼眶已经湿润了,但即便如此,就像他知道自己被父母抛弃,知道自己的养父陶海被杀一样,他身体的每一个部位都在颤抖和伤心,但是他的心永远都是不会被触动的理性,这已经完全超出了人体科学能够解释的范畴,姜来紧跟着说道:“你凭什么认为我会亲手杀掉你？为了独占小屋吗？”

小六咧出一个微笑说道：“我相信你的心，会做出最理性的选择，你不会抵抗自己的内心的，即使是你根本不想做的决定。”话音未落，姜来便回复了小六：“小六，听着，你真的是个人。”然后颤抖着手持激光剑，洞穿了小六的心脏位置。事实上，姜来在此之前，确实不知道小六是结束战争的关键，这些事情姜浩天夫妇只写在了小六的记忆程序里，而姜来得到的那封信中关于他和小六是这样写的：

孩子，你会惊叹，全世界都会惊叹，他们迫害我，妄图抹杀我的一切。

但是我却创造出了最伟大的创造，这不是一个有智慧的机器人，换句话说他是一个生命体。

他的铁壳里有一颗“心脏”，一颗“真正的心脏”。那些老顽固永远不会想到，机器和人不可避免的战争。我创造了这一切，也可以剥夺这一切，没有人可以超越我的高度。

我给了他一颗善良的，有爱的心脏，他和我们一样，和我们一样，并且他会永远和你同在，永远和人类同在。

小六和姜来两人都不是夫妇二人的亲生孩子，其实他们两个为了科研早已做了绝育，而小六和姜来都是他们关于人工智能最后也是最成功最难以置信的研究。他们将拥有控制其他机器程序的主脑机器人小六的机械心脏移植到了初生的婴儿姜来体内，而把姜来原本自己的心脏重新移植到了机器人小六的体内，他们创造出了两个完美的存在，这是第六次科技革命中关于人工智能的真正巅峰创造。同样的，这样有违人性伦理的创造也不可能会被人类社会所接纳，为了人类社会的稳定，这一切只能作为真正的秘密存在。

当然，即使是夫妇二人之前的领袖布莱克博士，也不知道这样的内幕，所以他对于战场的预计，也不会预料到这一步发生。

“Shit！怎么回事?”布莱克博士在终端突然感受到了机器的异常。

这样的异常显然不是布莱克博士创造的异常，他在人类和机械都无法想象到的领域，已经带给了机械和人类一次“惊喜的礼物”，而这次，两个人类和机器携手将一份全新的“惊喜的礼物”又还给了博士。

博士几近疯狂地操作和呐喊着，两个战场上的所有机器人却完全感受不到这份情感和绝望。正如本来他们也失去了情感的统治和约束，此刻对于他们来说是失去还是解放我们不得而知，但历史所能记载，人们所能看到的事实就只是：这些暴乱却又有序的机器突然一个个开始失控，这样的失控是针对布莱克博士的，机器人重新回到了之前单一功能的用途，再也没有了战斗和其他能力。

在地球战场上，联合国的军队很快冲破丧失了机器人力量后形同虚设的斯坦特公司的防线，闯入了公司的禁地。布莱克博士确实在此，但是出乎意料的是，和人们预想中不同，这是一个满头白发、面容枯槁的老人。布莱克博士虽然有些诧异，但是脸上丝毫没有恼羞成怒和愧疚的神色。他面色平淡地看着将他团团围住的士兵们，微笑着被戴上镣铐带走，这个差点颠覆了整个地球文明，但却仍旧可谓功过参半的传奇人物到底如何处置，还是个问题。

失去了机器人操控的斯坦特战舰们宛如无头苍蝇在战场上纷纷坠毁，失去了强有力外援的教宗部队很快在王室军队和地球文明三大军团合力之下，被逼入绝境。而在联军攻破阵地的时候，却只看到了教宗的背影，同样一个年迈的老人，脚踩着地球文明最先进的助推器，同样面带微笑，充满向往地朝着心中神圣的太阳飞去。人们亲眼看着他淹没在太阳的光芒之下，没有人敢去追击，因为再没有人敢试图挑战太阳在太阳系的权威。

各自集结之后，热成像的图像显得格外清晰，尤塔和菲儿等人很快确定了姜来的位置，正在他们赶到之时，姜来也凭借着钩锁刚好落在众人面前。菲儿看见摔倒在面前的姜来，愣了一下，然后猛地冲上前去紧紧抱住眼前的姜来。陶白在一旁站立着，没有选择像以前一样插科打诨，他在想些什么没人知道，他静静等待着和姜来问好，姜来还是那个老样子，只是摸了摸菲儿的头作为安抚，他自己清楚地知道真相，了解理智会让他如何去做。

不远处玛雅铁骑的最前面，戴着狰狞面具的年轻将军库洛姆默默摘下了脸上的面具，露出了出奇俊美的脸庞，凭着一贯的直觉来到这里的库洛姆眼神一刻不离地注视着姜来一行人，每每扫到那位美丽而善战的女人，便会微微一笑，青年人的心事总难以捉摸。

尤塔朝姜来笑着说道："喂，科学家，你现在是个真正的士兵了。"

姜来也笑着回答他："一直都是。"

至于小六，没人过问，姜来也不会提起，大家形成了一种出奇一致的默契。

历史的时间节点，自然不会只有伟大的英雄存在，在宿命般的相遇前，相遇过程中历史会选择性遗忘那些在场的普通人，甚至是误打误撞，莫名其妙出现在此地，无意中目睹了一切的右边眉毛下方和眼角上方相交位置上有颗显眼黑痣的普通士兵，依旧没有人会注意到这样一个无足轻重的人。

随着张振国驾驶战舰带着乌藤公主成功着陆金星表面，迎上早已经等待多时的人群，战争也彻底步入了尾声。代表着三大军团的屏幕重新在冰岛政府的大楼里亮起，看着放下所有压力，瘫坐在座椅上的老熟人佐夫等人，尤其是左顾右盼看到彼此的样子，三个人刻意地装作什么都没看到，又自顾自地笑着。

“喂，你这个老狐狸是真的不敢打正面啊？”

“呸，别说他了，你怎么这么慢啊，知不知道老子差点就顶不住了？”

“是我让你出去的吗？还不是你自己杀疯了？”

“好了好了，你们不要再吵了，这不是赢了吗，赢得这么漂亮，怎么好像打了败仗。”

……

三个已不再年轻的军人将自己的传奇带到了又一个时代。

星元8年，这场史无前例的星际战争，以两大文明各自铲除内乱的大获全胜而告终。借此统一在联合国制度下的地球文明和成功肃清了教会威胁的金星王室，在某种意义上因祸得福，重新稳固了政权，得以休养生息。玛雅文明重新回到机缘巧合下完好无损的玛雅主星，引发战争的两个所谓的罪魁祸首，金星的教宗奔向了心心念念的太阳，没了踪影，地球上的布莱克博士的去向则成了最高级机密被隐藏，政权、国家乃至这个世界，其实还是需要秘密的。

星元10年，战争的影响渐渐退去，两个文明的秩序也都恢复正常。地球文明正式进入第七次科技革命的最佳机遇期，地球人还是习惯称金星人为玛雅文明，两个文明宣布正式建交，建立友好合作关系，可以互相贸易、留学、旅游等，星际之间的沟通日益密切起来，对于两个文明来说这都是一个全新的时代。

星元11年，联合国年轻的传奇将领尤塔和凯特琳大婚，这不仅是一次普通的婚礼，称作银河系的盛事也不为过：证婚人是联合国的领袖之一佐夫，老一辈传奇的三大元帅安德森、图哈德、张振国尽数出席，新一代的政坛新星陶白，最美女军官菲儿也都应邀前来。至于地球之外，甚至还有玛雅现任女王乌藤远道而来，陪同公主作为护卫军，同样也是婚礼嘉宾的是玛雅文明最年轻的将军，永远戴着狰狞面具的“狂战士”库洛姆。

而此刻，与这些人同为婚礼嘉宾的联合国军队专属科研部门的年轻负责人，新科诺贝尔奖得主姜来正在自己应天区的老家收拾东西，准备前去参加婚礼，同样在今天，他的小屋内，将是最新科研成果空间跃迁技术的第一次试验和使用。姜来对这项科技充满了自信，这是他带给尤塔大婚的贺礼。姜来翻到了大堆旧硬盘，都是曾经小六偷偷藏起来的，姜来总会想起这个最不该被世人遗忘的、终结战争的最大功臣，一个型号为“DM666”的普通机器人，但对于姜来理性的内心来说，他始终难以放下的是自己当初的决定是对是错，甚至他也难以分辨，这到底是不是发自内心的决定。在做出当初那个决定之时，他刻意忽略了记忆里姜浩天夫妇信里的最后一句话：但你也要保护好它，它是新生的希望，也是毁灭的征兆，一旦体内那颗心脏毁灭，他就会彻底变成一个“有智慧的机器人”。

事实上战争的突然一边倒，机械突然地失去掌控，完全被联合国高层封锁了消息。但他们对于真相同样是一无所知的，排除所有定量，唯一的变数就是突然失踪的姜来。而联合国最高机密的间谍机构则是另一个几乎不为人所知的秘密，这个机构聚集着选拔出的最优秀的情报人员，甚至他们有人自从生下来，就被培养成这样的情报人员，可以说他们的生命是为了这个机构存在的，而这样的一个组织，其所监视的却向来只有一个人，这个人可以说是这个机构人员生存的价值。最早是一个叫奥古斯托的科学家，前一个是叫布莱克的科学家，而现在，他们的目标是一个叫姜来的年轻科学家。但有所不同的是，与前者都不同的是，这个人同样也是位真正的军人。

任何年代，不为人注意的角落都有太多了，一片热闹之际，也没人会去注意和可以注意到，再次荒废的金星土地上，不知名的崖底，呆滞的机械头颅上的眼睛突然睁开。

太阳系基本已经被人们探索完毕，但太阳系又是否真的尽在两个文明的掌控，我们不得而知。至于太阳系外的那片广阔天地，宇宙到底有多大，哪里才是尽头，人类更加不得而知，人类敬畏着未知的未来，同样也在无数次战胜未来的历史中得到大量的经验和信心，地球文明能存续到什么时候?

起码星元历才刚刚开始。

第十一章 / 新世界

人生最有趣味的事情，就是送旧迎新，因为人类最高的欲求，是在时时创造新生活。

——［中］李大钊

“妈妈，今天雨水的味道为什么又不一样了啊?”

小女孩闪烁着明亮的大眼睛，一脸认真地朝着身后房门里忙碌着的中年妇人喊道。

“可能是雨水……”

中年妇人的话刚说到一半，似乎是察觉到了什么，放下手头的事情，抄起身旁的雨伞，飞身奔向外面的小女孩，刚一接近，便撑起手中的雨伞，蹲在地上，将伞撑开遮在了女孩的头顶。微微嗔怒地朝小女孩责骂道：“小薇，你怎么又不听话了，不是说好不要喝雨水吗，不干不净的，家里又不是没有水。”

小薇似乎是被扫了兴致，一脸无辜又有些许沮丧地回答道：“妈妈，我没有……”

妇人盯着小薇湿润的嘴角似有些不悦：“还说谎吗?”

小薇打量了下母亲的目光，低着头闷闷不乐：“我没有喝，只是淋到了雨。”

“淋也不行啊，会得许多病的。”妇人脸上的愠怒还是没有退去，拉起小女孩的手就要往家里走。漫天的雨水浇灌在大地上，在狂风呼号下时而像针尖，时而又像石块，奋力击打着大地这块脆弱不堪的躯壳。一把纯黑的雨伞下，大手拉着小手，隔绝了所有雨滴和外界的嘈杂，脚下飞溅的积水，沾染了女孩的脚踝。

突然雨伞静止了，风没停，雨也没停，但脚步声停了。

“妈妈，可我好喜欢下雨天，好喜欢雨滴啊。”

“好喜欢淋雨的感觉啊。”

只是稍微的停顿，画面还是动了起来，妇人撑着的伞被风吹动，她低头不语，拉着小女孩的手继续走，刚过去的风掀起的点滴雨水溅在了妇人脸颊，很快又隐没在了视线里。

而视线的那头，是一个小男孩目不转睛地盯着妇人和小女孩。

视线里的画面从清晰到模糊，雨水浸湿了男孩的头发，又顺着额头一路流向脸颊，再一直到脚下，从模糊又到被染上了鲜红。

“狗蛋，还敢过来，你这个脏东西，快滚回去!”

随着一声叫骂，真正的石块从不远处飞向少年的额头，很快就破开了伤口，鲜血伴随着雨水顺着脸颊流下。男孩本就瘦弱和小小的身体，看上去非常的虚弱，一个石子的袭击就让他朝后踉跄了几步，紧跟着而来的是击中面颊的一拳，男孩低着的头迅速朝一旁扭去，一个脚步不稳便侧着倒在了地上，溅起的积水裹挟着血迹晕开。成群结队的孩子，穿着皆是干净整洁，即使是同样沐浴在瓢泼大雨之中，但看上去也和男孩的狼狈形成了鲜明对比，孩子们无一不在讥笑叫骂着，手里不时有小石子甚至利器投出。拳打脚踢下的男孩，没有任何的闪躲或者遮挡，甚至不对面部加以保护，只有在外力打击下颤抖的身体，以及耳边源源不断的讽刺和挖苦。

“不干不净的人，不要污染了我们的城市。”

“快滚远点，脏小孩！”

“你看他这个样子可真蠢，哈哈哈哈哈。”

“这种城市的垃圾死了才好。”

“让他死远一点，滚回他们的老家。”

“说得对，可不能死在咱们这儿了，晦气！”

“哈哈哈哈哈哈哈哈哈哈哈哈！”

男孩的眼神中没有一丝一毫的愤怒，那是一种呆滞和麻木，似乎对这种事情早已经见怪不怪，在他的心里也不会再起波澜；又或者他已经失去了思考的能力，迷陷在这样的情境之中；再或者，他已经痛苦到麻木。

“哈哈哈哈哈哈哈哈哈哈。”直到男孩的笑声传来，那是种他这个年龄不该有的摄人心魄的寒意，但男孩的眼神依旧还是失焦一样的空洞无神，紧接着喃喃道：“失望吗？如果我痛彻心扉地大喊、求救、跪倒在你们面前求饶，这种感觉应该会更爽吧？但我一声不吭，你们肯定感到很不爽吧？垃圾？我从不觉得自己肮脏，那不过是你们为自己凌驾于别人之上施加暴行的变态扭曲找的理由罢了。别误会了，滋养出你们这样垃圾的肮脏的城市，我根本不稀罕。真的好笑，你们很生气吧，你们这种得不到任何快感的样子，真的给了我很大的快感呢！真的让人很想大笑呢！”

伴随着男孩的话语，早已经僵直在一旁的众人愣了神，那股寒意让他们在这样阴冷的天气里，包裹在早已防水抗寒的功能拉满的新型冲锋衣下的身体还是不自主地打了寒战。随着领头小孩皱起了眉头，讥笑的众人一声不吭，只是一拥而上，手上、脚上的动作倾尽全力，发泄在男孩瘦弱的身躯。

“够了，真没劲儿，别打死了，脏手。”随着早已经从领头位置退到人群之外沉思的小孩开口，他话音未落，只是摆了摆手的间隙，原本蜂拥在前的孩子们都停了手，紧跟在他的身后。

“垃圾永远是个垃圾，是净化不了的。”领头的小孩子侧着脑袋轻蔑说道。

满身伤痕躺在地上的小男孩面无表情，侧卧在地的他，身体周围的血迹和雨水混杂在泥土里，在雨水的浇灌之下，成为一幅让人触目惊心的画面，不仅是年幼的脸上那抹在绝境下的坚韧，更是他所处的这块土地。

正如领头的孩子们“滚回去”所言，此刻的小男孩躺在了一个非常“界限分明”的地带，他腰部以上的地面完全是一片绝望的黑色和死寂，而腰部以下的位置则是一片规整的草地，草地的旁边是这群孩子刚才过来的方向，以及男孩视线中女孩消失的方向。往那个方向望过去，是一个无数次出现在电影和连环画中，人们想象的那样鸟语花香、温馨怡人的世界，而分散开来三三两两的独栋楼房更是很有特色，在大雨的浇灌下，好似一幅田园画，而本该望着这幅画卷出神的那双眼睛，此刻却被血色晕满，在他的视角里，或许看到的只有残忍和冷酷吧。而朝着小男孩上半身那侧望过去，地面早已经被污染成各种各样的颜色，但这种颜色并不是五彩缤纷，而是充满了工业感的废料一样的深色系，充满了压抑而望不见尽头的那侧黑暗中，能清晰看见的是满地的废旧机器，或者各种金属的残骸。黑暗中最显眼的是不远处堆积如山的“垃圾堆”，皆是由一些废旧的工业原材料，或者成品的废旧残骸组成，像极了星元前，公元最后一世纪时的人们经常在影像里看到的那种末日废土主题的电影画面，而这片堆积成山的“垃圾堆”却也不只是一个时代组成的记忆，这里反而没有什么诸如曾经古老东方引以为傲的瓷器制品，又或者丝绸废布料，再或者中世纪的骑士剑，更多的都是些工业时代之后的机械制品。一些报废零部件上面还有模糊不清的编号，诸如“波音747”“DM81”“STANT013”等样式的字体，似乎是在这片被遗弃的角落记载着属于它们的光辉历史，这个时代应该没有一个历史学家会不知道这些字体代表的伟大含义，没有一个科学家会不知道它们对人类社会进程的影响和改变，但或许，他们也没有一个人会如实说出来。

小男孩并没有朝着自己望着的远方努力起身，而是挣扎着早已支撑不起身体的手臂，手指抠紧了地面，浑身都在用力朝着上半身那侧土地爬过去。等他稍微将身体扭转过来，几乎同那边“桃源”般的世界划清界限，虚弱的身体终于撑不起来，他用尽最后一点力气，将早在喉咙中卡着许久的积血，朝着那片草地吐出去，草地瞬间被深红色浸染，又很快在大雨的浇灌下回归原有的青翠。小男孩终于回到了这片属于他的土地，他躺在这片饱受污染、看上去脏兮兮的土地上，张开双臂平躺在地，肆意地呼吸着充满异味的空气，嘴角也第一次渐渐有了微弱的弧度。

而这一切在高处俯瞰将会非常触动人心，曾有一位疯子般偏执的艺术家称这样的“艺术”为“最纯粹的肮脏和恶谱写出的关于最纯粹的绝美的艺术”。很多人并不从这个疯子视为一个艺术家，很多人又从人类学、心理学乃至哲学的角度提起他，想起他对公元时曾引发舆论争执的关于“秃鹫与小女孩”事件先记录还是先救人的评价。不存在质疑的是，如果他看到这一幕，一定会把这称为一个绝佳的电影镜头。

事实上，在高处的更高处，这位艺术家确实正在注视着这一切，他今天正例行公事一样跷着二郎腿，点了根古巴雪茄，另一只手里是“光年变焦”摄影机，手指轻轻拨动着变焦环，从“全景”到“特写”，自由而灵活地变换，嘴里还嘀嘀咕咕着：“这里用特写，展现小男孩脸上的绝望。不对，不只是绝望，就是这样的微表情，他简直是个天生的演员。嗯，这里应该要切到全景了，展现下这帮坏小子的冷漠和欺凌，多么完美的矛盾。噢，最终要有一个大远景，这天然划分开的分界线简直是完美的画面。啧，真是美妙的收获啊！”

“毕尔德，别看了，你这个疯子，后天就是开学仪式了。你还不好好准备一下，大家都焦头烂额，你还有心思在这儿偷懒？”一个健硕的大汉浑厚的声音传来，打断了毕尔德惬意的早午茶时间和口中的牢骚。事实上，眼前这个头戴黑色宽檐小礼帽，一身纯黑西装，灰色条纹衬衫内搭，系着颜色五彩斑斓的领带，皮鞋乌黑锃亮，还有总是会吸引众人注意力的露在裤脚之外的纯粉色高筒袜子，被叫作毕尔德的男人，可以称得上是当之无愧的当今全太阳系数一数二的艺术家了。从绘画到摄影，从平面构图到全拟真建模，无论是对艺术的绝对敏感感知力，独树一帜的创意视角，还是最新科技的熟练运用，这位世人口中的“疯子”都是绝对的业内首屈一指。当然他那些偏执的“艺术理念和畅想”也让他被世人唾弃甚至畏惧，人们并不能理解他提出的所谓“绝对艺术”，甚至不惜“无视人生命存在的其他意义，而单纯为艺术服务时绽放出的绝对至高美的意义”，这个疯子甚至说出过类似于“全人类痛苦灭绝的瞬间群像画面应该是属于人类美的至高图卷”这样的话。而这种言论，在星元前的科技时代就已经无所隐藏地被暴露在大众视野了，更别提信息更为发达和恐怖，近乎没有隐私的星元时代了。这样的疯狂言论很快得到了全社会舆论的统一打击，不管是曾经的帝国阵营还是联盟阵营，现今在这样一个联合国统一的人类共同政权下，毕尔德很快就被以“反社会罪”“恶意煽动言论罪”等十余项罪责并罚，关进了联合国一级监狱，甚至还收到了远在太阳系另一侧友好睦邻玛雅一族发来的星际“问候”。

而这样一个疯子在昨天被保释出狱，但今天就旁若无人地坐在这里偷懒，这怎能不让大汉生气？当然毕尔德身后甚至未曾被注目过的大汉也不是什么“无名之辈”，这个一头黄发，面容有些憨厚，但身形健硕，身板挺直，一身军队教官服的大汉真名叫休斯。在部队十多年，只有一个任职记录和一直没变的军衔，但即使军衔更高的诸多人都不敢小瞧他，因为是他屡次拒绝了军衔升阶和职位的调换，他坚守着他的信仰，他的信仰里曾经、现在，以及未来的传说“帝国之鹰”——安德森。休斯坚守在安德森的私人护卫队队长一职上十多年。而就在昨天，他接到了安德森的命令，让他离开他热爱着的军队、崇敬着的安德森将军。让他保释一个令世人嗤之以鼻的疯子，还带他来到这个地方，甚至成为“合作伙伴”。他心里有一百万个不乐意，但他没有办法，因为他知道这是安德森的军令，他没有也不敢有任何别的意见，只有绝对的服从。事实上，这所谓的“合作关系”代表的有很多，首先安德森是说让他和这个疯子成为“朋友”，但事实上休斯清楚，自己作为这个疯子的保释人，其实也是他的监管人，有义务和权利监视他，同时要在他做出任何实质反人类行为的时候给予约束和制裁。想到安德森将这样“光荣而艰巨的使命”交给了自己，休斯似乎从离开安德森和自己坚守着的岗位所带来的失落和不满情绪中渐渐解脱，他此刻正迷弟脸地把这想象成“安德森将军对他的一次信任和重用”。而想到这里，他对毕尔德的不耐烦情绪也稍稍缓和，又开口说道：“毕大师，您要是看完了，可别忘了咱们的正事和任务，想必您也不想再回到那个地方吧。”

那个地方四个字语音未落，毕尔德本来肆意又带着狂邪的笑容马上收敛了起来，皱紧了眉头，嘀咕道：“知道了知道了，我这就去帮忙。”说完便十分不舍地起身收起了半截没抽完的雪茄和摄影机，自顾自离开了刚才待着的房间，而休斯也紧跟着这个让他想起来就头大的家伙离开。估计没什么人会留意到刚才地球的角落里发生的那一幕，而唯一留意到的人，似乎也只是把它当作一个创作的客体，想来只有他自己才是创作的主体，他不关心这个事件的发展，关于男孩的生死和未来更无足轻重了。

正如此刻毕尔德和休斯所处的万里高空和地球表面的距离，天上的人看不清地上的人，地上的人也看不到那片天空之上的景象。

星元 12 年，年轻的全人类文明瑰宝级的科学家姜来，带着足以震惊世界的“空间跃迁”技术的第一次公开测试成功的成绩，震惊了整个人类文明，联合国为了予以表彰，以一年为期设立“将来奖”，每年一评，对此类具有划时代突破的科学发明予以表彰和奖励，而其奖励则是“空岛”的首批户口，政府首次公示了关于“空岛”的概念和最新成果，同时开放了居住户口的获取途径。所谓“空岛”，事实上在公元的最后一个世纪，人类社会已经做到了空中的交通畅通无阻，并且将其隐藏在不会被“地面”看到的程度，从而协调保障大部分“地面”利益和权益，而一直在着手开展的正是人们期待已久的空中城市和空中居住计划，既然可以隐藏空中的交通工具，那么自然也可以隐藏一整个空中城市，而现在伴随着姜来的“空间跃迁”，这项重大科学议题和人类文明进程也在稳步推进，联合国通过备案，将其命名为“空岛计划”。而空岛自然有严苛的人数限制，其稳定运行后，开放入住的首批人群自然是项目的工作人员、人类文明的军政要员、各行各业有杰出贡献的人以及富豪。因为这样庞大的项目，自然离不开政策支持、大型公司的经济支持和技术人员的技术支持。

星元15年，轰动全星际的授勋表彰仪式正式进行，授予安德森、张振国、图哈德“地球联合国三大元帅”称号。正史上重新记载和矫正了在公元末期，以他们为代表的曾隐姓埋名在军队为地球航空安全提供最危险的保障、最坚定的探索、最无畏的牺牲的首批航空军人们应得的荣誉和尊重。这次授勋表彰仪式是全人类命运共同体正式在星际文明时代，以统一的地球联合国身份公开承认的第一次最高级别大型表彰仪式，基本涵盖了地球领域内的全部军队，涉及海、陆、空、航天四大兵种，也再次给航天军团的正统甚至未来更重要的地位助长了声势。值得一提的是，在这次授勋中尤塔刷新了星元史上最年轻中将的记录，而姜来则成了星元史上首个被授予少将军衔的科学家，至于风格迥异的“绝代双丽”菲儿和凯特琳，也同时入选为少将，这也是星元史上首次有少将及以上军衔的女军人。而与此同时，自星元那场地球文明人机大战，玛雅文明君教纷争，人类在与玛雅文明的史诗级合作战役中取胜后，在玛雅主星上励精图治、被人民尊奉为一代“女贤王”的乌藤公主早已正式登上皇位，成为玛雅政教合一的唯一女王。而在效仿、借鉴和追赶地球文明先进文明体系和文化的政策背景下，玛雅文明也迎来了翻天覆地的变化。首先是在穿着打扮上，引进了地球许多文明理念，形成了原始和地球现代服饰两极的分化。从一些玛雅人身上，已经分不出他们到底是玛雅人还是地球人了，只能从身体素质上来区分，这样来看的话，这些玛雅人似乎是比地球人更

“先进”的文明存在了。而这一切都得归功于乌藤女王“积极借鉴，海纳百川”的执政理念。坊间传闻，据说是曾经那次“流浪星际”的战略中，受到亦师亦友的“儒将”张振国的影响，乌藤对于儒文化有种出奇的重视和信心。而为了呼应友好睦邻的盛世，乌藤也在玛雅主星上开启了玛雅的阅兵仪式，论功行赏，而在这一次册封中也诞生了自星元以来，所有已知文明中最年轻的元帅——库洛姆。据说，在册封仪式结束后，尤塔黑着脸私自起飞了自己的“雷神号”，穿戴了最新的战斗装备，直接飞出了地球，而在有关部门的强烈警告和返航的命令中，尤塔在铺天盖地的“天眼”系统监视下来到了著名的大战留下来的“陨石带”。而另一头的库洛姆元帅，还没等乌藤女王将勋章佩戴给他，便凭借着自己赖以成名的直觉，几乎同时到达了“陨石带”，两个老熟人见面一言不发，也不打招呼便刀剑相交，展开一番大战。就在两边外交官惊魂未定，积极沟通寻求解决办法，各自遣人来追寻，畏惧引发国际争端的时候，难分高下的两人已经若无其事地返回了各自的星球。地球方的官方处罚，是将刚刚升任中将的尤塔吊销军衔一个月，以儆效尤。而显然对于尤塔来说，比起早已习惯了的官方处罚，更让他头疼的是婚前无条件支持他，百依百顺的凯特琳，她抱着两个已经快三岁大的、与眼前这个一声不吭就跑到太阳系掐架的男人生下的龙凤胎来到他面前。凯特琳在家里早已恢复了部队的女将军形象，对尤塔下达了暂无期限的禁足令。而另一头的库洛姆得到的似乎就只有官方惩罚了，代表着玛雅政权官方的乌藤女王，对于拿着勋章停留在半空的双手还没来得及放下，那个主人公就已经飞奔出去的画面是久久难以释怀，而库洛姆也领受到了暂无期限的来自女王的冷漠和相应的官方惩戒。曾经在公元末试图登上历史舞台的那几个年轻人，在星元初期的此刻就已经真正成了宇宙、至少也是太阳系的中心人物。

事实上在野史上有很多坊间传闻，但未曾被正史认证和记载的是：星元 18 年，年轻的著名科学家姜来在一次“空间跃迁”的最新实验中离奇失踪，菲儿少将不明原因紧跟着丢下了所有部队的工作和训练离奇失踪，而远在玛雅主星、与其隔了几万光年距离的库洛姆元帅，似乎感应到什么一样，也不明原因失踪了，伟大的明君乌藤女王罕见地不理朝政，将工作安排下去，便也消失了一段时间。一直到姜来重新出现，一切才回归正轨，至于尤塔中将，在收拾好东西准备出门的路上，就在自己房间走向家门口的通道上，遭遇了抱着两个孩子的凯特琳少将的袭击，最终被扣留在家中陪她一起照看小孩，这样的监禁状态一直持续到姜来的重新出现。

星元 21 年，轰动星系的大事件发生，地球联合国推选曾经的冰岛元首佐夫作为地球联合国的最高决策者——大总督，而随着大总督佐夫的上任，其施行的第一个重大决策就是“空岛计划”的正式启动，地球联合国通过空间跃迁、核磁悬浮等核心技术的支持，在天空建立了如同曾经的“天路”一样，不会影响到地面人类生产生活的空中城市空岛。从地面的视角来看，本应无比庞大的“空岛”在距离的加持下甚至都无法达到一个小黑点的大小。但是人们出于对未知的恐惧，仍旧有着各种对空岛出现在上空、技术不成熟的情况下会对地面造成影响的担忧，以及从不同文化圈推选出来的首批空岛居民，对于原本地面社交圈的沟通时空成本的担忧。因此在不同文化圈、不同区市关于在联合国空岛的位置选择进行联名提案，内部进行了长达多年的讨论依然未果的情况下，联合国无奈通过加大科研难度和力度解决了这样的问题：空岛被设计成在地球绝对自转过程中，参照依旧相对静止不动的地面来看，已经是相对漂流移动的运行轨迹，在地面领空飘浮运动。而空岛出现在不同地面领空的时间长短是完全相同的，也做到了原则上尽可能公平。

但事实上，问题就出在了空岛的后续治理中，随着大批精英人士的迁移，空岛很快成了地球联合国的政治经济文化中心，而地面起初也很好地承担了物资供应和后备支撑的作用，但是人们还是犯了从古至今一直在犯的错误：高估了科技，低估了自然。即使是理论上完美无缺的空岛系统，依旧遇到了科技带来的隐患。这个隐患确实不在于本身设计过程中精益求精的空岛本身，而在于降雨降雪、暴雨冰雹这样无可避免的来自自然的“惩戒”，导致空岛面临着废水的排泄，而同样的因为空间的受限，空岛也面临着废旧品的回收利用问题。为了强调科技的高新尖，空岛上的材料多是不可自然降解，甚至坚固耐用到难以人为损坏的程度，也就导致大量的废水和废旧品需要一个统一处理点。而空岛计划刚刚开始，不可能因为这样的事情就中断进行，考虑再三，联合国政府还是决定由地面来接管这批所谓的“高价值的淘汰品”，地面显然是不愿意这样做的，只是迫于上层的压力，不得不做。但很多留在地面的人是一些空岛居民的亲人、朋友，或者嫡系子弟，也是整个人类文明仅次于空岛居民的中高层人士，甚至还有一些不愿意前往空岛的顶层人物。本来核定要各地分摊承担的污水和废品的回收储存也变了味道，虽然在生化革命和星元战争的连续浩劫之下，人类的人口大规模减少，住房压力同样大幅减小，但是地球依然有着高低多少之分，较为廉价的地皮和居民楼成了牺牲的对象，高等住宅区则完全保留原有结构和完全不接受废料，废品都是由一些低收入群体的聚集地集中接收处理。空岛的决策层也修建了废品回收站这样的暂存区，然后每次行进到地面一定距离，空岛便将暂存区的废水以及废旧品尽数排泄，没过几年，这所谓的处理地便形成了这个时代的贫民窟。许多地面人也因此失去了原本美好的生活和家园，他们并不想束手待毙，但是地面高层势力的结伴而行，以及急于要安抚人心和解决这一棘手问题的空岛决策层的默许和视而不见，更是加剧和放纵了地面这样的管理行为，两极分化的现象越来越明显和严重，直到现在有了这样不可挽回和调和的分离局面。但同样无法幸灾乐祸的是，地面的贫民窟之外的地方也未尝好到哪里，空岛的不断移动，导致了雨水基本都是从空岛经过之后再流向地面层，已经是多少有过较多杂质和污染的水分了，甚至在地面很难见到纯白的雪，因为地面完全看不到空岛的设计，也使得地面层很难预估情况，曾经试图利于地面层的设计，都成了影响地面层的鸡肋。

星元 24 年，随着“贫民窟”“地面”“空岛”三个完全不同的科技、日常生产生活以及人文环境的圈层的出现和各自发展，本来内部紧紧团结在地球联合国政府领导下的人类命运共同体似乎有所松动。

而为了缓解这样的矛盾，地球联合国大总督佐夫宣布，将正式选举并下设地面领导层，给予空岛在不违反空岛决策方向前提下的独立自治权，并且提供了后续地面选拔进入空岛的统一通道和窗口。而贫民窟则直接受地面领导层管辖。处于各方面综合实力最低端的贫民窟则完全没有取得任何实质性的权益倾斜，甚至没有一个离开的“窗口”。

星元26年，地球的局势趋于稳定，科技人文社会发展稳步推进。地球联合国大总督佐夫宣布，鉴于发展最高素质人才适应未来社会和可能面临的来自未知的太空探索、星际穿梭、地球危机等大议题的迫切需要，集合整个人类社会之力，挑选最有行业专业性和代表性的人士组成地球联合国首席皇家学院。学院开设几乎涵盖所有人文社科、科学技术、军事理论与实践等方向上的教学课程，旨在培养最杰出的未来人才。而学院人才的招收采取推荐制，因为首批空岛居民人口较少，皆是社会精英，所有曾经多国时代的传统皇室、政界要人、商界巨鳄、科研精英、文化大家的后人年满十三周岁都可以加入学院，而针对地面层和贫民窟，也开放了两倍于空岛学生的名额，由地面决策层选拔推荐产生。

而也正是得益于这个契机，被困于铁栏杆围墙之中的偏执艺术家毕尔德被保释出来，任职于联合国首席皇家学院，担任艺术系系主任。而担任军事保卫系系主任的休斯，不仅承担着教学任务，还领取了监督毕尔德的工作。

毕尔德收起相机，无视那个男孩的生死漠然走开，这本就是他生命中微不足道的一瞬间。一群披着黑色斗篷，戴着兜帽的人出现在了早已失血过多陷入昏厥的小男孩身旁，衣衫褴褛的小男孩背部的白色百合刺青露了出来，在自己的鲜血浇灌下，看上去显得越发诡异。

新世界来临了，新的故事也开始了。

第十二章 / 学院

人们的热情在燃烧，越烧越旺，点起了通向新生活的引路明灯。

——［苏联］高尔基《苏联纪游》

星元 27 年 5 月 26 日，整个人类社会万众瞩目的大事件——地球联合国首席皇家学院成立了。

这一天，位于空岛北部最显眼的建筑终于揭开其神秘面纱，说它显眼，从远处来看其实是有一些不协调的，但如果你走到首席皇家学院的附近，去瞻仰它巧夺天工的设计，一定会为之惊叹。学院是由一批建筑群组成的，而这些建筑的灵感则来自公元时期异彩纷呈的文明遗风，这些由博古通今的人类学家、历史学家、社会学家、民俗学家、建筑学家等组成的专家团经过了反复的设计修改，联系科学院的团队采用高精尖技术和原材料修筑而成的建筑上，体现的是历史与时代的创造性结晶。事实上不需要官方的解释说明，仅就外界猜测已经是充满了可信度，这样的设计绝不是宣布建校到现在就可以完成的手笔，据说这是佐夫的夙愿，其设计图稿甚至是在“空岛计划”之前，就已经开始秘密设计了，而其修建的工程则一直在空岛北部秘密进行，早就有这样神奇工程的传闻流出，但一直到今天人们才得以确定，耗费了大量的经营工程师、先进器械、极高造价的原材料打造而成的秘密建筑群，是被用来作为联合国首席皇家学院的教学设施，而无疑人们心中对于这所学院的期待度再次被拔高到一个新的档次。而建筑群中最为夺人眼球、高度最高，同样也是占地面积最大的建筑是综合教学楼，这是专供大型公开课授课的场所，同样也有充足的教室和空座供给学生们自习。从外观上看，其整体上是标准的星元前的中式风格和联盟体系相结合的建筑，简洁质朴，却同时让人感到气势恢宏，一种大巧不工的内敛和敦实的震撼感。由四根大圆柱子搭起了建筑的四角，仔细看柱子上的雕塑，有如麒麟兆祥，有如二龙戏珠，可谓是金碧辉煌、雕梁画栋。而绕着柱子围起来的院墙上同样是栩栩如生的墙雕，但这些雕塑就不只是古老的东方文化了，上面有曾经非洲的图腾、印第安文化、北欧神话的经典人物和故事，等等，但多是君王神灵，使得人们细看下去又透出了几分壮丽华贵。而上层建筑又转而形成一个圆形，搭在底部的正方形建筑底座上，从下到上，一层一层逐渐缩小，最终收缩为一个塔尖，塔尖位置是 M 国著名的自由女神像的小型复刻，这栋综合楼的外观体现了什么是风格多样而融合。走进去，它的内里也不会让人失望，金碧辉煌、玲珑精细的西欧皇家建筑风格无愧“皇家”一词，里面的摆件有许多竟然是曾经的经典文物通过现代最新的科技手段进行复刻。比如东门刚进去映入眼帘的就是曾经东方文明中宋朝张择端笔下的《清明上河图》，是这幅名画的一比一复刻，使用最先进的纳米防水材料，坚韧防水，刀割不破，撕扯不裂，外罩有薄如蝉翼的坚韧高密度高分子玻璃罩，其表面经过特殊处理，不会沾染任何灰尘和脏物，更恐怖的是，整栋楼层里的装饰基本都覆盖了这样的防护罩，不由让人感叹这是怎样一种单一物件上细致见真章，整体上耗工耗时的巨大工程。顺时针走向南门，是古代埃及奈菲尔提蒂半身像的复刻，而西边进门则是古希腊的欧弗洛尼奥斯陶瓶复刻，至于北面嘛，无数精致细巧的北欧银器引人注目，而这才仅仅是这栋教学楼的第一层，层层往上的楼梯和展览墙上是数不尽的自古以来人类文明中巧夺天工的著名文物古迹的复刻……这样的建筑自落地之时就注定了会成为独属于这个时代的建筑史上新的传奇，值得所有人喝彩。

“这是什么鬼啊？真俗。”

突然传入耳边的一句呢喃，使得在综合教学楼内早已被惊大了嘴巴四处瞻仰的休斯几乎是石化定格在了原地。稍一愣神，略带不满的休斯紧接着朝着叼着雪茄，跷着二郎腿，不知道何时已经坐在了走廊的椅子上，不以为意地咧着嘴浅笑的毕尔德开口道：“毕尔德！你说什么？你知不知道自己刚才在干吗？你是瞎子吗？这样伟大的成果，你说俗气？我希望你马上为你尖酸刻薄的嘴脸表达歉意，尊重一下你现在所处的建筑，这是无数同胞的劳动成果。”

“得了得了，别拿着你那道德高度来审判我。你自己不懂艺术罢了，不过你把这个叫劳动成果，我倒觉得很有道理，从这个角度我确实一定程度应该为我刚刚的话道歉，但你记住，值得尊重的仅是这些人的劳动，而不是这个创造物本身的艺术性。”毕尔德还是那副样子，甚至正眼都没有瞧一眼那些伟大的展览品。

想到自己被迫离开了安德森元帅身边，就是来监视着这么一个目中无人的疯子，再看到毕尔德一贯欠揍的嘚瑟神情和若无其事的笑容，休斯完全是气不打一处来：“你这个家伙，那你倒说说什么是艺术？就你那些乱七八糟看不懂的画？七零八落剪得稀碎的片子？还是你认为你这样一个混球本身能算得上艺术？”

毕尔德听完还是老样子，似乎不置可否：“哈哈哈，但起码这些都是我的创作不是吗？主体是我自己，而我正在创作。你又说的没错了，我在创作本身不就是一种艺术嘛。”

休斯更生气了，打断了毕尔德的话：“得得得，别自说自话地吹捧自己了。难不成这么多人的结晶就不算艺术创作了吗？他们的思想的结合不是更伟大的艺术吗？”

毕尔德听完，眼神中终于有了几分严肃：“休斯，这个算思想吗？无数艺术的结晶诞生于群体的经验和智慧。但是这栋楼，甚至整个学院的建筑，它在雕塑上甚至都没有什么意义可言。它可以代表我们当今的时代吗？还是说我们当今时代最杰出的创造和艺术，就是对过往文明的抄作业？对过往文明的完全模仿？我们难道再也创造不出来什么新的东西和艺术理念了吗？”

休斯再一次石化，但这次他的大脑并未停止运转，他在沉思着什么。

毕尔德此时已经完全不是平时吊儿郎当的样子，起身走向休斯的身旁，老练地熄灭了手中的雪茄，将剩余的部分装起来，说道：“艺术绝对不是不同文明、不同文化单纯的累积、堆叠。我更愿意相信，艺术是一种碰撞交流，然后诞生出新的文明、新的文化，这个过程我想一定是非常艺术的。但是这里太和谐了，和谐到让我感到窒息，这样的空气下，是不足以支持艺术的诞生的。所有的工匠，甚至是设计师，他们本来都有对一件作品留下自己印记的机会，但是在这样的强压之下，任何计划外的瑕疵和意外都是不允许的，这就不再是创作过程了，只是按部就班的工作罢了。现在的艺术家和过去工厂的工人有何区别，因为工厂的劳动力被机器取代了，艺术家成了曾经的技术工阶层。而他们不再是为艺术服务，而是为了政治，一定程度上甚至不如为了金钱而出动的雇佣兵。”

休斯缓过神来，但一直以来对军队和政权的忠诚，让他虽然在潜意识里有点认同毕尔德的话，但还是强撑着自己的颜面说道：“不，不是这样的，毕尔德，你看得还是太过于偏激和片面了。”

毕尔德换了口气接着说道：“这样计划之内的按部就班的工程，给了社会稳定，扼杀了艺术的土壤，然后给予了艺术一个特定的标准，事实上艺术哪里有标准？美与丑哪里又有一个定论？我承认这栋楼一点都不丑，一切元素协调得非常和谐，我也感到意外是如何做到这一点的。但当我想到这一切过程是多么的枯燥乏味，那些失去了自主意识的所谓艺术家的心血，想到这一切也许只是为了迎合某个人，也许只是为了给这个时代歌功颂德，就如此的劳民伤财。只是一间普通教室，其实也可以教好学生的不是吗？但你知道吗，社会不会一成不变的，稳定永远只是相对的一定时间内的，艺术求变和社会求变的艺术，是不会被扼杀掉的，一旦给这些种子……”

“够了，毕尔德。”休斯罕见严肃地打断了毕尔德的话，瞳孔深处满是坚定。

毕尔德的脸上重新渐渐挂上了那抹漫不经心的笑容，他整理了下西服的领口，走上前去拍了拍休斯军装上的肩章，便独自离开了，嘴里还嘟囔着：“我们走着瞧休斯，有些东西你越是压抑，就越是会爆发，人如此，社会更是这样。”

毕尔德走后，偌大一个走廊仅留下了休斯一个人，毕尔德走得还是有些快，所以他也没能看到这个眼神坚定的大块头在他转身之后，微微皱紧的眉头。

事实上今天作为新生入学的第一天，很多准备是已经提前做好，甚至排练过无数次的，但到场的人内心还是无比激动。这种心情甚至远胜于这些来报到的联合国首席皇家学院的首批入校生，因为他们不乏刚年满十三周岁的少年，或者说小孩子。对他们来说，很多人根本不知道这次入学意味着什么，但陪同他们来的大人们深知这一切，更为重要的是，大家都知道，地球联合国的首位大总督——佐夫今天一定会出席本次的开学仪式，而与之一同到来的必定会是联合国最高层的那些大人物。而学院内明里暗里，便衣制服早已安排了几层，安保和军队也在学生们到来之前就先一步整备就位。

终于到了万众瞩目的开学仪式开始时间，其实早在两个小时之前，与会场地，学院正中心的巨大空地——星元广场，早已经挤满了人，而致敬了“敖德萨阶梯”的宣讲台上的具体情况，正被侧面空中悬浮荧幕上的影像即时转播。如果仅凭肉眼观察，而不依靠任何科技手段的话，人们能看到的只有宣讲台上空悬挂着的地球联合国旗帜。

但让人们失望的是，影像上率先出现的并不是佐夫，而是一张对很多人来说比较陌生的面孔，台下不免会有些骚动。这是一副中年偏老的男人面孔，他的皮肤已经有明显的褶皱，但看上去仍旧神采奕奕，身上的军服一丝不苟，脸上带着微笑，肩章上的上将军衔十分显眼。他站立着，身形有种稳健的力量感。接着，他上调了声调，开口说道：“我知道！”

话语略微停顿，传到下面每个人的耳边，这得益于最新的科研成果——“灰尘”，当然不是真正的灰尘，而是一种声音传播系统，当我们实现声音的传播和音量的高低调节，音箱相当于是一个载体，耳机也是同样的道理，而“灰尘”则是将诸多“无线音箱”利用纳米技术，做到灰尘大小甚至更小，然后由一个统一的巨型终端操纵，而这些“灰尘”就如同真的灰尘一样，在空气中飘浮，从而每个人听到的声音都是最原声和最清晰的，最大限度避免了任何传输渠道的延迟和影响。而当人群听到这样的声音，马上就都保持了沉默。

荧幕上的人接着以不急不缓的口吻说道：“大家对我都比较陌生，我先自我介绍一下，我叫埃尔法·肯特，是航空航天军团的一名在职上将，现在同样也是我们地球联合国首席皇家学院的执行院长，平时代院长处理学院的事宜，而我们的院长，则是我们伟大的联合国大总督——佐夫。我也算经历过公元和星元两个真正跨时代的时期，在座很多人和我一样，我们都是幸运的……接下来我将会为大家宣读一下我们的总章程，而具体后续事项，也会分发给到场的新生和监护人……”

这个过程注定是漫长的，可能是没见到佐夫给在场所有人带来的失落，和肯特本来需要说的内容就是有这样正式的特性，台下观众开始渐渐有了骚动，台上更是如此。

“喂，你怎么闷闷不乐的？”站在宣讲台上教师队伍中的毕尔德挤眉弄眼地打趣一旁的休斯。

“什么意思？你不要找事情，毕尔德。”休斯一脸意外地看着毕尔德。

“真没有吗？我可是听说你曾经作为猎鹰军团护卫队队长的时候，肯特院长他还只是个小工程师吧，现在人家倒成了你的顶头上司了，至于军衔嘛，早就比你高了吧。只是现在直属领导你，你心里真就没点什么想法吗？”

休斯的脸，现在已经是一片黑青，他低头咬着牙说道：“毕尔德，我可没你这么小心眼，我们猎鹰军团出身的军人，皆以服从上级命令作为军人的天职和准则要求自身，积极配合肯特院长的工作也是我的职责。若不是今天在台上动手影响太坏，我一定把你这个狂妄的家伙暴揍一顿。”

毕尔德嘴角的笑已经快憋不住了，轻声说道：“哈哈哈哈，得了吧你，你能拿我怎样，你杀了我不就是违抗命令了吗？还有残害同僚的罪名，我倒无所谓，本也就是个罪人，你可得对得起你们猎鹰军团的光荣啊。对了，不过我还真是你的贵人，得亏你是跟着我，不然你到现在还在干你的保镖头子。”

“你……简直是一派胡言……”休斯已经被气得说不出话了，但他又想起了什么似的，表情舒坦了许多。接着，他笑着说道：“你可得知道，是我保释你出来的。严格来说，我还是你的监护人呢。你还在我的监护期，乖，不要闹哈，安静听讲。”

这下轮到毕尔德郁闷了，脸上也再难绷住怒意：“喂，你这家伙什么意思?”

不等毕尔德发作，现场突然再次回归安静，是肯特的演讲告一段落了。

肯特清了清嗓子，在短暂的停顿后接着说道：“我的话说完了，但我想，我们的开学典礼，才刚刚开始，接下来就由我隆重介绍我们的与会嘉宾。历史学系系主任——著名历史教育学家陈延庭先生的儿子陈同……东方文学系系主任——鲁锴先生……”

每介绍一个人，肯特的目光就会朝着教师队伍望去，而镜头也会随之转向这个人，给个特写。而此刻毕尔德脸上的不快和休斯脸上的春风得意更和刚才形成了鲜明的对比。肯特读到艺术系系主任毕尔德时脸上的那抹难以言说的神情，和读到军事保卫系系主任休斯时脸上一闪而过的歉意和尊重，让二人此刻的心境完全逆转。

肯特接着又稍微停顿，现场的掌声也渐歇，继续说道：“接下来是我们学院的特聘督导组，他们对本学院的教学进行监督工作，虽然他们不一定常驻学校，但定期仍旧会通过各种形式为学生们传授经验和讲课。让我们欢迎，联合国科学家，空间跃迁技术专利的拥有者，同样是联合国军队少将的姜来！”

头发蓬松微卷，刘海刚到眉头，浓浓的眉毛下一双小眼睛，总是戴着一副金丝圆框眼镜的姜来走着标准的正步来到台前正中偏后的位置，只不过年轻时身上那套衬衫和线衣的搭配已经变成了灰色西装外套和棕色衬衫，黑色直筒裤下，黑皮鞋依旧擦得锃亮，但年轻时自然下垂的刘海已经开始往两边分开，脸庞也褪去了稚嫩。

台下掌声不断。

“接下来，是星元历史上，联合国最年轻的中将，军队的记录粉碎机——尤塔·安德森！”

尤塔同样迈着标准的正步来到和姜来并排的位置，尤塔的脸庞依旧如同年轻时一样锋利，一对剑眉，高挺的鼻梁，曾经英气十足的稚气已经完全褪去，不言语之时，脸蛋上残留的俊俏和柔美也沾染上了父亲安德森曾经的凛然气势，身上的军服依旧严谨整洁，一丝不苟。

台下掌声不断。

尤塔向肯特看去，用他们的私频通信器说道：“肯特老师，凯特琳来不了了。不听我的，非要在下面看着俩孩子。”

肯特微微一笑，心领神会地答复道：“知道了，凯特琳也是疼孩子嘛。”

尤塔稍有些不耐烦，嘟哝道：“真不知道，这么大的孩子了有什么好担心的。这样怎么能成长？我像他们这么大的时候……唉。”

“接下来，是星元历史上，第一次授予少将军衔的女将军，战场上的巾帼英雄——菲儿！”

菲儿也是以标准的正步来到和姜来并排的位置上，瞪了一旁的尤塔一眼，直勾勾冲着姜来走去，身体紧紧贴着他的肩膀站立。尤塔也没好气地把脸扭到一旁，这俩人还是有种下一秒就要打起来的感觉，尤塔对强者一直如此，菲儿嘛，可能就是因为曾经尤塔对姜来有过的一丝敌意，看尤塔不爽了这么多年而已。菲儿清秀的面容已经完全转为一种成熟和妩媚，头发恢复了一头披肩大波浪，她多年来都是军队里女兵“长发运动”的倡导者，紧身的黑色背心，展现的是军装和黑皮长靴也掩盖不住的性感身材。

台下掌声雷动，源源不绝。

“最后，是以中校军衔退伍后，在地面层工作多年，多次拒绝了空岛户口和入住空岛的邀请，一心建设地面层的现地面层总统——陶白！”

陶白没有选择走正步。挺着大肚子，越发发福的他脸上堆笑，一步步走向姜来一行人，如果说年轻时候的陶白就已经胖得像个圆球了，那现在的陶白完全就是一座肉山，最大号的西装夹克还是被完全撑开在身体两侧，扣子根本扣不上去，头发还是以前的西瓜头长短，但是被打满了发蜡梳成背头。

“陶胖子，你现在可不只是个胖子了。”姜来只要见到陶白就忍不住打趣他。

陶白笑得很自然，回道：“呵呵，姜少爷还是少打趣我这胖子了。”

但这样熟悉的话听在姜来耳朵中，却怎么都有些怪味。自从那场人机大战之后，陶白就一直是这个样子，没几年，他就离开了军队，投身于政坛，想来是陶海之死对他影响很大，他决定要继承父亲的事业。姜来也就没有多想。

“陶胖子，你是不是现在连正步都不会走了。”菲儿和尤塔又接着打趣道。

陶白还是标志性的堆笑，但态度似乎又和刚才有些微不同：“你俩也少打趣我了，陶某人现在这个体格，怕是没走两步就绊倒自己了，哈哈哈!”

陶白站立后，掌声却明显冷清了不少，声音比起之前任何一次都要单薄。

陶白依旧带着满脸的笑意，那一闪而过的肃杀，也没被任何人察觉到，除了身后的肯特和再后面一点的毕尔德看到了他微微抖动的身体。

肯特接着开口道：“我刚才听下面的士兵们说了，有不少人小声言语，说这次能不能赶上几年前的授勋仪式，想必大家都很想见见一些老朋友了。”肯特自己说着说着，语气也越来越激动，紧接着道：“接下来所有在场士兵，请站好军姿。让我们欢迎跨越了两个时代的传奇，捍卫着公元末期最危险未知的年代，同样历经恶战，拯救了人类文明进程，带领人类进入星元年代，时至今日仍旧铸就和坚守在地球防线上的联合国三大元帅——‘猎鹰军神’安德森、‘银狐儒将’张振国、‘豺狼战狂’图哈德!”

肯特话音未落，台上台下便彻底沸腾了起来，姜来、尤塔一行人以及身后的休斯、毕尔德所在的教师群，无一不由衷地献上尊敬的目光，鼓掌欢迎着无人不知、无人不晓的三大元帅。

三个头发花白的老人出现在了镜头中，但是和满脸皱纹和自然消瘦的身形不同的是，三个人脸上无一不是神采奕奕，制式军服上代表着各自军团的猎鹰、银狐、豺狼徽章和肩章上的军衔，以及胸前佩戴得密密麻麻的奖章十分夺人眼球，转眼之间仿佛就将人带到了纷繁复杂的战场之上。

安德森仍旧是身子坚挺、步履如风，但曾经浑身上下外放在外的凛冽之气已经不知道是收敛于内了还是化去了，但他还是那副不苟言笑的样子和一丝不苟的军装，嘴里嘟哝着："哼，我那愣头青小子，丢了自己老婆孩子上去风光，看我待会儿不收拾他！"

图哈德此刻看上去就像是一个不修边幅的糟老头子，很难把他同一个沾染了无数鲜血的战场屠夫联系在一起，制式军装穿在身上，老小子一般，颇有些刚入队的没经过训练的吊儿郎当新兵蛋子感觉。他咋咋呼呼地喊道："诶，老屃包，你自己还不是个怕老婆的主儿吗？怎么反倒教育起我大侄子来了？"

张振国还是那副人畜无害的样子，年龄的增长使他看上去慈眉善目，但除非只看面相，没人会把他当作老实人。这种人最可怕了，不显山不露水，以理服人，但无耻的时候也最无耻。他挪着步伐追着二人讲道："慢点啊，你们俩老头子日益精神，可是胜过我良多了啊。我看你们倒也没必要要那么多补助了，倒不如补贴给我们军团用，我可一把老骨头了，马虎不得。”

“哈哈哈哈哈哈哈哈哈哈哈哈哈。”

台下台上的观众不知道三个人在聊些什么，如果知道的话，想必也会大吃一惊，联合国的三大元帅，在战场之外也不过是长不大的老小孩。事实上，这样的出场并不是事先的安排，而肯特出现在开学典礼第一个镜头上所遇的尴尬处境，也大多是源自这三个老家伙，越老脾气越怪，不服老，反而闹起了影视圈的年轻演员“争番位”的戏码，一个个都在出场次序上不甘居于人后，尤其是身边这两位既是老对头又是老伙计的人，所以三人便一拍即合，提出要彰显“老年军人”的身姿，拒绝搞所谓“特殊化”待遇，坚持要从两边的“敖德萨阶梯”一阶阶走上来。其实嘛，三个人暗自较劲，都想要第一个走上来，看起来齐刷刷的雄赳赳气昂昂的步伐，其实都暗藏玄机，各怀心思。

而这一场暗自憋足劲儿的角力，则以三人同框出现在镜头中作罢。镜头稍稍离开三个元帅，转向肯特，安德森便斜眼狠狠瞪了后面的尤塔一眼，尤塔也是不由自主地一低头，忍不住打了个喷嚏。而这个喷嚏如果是因为被念叨了的话，台下显然起到了更为重要的作用。此时此刻本该出现在宣讲台上的凯特琳少将，正带着她和尤塔中将的龙凤胎艾塔·安德森和艾琳·安德森在台下等待着开学典礼结束后的报到入学。而此时此刻她的眼睛正恶狠狠盯向台上的尤塔，当然安德森元帅也不能幸灾乐祸的事情是，凯特琳身旁还站着安德森的妻子阿丽塔，此刻也在恶狠狠盯着台上的安德森元帅。

让我们祝安德森父子二人好运吧。

正当台上台下的气氛再次渐渐回归平静之时，肯特的声音也再次响起，这次他的声音与刚才的激动和兴奋不同，显得严肃而庄重："接下来进入开学典礼的最后一个环节，有请我们地球联合国首席皇家学院的院长，也是地球联合国的大总督——佐夫先生为开学典礼致辞！"

台上台下皆是鸦雀无声，等到佐夫的身影从后面走出，完全出现在镜头之中，台下从刚才的严肃庄重转而开始爆发出雷鸣般的掌声，然后是络绎不绝的振臂高呼："佐夫！佐夫！佐夫！"

镜头中的佐夫是一个已经脸部爬上了皱纹的形象，但是这个年龄本该逐渐花白的头发却呈现完美的金色，显然这是精心染过的，领带系得严丝合缝，双手负于身后，有种不怒而威的气势。同安德森身上曾有的凛冽之气不同，也与图哈德战场上的暴烈之气不同，这是一种久居高位，一切在握的独尊感，好像这个人就是和在场的所有人不同甚至凌驾于所有人之上一样。这样的气势使得整个氛围变得热烈而又凝重，显出矛盾的统一。

佐夫整理了下西装衬衫袖口的纽扣，紧接着说道："感谢今天到场的所有尊贵的来宾，感谢受任来到联合国首席皇家学院进行教学工作的老师和同志们，当然也感谢即将来到这里学习的孩子们，即将送别孩子们的家长们，感谢你们对于联合国一直以来的支持和信任。我很荣幸能够作为学院的院长关注着大家的成长，很遗憾因为平时的其他工作，我不能长时间待在这里，但我相信我们推选出的肯特，受过高等教育，待过基层，然后进入部队，并长期担任新兵培训和选拔工作，参与过史诗级战争的他，可能对于学院本身来说，是比我更为出色的人选。我也希望大家可以给他更多的信任和支持。事实上，我清楚地知道突然来到这样一个位置上的人面临的压力，但我相信一旦克服了这样的压力，就能成就更伟大的自己。论专业知识我不如后面的教师们，战场经验和履历我与这些军队的军人比起来更是自惭形秽，但我今天站在这里，就有我站在这里的原因，所以，也请你们相信我身后的肯特。”

话音未落，现场不敢欢呼，大家都在不断地点头，等待佐夫接下来的指示。后面的肯特眼里充满了崇敬，而台下人看向肯特的眼神也全然没有了之前的忽视。佐夫又继续说道：“科技是一个文明发展的根本，而教育则是一个文明存续下去的根本。事实上在我可见的年代，人类文明就涌现出了无数伟大的，以教育和思想甚至能改变一个文明走向和未来的学者们——苏格拉底、孔子、马克思、孔立人、陈延庭，等等，他们影响了无数个从他们的言传身教、存世经典中汲取养分的少年。而对我来说，我曾经的领导，或者说我的恩师，被誉为世界的英雄的星元之父——帕卡莱迪先生，则完完全全改变了我的人生，大到让我主政冰岛，小到提醒我在任何时候，都要把领带系好。今天，在这里动员了全人类之力，聚集了最好的师资和软硬件设施，我相信在不久之后的未来，学院培育的这批孩子，一定会成为人类文明的未来！”

台上台下从沉寂中恢复，见台上的佐夫不再言语，仪式开始以来最激烈的一次掌声轰然响起，久久难以平息。

而就在大家以为开学典礼完美谢幕之时，佐夫的声音再次响起：

“今天呢，额外增设一个环节，想必大家也注意到了，学院中玛雅风格的原始建筑，甚至还有放马的完美牧场，这些并不是为了展示玛雅文明的作用，而是为了欢迎我们远道而来的贵宾，我们在太阳系的友好睦邻——玛雅文明的到来。”

佐夫的话刚刚说完，镜头便转向了另一侧的空中，星元开始后，人们早已见惯不怪的玛雅战马群奔袭而来，领头的最高大的战马之上的魁梧身形率先映入眼帘，紧接着就是现场的直播镜头率先扫到了领头战士的脸部：随意向上生长的头发，赤裸着的身体上的文身，面具下骇人的脸部闪电刺青，以及赤裸着的排列满肌肉的上身有多处各种食肉动物的文身，只是曾经稚气的脸庞已经变成了沉稳和肃穆，正是玛雅文明最年轻的元帅——库洛姆。

看到这个讨厌的家伙的一刻，刚才就担忧着台下情况的尤塔脸色更加不好了，尤其是当他想到这个臭屁的家伙都已经是元帅了，他就越发气不打一处来，想现在就拔出他的激光剑刺向面前的库洛姆，让他的巨斧感到颤抖。

而队形中央九匹战马拉着的轿子里坐着什么人也不言而喻，显然台上的人也没想到这一幕的发生，等到战马在台上停下，轿子中的人走出，还是依旧严肃的神色，快要抵到腰部又黑又直的长发被华贵的金色发簪扎起，身上是一套公元纪元时，东方古代唐朝女皇时期的华贵龙袍，仅仅露出光洁的手臂和脚踝，脚下的鞋子镶嵌满珠宝，与生俱来的高贵又增添了成熟和华美。看得出张振国曾经灌输给她的中式文化对她的影响，现今玛雅文明政教合一的唯一女皇——乌藤女王露出真容，台下再次爆发热烈的掌声以作欢迎。

乌藤的眼神从一直盯着的库洛姆身上移开，先是和佐夫点头示意，然后又看向张振国微笑，再同姜来、尤塔等这些老相识一一以眼神问好，接着说道：“玛雅文明是重新溯源的文明，在我们亲手毁掉自己的科技之后，一度在整个社会文明、科技文明中迷失了，在地球文明的帮助下，我们一起取得了人机战争，于我们而言政教战争的胜利。两个文明得以拥有独立的主权，去发展各自的文明，而作为科技处于领先位置的地球文明，也给了玛雅许多帮助和促进。我也很感谢能有这样的机会，让玛雅文明的学生作为首批留学生来到地球联合国首席皇家学院学习，相信这会促进我们共同的进步和深化两个文明之间的合作!”

乌藤女王刚一说完，眼睛就又不自觉瞟向身旁的库洛姆，可依旧让她失望的是，库洛姆的眼睛从刚才到现在就一直死死盯着那个眼睛一直盯着姜来的菲儿。他不是没感受到乌藤女王的注视和尤塔的战意，但他的直觉告诉他，现在没必要理这两个家伙。

佐夫接着乌藤的话说道：“没错，玛雅文明和地球文明同根同源。历史上，和未来，我们都会是永远的合作伙伴和友好睦邻。”他又明显加重了语气说道：“我们对于玛雅文明的帮扶也会长期存在。而我相信，随着星际探索的进一步发展，在太阳系以外的广阔宇宙，我们还有机会将更多文明邀请来我们的首席皇家学院学习和访问，地球文明将在全宇宙承担更重要的历史使命感和责任!”

而随着玛雅留学生的入住，佐夫的最后致辞，这一场永载史册的开学典礼也终于告一段落，其持续时间之长、规模之大，史上未有可以比拟。而台上老朋友相聚，台下瞻仰英雄的激动情绪却久久难以平静。当然也不是所有人都是如此，比如站在教师队伍中的毕尔德终于可以大大伸个懒腰，点燃剩了半截的雪茄，无视眼含热泪呆立在原地的同僚大块头休斯，嘴里嘟囔道：“唉，终于整完了，形式主义一点也不美。”说完，他还不忘拽着发呆的休斯就走，休斯的情绪还难以平复，也就这样任由他拽着离去。

当然还有更加离谱的，人群中那个不起眼的士兵，这么多年过去了，肩章上的军衔依旧还没变动过，不变的还有他眼角出奇具有辨识度，和本人毫无存在感的形象完全不符的黑痣，这个家伙甚至还没等到佐夫出场就已经神不知鬼不觉地擅离职守了。

历史一直有太多的偶然和必然，不是吗？

第十三章 / 废土

我，常常在静谧的月光下，独自叹息、啜泣、满怀难言的忧伤；突然间，我的灵魂感到一阵幸福的战栗，有股圣洁的、充满活力的新生命流到了我心上；我的眼睛看到了一个崭新的世界，透过那蓝色的夜空，有颗期待的星，从远处向我投来喜悦和明亮的光。

——［俄］柴可夫斯基

新生入学，总要伴随着欢笑和哭泣。事实上，欢笑可能是源自悲伤的强颜欢笑，哭泣也可能是源自欢笑的喜极而泣，而上一秒还在笑着的人们，可能下一秒就迎来悲伤，比如台下一对体面的父母，我想这么说不太体面的是，台下确实都算得上体面的人。这对父母刚刚脸上还笑得灿烂，为背着行囊即将入住学院的孩子加油打气，可以看出那份属于孩子的美好憧憬和父母的期待，甚至还能在这对父母脸上看到一丝如释重负的洒脱，想来这孩子在家里时也是没少淘气。所以当他兴高采烈回头奔向校园的时候，他看不到父母眼中含着的热泪早已抑制不住，母亲更是拿手遮住了面庞，扭过头去不忍看到孩子的离去。当然上一秒还悲伤着的人们，下一秒同样可能喜笑颜开。又比如刚刚哭泣着的小孩，在奔向校园的时候，看到了路上那个眼睛如星空般璀璨的女孩时，满脸的愁容早已散去，嘴角也挂上了微笑……世界上的此时此刻，有太多人了，我们不知道每个人是如何想的，窥探别人的内心往往不会如意，但我们能看到的是有关于希望、有关于离别、有关于摆在脸上的东西。人流涌动中，花白头发的老小孩们还在为一些无聊的琐事争论不休，人到中年曾经鲜衣怒马的少年们此时各怀心事，早已不再是年少时的纯粹，站在空岛上新的少年们仰望星空，也憧憬着自己的未来像那些人曾经一样，眼角带着黑痣的人依旧在一眨眼一个坏心思地小偷小摸。

这样的氛围很快被打破了，在本届新生中最受关注的安德森家族的两名小孩艾塔和艾琳前往学生宿舍之后，两个女人分别气势汹汹地来找自己的男人了。

“臭小子，你竟然又敢欺负我宝贝儿媳和孙子孙女？”安德森把尤塔喊到一边，拿出尤塔擅自违抗军令时一样的态度训话。

尤塔此时显然是满脸的不悦：“我哪里有啊，安德森元帅？”

“哼，你自己跑到这里风光来了，从你结婚到现在，你多久不在家？老婆孩子丢一边，你自己在外快活，你这样我怎么和你佩鲁叔叔交代？咱们安德森一家就是这么对他的独女的？”安德森义正词严地说道。

尤塔更加不悦了：“我是个军人，我有我的事情要做，这您最清楚不过了，不要求自己您反倒是要求起我来了，我看倒不是佩鲁叔叔有意见吧，您什么时候害怕过和听从过佩鲁叔叔的意见？是不是你的阿丽塔大人又发话了？”

安德森听到这话，身上早已隐去的凛气渐起，严肃地说道：“你知道你在和谁说话吗？尤塔中将？你在质疑我的权威吗？无论是在军中，还是在……”

“安德森！老东西你说什么呢？你这个态度是在跟谁说话？怎么了？你在家里怎么了？回到家就是这么欺负老婆孩子的？”头发也早已花白的阿丽塔出现在父子二人的身后，打断了他们的对话。如今的阿丽塔已经和中年时那副隐忍克制的贤妻良母形象完全不同了，男人和女人都是这样，越上年纪就越倒着往回活了，越发的不理智和任性，脾气也是各有各的古怪，很少有人在年老之后还可以维持始终如一的平静心态。承受着“贤妻良母”的压力始终被压抑在安德森家族中的阿丽塔，如今已经卸去了所有负担和压力，此时的她正是颐养天年的时候，近些年来也是越发地让整个安德森家族的男人头疼不已。

安德森已经没空搭理尤塔了，他现在正闷闷不乐低着头，任由阿丽塔发泄着情绪，心里满是牢骚：早知道早点溜了，今天好不容易有个合适的理由从家里出来，没想到还是没能躲过去，唉。

而尤塔并没有因为母亲的出头而感到轻松，相反他感到了更大的压力和不悦。此刻的他正被同时出现在对面的凯特琳直勾勾地盯着，凯特琳一句话都没有说，静静地等待着尤塔，就像结婚的头两年、年轻之时、孩提时期，从认识尤塔以来就一直在做的事情，静静地等待着陪伴着面前的这个男人。她知道，这是怎样一个从没有把她放在心里多重要的位置上的男人，她深爱着的男人。这样的动作、神态和表情，尤塔太熟悉了，他清楚地知道，此时的凯特琳心中的情绪，包括表现出来的想法，曾经她的眼睛里只有憧憬和欣赏，而现在尤塔明显感受到了经年累月的那一抹哀怨和劳累。尤塔下意识感到有些心疼，但又发自内心地不耐烦和不太理解：以前明明是那样的，现在为什么又变成这样？为什么要制造曾经没有的烦恼和矛盾呢？

尤塔也没有说什么，遥控来跟着自己多年，翻新改造了许多次的“雷神号”老伙计，也是他俩爱情的见证者，走进驾驶舱，而凯特琳也一言不发跟着他走了进去。这一幕像极了曾经的二人，但又完全不同，这一幕也像极了曾经的安德森和阿丽塔，但又有些不同，可能他们都知道原因，只不过不愿意面对罢了。安德森对阿丽塔的偏爱，是显而易见的，两个人在爱情上是阿丽塔处于绝对优势的位置，而尤塔比起安德森，更加专注于自身的提高，专注于战场，专注于军事，他生来就像注定要成为军事界的苦行僧，家庭背景带给了他更早和更大的压力，他的心里很难再装得下多少有关于爱情、有关于家庭的东西了。

“雷神号”滑过云霄，今天机尾留给星空的痕迹，是忧伤的。

院长的办公室在综合教学楼的顶楼，最接近自由女神像的地方，但科技发展至今，尤其是核磁技术的广泛使用，这点路程也只是转瞬即至的距离。

肯特并没有坐在院长的座位上，而是以军姿站立在座位的稍后方，此刻院长的座位上正坐着学院和国家的最高领导人——佐夫。他的手中拿着一份全体学生的花名册，花名册是由虚拟投屏技术制作而成的，佐夫点到任何一个人的名字，其个人详细资料、家庭背景和推荐方式就会全部显现，通过过滤搜索方式，也可以直接选定自己想要了解的具体范围，非常方便。而佐夫的对面站着的是来做说明和简单述职工作的地面层总统——陶白。

“陶白，这次的名单没什么遗漏的吧？提供给地面的机会，一定要好好进行选拔，本来地面和空岛确实存在着一些差距，我们这样也是为了更好照顾到地面层的利益。”佐夫一边浏览着名单，一边对陶白说道。

陶白还是满脸堆笑，但态度倒是十分拘谨和严肃：“大总督，我们已经组织了好几轮选拔，层层筛选，不管是街边流浪的小孩，还是地面所谓上层的后代，我们都是一视同仁的，并且特地照顾到一些没落贵族，甚至还对人数较少的发展慢的区域进行优待和放宽标准，这点您大可以放心。只是相较于地面众多的人口，您也知道，两倍的名额实际上还是太少了点，很难照顾到所有人，也请您理解。”说完还瞟了旁边的肯特一眼。

听到关于名额的时候，佐夫微微顿首，抬眼看向陶白，等陶白说完，接着说道：“我们也知道你的难处，其他工作方面还有什么问题吗？”

陶白赶忙接话道：“大总督，一切正常。”

佐夫点点头回道：“陶白，你就没有考虑过什么时候过来空岛吗？你在下面做的事情，我都看得到，你早就拥有这样的资格了，为什么要一而再再而三地拒绝呢?”

陶白还是很从容地笑着说道:“大总督抬爱了，陶某人的实力自己知道。同批的战友们，早都是将军衔，有赫赫军功了，这些人留在空岛大家心服口服，对下一轮大的星际探索也只有好处。我不是打仗的料，从部队离开，也没读会多少书，来到地面层工作，一直到现在，对地面层早有了很深的感情，不是那么容易割舍的。刚才您也看到了，我这样也会有人不服，这样的机会还是留给科技军事领域，包括文化经济方面的人才吧，陶某的工作谁做都是可以的，还不如我接着做下去。”

佐夫听完不置可否地说道:“嗯，你既然有自己的想法，我也就不强求了。但你也要小心，我你是知道的，如若工作出了什么问题，也莫要怪我不顾及情面。你赶紧回去吧，地面的大堆工作还需要你。”

陶白听完郑重点头，接着说道:“是，大总督。”然后，他转身朝着门外走去。

“陶白，这名单当真没有问题?”陶白走了几步，佐夫严厉的声音突然传来，面对这样的一声质问，陶白身体一哆嗦，停下了脚步，不敢说话，重重点头。

佐夫见到陶白的样子，也没有再接着说下去了。陶白见佐夫没有下一步指示，赶忙加快脚步离开了房间，刚一合上房门，就掏出衣服口袋中的纸巾擦了擦额头的汗水，喘了口粗气，眼神明灭，不知道在想些什么，赶紧迈步离开了。

院长办公室里的肯特见到陶白出去，小声耳语道:“大总督，也不知道该说不该说，之前陶白找过我，希望我帮他隐瞒那件事，您应当也注意到了。”

佐夫饶有兴致地看向肯特：“哦？那你为什么不帮他隐瞒呢？他也算姜来、尤塔那批人里你的得意门生了吧？”

肯特若有所思地回答道：“大总督，我总感觉陶白自星元战争后，似乎是心境上出了问题，紧接着无故退出军队，回去家乡的部门工作。总感觉他和以前不同了，大抵是我的错觉，我觉得这件事不太合适瞒着您。”

佐夫听完，眉头微微皱起，气势逼人地说：“那你的意思是，如果陶白不是这样的话，这件事你就帮他瞒着我了？”

肯特没等佐夫说完，立马回敬了一个军礼，严肃说道：“当然不是。我现在是您的直属下属，服从命令是军人的天职，无论如何这种事我都会报告给您的！”

佐夫眉头舒缓了不少，紧接着说道：“别那么严肃嘛，肯特，安德森老元帅的兵，我是了解的。你们当时的故事，都已经被写成多个版本，翻拍出好几部了。我又怎会不了解你，也正是了解，我才把这样重要的任务交给你。你放松一点，在办公室里不需要站军姿，你现在的身份是执行院长。”

肯特听话地把双手放松下来，接着问道：“那大总督……”

佐夫打断了他的话：“不用喊我大总督，叫我院长就可以了。”

肯特接着说道：“是，大总……”察觉到佐夫的眼神，他又马上改口道：“那院长，您既然都知道了陶白私自把本该属于贫民窟的名额全部分给了地面高层，为什么不跟他点明呢？还要装作不知道这件事情。这不是您的行事风格啊，属下感到很困惑。”

佐夫冷笑道：“哼，什么是行事风格？对于地面的事情，我一向是不愿意去过问的，本也是没通过我的决定，这样的事情既然不想让我知道，那我不知道就好了。这种程度的事情无伤大雅，倒没必要特地来说，反倒耽误了手头更重要的事情。”

肯特不解地继续问道：“可是这个样子，久而久之，或者就现在，据我所知，贫民窟近年来的意见越来越大，和地面层的隔阂也越来越深，他们逐渐开始培养自己的势力和民间武装，同地面层相持对抗了，长此以往下去的话，我害怕……”

佐夫再次打断了肯特的话，说道：“那些处在那个位置上的人民，有意见是必然的事情，但这个矛盾是和地面的矛盾，从来不是和空岛，不是和联合国。一旦问题难以解决，我们正好换掉这个心思不明的陶白。好了，我要回去处理其他事情，学院的事情也就先交给你了，肯特。”说完，他便丢下了手中的名册，离开房间，带着私人护卫队驾驶舰队离开了学院。

留在房间内的肯特独自愣神，眼睛里闪过了一丝不易察觉的怜悯与同情，也不知道这个情绪的主体到底是为了谁。

整个呈黑灰色调的大地上，各种各样的废弃零件，被淘汰的机械遍地都是，纵横交错的污水河穿过这片灰黑色的地面，这些河流的源头是几年前在这片区域中心挖出来的巨型“人工湖”，但其湖水则是完全由空岛排出的废水填灌，近几年随着废水排放的增多，也自发生成了河道，形成废水河。事实上河边和湖边并非是一片荒芜，毕竟也是水源，还是滋生着一些生物，一条条的河流之间偶尔可见到没有叶子的枯树，还有随意生长的杂草密布在四周。

这里就是近年来被整个空岛和地面层开始遗忘或者遗弃的贫民窟，和空岛科技加持下的奢侈与复古，以及开学典礼上的盛大和欢庆形成了鲜明的对比，这里是死寂而哀默的。事实上，得到什么就得付出什么的道理在哪里都一样，想要得到的越多，失去的往往也越多，虽然清洁可再生能源早在公元末期就成了科研开发的导向，各国政府都在做这样的积极导向，但是同世界大战的压力、军备竞赛、对未知宇宙的恐惧和积极探索相比，对自然能源的保护依旧被渐渐排除在主流的政治主张之外，国家政权以及实力的多极化隐患导致了每个国家都居安思危，暗自较劲，并没有真正意义上的小国。而同一时代，可再生的清洁能源所能提供的武器强度和能量大小要远远小于重污染的能源，所以在最高精尖的材料选取上，往往并不会把环保放在第一高度，甚至会为了最佳的效能而牺牲掉环保，所以这里贫民窟所负担着的并不只是公元时期淘汰下来的高污染的机械废品，还有这个时代不断淘汰下来的那批很难自然降解和毁灭的高精尖材料。同样废水中也包含了许多对人体有害的有毒物质，集中存放的决定还没过去一年，这里就变成了不穿戴防护服就无法生存的环境，到处都是可吸入的有毒气体，水源也完全无法饮用，而地面层采取的方式则是，取得空岛先进科研技术的帮助，利用自己扎实的生产力，将贫民窟外侧用和地球联合国首席皇家学院展柜所用的材质一样的玻璃材质，完全将贫民窟隔离出来，内部生态完全任由其发展，自由演化，自给自足。而他们同时以“人道主义关心和关怀”的名义取消了所有贫民窟已受“污染”的居民“劳动的义务”，让他们从各自的岗位上完全下岗，然后耗费巨额财力、物力、人力，在最短的时间生产了足够储备量的防护服，这种防护服完全与航空军团的作战服用料一致，轻薄透气宛若皮肤，完全不会限制行动和影响生活，但如果要在这样的环境中生存，则注定了他们不能脱下防护服。而地面也会定期分发给每个贫民窟的居民远远多于需求的食物、生活用品，甚至还有一定量的奢侈品。

这一切听上去是如此的合理，但事实上，很容易让人忽略的一点，就是如此美好的生活，为什么还会产生压抑呢？生活在这样一个几乎暗无天日的环境中，但却能享受着完全不劳而获的富足生活，所以一开始，还是有很多人甚至以在这样的地方为荣，对地面层的英明决策感恩戴德。但时间一长，人们就发现了问题的所在：得到了就必须要有所失去，他们失去了或者说被剥夺了劳动的义务，先不说从个人的角度，从群体角度上，就已经同时失去了竞争的权利，在这样的地方，是没有任何晋升的渠道的，因为贫民窟没有任何的产业、成果和输出，有的只是所有人几乎同等多的消耗，大家都什么也没做，又怎么能选出来什么人才呢？当然这样的生活，同样有不少人选择了顺从。有一个比较著名的居民叫作奥罗摩，他甚至因为在这样完全不需要劳动的日子里，终日躺在床上，沉迷于最新的游戏和影视，完全丧失了行动能力，依靠着先进的自动化机械来进食和生活，他的排泄物甚至就直接在自己房间内进行快速降解，再以气体的形式返回到自然，由于有先进防护服的保护，奥罗摩索性也毫不在乎这些了，完完全全成了一个只有意识还在流动的植物人。

但所有人都如同奥罗摩一样吗？显然不是的，丧失了晋升机会，对于绝大多数的贫民窟居民来说是沉重的打击，他们有美好的青春年华，但是终其一生却只能在这样一个压抑的环境中生活，有很多年轻人，他们也期待着明月清风、鸟语虫鸣，而一些年老的有思想的老人，也期待着闻到故乡的花香。但从政策施行的那一刻起，他们就失去了这样的权利和机会。而这才是亲自制定了政策的地面层总统陶白的真正用意，就像上学的时候他回答问题偷瞄课本时的机灵劲儿一样，他有着和憨厚样貌不符的聪明脑袋和敏感的心，这是无比可怕的，一旦他拿来想一些坏点子，也是密不透风的压制感。

起初贫民窟居民的资格是要定期更换的，但事实上，自从他们出于各种原因被“关”进去之后，陶白再没有给出任何一个更换的由头，起初是工作不便，后来直接开始了后续的政策，很多人也从一开始并不想要离开这个自给自足的地方，等到环境不断恶化，以及后续陶白对地面局势的逐渐掌控和一手遮天，他们才明白，自己被这个恶心的家伙欺骗了。空岛对于每个地方都有固定的指标，同样地面层也不愿意宽敞富足的空间被这些贫民挤占，所以贫民窟必须一直有固定的名额，一旦有人死亡或者离开，就需要新的人进去填补指标，所以陶白巴不得他们都像奥罗摩一样，完全丧失了斗志和希望，安心待在这里繁衍后代，之后的子孙继续继承他们的身份。陶白的做法照顾到了地面层的利益，也让自己的政权更加稳固和牢靠。而只要他在位一天，想必贫民窟就难以逃脱现在的政策和环境。

当然，只要有人在的地方，就会有希望。

贫民窟的进步人士们，还未泯灭掉斗志的人们在看清局势之后，也开始了激烈而克制的反抗。他们知道，作为极少数人，和地面的对抗完全是以卵击石，但是他们从未停止过自己的准备和努力。他们不甘心现在的处境：就像被圈养在围栏之内的家禽一样，苟延残喘在地面层的喂养之下，生死和未来全在主人的悲喜之间。这是多么讽刺的一件事情，在科技高度发达的星元时期，他们却好像回到了曾经的主权解放运动之前的层级，这对于无数受过教育的这代人来说简直是无法承受的侮辱。

时代造就英雄，英雄点亮了时代，在这样一个近乎绝望的处境之中，那个人终于出现了。被贫民窟的居民们称作“净”的人出现了，他以身着黑色斗篷，戴着兜帽和面具的形象出现，他奔走在贫民窟各地，以慷慨激昂的演讲激励着身处绝望之中的人们，组织大家重燃信心。他们开始对贫民窟内的环境进行改造，这里不乏具有丰富知识的人，他们是因为各种原因被困于此的。首先是新建学校，对还未成年的、未受过教育的、在这里出生的人们进行教育，重新对废弃品进行回收和再利用，甚至这里还有很多精通当代科技的不知名科学家、工程师等。很快地，他们研发出了能在这样恶劣环境中不受污染、生长快速无毒害的食物，并在其成熟的时候将之迅速保存到自己研发的保鲜盒之中。这些关于基因工程方面的伟大创造让人感到惊奇，这些并不是多么艰难的技术，只是在公元末期的“黎明共识”之后，历经的所有政府，直到现在仍旧明令禁止着对基因工程以及人工智能的研究，换句话说，如果有一个这样可以研究的环境，人类早可以诞生出无数伟大的基因工程学家，因为在这个领域，已经暂停和空白许久了。因为空岛的视而不见和地面的放任，使得这里成了基因工程研究的最佳土壤，而恶劣的环境也反而为基因的进化提供了最好的温床。贫民窟的人们搜集被淘汰的废料搭建模拟各种极端环境的实验室，总之，在净的带领下，整个贫民窟的氛围完全不同了，主要是即使在这样灰暗的环境中，希望依旧被带回了，人们再次相信光，相信希望，相信未来。

贫民窟的进步居民们团结在净的身边，成立了新的统一领导行动的组织。随着实际成果和生活氛围的重新塑造，像奥罗摩这样的人在这里几乎已经完全不存在了，几乎所有的居民都加入了这个代表着希望的组织，这里的居民们团结一心，所有人凝聚在一起。从这一刻起，贫民窟成了历史，这里有了新的名字，诞生在此的组织连同这片土地被称为“废土”。废土很快就完全脱离了地面的掌控，而净也被尊称为废土之主。但为了空岛的指标，地面仍旧不得不继续提供不变的必要食物和生活用品，以及防护服的支持。空岛、地面、废土三者之间形成了微妙的默契，明面上为从属关系，实际上又各自为政，但没人愿意揭穿和打破这样的平衡，因为大家彼此需要，空岛需要地面的人力支持与废土的后备资源承载。而后者又畏惧于前者军事战斗力上的绝对领先。

在辽阔无边的废土之上，传来“嗒嗒”的脚步声，看上去破败无比的钢铁怪物出现了，拖曳着巨大的身躯，发出剧烈的轰鸣，不断前进着。一只，两只，三只……数不清的巨兽出现了，它们像极了公元时期电影中“变形金刚”的形象，只是看上去无比的破烂，因为它们都是由那些被遗弃的材料组装而成的，但是没人会怀疑它们的坚固性、科技性和战斗力，因为这些材料都是当今最强的科技都处理不了的材质，一些动力系统甚至是完整保留了下来，只是因为有些旧了就被空岛遗弃了。

不少成年人手中捧着各式各样的书籍，这些是废土的文学家、戏剧家们的伟大创作。诗歌、散文、戏剧、小说，大都是以废土为主题，这也是它们在这里最为畅销的秘诀，人们都喜欢看这样基于自己生存现实的作品，而组织的领导者们更是鼓励这样的创作。

而小孩们围坐在一起观看的影像，则完全没有任何的限制。在这里，有一种百废待兴的无序感，人们不需要这些小孩子先懂得礼貌和道德，反而希望他们直面自己原始的野性和欲望，妄图以之来激发真正的求生欲，因为他们渴望着、追赶着未来。废土形成了独属于自己无序、重构、荒芜却又自由挥洒的人文。

如果空岛最执着于艺术的首席皇家学院艺术系系主任毕尔德在这里的话，一定会大为惊讶，可惜在他出狱之前，废土的核心地貌就被内部完全封闭了，外界是完全看不到其内部真实情况的，只能窥探到其外侧与地面相交接的部分空间，不然他一定会为之惊叹，为这样伟大的创造而惊叹。若说空岛整体的建筑风格是以最新的科技对公元时期古老的文化做了复原和重塑的集大成；那么地面则是保留了公元与星元交接的时代的特点，科技感十足的建筑以及简约精致的设计还有传统文物的保留的杂糅；而废土则完完全全是全新的设计理念和“不可能”的各种尝试，是对以往建筑风格和理念的完全突破和创新性的尝试。在废土之上，有完全倒三角形结构，用一个顶点作为支点撑起上部庞然大物的，也有完全镂空字母设计的结构，还有被造成圆球状可以滚动的建筑，利用地球自转的相对原理使得人在建筑内不会感觉到头晕目眩。

如果是一个公正的、不畏生死的历史学家，在见过这个时候的三个圈层，感受到他们各自的人文创新、科技尝试，一定会感叹：空岛稳步推进，地面停滞不前，废土反而在做最具创新精神的事情，他们在开辟和塑造着这个时代独特的文化，好像废土才代表着星元时代该有的截然不同的面貌。从某种意义上来说，实力最弱的废土似乎成了时代最先进的所在。

……

废土。

小屋是用一些坚固的废弃金属块随意搭建的，虽然看上去破旧，但是足以防风防寒，谈不上多么舒适，显得狭小而憋屈，屋内各种生活杂物堆积在一起，拥挤不堪。一盏废土气息浓厚的组装灯是屋内唯一的光源。

屋子距离废土中心的人工湖很近，一些角落散发着污臭味道，苍蝇乱飞，蚊子乱叫，蛆虫到处乱爬，整体上散发着污浊的气息。一出门就是一个废旧品堆放处，诸多的废品堆在一起。一个十多岁的男孩缓缓睁开眼睛，瞳孔在不断变化，似乎紧缩着失去了光芒，但似乎在下一秒，又会重新绽放无尽的光芒。和现在的废土居民喜欢穿着在身的机甲风不同，他依旧穿得破破烂烂的，薄薄的衣物在灯光的照耀下，后背的白色百合花文身清晰可见。

几年前，这个少年被净和几个组织的人亲手从死亡边缘救了回来，净也给他分配了较好的住处，但他拒绝了好意，自己执意搬到了环境最差的地方，说要永远提醒自己所遭受的耻辱，这样的环境对于一个小孩来说意味着什么，大家都知道，而他就这样默默承受了数年之久。

望着外面，小男孩闭上眼睛，又睁开眼睛，在想些什么不得而知。事实上，在废土政权成立之后，废土居民就不再完全失去了离开这里的权利，利益总是催动着规则产生漏洞。陶白所代表的决策层，显然难以层层把关到每一个地方和细节。事实上，由于废土对废弃材料的重新回收和利用技术的成熟和发展，这样物美价廉又各具特色的小物件，逐渐在地面市场，尤其是黑市等法外之地，占据了巨大的市场，而一些资本家、官员，为了赚取暴利，经常会从废土走私这些产品，在地面黑市之类的市场完成售卖，从中赚取丰厚的利益和差价，而他们能带给废土的等价交换，就是会通过修改户籍、偶尔的“疏漏”产生黑户和实现人员的偷渡。而废土政权也需要这部分人穿梭在两个圈层之中来打探情报。或者出于别的目的，又或者被压抑久了，着急想展现自己不甘于堕落的伟大创造和结晶，废土政权对于这种事情也一直持积极的态度。废土和地面之间就这样被撕裂开了一个黑漆漆的洞，洞口黑暗幽深，看不到尽头，又好似恶魔的嘴巴可以将一切吞噬。

小男孩不甘心居于废土，他从小就对外面的世界充满了向往，差点丢掉了性命，而从阎王殿走了一遭之后，他更加期待外面的世界了。那个眼睛里有星辰大海的女孩，那些肆意讥笑的男孩，还有这个不公的世界，使他下定决心要站在他们面前，大声地讲话。所以他很早就开始跟随着大人们参与废旧品重新整理回收和再造，学习到了丰富的机械改装知识，也锻炼了矫健的体格和身手，以及与生俱来的坚韧意志力。很多堆积的角落需要非常矮小的身材才能进去，这一点上他占据了优势，他希冀着通过这样的积累，可以出售大量的产品来换取离开废土的机会。

而今天，当他在房间里整理屋子的时候，房门在没人敲响的情况下打开了，他又见到了那个拯救他生命的人——净。小男孩难言内心的激动，似乎有说不完的话要倾诉，但净先开口了："我这次来，没有太多时间，旁边和上面对我的动态越来越关注了，我这里有一个任务，也是一个机会给你，这个任务会非常……"

"我愿意。"没等净说完，小男孩就打断了他的话。

这一刻，灯光摇曳，这个总是目光空洞无神的小男孩眼里迸发出了前所未有坚定而热烈的光芒。

第十四章 / 选与择

如果我捉不住他，留不住他，我会让他飞。因为他有自己的翅膀，有选择属于自己的天空的权利。

——［日］村上春树

地球联合国首席皇家学院众所周知聚集了这个星球上各个领域最杰出的人才，这是他们最伟大的共同点，他们在各自的领域都是真正意义上的代言人。而执行院长肯特就如同开学典礼上佐夫所言，认真负责，对工作充满执着和热爱，是一个真正的军人。但是他以及他带领下的老师们，显然也都有另一个相同的地方，那就是他们都不能算得上老师，并且这对于很多人来说，也是他们人生中第一次担任老师的身份，承担这样的职责，而他们遇到了人生中第一次担当学生身份的孩子们。

不管有没有一帆风顺的设想，问题很快在刚开学后便出现在了学院之中，各界政要家庭出身的孩子们，从小到大都是娇生惯养，莫说人情世故，就算是很多基本的生活常识都不太懂，而这些远远不是有学问就可以忽略的，反而是在具有学问之前就应当修行学习的。这样的问题佐夫和带领的高层并非没有想到，他们设定了专业的心理系，关注学生们的成长，但是心理系的老师们大都是行业里成就高、资历老的存在，面对这帮乳臭未干的小屁孩，他们显得措手不及，这些小孩没一个天资愚笨的，相反都是个顶个的小人精，对于学院的管教和底线有着深刻的了解，也最大化地谋取着自己想要的东西。他们刚出生就从各自的家族、家庭里汲取和培养了属于自己的坚定的三观体系。能改变这种人的必定不只是在学问层面、做人方面拥有丰富的经验和教导人的能力，这些能力专业人士不一定可以很好地具备。还有一个根本无法解决的问题，同样是得益于首席皇家学院精挑细选的严格准入制度，即使学院的老师已经是各界精英，但是几乎绝大多数小孩的家庭背景都要在老师之上，可以说，这是一所顶着最好公立学院名头的贵族学院，这不但在意识中，实际上也给老师们的管理造成了巨大的问题。学院正式开学不到半年的时间，问题就完全暴露了出来：迟到、早退、旷课，甚至当众不尊重老师。所谓的校规校纪在这群孩子眼中完全变成了笑话。

该怎么办呢？这个问题是所有老师起初都头疼并且讨论的事情，如果对小孩子们严加管教，一旦闹出什么来，他们背后的势力不计较还好，但倘若计较的话也不是这些老师可以解决的问题。比如现任军事保卫系的系主任休斯，即使在上课时见到那个自己护卫了差不多一辈子、无比尊崇的安德森元帅的宝贝大孙子，还是会偶尔忍不住喊声少爷，这又怎么能对学生进行严加管教！安德森元帅有多么疼爱这个浑小子他是最了解不过的，甚至他的衣食起居在军队的时候都是由他照顾的。严格来说，就算是肯特院长来了，喊声艾塔少爷也并不为过，甚至就算是没有这些考量，休斯也不认为自己有什么东西可以或者说有资格教艾塔。不要开玩笑了，看一看他的父亲和爷爷，如果他们的基因和教育都无法教他成才的话，那自己又哪有这样的自信呢？本来应当最为严苛的军事系旗下的分系系主任尚且如此，就更别提那些笔杆子出身的老师了。即使艾塔入学的时候仅有十四五岁的年龄，但已经可以在单兵战斗上把那些从精英部队调来的格斗助教打得满地找牙了。事实上，如果对比同龄的安德森和尤塔，现在的艾塔完全算得上荒废天赋和懒惰了，但是惊人的天赋是那样的耀眼夺目，他对于各种器械，无论是冷兵器，还是热武器，只要知道原理，拿到手上，就有来自血液里的感觉，这种感觉让他几乎完美避开了新手会出现的那些习惯性错误，找到最舒服最合适的战斗习惯，而天生的运动神经、敏感度、战斗触觉，这些是不需要所谓的刻苦训练的，与生俱来的东西，所以即使没有天生神力和后期锻炼获得的力量，他依旧可以依靠这些技巧和嗅觉上的优势，把所有的战斗对手耍得团团转，轻描淡写地赢下战斗。老实说，这些老师见到艾塔，都害怕被他暴揍一顿，这个小家伙的脾气可是出了名的不好，这哪里还有什么教师权威可言呢？

肯特院长确实是一个非常认真负责的人，从这点看，佐夫并没有选错人。肯特也不是没有想过办法，比如硬着头皮去找那个他冲撞了两句便直接把他从太空“踢”回了地球的安德森元帅，当然肯特也知道，这是安德森对他的培养和教育，甚至他在部队的前程，所有人也都知道和安德森元帅有多么密切的关系。但是当他鼓起勇气找到安德森隐晦谈及艾塔的问题之时，安德森先跟他讲了尤塔对于艾塔的忽视，以及自己对艾塔的欣赏和疼爱，在他的口中，那个不断刷新着自己纪录的儿子似乎是个废物，而这个小捣蛋鬼艾塔却成了家门荣耀。肯特稍微提了两句艾塔不好的行为，安德森身上的凛气马上袭来，“好言相劝”肯特，自己作为爷爷，不关心小孩的教育，那应当是尤塔夫妇考虑的事情，他只管自己的孙儿生活开心，受不得他人的欺负。肯特也自然没敢再多说什么了，他知道说什么也没有用了。

肯特院长确实也不是轻言放弃的人，肯特在安德森处受挫之后，马上就想亲自去找那两个自己曾经带过一段时间，亦生亦友的夫妻俩，但是尤塔似乎还是老样子，一门心思放在自己的提高、军队的训练、前线的探索上，几乎很少回地球。而家中留着的是需要定期接孩子们放假回家的凯特琳，她早些年间就从部队慢慢隐居二线了，大家都知道她现在的心思都放在自己的两个宝贝孩子身上，但是世人好像都想错了，因为肯特来到家里的时候，并没有看出凯特琳多么上心孩子的事，她闷闷不乐的，一眼就可以看出压抑的脾气，一开口就是对尤塔常年不归家，对于她、孩子、家庭不管不顾的作风，源源不断地数落。肯特自然也不愿意在这个时候说些什么自讨没趣，而这家人的状态出奇地稳定在这个局面，应了那句暴风雨前的宁静的古话，这件事也就彻底搁置下来了。

一定有人会问，那其他学生呢？又不是每个人都像艾塔这样“能打”。

这里聚集了古老的英国皇室后代，最次也是有世袭爵位的家庭，历届M国总统的后代，最少也是总统府的常务客座。肯特为首的学院教学层不是没有想过依靠“真正的院长”——大总督佐夫来解决问题，但是实际上，繁多的政务使肯特能找到佐夫的时候少之又少，等到佐夫知道情况要去解决的时候，看着这些问题少年的名单，也犯了头疼。虽然佐夫在联合国拥有着空前的独裁权力，但是上任前也是承诺了这些老牌家族在国家制度之外还是有某些特权的，而佐夫碍于自己的威信，不愿意承认自己一手打造的“联合国的未来”在起步之初就出现了问题，尤其学校才刚刚成立不久。他迅速地做调整反而会驳了“面子”。同样的，佐夫也不愿意向肯特承认即使是自己也不愿意去直接挑明其中的利害关系，去对这些权贵集团进行拨乱反正。新型权贵们拥有足够的权力和势力，事实上整个国家的平稳运行离不开这些人的支持，这与君主制国家有本质上的区别。所以每到这个时候，佐夫都会有各种逃避话题的方式，或者会直接怪罪说是教学上的问题，所幸肯特等人也明白了这种视而不见的用意，佐夫这样处理事情的风格来源于他日益高涨的权力和急需塑造的个人崇拜形象，同样，在历史上，这样的人也必然会为其统治方式付出或是自己或是国家层面的代价，当然这些都是后话了。

一些受了委屈的老师，将这样的情绪发泄到了从地面层来的学生身上，他们往往并没有如同空岛小孩那样显赫的背景，所以在课堂上，在日常生活中，一旦这些学生有什么触犯条例的地方，就会遭到完全不留情面的严惩不贷。但同样没有多长时间，形势又发生了变化。这些校方眼里相对的“软柿子”，难道是真的“软柿子”？他们又岂会对这种不公正待遇逆来顺受？很快在这样的“教育”下，地面层的学生明白了众人拾柴火焰高的道理，成立了自己的小团体，一开始是抱团取暖，后来开始拉帮结派，最终凝聚成了一股校园学生势力，而他们也通过集体的方式，获得了空岛学生自入校以来就天然拥有的，和老师分庭抗礼和无视规矩的权力。他们通过集体的联名书、地面层家长的联合举报和投诉，为自己“赢”得了全新的地位。正值废土势力崛起，不能对废土予以毁灭性打击的地面层本就颇有怨言，在这样的关头，佐夫和地面层一起将压力加诸校方身上，在肯特眼含热泪的一次会议上，学院高举“素质教育”大旗，倡导老师通过开放的课堂模式、自由的管理风格、尊重学生人权的态度进行教学。自此之后，老师们更是完全失去了管教的信心和动力，教学成了放在明面上的任务和例行公事，甚至一些心气高的老师不堪重负，选择辞职离开学院，除去像休斯、毕尔德这样特殊的员工，很多院系的老师都是换了又换，教学乱象丛生，失望至极的肯特倒也乐得轻松，每天一上班，就研究起自己的老本行，开发些稀奇古怪的技术工艺品。当然也有从始至终心态都未曾有过大变化的老师，但目前看来也就只有毕尔德一个人，这个家伙不知是早有准备，还是本就对这些毫无兴趣。对他来说，这里虽然无趣，但总归是比以前那个“牢笼”自由不少，以他引以自傲的聪明才智定然也是能找到些乐子的，而他只要有个地方可以抽他的雪茄，画他的画，拍他的照，偶尔畅聊下自己的艺术就觉得怡然自得了。

除了这些学生，学校就没别的学生了吗？

确实还有最后一批群体，但事实上一开始就没有老师会对这批学生有多大的期望，来自玛雅主星，诞生在玛雅文明的这些留学生，他们天生就具有纯粹身体素质上的绝对优越性，这可是无数次试图“征服太阳”的物种啊！他们的氏族生活、原始习性，整个太阳系应该是无人不知无人不晓了。作为唯一的留学生群体，他们的问题甚至还会涉及太阳系的星际争端，一旦引发两大文明间的矛盾，那可是真正历史的罪人，没有人会去触这个霉头，但不知是这批学生是玛雅文明精挑细选，有特别准备过作为一定程度星际形象大使作用的原因，还是说那个乌藤女王这些年来在玛雅主星上做的一系列“尊儒建礼”的铁腕和刚柔并济的改革起到了实质性效果，这批学生反而没有丝毫的野蛮习性，他们知耻懂礼，遵守规矩，专注在学业和自己的事情上面，既不打压欺负同学，也不破坏校规校纪，反而成了这所早已“名声在外”的联合国首席皇家学院里的一股清流。

学院在这样的构成中，倒也稳定，学生们自己重新建构了自己的制度和体系，重塑了学院的文化，而老师们任由其自由成长和发展，仅做好自己教书的本职工作。这样畸形的教育模式在后来的史书中几乎是达成了共识般的批评，当然这也是后话了。

星元 29 年，地球联合国首席皇家学院在两年“平稳运作”之下，也迎来了自己第三届新生，学院采取的是三年制的教学，所以这次开学也迎来了学生数量的首次高峰。但值得一提的是，明面上是为了照顾之前凡是十三周岁就可以申请入学的规定，学院内出现了许多一年级新生的年龄相同甚至高于三年级老生的情况。这是本就鼓励“天才少年班”诞生的学院在模式上的又一次“积极调整”，但实际上大家都知道是对于学院内“特殊情况”的考量，在肯特院长带领着不堪其辱，不对，不堪重负的老师们反复反映和提请之下，院长佐夫宣布了学院新的结业制度，修改成了“资格制”：任何认为自己达到毕业资格、可以结业的学生，都可以在学期末申请结业考核，只要审查成绩符合标准，就可以提前结业。这个决定正式发布之后，每个学院的老师们都打起了十二分精神，欢呼雀跃，倒不是重拾了教学的信心，而是马上就能送走这批小祖宗了。他们有理由相信，在这个积极的政策发布之后，本届新生入学时的学生数量和规模可以达到前无古人，主要是后无来者的高峰，他们巴不得每个学生都只上一年就提请毕业，让他们免受其害，或者说这样对这些学生来说，也未尝不是更好的选择，现在的联合国首席皇家学院，在这些老师眼里完完全全就是一个统治者不愿纠正的巨大判断失误和错误。这里成了野蛮和罪恶的温床，培养了一大批“让大家对星系未来感到担忧”的人。

而事实上，除了托词政务繁忙，实际上似乎是不愿面对现在学院真实情况的佐夫缺席，这场新生入学仪式上送孩子们来上学的家长阵容，比起两年前的开学典礼也不遑多让。

“小艾塔和小艾琳，要照顾好自己喔，要经常跟爷爷联络知道吗？”谁能想到叱咤风云，部下闻之即恐的传奇元帅安德森，此刻完全就是一个慈眉善目来送宝贝孙子孙女上学的老大爷形象。

“好的，爷爷再见！”艾塔抓着艾琳的胳膊往学院走去，他迫不及待要回去那个他根本就不愿意离开的小天地了，不需要是一个妥帖的英雄孙子和英雄儿子的形象，事实上他自从有意识以来已经被这样的形象和压力压得喘不过气了，每次回到学院他才能完全释放，找到真正的自己。此时，他的眼珠忍不住左右乱瞄，显然在找寻着什么，确定了尤塔正和凯特琳又从眼神到脚无声地战斗着、无暇他顾时，他显得更为开心了。而此刻被弟弟拉着往前走的艾琳有些局促，虽然她确实早了艾塔那么一点点出生成为姐姐，但是她却天生是一个内向、话不多的女生，和张狂、匪气十足的弟弟完全不同，不断有人感慨安德森家的第三代人，性格上要是能稍稍中和一下该有多好。

正如艾塔机灵的小脑袋所料，安德森夫妇身后的尤塔夫妇此时确实是这样的一个状态，事实上凯特琳通过各种方式数次向安德森控诉过尤塔对于自己和家庭的冷漠了，而安德森对老副手佩鲁体贴懂事又听话的女儿自小就喜欢得不得了，一直认为娶到这样的老婆是自己那个不争气的小子尤塔的福分，更何况人家婚后又很快给自己生了两个宝贝孙子孙女，安德森没少因为这个臭骂和教训尤塔。但是事实上他这个儿子从小也没有听过他的话，更何况今天他的“靠山”阿丽塔也在，自己也没法说什么过分的话。索性他便找了托词跟着阿丽塔早早离开了，只能心中祈祷这次儿媳妇能占上风。

“你今天怎么倒是来了？原来你还记得两个孩子上学的事啊？”凯特琳强忍着不悦说。

尤塔也是没好气回道：“去年我在天王星上勘测的时候，错过了送他们开学，你可不是这么说的。”

凯特琳听上去更不开心了：“你还好意思提？我的丈夫，两个孩子的父亲。”

尤塔想起了什么似的突然又开口：“对了，以后我不在，你少娇惯这俩孩子，他们在学校很多事情我都听说了，都传出地球之外了。”

凯特琳积压的怒火彻底被点燃了，几乎是咆哮道：“我娇惯？你既然这么懂教孩子，现在又不打仗，为什么一直不回家？在你眼里我算什么？这个家又算什么呢？”

尤塔压低了点声调说道：“你以前不是这样的，凯特琳。我一直以为你是这个星球上最能理解我的人。你也是个军人，你知道的，作为一名军人，以身作则也好，不断提高也罢，这都是我应该做的事情。”

凯特琳没有丝毫的消气，但更添了几分伤心地说道：“尤塔，我了解你，深爱着你，正因为这样我才会更加感到悲伤。没错，我是一名军人，我和你一起长大，相同的教育，几乎同步的经历。但我现在更是一个女儿，是一个妻子，是一个母亲。年轻的时候我跟着你没能做好一个女儿该做的事情，你现在又要我为了你所谓的职责牺牲，我看那完全就是你偏激的个人追求和喜好。你现在要我牺牲的不是我自己，如果是我自己的话，怎样我都随你，但是我们有一个家庭啊尤塔，你到底爱我吗？爱这个家吗？还是这些对你来说都是可有可无的？我想我已经不知道说什么了。”

说完没等到愣在原地的尤塔回复，凯特琳便独自离开了，一旁的

“雷神号”出奇的安静。

“别发呆了，兄弟。又惹弟妹生气了？”一坨惹眼的肉山在尤塔的背后出现，陶白罕见地出现在了空岛，出现在了这个老战友身后。

尤塔回过神来，苦笑道：“什么弟妹，叫嫂子。你怎么在这儿啊？听说下边事情很多，这两年也不太平吧？”

陶白还是那副满脸堆笑的样子：“嗨，别提了，一群乌合之众罢了，不碍事。不过凯特琳说的也没错，你这人啊太固执了点，太在意军队了。你看，人家姜来都是个搞兼职的，人家一门心思都放在科研上呢，我老陶离开了部队，这不混得也挺好的嘛，你呀这个年龄了，现在又是和平年代，多操心操心自家的事吧。”

尤塔淡漠回道：“你还没说你来干什么的，总不会是专程来看戏数落我的吧？小心我揍你这胖子。”

陶白立马改了口笑着说：“哪敢呀！我这不是来送我儿子陶墨来的嘛。”

尤塔吃惊道：“你儿子？小墨？这小子也来了吗？我怎么不知道。”

陶白笑着说道：“嗨，就是第二年，去年你不在的那次，他来的。看你太忙也没和你打招呼，咱这关系，得叫这俩小孩常来往哈。”

另一个雄厚的中年声音传来：“行了，你俩人这么大了，还尽掺和小孩子的事。尤塔你要不爽，来和我打一架，别有老婆还不知足。”

尤塔看见眼前这个刚亲自护送了新一批玛雅留学生到学院来的彪形大汉，就感到情绪需要彻底地释放，抽出激光剑就冲了上去，眨眼间就刺出一剑，正好被库洛姆扬起来的巨斧挡住：“库洛姆，我看你就是羡慕了，到现在还一个人，当了元帅又如何，还不是个女人的贴身护卫一样，说让干什么就干什么的。”提起库洛姆还单身的事情，尤塔心情好了不少，每次这个时候他都会感受到结婚是一件多么正确和优越的决定，尤其是可以完全把这个老对手比下去的感觉。

库洛姆倒也不生气：“哼，我可是专程过来的。我们玛雅一族的孩子在这星系之间需要谁护送吗？有谁伤得了？有谁敢伤？我就是闲着无聊了，来找你干一架，揍你一顿罢了。”

尤塔更郁闷了，这个粗人心思细腻得很，嘴上他老是占不到便宜，打的话又确实分不出高下，正在这个时候，陶白恰如其分开口了：“哈哈哈，你们俩还是老样子啊。这么多年你俩不管是斗嘴还是打架都没分出过胜负，不然这次也让我老陶有点参与感，咱们哥仨，久别重逢，找个地儿坐着喝两口，想分个胜负的话，咱们比一比酒量如何？”

陶白的提议激起了二人的兴趣，尤塔驾驶着“雷神号”带着陶白，库洛姆骑上自己的战马，奔向空岛最繁华的酒吧，当然一路上少不了一次竞速比赛。一眨眼的工夫，战马和战机几乎同时抵达了酒吧门口，陶白显得轻车熟路，看来每次来空岛都会过来，几人身份特殊，稍作遮挡，进去后要了个单间坐下。

酒吧同样是空岛的整体风格，仿照了公元时期畅想的赛博朋克风，现在看上去虽然经典，但有些许没有新意。霓虹明灭间酒杯里光影闪烁，酒是一种神奇的东西，它能让不相熟的人，不善言谈、不苟言笑的人敞开心扉，更别提三个故交知己。

陶白喝了不少，脸上的赘肉把眼睛挤成了一条缝隙，忍不住开口问道："库洛姆，其实你这趟来，有别的用意吧？"

库洛姆不说话，拿起酒杯一饮而尽。

陶白又咧嘴笑了，接着问道："你其实是来找菲儿的吧？你想见她。"

尤塔抢着说道："别，不可能。这家伙的直觉我清楚得很，他要想找谁，怎么可能会白来一趟找不到？"

库洛姆从沉思中慢慢开口："嗯，其实，你们说的都没错，我确实是来找她的。我的直觉也清楚地告诉了我，我这趟会扑空，但我还是忍不住想要来。这不是一次了，我是说我对她的感情，这么多年想必很多人也都知道的，只有面对她，我才会，并且总是背叛了自己的直觉，做出与之相反的决定。"

陶白听完啧啧一声，说道："人的眼神从不会出卖心灵。"

尤塔似乎有些不解，接着问道："那乌藤呢？这么多年她对你的感情可是人尽皆知的吧，难不成你就完全没感觉？这你怎么对得起……"

库洛姆面无表情地打断了尤塔的话："我自己有判断，见到菲儿第一眼的时候，我的直觉就告诉我：我沦陷了，她不会爱我。而乌藤，说实话，我总是感觉她有些奇怪，她对我很好，但我的直觉总让我有所戒备或者说有所疏远，这种感觉很奇妙，或许她这个人和她的想法跟我们一直以来的看法不尽相同呢？我不敢确定。"

尤塔似乎更困惑了："那……你知道菲儿和姜……"

说到这儿的时候，陶白的脸色明显变了些许，在灯光下半明半暗。

库洛姆则是再次打断了尤塔的话："其实，我都知道，第一次见她的时候，她看着他的眼神，像极了我看着她。不过没关系，能默默守护在她的身后也挺好的……"

……

与此同时，在与空岛最繁华的这家酒吧相隔了两个世界的地方，坐落在废土之上最热闹的酒吧极乐夜，这家酒吧从公元时代的名媛们大都身着旗袍的时候便开业了，经历了几多沉浮，到星元时代的今日改造和重建之后，仍旧是废土最火爆的酒吧。

来这儿的无非两种人，失意的和得意的。

但又都是一种人，揣着秘密来秘密寻找秘密的地方的秘密的秘密的人。

一个头戴兜帽、身披黑斗篷、戴着面具的人正在任谁都不会想到的酒吧内部的地下密室里一个人喝着闷酒。而就在他恍神之间，眼前似乎出现了一个小小的透明光点，他用力擦了擦眼睛，怀疑是自己产生了幻觉，但那颗小光点却被不断地放大，最终从里面凭空走出了一个人。他再次擦了擦眼睛，确保自己没有看错，是的，这应当就是正在改变世界的那个发现——空间跃迁技术。而此刻出现在这里的人是谁，也是可想而知的，现在能将这个技术运用得如此娴熟，甚至无视废土独特环境、内外各种势力的防护网的，只有一个人，这项技术的发明者，当今科研界最如日中天的存在——姜来。

没等男人开口，姜来率先说话了："你好啊，净。"

净的身体微微颤抖，疑惑地问道："你，认识我？"

姜来温柔地说道：“最近，你的名字可并不难听到，而且你不是也认识我吗?”

净似乎想到了什么，语气不由得温和了不少，接着说道：“这就是空间跃迁技术吗？早就听闻了，如今一见，当真是神奇、伟大的发明。”

姜来微微笑着说道：“不算多么伟大的创造，只是把小时候科幻电影里看到的在现实生活中实现了罢了。”

净随即回道：“《银河系漫游指南》里的黄金之心号吗?”

姜来不置可否地说道：“没想到你还挺喜欢历史的，这电影有几百年了吧。”

净有些不忿地说道：“不会真是靠什么不可能性原理吧?”

姜来还是老样子回道：“是，但又不是。有的地方可以说得通，毕竟科学和幻想并没有太大的界限，总是互相作为参考也不一定。”

净：“或许你可以用简单直接好理解的话来说?”

姜来以出奇的耐心说道：“简单来说，组成所有物质最小的单位，物质的起源总是没有尽头的，但这项技术并不需要找到尽头作为支撑，相反，就类似于可能性的概率和不可能性的概率，我本来在空岛的郊外，我相对于世界本身来说，是一个存在，有组成我的最小单位，这是独一无二的。而假如在另一个地方有和我极其相似，甚至完全相同的存在，这个存在只要在比我的最小单位大的情况下是相似或者相同的。我就可以通过毁灭或者短时间完全隐藏我在当前时空层面上的存在，相当于欺骗我所处的空间，我的存在已经消失了，那么当我去想象脑海中关于那个相似存在的时候，那个相似的存在就会替换到我原本所在的空间去代替我的存在，弥补我的存在消失后产生的空缺，因为相似的存在肯定比全新的时代更快融入。而这个时候我的存在重新出现的时候，我就成了当前空间多余的存在，而正好我想象的相似存在所在的空间少了我的相似存在，我就会被空间强制传送到相似存在所在的空间。简单来说，大概就是这个样子。"

净看着姜来，听得有点入神，也不知道听懂了没有，接着说道："那你为什么来到这里?"

姜来沉默了下，把一枚圆形小石头递给了净，接着开口说道："这个给你。我刚才的那趟已经打通了这里和我当时所处的空岛郊外两个空间的空间虫洞，你随时可以用这块石头开启，握着石头想象空间的缝隙，这条通道就会产生。对你来说，这样应该会方便不少。"

净想到了什么似的，接着说道："等等，那也就是说，当第一次去开辟这个通道的时候，很可能会……"

姜来打断了他的话："没错。虽然虫洞通道形成之后，就很少会有什么客观上的意外情况，但如果第一次没能成功的话，就意味着尝试的主体，刚才的话，就是我自己，会永远消失。"

净听完犹豫地问道："你为什么要帮我？你都不好奇我是谁？到底有什么目的吗?"

姜来笑了笑，重新打开了一条新的虫洞通道，一只脚迈进去，接着回头说道："回去的路就熟悉多了，你有什么目的我不关心，但帮你，可能是我欠你的吧。"

说完，他便踏进了通道，随着虫洞逐渐缩小，变成光点闪烁消失，净面具下露出来的眼睛里也有明亮闪烁着。

第十五章 / 人与人类

一个人的价值，应该看他贡献什么，而不应当看他取得什么。

——［美］爱因斯坦

正当地球的一个角落里，空间跃迁技术正在撕裂空间的虫洞，见证着一个又一个历史关键节点的时候，在地球联合国首席皇家学院综合楼的大型公开课教室里，正在进行的是一节科技时政课，台上的赛斯老师正在慷慨激昂讲解的正是关于空间跃迁技术方面的专题课，而这节课面向的正是刚开学不久的这批新生，对他们来说，这是节并不遥远的课程，放在这样的开学必修课的位置，也是寄托着佐夫也好、学院也好对这帮小孩的期许，他们期待着这帮小孩子日后有人可以肩负起变革一个时代、推动人类文明继续向前发展和探索的使命，而对于老师们来说，刚刚入学还未受到“毒害”的这批新生，也总能让他们在这个压抑无比的教学环境之中，找到教学本身的职责和乐趣。

“看到‘量子’这个词，许多人的第一反应就是把它理解成某种粒子，其实不是。量子跟原子、电子根本不能比较大小，因为它的本意是一个数学概念。正如‘6’是一个数字，‘10个人’是一个实物，你问‘6’和‘10个人’哪个大，这让人怎么回答？正确的回答只能是：它们不是同一范畴的概念，无法比较。量子这个数学概念应当是‘离散变化的最小单元’，是微观世界的一个本质特征。而微观世界中的离散变化包括两类：一类是物质组成的离散变化，一类是物理量的离散变化。”赛斯在讲台上慷慨激昂地讲述着，看得出他对于科学的热情。事实上，这节课的具体内容一直都是由专业老师自己决定的，而这么早就接触到涉及当前最新科技的来源和理论前景的课程，并不是所有人都可以上的。至少在这个学院，除了姜来，就只有这个紧跟着姜来的伟大发明与发现脚步，做了一辈子姜来研究发明主题的学术研究的赛斯了，很多人称赛斯为“在科学上比姜来更了解姜来的人”。而这样稍带有私心的安排，可想而知的是，台下的这些小孩子能听懂的、听进去的、愿意去吸收和消化的本就不多，但这丝毫不影响赛斯的热情，这个热情并不是对学生们的，也不是对课堂的，而是对科学本身的。

赛斯接着充满热情地说道：“发现离散变化是微观世界的一个本质特征后，公元20、21世纪的科学家创立了一门准确描述微观世界的物理学理论，就是‘量子力学’。现在你们明白这个名称是怎么来的了吧？它其实是为了强调离散变化在微观世界中的普遍性。量子力学出现后，人们把在此之前被奉为真理的传统牛顿力学称为‘经典力学’。在德国科学家普朗克研究黑体辐射问题基础上，爱因斯坦、玻尔、德布罗意、海森伯、薛定谔、狄拉克等人提出了一个又一个新概念，一步一步扩展了量子力学的应用范围。”

赛斯的热情很足，但是讲课的内容从本就难懂的理论蔓延到了很多小孩子听都没听过的科学史上的那些名字和历史，讲台下几乎已经没几个人还关注着课堂内容，不得不说，从赛斯的一节课上，就能看得出，这所被寄予大量希望的学院学生们的画风走偏，显然不能完全归咎于这批孩子。

“Beam me up！（传送我）”赛斯像在课堂上开窍了一般大喊，喊出的话，先是引发了全场鸦雀无声的沉默，紧接着彻底点燃了孩子们的热情，趴在桌子上睡觉的、三三两两交头接耳的、看着镜子中自己的小孩子们很多停下了手头的事情，注意力被台上的赛斯完全抓住。这个年代不一定每个人都对科技那么感兴趣了，毕竟好像在太阳系的完全探索之后，人类已知的科技一直在一个亦步亦趋、严格的限制下进行的，更多处在一个对过往致敬和反思的阶段。或者说和以往一样，那些最前沿的事情，从来不是最广大的群众所关心和能接触到的，但是翻拍重制了无数个版本的《星际迷航》大多数人看过，并且对这句经典台词并不陌生。

这似乎达到了赛斯想要的效果，他接着说道：“没错，《星际迷航》的传送术，很长一段时间以来，人们都认为可以依靠量子隐形传态来实现，在量子力学和信息科学的交叉学科——量子信息之下，又划分出量子计算和量子通信两个方向，而量子隐形传态则是量子通信的一个研究方向。但事实上，这样的设想确实是在理论上最有可能实现的空间传送的方式之一，但是我认为当代最伟大的科学家之一姜来，在研发出星元以来可以说最具有划时代意义的空间跃迁技术之前的一段时间，就已经发文否定过这一设想和研究方向了。”

赛斯似乎真的进入了教学状态，这样抛出问题的讲解方式也成功抓住了这个年龄段的小孩所在意的部分，其实啊，不管小孩们心智自认为多么的成熟，好奇心才是这个年龄最无法隐藏的东西，有至少大半的同学开始认真等待着赛斯接下来的讲解。

赛斯缓了口气接着说道：“姜来先生首先肯定了这一设想和技术层面的合理性和科学性，众所周知，量子隐形传态是在不知道 A 粒子状态的情况下，把 B 粒子变成这个状态，这也就意味着不管传送的是什么，一定可以完完全全地安全送达，其实验的风险性和后续操作的意外性也在理论上达到最低。但是，姜来先生从研发的漫长性以及实际操作的困难性上提出了自己的质疑，事实上从公元到星元的研究，我们也只是在个位数上突破着这一原理支配下可以进行的传输粒子数，但是这相对于物体，对于我们人本身来说，还是太微小的存在了，这样下去有生之年，或许都不一定能让空间跃迁落到实处。所以姜来先生，选择了一条新的思路，但这条新的思路注定是冒险的，是完全未知的风险。”

听到这里，一些理解能力较强的小孩子已经开始频频点头了，他们似乎思维上完全进入了这样的思考，心理上也完全将自己代入了抉择本身。

赛斯忍不住激动地抬高了声线说道：“我永远不会忘记，在姜来先生向全太阳系展示空间跃迁的那天之前，他对全星系所说的话：冒险才会有科学，但科学又不只是冒险，我们作为科学家保持绝对的理性，世人看来的冒险，我们早已做了万无一失的准备。当他消失在镜头面前，又在世界另一个角落的镜头面前出现的时候，空间跃迁技术落地了，全世界的人沸腾了！”

小孩子们很多都完完全全被赛斯的情绪带动了起来，显然这是这所学院难得会有的课堂氛围，或许这才是这所学院组建时本来希望有的日常效果。

“艾琳，你对我刚才所说有什么看法吗？”平复了情绪的赛斯，突然话锋一转，提问了低着头局促不安地坐在角落里的艾琳。事实上，这节课是开放给刚到校的一年级新生的，作为一个三年级生，艾琳本完全可以不用来上这节课，甚至以这所学院学生们的学风，对于这些已经待了两年的小油子，在他们自己本来的课程安排上都难以见到来上课的人。赛斯从这节课开始，一眼就注意到角落里的艾琳了，虽然害羞内敛的她已经尽力遮遮掩掩不希望引人注目了，但是她是安德森家族的千金，又怎么可能遮掩得了自己的存在呢？一个三年级生来听自己的课，本就出乎人的意料了，另一方面，这可是艾琳啊，他的父亲尤塔和姜来先生可是过命的交情，赛斯作为以研究姜来为此生科研方向的存在，又怎么会不想听一听她的看法呢？

但赛斯还是低估了艾琳的性格倾向，当艾琳战战兢兢站起来，在原地支支吾吾竟是一句话也说不出来，赛斯的脸上也逐渐爬上了失望之情。

“哎，你看我的，拿着说。相信自己，你可以的。”一个刻意压低了音量、仅有两人能听见的男孩子声音传来。艾琳先是一愣，之后，她快速浏览了被塞在手里密密麻麻、条理清晰的课堂笔记，以及写在最末尾的话：加油，相信你自己！

艾琳的内心涌上一抹暖意，嘴角也不自觉地微笑，顷刻间，又给自己鼓足了勇气似的，目光坚定地望向讲台上的赛斯，开口说道：“赛斯老师好，其实您刚才所说的内容，我一直很认真地在听，您的博学和见解让我学到了很多，不枉此行，包括我也曾有幸听姜来先生谈论过这个问题。”

所有人的目光齐刷刷投向此刻的艾琳，很多人这才注意到，安德森家的艾琳也来到了这节课，包括赛斯的眼神里也重新有了光亮。

艾琳面对这样的目光，内心猛地抽紧，她还是感到非常紧张和不自在的，但想到刚才耳边所听见的鼓舞和笔记末尾的激励，艾琳还是继续鼓起勇气说道：“但是，我对于这件事情有我自己的看法，姜来先生的伟大发明和成就是显而易见的，他对于这件事情的看法也很精准，但是我认为，在这项技术上，现阶段还是存在着很大问题的。”

没有理会众人的惊讶，已经在情绪上的艾琳好像进入了自己的世界，接着说道：“就像您所说，也像姜来先生所说，他发明的空间跃迁技术，对于之前一直以来的量子隐形传态来说是非常不稳定和风险系数高很多的。事实上，在知晓其原理后，我认为这完全就是姜来叔叔个人，或者说极少部分人可以灵活运用和掌控的技术。绝大部分人不可能具有绝对的意志力和对事情如同他那样完全理性地看待，一旦思维心性上出现了波动，那么在开辟虫洞空间时就会遇到极大的风险和问题，最多只能运用姜来叔叔已经建立好的虫洞通道进行传送。这项技术在研发成功这么多年来，一直难以大范围量化和推行也是出于这样的原因。科技推动社会的发展，同样也开辟新的时代和技术思维思考模式，从这个角度来看，无法运用在大部分人身上的科技，似乎成了个人专属能力上的提升。现在说我们进入到了空间跃迁的下一个时代，显然为之过早，如何真正把这项技术变成全民范围内的一个技术，寻常大众也可以使用的技术，才是关键所在。在我看来，反而是被冷落了，甚至开始往纯粹的信息传递上发展的量子隐形传态似乎更适合解决这个问题，而且量子隐形传态的发展并没有停滞，只是说有些缓慢，但我相信它未来不一定就是从 1 到 2 再到 3 的增长，如果我们有途径发现让传输量呈几何倍数增长的方式，就可以不只依靠一定的人的主观性，而在科学的完全客观性上完成技术的突破。要知道，接触过姜来先生的人都会有一个共识，他的成功和常人不能比拟的地方很多时候就在于，他发挥人的主观性一面时，往往也是完全符合了客观性的，所以一些在他身上完全客观的选择，根本难以放在第二个人身上实现。”

教室里已经完全没有任何喧嚣的声音了，随之而来的是掌声雷动。年轻而又内向的小女孩艾琳，人生中第一次以她的方式靠自己赢得了所有人的赞赏和尊重，同样的，日后在量子隐形传态上有着历史性的跨越式进步的赛斯，在自己的课堂上，上了人生中非常关键的一节课，这节课使他从一个个人的分析家和理论家，逐渐迈上了成为真正科学家的道路。

“下课吧。”还没缓过神来的赛斯愣愣地宣布了下课的决定。

“谢谢你，你叫什么名字？”情绪平复下来的艾琳将桌上的笔记还给了旁边座位上的少年。教室里未走的同学已经开始交头接耳，这似乎是大家第一次看见艾琳主动和一个人说话吧。艾琳自己也没想到，不知从哪个瞬间开始，是看到笔记，还是看到末尾的字，还是听到了少年温柔又沉稳的声音，为什么伴随她出生就存在的“社交恐惧症”在和少年的交流和接触中，完全没有干扰到她。但起码她知道的是几乎排斥和恐惧每个人的她，一点都不排斥眼前的少年。事实上，这种笔记对她来说毫无用处，艾琳从小就对科学有极高的兴趣，还时不时和姜来交流，有这么一个走在时代前沿的科学家作指导，还有自己本来的天资聪颖，此刻的艾琳关于科学的认识和知识早已远超这个学院的老师和同学了，今天这个突发奇想来看一看的决定，潜移默化中已经从另一个方面改变了艾琳的一生。

“我啊？我叫李全。没关系，没想到你这么厉害，看来是我多余了。”少年的脸上有着这个年纪不该有的沉稳和豁达，微笑着说道。

艾琳似乎有些着急，怕他误会些什么，接着说道：“没有的。笔记做得很好，有很多是我之前没有留意到的。李全，这个名字我记住了。”说完，她就急匆匆朝教室门外小跑着离开了。

少女背过身去的红晕，点染了星河排列的幕布。

可惜的是，眼神总是会替一个人说话，名为李全的少年，从这节课开始到结束，从开学惊鸿一瞥见到那双明媚的眼睛，到这节课开始，他深邃的瞳孔就始终没离开过坐在靠窗第一排认真听讲的女孩。他坐的位置也很讲究，最末尾的角落，不用扭头，眼睛的余光里恰好就都是少女的音容笑貌。可这个少女似乎不怎么爱笑，我想空岛已经是地球上最接近太阳的陆地了，这样的阳光洒向她的时候，裹挟而来的自然和温柔营造出了天然的滤镜，这不是毕尔德这样的人可以欣赏和喜欢的美，但这是属于和煦的微风和角落的少年的。

“喂，这是你写的吗？还真是傻啊，你这样的女孩子怎么配得上我们艾塔少爷!”轻蔑而又有些稚气的声音传来，划破了这原本的宁静和美好。

在后面本来想要离开的李全眉头一蹙，紧紧盯着前面的位置，那故意扯高了嗓子大吼大叫的人是这个新生班的班长塞拉达。他此刻手里正攥着一封信件，这个时代还会用这种方式的人已经不多了，想必是出奇地用心才会这样吧。但是这封毫无意外满载着少女心事和美好的信件，被人肆意拆开朗读之后，又被拿在手里一层层撕个粉碎，他坏笑着看着面前的女孩。

但女孩还是出奇的平静，任谁看见这样的场景，也知道那封信大抵跟这个女孩脱不了干系，而这样当面侮辱和毁灭一个女孩子的心事，对她来说会是多么大的打击，可她仍旧坐在自己的座位上，做着自己的事情，整理笔记，继续书写，连余光都没有瞟向旁边肆意妄为的塞拉达，她比所有人原以为的都要更冷漠，也要更坚强，没人知道女孩心里想些什么。但这样的无视，显然激怒了肆意嘲笑她的塞拉达，他的眼睛里原本带着戏谑，现在逐渐爬上了血丝，填上了怒气，紧接着说道：“喂，我在跟你说话呢，你叫什么名字？”

来自塞拉达的质问并没有得到任何的反馈，面前的女孩子还是在自顾自做着自己的事情，并没有任何的回复，好像面前的塞拉达并不存在一样。

这样的反应显然并不是塞拉达期待看到的，或者说今天他特意来羞辱这个原本希望通过自己传达对艾塔心事的少女，他希望得到的并不是这样的反馈，他现在感觉本该一起嘲笑这个小女孩的众人，看向自己的眼神里充满了不解和可怜，他从没有感受过这样的眼神，这让他更加生气了。他拿起手中已经撕成碎片的纸条朝着少女身上用力扔了过去，纸片随意散落在女孩的身上，教室中未走的人一片哗然，但是并没有人有任何格外的反应，绝大多数人显然还是不愿意同眼前这位刚来就巴结上了安德森家的艾塔的，新上任的班长有任何的冲突、矛盾甚至交集。

少女的眼睛扑闪着，手不由自主地遮蔽着自己，试图避开撒向自己的纸片，但她的眼神里却没有一丝一毫的惊恐，眼角反而闪过一抹凌厉的杀气，如果你看到了那一抹杀气，绝不会怀疑她下一秒就会将面前的人置于死地，但是那杀气很快被瞳孔的空洞覆盖了，仿佛什么也没有发生，仿佛这些都不会对她有任何的影响。

塞拉达显然没见过这样的形势，情节从一开始就没有朝着他预期的方向发展，他没有感受到自己行为的过分，而是面对着少女的反应产生了被羞辱和没有被尊重的感觉。这样的落差滋生了他内心深处更大的恶意，向前一步，他高高扬起的手臂已经悬空在了少女的面前，但这重重的一巴掌并没有挥下去。手臂在落下去的半空中，被另一个纤瘦但又精壮很多的手臂牢牢地抓住。

刚刚的尴尬和屈辱还未退去，更大的屈辱就先降临了，这是塞拉达根本没有预料到的情况。他可是联合国合并前一个正统国家的嫡长子，王位第一继承人，他从没有想过自己会经历这样的屈辱。刚来到学院，他便小心翼翼去找早已威名在外的小霸王艾塔拜了码头，更是通过家庭在上层的操作以及艾塔在学生层面有意无意的默许，很顺畅地当上了班长，但是他没想到的是，本预料着可以像在家中一样作威作福、无所禁忌的生活这就马上遇到了阻力和波折。不管是谁，他无法承受现在这样的屈辱了，近乎是咆哮一般地大吼道："你又是谁啊？这里都是些什么无可理喻的蠢货？你什么来历？"

死死钳住塞拉达手臂的少年此刻愣愣地看着面前挤眉弄眼、暴跳如雷的少年，事实上他的情绪要平稳太多了，似乎对一切见惯不怪了。面对着塞拉达的质问，他以非常谦卑和尊重的口吻说道："我啊？李全。"

但这样心平气和的一句话，在围观的、没来得及偷偷溜走的小孩子们耳朵里，却不是原本的意味了，甚至还有些好笑，一些憋不住的人已经偷笑了出来。原本已经声嘶力竭的塞拉达更生气了，在他听来，这完完全全就是赤裸裸的轻视和嘲讽，面前的这个少年似乎完全没有把他塞拉达少爷的权威放在眼里，这还了得！

塞拉达恶狠狠地接着说道："我问你是谁？你是谁？听懂了吗？"

李全还是那副平和的模样，一本正经地回答道："我告诉你了啊，李全啊。”

周围的人越来越多忍不住笑意，传到塞拉达耳中完全变成了一声声的嘲讽和戏谑，塞拉达完全控制不住自己的怒火了，拼命想要发泄出来。但他面临的事实是，此刻他扬起的手臂正被眼前的少年死死握住，动弹不得，他又不愿意暴露给众人他此刻的尴尬，只能摆出一副更加凶狠的样子：“谁认识你什么李全，你小子哪个家族的？”

李全以他这个年纪不该有的深邃眼神望着面前的塞拉达，说道：“我啊，我没什么你所谓的家族，来自地面。在上次星际战争之后，我的家族就只剩我和我的母亲，我的母亲也去世了，现在就剩我自己了，作为烈士遗孤来到了这里。”

塞拉达听完更生气了，但忽而又有些爽朗地笑着说道：“哈哈哈哈，我还以为是谁呢？不过是个野小子罢了。你知不知道我……”

还没等他说完后面的话，李全紧攥着他的手臂使劲一拧，然后翻腕将他扣在地上，眼神里还是那么淡然甚至空洞。身旁本来各自讥笑着看这出笑话的小孩们都停止了声音，生怕自己破坏了此刻静悄悄的氛围。

被暗劲摁倒在地的塞拉达眼神里闪过一抹惊恐，随即而来的是更深的怒意，他扭回头咬着牙说道：“行，你等着。”

李全听到了他的话，松开了紧握着的手臂，似乎是在说，自己已经做好了准备一样。塞拉达暗自吃惊，甚至还往后踉跄了几步，便离开了教室。

周围看热闹的人见到这个情况，也都开始加速收拾东西，准备离开。但绝大多数人，比起对李全的欣赏，更多的是心头升起一股怜悯，这个家伙该是有苦头吃了。

李全没有对上旁边少女的视线，或者说他甚至没有敢抬头面对。少女整理了头上的碎纸屑，还是开口了，她的目光依旧是那副呆呆的样子，这一瞬间她像极了旁边目光总是失焦的少年。然后，她以和少年一样沉稳的声音说道："你不该管这件事情的，其实没什么关系的，我不在乎他怎么做。他的愤怒并不能给自己任何快感，这是种悲哀。"

听到这话的李全心里咯噔了一下，好像有一种微弱的力量敲打在他心灵最深处的角落。李全没有说什么，只是安静地一片一片捡着散落在地的碎纸屑。他想，也许自己注定不会是那个可以拼好那颗心的人，但是，他很努力在捡起这些碎纸屑，能做的大概也就只有如此了。

"我叫玛索，无论如何还是谢谢你。你小心点，那个人肚量不大，吃了亏，该是不会善罢甘休的。"少女说完，便背起早已经整理好的书包离开了教室。她没有等到少年的回复，也许少年说了，她没听到，也许少年始终也没开口，又或许，她也根本没有在意过少年的回复。

真奇怪，事实上，他们看上去，是如此的般配。

往后的许多天里，学院的许多一年级生收到了家里的来信，事实上，一个王族的继承人，他的尊严不仅仅代表了他自己、身后的王室，代表的更是从长久历史上就始终以各种方式活跃在顶级利益链中的一批人。面对着危言耸听的言论，以及这样一个公然的圈层的亵渎，虽然很多人同样不满塞拉达的所作所为，但面对这样一个无依无靠的来自地面的小子，绝大多数的空岛学生还是统一了战线：一定要给这小子一个教训。

趾高气扬、春风得意的塞拉达，完全没有考虑到其他事情，这是他的遗憾，也是他的幸运，他算得上这群小孩子中最为简单的人了。他的想法很简单，欺负同学展现自己的优越性，结果没想到快感没得到，反而被一个毫无背景的同龄人“欺负”了。对于塞拉达来说，找回场子是他唯一的目标，甚至他都不知道为什么会有这么多小孩突然团结在他的周围，他也懒得想那么多，他把这个归功于自己的伟岸形象。而他实际上去求助的艾塔反而并没有站在他这边，这个“小霸王”虽然算得上纨绔骄横又好斗，但目中无人的他也根本没有把塞拉达和李全这样的新生放在眼里，但由于塞拉达对他的一番恭维和百般讨好倒也受用，他还是象征性地在自己的姐姐艾琳吵吵闹闹要他好好教训这个无礼的塞拉达时，反而让她不要去插手这件事情。安德森家的男人从没有真正的莽夫，艾塔知道这件事情意味着什么，他自己同样作为空岛学生群的核心人物，他可以瞧不起这件事情的所有当事人，但是他需要这件事情往一个符合自身利益的方向发展。

一天过去了，李全始终没有出现在校园。

两天过去了，李全依旧没有出现在校园。

三天，四天，塞拉达开始疯狂地嘲讽着李全的退缩，而这些来自空岛显贵家族的少年也分散开各自去寻找李全，学院占地面积和规模很大是众所皆知的，学生相较于校园的面积本就不多，再加上来自空岛的学生又是极少数，要在学院里躲避开众人并不算一件难事。这李全也并不是一个多么勇敢的人啊！这不就是一个胆小鬼吗？就这，塞拉达可真弱，居然被这样的胆小鬼欺负了，叫我们来找场子？随着时间的推移，李全的躲躲藏藏不露面，使得本来如临大敌的空岛小团体内部开始有了诸多声音，有不少人觉得把时间浪费在这样一个懦夫身上是毫无意义的，简直是更大的耻辱，还有人觉得这么大个团队，居然找不到一个要躲藏的人，这才更是耻辱。但可以达成共识的是，大家对于塞拉达这个挑起事情的人都充满了意见，很多人也开始有了更激烈的言语：这完全就是塞拉达个人的事情和耻辱，和我们有什么关系呢？塞拉达这个懦夫都不如的家伙存在，才是我们之间的耻辱吧。这样的声音，自然同样传到塞拉达的耳朵里，对于他来说这无疑是让他更加颜面扫地和愤怒的。但是已经在空岛阶层引起众怒的他，此刻就算再生气，也只能忍耐着，心里暗骂：李全这个家伙，到底在搞些什么猫腻？

一个星期过去了，这个本来就各怀心思，一点都不牢靠的小团体不断地开始有人退出。他们不愿意把时间浪费在这样一个毫无意义的事情上面了，何况这件事情和自己并无关系，如此看来李全这样的胆小鬼，已经颜面扫地，再无法危及空岛学生们的威严和地位了。反而突显而出的是，这些娇生惯养的少年彼此之间的摩擦和隔阂日益激烈，到了现在，围绕在塞拉达身边的也只剩下星星点点的几个人了，这些人也都是些家世背景居于空岛底层、攀附塞拉达的小孩。

又过了几天，还是不见李全的身影，塞拉达带着仅剩的几个跟在他身边的少年去吃东西庆祝，他想的是，李全估计是偷偷离开学校，跑回地面层了吧。虽然始终带着很大的怨气，还有一肚子没发泄出去的怒火，甚至让自己成为空岛学生圈子里的耻辱，但是塞拉达还是安慰自己，谁遇到这个狡猾而又出奇强壮的家伙估计都会沦落成自己这样。不，不对。不能用沦落这个词，现在自己比起那个落荒而逃的胆小鬼可是强上不少。想到这里，塞拉达不由得咧嘴大笑了起来：哈哈哈哈哈哈哈哈！

“你在笑什么啊，傻瓜。”对塞拉达来说无比熟悉的声音自身后传来，正是他苦苦寻找的那个人。李全此刻依旧是那副欠揍的淡然模样，站在了塞拉达的面前，就这样光明正大站在校园里几人宽的马路上。

“你这胆小鬼还敢出现？我还以为你跑回老家去了呢！”塞拉达立马打起了精神，攥紧了拳头就要朝着李全挥去，但又想起了上次相遇时候的阴影，扬起的拳头在空中又犹豫地停留了一下，转念又想到自己身后还有好几个哥们儿呢，现在是人多包围人少。想到这儿，塞拉达又给自己壮了壮胆，继续朝着李全挥拳，而出人意料的是，李全并没有拦截他的拳头，也没有任何的躲避，就任由这一拳直直击中他的面颊。塞拉达显然自己也没有想到会是这样的情况，他在原地愣了一下，然后狂笑了起来，他以为是自己这两天的秘密特训起了效果，便抬起手又是一拳，依旧是击打在了李全的身上，两三个组合拳下去，李全面部和身上已经青一块紫一块了。塞拉达后面的几个学生，见到李全打不还手的样子，也紧跟着就要上来帮忙，就在塞拉达想要继续发泄的时候，李全却突然动了起来，拉着塞拉达扬起的胳膊一个背摔，连人拔起摔在地上，然后又整个儿把他摁在了地上。刚要拥上来的学生们，看见李全的身手，也是微微退缩，在后面犹豫了起来，李全拽着倒在地下喊疼的塞拉达的腿，凑到后面跟着的学生们面前低声耳语：“喂，你们一会儿揍我，让你们揍个过瘾，我不会还手的，你们加起来也不是我的对手，不信的话可以试试。我就是看他不爽，想揍他，一会儿让你们也动手，面子上也挂得住，之后帮我作个证，我这是正当防卫，听懂了吗？不然……”

“听懂了听懂了，全哥全哥！”后面的几个学生听完之后，赶忙点头。李全说的没错，以他刚才展现的身手，这些人加起来也无非是多揍几个人罢了。

于是画面就变得奇怪了起来，后面的一众学生推打着李全的后背，但似乎又都没敢真的用多大的力气。倒是李全，确实也不还手，也不闪躲，就一心一意对着面前的塞拉达拳脚相加、毫无保留，在这样一番特殊照顾之下，塞拉达的喊叫声早已经成为这个本来平静的夜晚的即兴节目了。

第十六章／那些心事

在所有的优点中，忍耐的优点对青年男女最不相干。

——［英］查普曼

在地球上距离月亮最近的地方
月光下的少年和少女并肩望着月亮
他们的瞳孔里都是月亮的形状
但是心里却是截然不同的景象

玛索出着神，表情有些木讷。远远望去，这人会让人有一种电脑死机了的感觉，事实上她在电脑和机械方面一直有着出众的天赋。而李全？比起任何一个同龄人来说，他都有一点太耐打了，并且恢复力也强得离谱。

废土。

被净捡回来的男孩已经在废土中度过一年的时间了，别看他表面愣乎乎的，脑子却聪明得很。他很快就融入了废土的人文环境和地理区位，他已经是一个值得信赖的废土人，现在也正是他获得了接受废土的馈赠资格的时候。

“老大，废土的馈赠到底是什么啊？感觉是一种很神秘的仪式。”男孩盯着净仅露出来的眼睛问道。

净的眼神里充满了宠爱，紧跟着说道：“神学？也许之前我还会相信，在我遇到了一个只相信科学的执拗笨蛋朋友之后，我想我就再也不相信了。”

男孩这一年来已经数不清第多少次听到净提起这个朋友了，他心想那一定是净很重要的人吧。净并没有注意到此刻男孩难言的情绪和沮丧，接着说道：“废土的馈赠只是明面上的名字罢了，实际上是一种基因改造的技术。”

事实上，这段时间男孩读了不少的历史书籍，听到基因改造之时还是不由得大吃一惊，那不是在生化革命之后就被完全停滞和禁止的研究项目吗？难道是因为外界无法观测到废土内部的情况，他们才能继续做这种研究吗？

不等男孩发问，净就对上了他疑惑的目光说道：“外面的人与其说看不到废土，不如说是被海市蜃楼欺骗了，这种技术其实在上个世纪的南极科考站中就被研发和应用了。早已经是被空岛和地面抛弃的技术了。以他们目前的科技水平，要想用这种技术，就算不能直接侵入我们的领土，仅是观测并不困难，毕竟这也是他们科技的侧重方向。

但事实上，对废土的放任是来自空岛最上层的意思，换句话说，是他们视而不见甚至说暗中支持，让我们得以继续属于废土的文明进程。”

“那这么做对他们有什么好处呢?”男孩不解地问道。

净回答：“欲望、生命的进化、永生。这些是每个人都会有的私念和追求，只能被压制，但不可能完全泯灭。有这样的需求就会催生出一个全新的土壤，真正的废土。”

当净说到最后一句之时，脚下的土地也非常配合地在此刻发生了变化，坚硬的地面逐渐变得松软和湿润，紧接着二人就像陷入了流沙之中一样，完全从地面隐没。

“扑通”一声，男孩屁股着地摔在了坚硬的地面之上。眼前的景象重新洗刷了他对废土的认知。他所在的地方是这块空间的中心街道，街道上是密密麻麻的商店，或者说是各式各样、千奇百怪的实验室。处在他正对面的商铺里是一个卷卷胡子、戴着牛仔帽的古怪大叔，那人正朝他喊话：“嘿，小子，刚来吧，快来我这里看看，不管你是缺胳膊少腿，还是想接受光荣的进化，我保证用最低的价格，给你用上最好的材料。”事实上，男孩显然还有些呆滞，因为本就喜怒不形于色的他此刻确实完完全全被震惊到了。他怎么也没有想到，这个自己待了这么久的废土会有这么一个地方，这是在哪里？地下吗？而这个身形娇小的大叔，右臂却是一条看上去比身体还要庞大的机械手臂。店里的陈设都是一些各式各样的机械制品，以身体各个部位形状的构造为主。

正当男孩被大叔的店铺吸引了注意力时，身后不远处的女声传来：

“哟，小帅哥，你可不要被这个怪叔叔给骗了。你看他那都是些什么啊，脏兮兮的，一点美感都没有，来姐姐这里看看，姐姐帮你换的，可都是真正的皮肤和器官喔。保证你在改造了自身缺陷之后，还是一个毫无不同的‘正常人’呢，不信你看我。”声音的主人是一个皮肤白皙、身材妖娆的年轻女人，说完，她还斜眼对着对面店内的大叔翻了个白眼。女人的店内饲养了许多小动物，而更深处被黑布遮挡，从店外也看不清楚陈设，男孩本能地对这样的形象具有更多的亲切感，腿脚也不自觉往那边移动。

“呸，就你还敢对我的宝贝们指指点点？别骗小孩子了，都是六七十岁的老太婆了，给自己换了一身年轻的皮肤和器官，就真把自己当小姑娘了？你那双手不知道沾了多少鲜血，故弄玄虚，你才脏呢！上了你的手术台，指不定装的是猪皮还是羊肚呢，哈哈哈。”机械手臂怪老头毫不留情地嘲弄着对面的女店主。

没有理会二人逐渐升温的唇枪舌剑，因为此时想象到了一些画面的男孩，一股恶心感不由得涌上喉头，他反复掐着自己的手臂，那里传来的痛感告诉自己这不是梦境。而就在这时，一只十分温暖的手掌轻轻放在了男孩的肩膀之上，重新出现的净眼睛扫视四周，原本像盯着入口的肥肉一样的满街商户各自停止了争吵和对男孩的争夺，收回视线各自忙各自的事情，仿佛这两个人从未出现过一样。

男孩惊魂未定地盯着净问道：“老大，这是怎么回事？我们是在……？”

净安抚着男孩的情绪，耐心解释道：“有海市蜃楼，自然就有流沙。事实上，名为废土，但其实这里更适合说是一片沙漠，或者说，这里曾经就是一片沙漠，真正意义上的沙漠，而在星元之前，人类不断冲击着地球承载力的上限，想到了许多办法去解决生存面积扩展的问题，早在古代，群山环绕的地方，就有开凿山洞、挖地下隧道这样的增容方式，到了后现代，又有填海工程等，星际拓展同样有这样的意义。而曾经在这片废土之上，进行的是沙子土壤化来解决这大片沙漠的治理问题，沙变土，是在土壤生态力学属性的基础上实现的一个奇妙转化。土壤在湿时为流变状态，在干时为固体状态，并且可以在这两种状态之间稳定转换。土壤的这种力学特性赋予了其自修复和自调节这两大生态力学属性。基于以上发现，科学家们通过在沙子颗粒之间施加适当的约束，实现了沙子土壤化。也就是在沙子颗粒中加入适当黏度的水溶性物质（如改性羧甲基纤维钠，简称 CMC）并均匀混合后，沙子颗粒间将形成具有万向性和可恢复性的全方位综合（ODI）约束，沙子从离散状态转变为流变状态（湿土）。当添加的水溶性物质中的水分蒸发后，ODI 约束将转化为固结约束，沙子将转变成固体状态（干土）。土壤化后的沙子具有自然土壤的力学性能，可以在流变状态和固体状态之间稳定转换。因此，土壤化的沙子具有与土壤相同的生态力学属性，并且一定程度上保持了沙子原有的特性，你可以把它看作是一次沙子的基因改造和进化。而在生化革命失败之后，这个同期进行的研究也因为其基因方面的性质被中断，而从事这项研究的科学家们也完全成为被打压的对象。”

似乎是害怕男孩没办法接受这样的冲击，净的话说到这里戛然而止。男孩皱着眉头沉默了一会儿，缓缓开口说道：“那些科学家，也就是被称为‘逆流’的那些人吧。我读过人机大战之后重新修订的‘消失的一百年’那段历史，可是……”

净打断了男孩的话：“重新修订的就一定是真的吗？被中断的第六次科技革命从来就不只是有人工智能不是吗？机械工程、基因工程等方面的科学家们从未停止过自己的执着与研究，只是在人工智能领域出现了布莱克博士这样过于突出和强大的存在，导致它们分走了最大的关注，并且也同样分走了所有的矛盾和压力。那一百年里，这些科学家确实遭到了重大的打击，但是一些所谓的‘漏网之鱼’还在不断传承着、等待着，他们需要的是全新的土壤和机会。”

男孩望着周遭的所有废土之外根本不可能见到的独特科技，说这里才是真正的地球科技发展的中心和高峰也并不过分，男孩不由得嘀咕道：“这还算得上废土吗？”

净笑了笑说道：“这才是真正的废土啊，那些本才是真正时代最优秀的科学家和他们的血统后代在这里传承着，那些被新的时代废弃的，从天堂被打落地狱的天才用自己本就擅长的技术和科技手段，重新开辟利用了这片土地，打造了一个全新的家园。这里的科学没有限定，没有国别，没有边界，这是一切的终结，也是一切的开始。在这里的人们没有道德标准，更没有法律要求，你可以做一切想要做的事情，同样，你也可以得到所有想要的东西。如果说这里有什么通行的法则，那就是实力。因为这里的每个人都知道，只有生存下去，才能做自己想做的事情，而实力是决定能不能生存下去的关键因素。”

男孩点了点头，眼神坚定地说道："我也要变得更强，然后保护大家，保护我们的家园。"

净语重心长地说道："接下来，我要带你去的地方，是废土目前真正最为核心的技术。事实上在很多理智的科学家眼中，人是不能超越自然的，只能适应和改造自然，而一旦人妄图超越自然、打破自然的规则，就会受到自然的反噬。生化革命的失败就是鲜活的例子，而这项基因改造或者说基因编码，是建立在对自然赋予人本身的DNA链条上进行的重新排序，而不是增加进去新的基因，是一种原有基因的激发和强化，同样的，这样的强化获得的时候，你就需要付出另一部分基因作为代价，简而言之，得到的同时就意味着失去。基因中同样存在着强者为尊，只有最强大的基因会获得加强，当然这也不是绝对的。但同样的，你一定会面临的失去，是完全未知的，你确定要得到这份力量吗？"

男孩盯着净的眼睛，重重地点了点头。

月亮总会让人想到家乡和亲人，玛索似乎并没有为李全担忧，她对于李全一直是这样冷漠的态度，或者说她的思绪早已经飞向了月亮之上，可能是真正的月亮之上。李全的思绪则在月亮之下，可能真的是很深的地下。他是有些痛苦的，不是为身边人的情绪困扰，也不是对明天的担忧，而是因为他无法从自己的受伤上感受到任何的痛楚，很多人都说失去了痛觉好，反倒好像是连失去都是一种馈赠。但事实上，只有失去了痛觉的人才知道，这是怎样的一种痛苦。

斗转星移，白驹过隙，时间路过了心与心之间。

第二天一大早，伴随着昨晚上早已经以各种版本光速传递到学院各个角落的“新闻”，灰头土脸、鼻青脸肿的塞拉达被人搀扶着坐在学院保卫处的座位上，旁边的空地上站着的是同样衣衫不整、身上遍布黑青，但脸上却依旧无动于衷，甚至还有些神采奕奕的李全。

学院保卫处的处长事实上是由军事保卫系的系主任休斯兼任的。此刻这个一头干练的金色短发、身形魁梧的大汉正坐在李全和塞拉达面前的主座上，一脸不悦地看着两人。而坐在他身旁抽着雪茄，一副前来看好戏样子的毕尔德脸上已经挂着遮掩不住的笑容了。

“说说吧，什么情况？”休斯面色凝重地问道。

塞拉达见到休斯问话，马上脸上的不满和愤恨变成了委屈和无奈，说道：“休斯老师，学生和同学一起去吃饭，回来的路上，碰到了这个李全。他丝毫不念及同学之情，暗自记恨于我，如您所见，突然就对我出手，让我成了现在这副样子。”

望着瞬间变脸的塞拉达，一旁的毕尔德忍不住扑哧一声笑了出来。

休斯咳嗽一声，清了清嗓子，故作严肃地说道：“你是说，你们几个人被他一个人打了？”

塞拉达听完休斯的问话，脸蛋羞得通红，气鼓鼓地说道：“老师，您没见这小子的身手，我们几个人都拉不住他一个。”说完又对着身后搀扶着他的同学说：“你们说是不是这样？”后面几个同学有的已经忍不住嘴角的笑意，但还是硬撑着点点头。

“你说呢？事情是这样的吗？”休斯看向一旁很冷静的李全说道。

李全不急不缓地开口，面色竟有些伤痛地说道：“休斯老师，如您所见，后面这几个同学，身上毫发无损，反而是我和塞拉达同学各自受伤。我一个人的力量又怎么可能抵得过这么多人？显然是塞拉达血口喷人，实际的情况是，我在回去的路上被这几人围困，他们找我麻烦也不是今天的事情了，想必老师稍一打听就能知道。在他们对我围殴之时，我迫于无奈，勉强招架，才误伤到了塞拉达同学，实属抱歉。”

休斯听完忍不住点了点头，旁边的毕尔德倒是完全绷不住地笑了出来，而此刻的塞拉达根本就听不得李全说完，也不顾身上的伤势，扶着腰猛地站了起来，说道：“你胡说，李全你这个卑鄙小人，趁我不备偷袭于我，现在倒在这里装起无辜了。怎么，你敢做不敢当吗?”

“停，后面那几个同学。你们倒是说说，事情到底如何?”休斯打断了塞拉达的话，转而问向其他同学。

“老师，确实是李全先动手的。我们几个又怎么能招架得住他，您看塞拉达的伤势就知道了。”后面的几个人一边说一边三分歉意七分胆怯地望向旁边的李全。休斯心里大概已经知道了什么情况，意味深长地看着下面的小孩们，而本来已经绷不住笑容的毕尔德确实稍微收敛了笑容，饶有兴致打量着李全，似乎期待着他的应对，而此刻的塞拉达已经一脸得意地望向李全，似乎在说：怎么样，没想到吧?

李全不用多想，也知道这几人大抵是收了塞拉达的好处，倒也并不感到意外。事实上他本来也没对这几个立场飘忽的墙头草有过期待，语调铿锵地说道：“老师，空口无凭，我们昨日爆发冲突的地方，是校园的主干道之一，监控是全天候录像的。我们取出录像来，谁先动手，有错在先，我们一看便知。”

塞拉达再一次彻底崩溃了，想起刚见面时，李全故意挨他的那两拳，几乎是破口大骂出来：“好你个卑鄙的东西，李全，你还算不算个男人……”

“你注意一下自己的情绪，塞拉达。”休斯已经完全看出了事情的来龙去脉。这个塞拉达什么作风，也不必打听，所有老师同学都早有耳闻。休斯打心里对塞拉达的评价又更差了一些，接着开口道：“那就叫人调监控过来吧。”

此时的塞拉达牙已经咬得咯咯响了。不一会儿，调录像的工作人员就传来了消息：“休斯主任，昨天的校园网似乎是出了故障，所有的监控录像都丢失了，连备份都找不到。”

听到工作人员的话，塞拉达本来紧绷的面部表情立马舒展开来，渐渐开始了狂笑。李全听过之后，本来极其淡然的脸上挂上几分阴霾，在这样一个集合了最高科技的地方，应该备受重视的主干道上，居然唯独丢失了塞拉达先动手打人的录像。他清楚地知道，自己输了。即使已经计划周全，思虑再三，即使忍耐了许久，照顾了各方情绪，但无法改变的事情是，阶级上的不对等。纵使他用尽办法照顾到空岛学生的尊严和情绪，使他们对自己没有所谓的敌意，但只依靠塞拉达一家的实力，他想在一个和军政息息相关的学院对他这样一个毫无背景的学生肆意发挥影响力简直是再轻松不过了。即使他已经完全让塞拉达的存在成了正义的对方面，制造了塞拉达同其他空岛学生们之间的矛盾，但无法改变的是，他们没人会为了一个除了看上去聪明能打以外，毫无任何附加价值的李全去公然和塞拉达家族撕破脸皮，塞拉达就算再不济，其背后也是一个古老的王族。

李全的心性在同龄人中已经不能用出色来形容，甚至有些恐怖了，但是他此刻依旧垂下了眼皮，心中不由得生气甚或有些绝望，那种拼尽自己全力之后仍旧无济于事的痛苦远远甚于未曾努力的失败。他清楚地看见了休斯脸上的一抹不忍，在那抹不忍未曾散去之前，那是他唯一的希望了。

休斯拨通了电话，毫无疑问是打给院长办公室请求指示的，如果没有更高层的人开口，以休斯这个位置上能做出的判断，就是依照校规校纪对公然寻衅滋事的李全做出处分了。但拨出去的电话未被接通，现在本该是工作时间，但此时的院长办公室却无人应答。李全等来的是休斯摇了摇头，叹了口气。旁边的毕尔德似乎有掐灭雪茄的举动，但李全不再敢有什么别的奢想了，毕竟一切都落空了，此刻的他想了很多很多：离开后回到地面如何对他信任的人交代，想起与自己年少时何其相似的一幕幕，想起少女那漂亮得让人难忘的眼睛。

“我作证！我们作证！”一声干练又清脆的声音打乱了李全沉默的思绪，打断了塞拉达肆意的笑容，休斯松了口气，毕尔德继续抽着他的雪茄。

“抱歉，来晚了。”出现在办公室内的是一群同龄的少年，他们有一年级生、二年级生，当然也有三年级生，很明显领头的是这个正在说话的二年级生——陶墨。这个留着西瓜头，面部有些婴儿肥，穿着宽松短 T 和加肥版七分裤，比身旁的同龄人都要高挑和健壮，但却看上去十分平易近人的少年，在这所学院现在可谓是无人不知，无人不晓——现今这群可以和空岛学生们分庭抗礼，偶有摩擦的地面小团体的创建者和领袖。自打陶墨来到学院，他并没有因为自己是地面层总统——陶白的孩子，就顺势和空岛学生们打成一片，混迹在一个圈子之中，反而是和他的父亲一样，坚定站在地面层的立场，组织着这群孩子组成联盟，共同抵抗着属于空岛学生们的特权，一直到现在完全可以平等对话的地步。而他与自己名满天下的父亲不同，从外表上看，他未长开的嘟嘟脸下是锻炼痕迹十足的健硕身材。从行为声誉上，他从不贪恋权势，也不自称为什么领袖，乐善好施，把每一个团体的成员都当作兄弟看待，为人处世温和礼貌。他和空岛学生的核心，那个亲自揍趴了所有反对者的、霸道、骄横、只在乎自己顺心舒坦的“小霸王”艾塔也形成了鲜明的对比，但同样的，他们也成为这所学院培养出来的一代目“绝代双骄”。

事实上，陶墨说了谎，他并没有来晚，相反他先于所有人一步在外边等着大家，顺便观察里面所发生的事情，他早早就可以冲进来的，他只是一直在等待，等待电话什么时候会响，雪茄什么时候掐灭，里面的人什么时候到走投无路。李全今天的表现，显然完全出乎了他的意料，想来就算他没做到这个地步，陶墨也会出来的，只是现在，陶墨在看到这样的李全后，心里只有一个念头：这个人，保定了。

“休斯老师，既然监控没了，那人证所言必定不虚。但是人证未必只有那几个同学啊，我们这群人昨晚刚巧都在现场，都看到了事情的经过，也都可以给李全同学作证。事情确实如他所言。”陶墨有理有据地说着，后面跟着前来的同学们也应和着。

这下毕尔德又忍不住幸灾乐祸起来，心中大呼有趣和过瘾。休斯的眉头也渐渐舒缓。这时就轮到刚刚志得意满的塞拉达再次抓狂了，他赶忙说道：“胡说，他们都是一伙的，空口无凭老师，昨天晚上除了我们根本就没别人！”

“那你怎么证明你说的是对的呢？当时的监控录像都丢失了。”陶墨接着反问道。

一旁的塞拉达一时语塞，竟然无法反驳。

休斯见状，清了清嗓子，接着问道：“那陶墨同学，你从学生的角度说说，这件事该怎么处理吧。现在录像也不在了，只能多听听你们这些证人的言辞了。”

休斯的话等同于间接肯定了陶墨等人当时的在场。陶墨应道：“老师，我认为，虽然事情出于塞拉达寻衅滋事，但是李全同学确实也没吃到什么亏。鉴于二人都是初犯，互有对错，也都伤得不轻，不然就从轻处罚，各打五十大板，罚他俩各自提交一份检讨当众宣读如何？”

休斯听完后，神色中充满赞赏地点了点头：“嗯，我觉得这样挺好的。毕竟你们都还这么小，学院应该以教育为先，而不是为了惩戒。”

塞拉达已经快被气昏过去了。不知道是不是死马当成活马医，他倒是说出了句让形势又不太一样的话：“老师，那要咨询学生的意见，是不是也该考虑学生会会长艾塔学长的意见啊？”

休斯犯了难，在这么个“学生管学生事”的环境中，确实是有这样不成文的规矩，主要是整个学院的管理层似乎都拿这个安德森家的宝贝孙子没有办法，是得好好衡量一下这样的情况。这也让本来以为已经解决了问题的陶墨，也加了几分戒备。

“不用问了，我弟今天不在。他应该是去找玛雅留学生院交流去了，短时间应该是来不了了，我来替他说吧。我觉得陶墨说的挺有道理的，但我觉得，这个塞拉达主动寻衅滋事在前，理应向李全同学道歉，毕竟李全只是正当防卫。塞拉达全责的事情，为什么要李全写检讨？”趁着自己弟弟艾塔外出的间隙，他预先吩咐了不让艾琳去多管闲事，在他不在的时候，又有谁敢拦着这位同为安德森家宝贝的大小姐呢？

艾琳一打听到情况，就直奔保卫处而来。任谁都想象不到，这个平时怕生、几乎沉默寡言的艾琳·安德森，此刻竟能条理清晰地为一个来自地面的名不见经传的傻小子辩护。

没有理会休斯和塞拉达等人的吃惊，陶墨打量李全的目光兴味更浓了。他看看李全，又饶有兴致地盯向艾琳，心想：这家伙还能带给我多少惊喜？然后笑着开口道：“姐姐帮自己亲弟弟传达想法也是很合理的吧。这还是我第一次觉着学生会也能真的为学生说两句话的。这次我倒挺认可艾塔会长的想法，刚才确实是我考虑不周了，这件塞拉达同学全责的事情，不该含糊过去。”

自打陶墨来到学院，这还是休斯头一次见到双方至少是表面上达成了共识，心里竟不由得反而对一旁早已经呆滞了的塞拉达升起了一丝怜悯。接着，他开口说道：“那既然对于这件事情，大家都没什么意见了，塞拉达同学，不然你先回去做一个书面检讨和道歉信?”休斯有意让塞拉达先回去调整情绪，免得当面道歉的尴尬。

塞拉达倒也没想那么多，他此刻已经几乎停止思考了，愣愣地点了点头，望向李全的目光也没有了怨恨和敌意。他没想到，自己这样一个王室后裔，在此时此刻显得如此的弱小，甚至不如眼前这个他从未放在眼里的野小子。这样的经历足够他慢慢消化了，当然也足够他慢慢反省。今天过后，他注定会成为这所学院的笑话，而这一切都起源于一个小小的恶念：如果当时好好转达了那份纸条就好了，或许还能多两个朋友呢?

休斯冲着台下反而有些措手不及的李全微笑着点了点头，嘴里嘀咕着：好小子。一旁的毕尔德终于掐灭了雪茄，冲着休斯摆摆手说道：“我先走了，我觉得你等等吧，还没完也不一定。”

“李全，你没事吧?”艾琳关心地问道。

“谢谢你，艾琳。”饶是以李全的心境，嘴角都忍不住上扬，这是他感觉不到和抑制不了的。一直以来都只依靠自己的他，已经不知道多久没有得到过这样的关心和帮助了，还是在自己完全未曾想到的绝望之时。

艾琳听到自己名字的时候，瞬间羞红了脸蛋，她似乎终于想起了自己在遇到这个男孩子之前，还是个见到生人就说不出话的人。她支支吾吾结巴着说道：“我……我，我回去看着我那个任性的弟弟，别叫他又胡闹了。”说完，头也不敢抬地离开了。

“李全，一出好戏。加入我们吧，你本来就属于这里。”一旁的陶墨见李全情绪稍稍平复，朝他伸出了手。

“现在要做决定吗?”李全恢复了一贯的淡然，眼神也挂上了一抹无动于衷。

“大家可都在等着你的回复，你不至于恩将仇报吧?”陶墨语气中一半认真一半调侃笑着说道。

“那没有什么考核吗?”李全也不着急，一本正经地反问了起来。

“真是麻烦，你已经通过啦，走喽兄弟!”陶墨在半空的手再次抬起，往前两步，凑近李全之后，手臂搭上了他的肩膀，勾着他就要走。李全倒也没有施加力气反抗，就这么任由着他拉扯。身后的学生们都再清楚不过，这地面层小团体一直空着的第二把交椅，如今要正式坐上人了。

休斯被这样的事情搞得有些疲累。事实上，一直以来作为一个听命者和守护者，这样的决策和考量并不是他所擅长和喜欢的事情。终于结束了整个过程的他，本来要早早回去的，但是毕尔德的话还是让他留了个心眼，毕竟这个家伙平时不靠谱了点，有时候说的话却很快就要灵验。休斯把这归为毕尔德对他来说唯一的意义。

果不其然，正在休斯思考的时候，刚才迟迟没有任何回应的电话响了起来，这是专线电话，那头毫无疑问来自院长办公室。休斯赶忙接起电话，昂首挺胸接受电话那头的指示，电话的那头，事件发生到现在一直找寻不到的肯特的声音传来。

这样轰动的事件，自然瞒不过学院，或者说始终代表着学院利益的肯特一直在冷眼旁观，等待这件事情尘埃落定。在这里工作了三年，从满怀热诚，到逐步绝望，再到最终适应，肯特为了管理好学院事宜所做的妥协和改变，使得一个模范军人身上的军装早已脱下变成了便服。事实上，空岛和地面在学院学生层面的大规模对峙和矛盾这一现象的出现也有不少时日了，因为学生规模太过庞大，甚至还关乎毕业问题，里面不乏成绩优秀、背景复杂的学生参与，学院只能睁一只眼闭一只眼。起码那时的空岛和地面的学生们都是这么想的，他们对于自己在这所学院的处境和未来感到有恃无恐，似乎认定了学院方没什么办法可以对付他们。

在这通电话之中，肯特代表学院宣布任命地面层小团体中的许多“杰出”学生为学生督察员，和曾经几乎只任命空岛学生担任的学生干部们一起负责学生的管理和监督。似乎这些新上任的学生督察员还要权力更大一些，因为他们的监管范围包括了这些学生干部，这让学生干部们很困扰。有目共睹的是，在陶墨带领的小团体之中，学院的学生反而空前团结，在陶墨制定的关于地面小团体的规章制度之中，他们甚至都不会和老师发生冲突。而他心中坚信的“德治”理念贯彻在这个团体的日常管理中，这也让他带领着大家，从不恃强凌弱，也不欺负同学，反而致力于和那些表面上为学生服务，背地里却各怀鬼胎、谋取私利的出自空岛学生的学生干部作对。某种意义上，他用校园暴力终结了校园暴力，带给了同学们他眼中的正义和公平。

没有理会后续的处理，陶墨简单交代了下团体里的部分人员后续的交接工作，事实上，他没有借助这次由头得到学院的官方认可和承认，可这样的现实情况也已经发生了。整个学校迎来了两股学生势力相互博弈，这导致了学生基本道德礼仪上的克制，以及日常行为上的规矩。学院由此开始往一个良性的氛围上发展，学生们也开始关注到自身的提高来适应彼此之间的竞争，因为来自家庭的因素已经通过这样的方式被降到了最低，所有人似乎在这里重新站在了同一起跑线之上。

陶墨也没有多考虑李全的情绪，反正这个家伙那张脸上永远看不出任何的情绪波动。他迫不及待地要拉着他，这个好不容易找到的得到自己完全认可的朋友，去到自己的“秘密基地”。事实上在这样的一个学院里，每个人所分到的宿舍楼并不能叫作宿舍楼，应该是一片住宅区，小孩们成群分配在不同的住宅区内，每个人只要在学院就读，就可以分到一栋独栋的二层小楼，给予了学生这个年代最基本的自由度和舒适度。所谓的“秘密基地”其实就是陶墨在自己的宿舍，由他一手打造的完全隐秘的空间，这样的房间据说是参考了现在还留在地面层公元末期最伟大的保密空间——冰岛政府的秘密会议厅设计而成的。考虑到他的父亲陶白在地面人尽皆知的“威名”，李全并没有对陶墨有这样的能力感到惊叹，相反，从刚才进来到现在，不用陶墨在旁边喋喋不休地介绍，李全已经完全被这里吸引了，而他此刻的目光也紧紧盯着墙上的一首名为《东方之龙》的诗作。

雾里拂晓忽现

巨爪犹如利剑

常伴风雨大作，农家丰收

身躯横亘万里，祥瑞天兽
世曰龙，东方之龙
利爪落在京津，今日已不再神秘
代表华夏降临在世界各地

“你对这个很感兴趣啊？”陶墨注意到了盯着诗作发呆的李全问道。

李全喃喃地回道：“这个是古代传说中的一种怪兽吗？”

“怪兽？”陶墨笑着说道，“哈哈哈哈哈，不是的，这个是象征手法，其实是在说公元末期来自东方惊艳了世人的一项发明，叫作高铁。”

“高铁？”李全看上去很感兴趣，接着询问道。

“没错。高铁是一种由无接触的磁力支撑、磁力导向和线性驱动系统组成的新型交通工具，其核心技术磁悬浮对我们当今的时代依旧发挥着重要的作用，许多地面层的交通工具至今仍旧采用这个原理。磁悬浮技术的系统，是由转子、传感器、控制器和执行器四部分组成，其中执行器包括电磁铁和功率放大器两部分。假设在参考位置上，转子受到一个向下的扰动，就会偏离其参考位置，这时传感器检测出转子偏离参考点的位移，作为控制器的微处理器将检测的位移变换成控制信号，然后功率放大器将这一控制信号转换成控制电流，控制电流在执行磁铁中产生磁力，从而驱动转子返回到原来平衡位置。因此，不论转子受到向下或向上的扰动，转子始终能处于稳定的平衡状态。

在星元之后的科学院集体研究将核能运用在磁悬浮系统之中，形成了开辟新时代的核磁悬浮技术，通过核能最大限度激发了辅助动力，使得原本磁悬浮技术的上限被不断提高。”陶墨详细地解答着李全的疑惑。

在说到核磁悬浮技术的时候，陶墨的神情显得异常凝重了起来，像是想起了什么事情一样。紧接着，他和李全说道：“全，我们现在所处的空岛其实就是在这样的基本原理下打造而成的。仅仅依靠岛上的基础动力系统和能源的燃料进行滞空，甚至如今这样围绕着地球的环行，完全是一件极其损耗能源的事情，饶是以地球现在的资源储备和再生力，也完全难以供给这样的能耗。如果凭借燃料动力系统，很多科学家预测过，在人类如今能源发展速度的百年之内，是难以完成空岛这样的设想的。但在佐夫的强烈要求之下，空岛计划迫不得已被强行提上日程，而最终采用的就是以核磁悬浮技术为日常的动力依托。你可能难以想象，在我们还懵懂无知的那几年里，地球上每一寸土地都在进行着这项巨大的工程，大地一层层被凿开，然后以莫霍界面为深度的基准，每隔 100 千米就埋下巨型核磁石，为了不妨碍地面上铁和磁的正常使用，核能对磁铁的改造就显得尤为重要，这样经过核能加工改造后的磁铁只能和安装在空岛底部的核磁石产生同性相斥的反应。从而使得空岛始终以一个稳定的高度和一个可以自由调控的速度围绕着地球表面平稳运行，而空岛上自带的动力系统，也完美适应了在特殊情况下岛屿的偏航和抵御各种故障风险再调控的能力。在实际操作的过程中，基于各地居民区人口密度，对实际生活的影响大小，基本完全不能仅仅局限在莫霍界面上的挖掘，为了面对各种复杂的人文情况，绝大多数核磁石的安装，都打破了莫霍界面的限制，进入到了更深处的地幔层，这项代表着人类文明当前最先进科技的空岛计划，实际上还是一次史上最大的对于地球的重新改造、掠夺和伤害。”

李全本来总是呆滞的眼睛，此刻却变得异常有神，这显然是他第一次接触到这样的核心内幕。或者说，如同人类进程中的每一个时代一样，这些最高层的秘密永远都是不为绝大多数人所知的，就在刚翻篇不久的上个世纪，人们还完全不知道“生化革命”和“玛雅文明”背后的内幕。在这样所谓的新时代，同样如此罢了。

似乎是要表达对于李全的绝对信任，又或者是别的想法，总之陶墨并没有就此收口，反而用手扶上了李全的肩膀，以示鼓励，接着说了下去：“世人都看见了地面和空岛之间越发不可调和的矛盾，但是比起所谓的政治上的层级，你知道根本的原因吗?”

李全摇了摇头，陶墨接着对他说道：“我承认这和我那人尽皆知、越老越奇怪、充满了野心的父亲自己的私欲不无关系，但如果不是真的有根本性的裂痕，又怎会给他这种人制造矛盾和对立的机会呢？事实上，空岛一直以来完全把地面放在一个工具的位置上，不仅是利用地面的劳动力生产力，甚至为所欲为，完全脱离开地球群体利益，从单独考虑空岛利益的角度去思考问题了。空岛的野心根本也不止于此，一方面稳住地面的统治，把大家团结在所谓的命运共同体周围，但事实上，特权主义盛行，以及对立不断加深，在核磁石在地面内部圈层的挖掘和安放过程中，空岛瞒着地面层将地底挖掘出来的大质量的岩石，尤其是地幔层的铁镁固体，大量搬运到太阳系之中进行处理。这样的方式，看似是节约地面的空间，实则是借机形成了地球星体外侧更为复杂和危险的大气环境，这一定程度上给地球外部建立了人造的防护网，一方面确实是有助于地球抵御其他未知的可能存在的星系文明入侵的风险，提供了全新的屏障。但另一方面实际上是为了限制非法开采，星际其他星球也有遍地是黄金的灵神星，下着钻石雨的天王星和海王星这样的稀有资源遍地的星球。而星际开采权则被牢牢掌控在空岛当局者的手里，寻常的企业和个人是无法去进行开采的，在上次星际大战中，布莱克博士旗下的斯坦特公司已经给佐夫等人敲响了警钟，这一块也被更为严格地管控着。但实际上，在巨大的利益面前，一些民营和私人的走私现象屡见不鲜，而这样的一层‘陨石漂流防护层’，最先拦截的则是那些不够先进的私人航空载具和不够专业的航天驾驶员私自离开地球。”

李全眼睛里透露着深深的不解，接着问道：“那这个样子，不是完全阻碍了人们对于太空的向往吗？我们明明拥有了全民登上太空的可能和技术，为什么还是要阻碍这样的科技进程和进步呢？”

陶墨叹了口气说道：“唉，这当然是完全限制了我们对太空的探索。但这也是当局的本意啊，我想你应该也明白的吧。事实上还是为了少部分人的利益和营造阶级，对于普通人来说，只能通过规定好的太空航线进行星际旅游，美其名曰是为了最大限度降低探索星际的风险系数，把危险最大限度可控化。但实际上还是通过这样的方式进行资本的少部分人持有，人们想要探索太空，还是要给那些根深蒂固掌握着社会资源的家族和企业缴纳钱财作为旅游的费用，而政府则在其中吃到双方的税收，依旧是最大的经济体。而这些人所参观的星际最远也就是去玛雅主星进行友好访问，所途经的地方都是预先规划好的。曾经瞬息万变的星际战场的陨石带，现在也成了人们观光的一个名胜景点。”

李全想起了自己年轻时候的遭遇，他一直认为自己已经是非常不幸了，所以一直疯狂向这样的现实做抗争。可现在看来，似乎根本没有什么幸运的人，每个人生活在这样的社会中，都是不幸的，无论他们身处什么样的环境和圈层，都无可避免地成为时代洪流滚滚向前的牺牲品。

“先别着急感慨，全，这才刚刚开始啊。这才是这个世界抽丝剥茧的样子啊，所以我们才要去改变，改变的不只是我们，不只是自己变得强大，而是这个世界啊。”陶墨看着低头沉默不语的李全，似乎是对此早有预料一样。紧接着，他脸上透出一抹怪异的笑容，然后用力拉开了这个密室最深处的黑幕，露出了始终遮盖在后面的墙壁。陶墨并没有回头看向难得瞪大眼睛露出惊讶模样的李全，只自顾自地问道：

“你相信神吗？”

第十七章 / 造神

在一个社会中被认为是神圣，因为它代表了价值、情感、权力或被公共的信仰赋予了使人敬畏或神圣的品性。神圣的东西来自整个社会，并被整个社会所支持。

——［法］迪尔凯姆

“神?”李全惊讶地看着面前的这堵墙壁，心里一紧，脑海里不断思考着陶墨刚刚的话，事实上，面前让他如此吃惊的并不是这堵墙壁，而是墙壁上栩栩如生的巨型画像。画像上描摹的是古希腊神话中经典的“奥林匹斯十二主神”图。但与外界流传的版本不尽相同的是，这是李全第一次看到这样的版本，并且他笃定，在外界一定没有第二个地方可以看到这幅巨型画像。这幅画上每一个希腊神话中神的形象都很经典，几乎是完美的复刻，装束神态，动作姿势，但是不同的是，每个主神的面部，对应的都不是耳熟能详的神话里的形象，而是在今天完完全全可以找到原型，赫赫有名的人。比如，在拿着三叉戟的海神波塞冬的身形上，面部却是属于现在的地球联合国水利部部长的，而民事部的负责人脸庞则被浑然一体画在了掌管生育、农业、自然和季节的神——德墨忒尔身上，而最令人震撼的是画像中居于正中首席的“众神之王”宙斯，他和大总督佐夫的形象完美融为一体。

而原本画卷形象中古希腊众神原本所处的奥林匹斯山，在这幅画中被空岛所取代，在这幅庞大的画卷中只是居于右上角，画卷的中心位置上描绘着的是千疮百孔的地面，人们形态各异的生活。这些完好无缺色泽明亮，与地面几乎完全无异的建筑里，各行各业的人做着各自的事情，有的双手合十面朝上方的空岛祈祷，有的人直接跪倒在地向着空岛的方向磕头。而不出意料的是每个人身上都延伸出一丝细线，一直连接到空岛之上，代表着信仰的力量。

至于巨幅画卷的左边，则是和空岛的庄严和地面的繁华不同的一副死寂景象，这里参照了古希腊神话中的冥界，而冥王哈迪斯和一众来自冥界的神灵形象面部则没有具体的画像，而是隐在黑暗之中。

这样的一幅画卷代表着什么，不言而喻。

望着早已经瞠目结舌的李全，陶墨率先打破了宁静，说道：“感到惊讶吗？如你所见，这幅画我求了我爹很久，才搞到手的，这是我最大的秘密和珍藏了。”

李全努力恢复了平静和目光里一贯以来的冷静，接着说道：“这不只是你的，这应该是属于全人类的，是谁画出了这样的作品啊，他是不是已经……”

陶墨笑着摆了摆手，说道：“远在天边近在眼前。”

李全更加惊讶了，上下打量着陶墨，问道："你不会是说？"

陶墨赶忙解释道："想什么呢你？这画作出来的时候，我还是个乳臭未干的浑小子呢，这画的作者就是我们的毕尔德老师。"

李全脑海中浮现了毕尔德的身影，想到是那个家伙的话，这样的大作反而合理了不少。

陶墨接着说道："不然你以为他一个画画的，怎么会进入那所监狱？如今招安出来，还有一个休斯这样级别的军官贴身监视着。这幅画作甚至没进入公众视线，就成了绝对禁止流传的禁物，整个太阳系没人敢进行传播，可惜了这幅惊世之作了。"

李全若有所思地问道："陶墨，如果这幅画像是在毕尔德老师进监狱之前完成的，那时候应当还没有废土的崛起吧？"

陶墨似乎猜到了李全会问这样的问题，紧接着回答道："这大概就是属于一个艺术家的能动性和创造力吧。他们不只是对现实社会的真实描摹和再现，还加入了自己对于这个时代、这个世界的独立思考和大胆的畅想，而一个划时代的艺术家，其创想很多时候都是领先于时代的。正如你所见，画上的冥界和如今的废土何其相似，地面厌恶着废土的存在，而比起地面同空岛不平等的关系，废土却反而更像有平等地位的存在，而其未知和特殊性，使得三方形成了这样出乎意料却又在情理之中的平衡。"

李全愣愣说道："可这些人，真的算得上'神'吗？"

陶墨再次恢复了刚才的严肃，接着说道："不算吗？我觉得已经完全称得上是了吧。给自己塑造了凌驾于地面之上的空岛，看似是科技进步的尝试，实际上不是极少部分人的特权吗？这不就是为自己成神所搭建的宫殿吗？那位可以随意调动地球上的水力资源的存在，如同海神波塞冬一般喜怒无常，那滔天的海水带来的是一个地方的兴衰。而我们众所周知广受‘爱戴’的大总督佐夫，岂不就像那奥林匹斯之王宙斯一样吗？威严不容许任何人的践踏，哪怕做的是一件错误的事情，也不容许这件事情被人们议论……”

李全打断了陶墨的话，说道：“不要说下去了，陶墨，这离我们太过遥远了。”

这下换陶墨愣了愣，接着开口说道：“是啊，你说得对。这也是我最欣赏你的地方，你似乎比起任何同龄人都多了一抹沉稳和老练。我大抵能想象到这是经历过了多少事情。但是我们有未来不是吗？这所学院已经完全变味了，不是吗？我们还可以尽我们所能，在来到时代舞台中心的时候，去改变这些，不是吗？所以，现在，你可以回答我了吗？李全，你愿意和我一起开创一个新的时代吗？”

换一个人的话，此时应当已经热血沸腾了。这是陶墨与生俱来的本领：无与伦比的感染力和同理心。说实话，即使是李全，也完全被触动了。但他却并没有表现出任何情绪。陶墨已经习惯了李全这副样子，他没有多想些什么，他坚信着自己的说服力，李全纵使有属于自己的经历，但无论如何也不可能会对今天他的所言所行无动于衷。

而此刻的李全确实被深深感染到了，无法否认的是，陶墨是一个真正的出色领袖，他也给了自己最大的尊重。但他的心里还是默默想到：如果早点遇到你的话，你的未来我多想见证啊，可惜，我的未来早就不属于我自己了，如何陪你一起开创世界的未来呢?

“出事情了，墨哥。”正当二人停留在画像的壮观之中时，陶墨随身携带的联络器有声音传来。察觉到不对的陶墨凑向李全的耳边，悄声说了几句话，二人面色都是一沉，朝着屋外跑去，陶墨有专属的代步工具，二人很快来到了目的地——玛雅留学生公寓。

李全首先看到的是早上在保卫处为自己发声的艾琳，此刻的她急切的神情，并不逊色于早上在保卫处之时。而正当他想要对上少女焦急的目光时，另一双绝美的眼睛却出现在了他的视线里。这是一双没有多少多余情感、简单而自然的眼睛，与其说真诚，不如说眼睛里有一种天生就有的麻木，像极了李全自己眼中的那抹，所以李全对这双眼睛的主人也异常清楚，正是他朝思暮想的那个女孩。用计躲躲藏藏了许久的李全已经说不上来到底有多久没见到玛索了，更重要的是，此刻的女孩正面对面朝着他走来，目光里充满了坚定。李全这一刻实在没有办法顾及本来率先看到的，脸上带着那抹焦急神情的女孩了，他知道自己此刻眼睛里、脑子里都是朝他缓缓走来的玛索。玛索就这样直勾勾盯着这边，李全开始下意识低头避开她的眼睛，但他的余光感受到女孩在不断往这边靠，直到她站定在他的身边。然后他就听到玛索的声音传来，还是那样没有温度的声音，但在他听起来却充满了情感，玛索利落地开口道:“墨，你怎么才来?”

名为李全的少年本来低着头遮掩着喜悦的神情，在少女的声音传来的瞬间，这个眼睛里写满了世态炎凉的少年，瞳孔里难得的激动在那一瞬间黯淡下去，失去了颜色，恢复到了往常的空洞，甚至更添了些颓意。一旁的陶墨显然注意到了少年的情绪变化，稍有些尴尬地说道："玛索，你应该见过他吧？这是我兄弟，李全。也是那天在教室帮你的那个。"陶墨话说一半又刻意强调了下李全对玛索的帮助。玛索这才扭过头看了旁边的李全一眼，想起了什么似的说道："李全吗？又见面了，上次谢谢你了。"李全听得出少女语气上较刚才显得更为冷漠和敷衍，不知是失落，还是无奈，他只是轻轻朝着女孩笑了笑。玛索的目光也瞬间转回到了一旁的陶墨身上，李全以几乎只有自己听得见的声音喃喃自语："先是艾塔，然后是陶墨吗？你的目光看来从来都停留在最明亮的地方。"

李全被玛索吸引走的目光，始终没对上在这里第一眼看到的女孩那焦急的目光，但女孩充满关怀和窃喜的目光却始终紧紧跟着李全。艾琳的声音传来："李全，又见面了！"

等不到李全的回复，所有人的目光，包括此刻的李全和艾琳，陶墨和玛索，大家的注意力都被兵器碰撞的声音吸引走了。这也是学生们围堵在这里的原因，向来井水不犯河水的玛雅留学生首次和地球学生爆发了冲突。冲突的主人公还是，这个学院地球学生中最强战力艾塔和玛雅留学生中战斗力达到顶峰的拉卡。艾琳早上的话有一句不假，那就是她的成功出走，和艾塔去了留学生院有很大的关系。事实上，艾塔走这一趟已经准备了很久，他根本不在乎什么空岛学生还是地面小团体，反而他们早上闹得声势浩大的时候，给了他最好的独自行动的机会。他的目标很简单，从小顺风顺水、天赋异禀的他，无法承认或者容忍这个学院里有可能比他强的存在，而他来到这里的原因更简单，来找这里最强的人打一架，打赢了，他就是毫无争议的最强了。他如愿地找到了这个人，但是这个人却好似丝毫没把他放在眼里，以“女王和库洛姆元帅的指令”为由，拒绝和艾塔有任何的冲突，但这样的话听在艾塔的耳朵里却变成了激怒：“如果没有女王和库洛姆元帅的指令，我早揍你了。”

艾塔拔出属于自己的光剑，霎时间来到了玛雅学生中为首的拉卡面前，盛名在外的玛雅年轻一辈中最强的存在——拉卡下意识抽出象征着玛雅人惯用的巨斧一挥，完全不在一个力量层次上的艾塔被弹了出去，效仿地球文化，梳着整齐背头、浑身精壮到青筋暴起肌肉虬结的拉卡单手紧攥着长柄巨斧站立着，他手中是一柄可单手持也可双手挥砍的长柄巨斧，和库洛姆手中的双斧同为玛雅战士钟爱的武器。拉卡轻描淡写的反击，使得艾塔更生气了，他从未经历过哪怕一次小小的挫折，他基因里的智慧终于动了起来。他清晰地知道如何激怒眼前的拉卡，这位人尽皆知的库洛姆元帅的小迷弟、视库洛姆为信仰和战神的玛雅年轻战士。艾塔在所有人的注视下，放肆朝着拉卡大喊：“你就这两下子吗？库洛姆虽然打不过我的父亲，但起码还敢迎战。我看你还不如他，一个胆小鬼。”

拉卡听见了艾塔的话，眉头紧皱，他不允许库洛姆元帅遭受到这样的玷污和污蔑。他本就对面前这个不自量力的纨绔子弟不爽已久，于是，他三步并作两步挥舞着巨斧朝艾塔抡去，才刚刚过去了一天，又是两个在学院主干道上斗殴的学生。与昨夜不同的是，此刻几乎所有学生都聚集在了这里，关注着这场战斗的结局。不论是来自地面的、空岛的还是玛雅的，平日里升旗的时候都未曾有过这样的阵仗。

这样的事情很快惊动了学院。负责处理此类事件的休斯，才刚刚汇报过昨天的事件，来不及休息，就得出现在了新的“战场”旁。他不能对这件事情进行明确的干预，望着自己看着长大的艾塔，他还是依照流程，拨打了院长办公室的电话进行请示。这样在校园里约定好的“切磋”原则上是完全符合当前学院的规章制度的。休斯还是和以往一样，没能等来院长办公室的任何答复，反而等来了需要在公众场合和他形影不离的毕尔德的风言风语。休斯有时候都想不明白了，到底是谁在监视着谁。毕尔德还是那副欠揍的模样，抽着自己的雪茄笑着说道：“哟，休斯老师，看来今天的戏还真不少呢。有趣，真有趣。哈哈哈哈！”

此刻拉卡和艾塔的战斗已经进入了白热化，拉卡在力量和速度等身体素质方面，都占据着绝对的优势。人们期待中却未曾亲眼见识的传言中尤塔和库洛姆的战斗，被称为人类最强和玛雅最强的战斗已经有无数个版本的故事流传，最强和最强之间，总是充满了话题性。但是今天这样的战斗，在场上为数不多目睹过尤塔和库洛姆战斗的人之一——休斯眼中，则是完全不可比拟的一幅景象。相比库洛姆，少了那份不会出错的恐怖直觉的拉卡，招式将其本人简单而粗犷的特质展现得淋漓尽致，但同时又看上去相当的笨重，速度和力量的结合难以掩盖一招一式的不连贯和粗糙。而另一边的艾塔说实话，就要显得更差劲了，远不及尤塔的格斗技巧，以及几乎完全没有过训练痕迹的身体，使得他被动躲避着拉卡的巨斧。以艾塔现在的力量，是无法正面与拉卡对抗的，但因为其与生俱来的战斗天赋和拉卡斧头挥舞得着实笨拙了些，他还是勉强维系着战斗。但艾塔的体力很快见底了。起码重视着身体锻炼的拉卡在早已精疲力竭的艾塔一个不留神之中，抓住机会，用尽全力地一斧劈下，艾塔勉强拿剑抵挡住冲击力，光剑脱手，整个人瘫倒在地，败下阵来。

就如同大多数和玛雅一族单兵作战的地球人类一样，艾塔此刻看上去和他们并没有任何不同。他面对的对手要远远弱于那个玛雅一族的传奇战士库洛姆，他第一次感到了那个曾在他眼中怕老婆怕老爹的父亲的强大，他是如何克服着种族天赋上的差异，和玛雅一族最伟大的战士平分秋色的？他习惯了父亲的伟大，爷爷的伟大，在这样的庇护和外界的追捧之下，他觉得这样的成就并没有什么大不了。但当他亲自面对之时，他迎来了惨烈的失败，这无异于亲自向所有人宣告了：他比不上那个早已成为传说的尤塔，他连这样一个玛雅留学生都不如。而他似乎真的只是个纨绔，是安德森家族的耻辱。艾塔的脸上再没有了曾经的骄横自傲，反而是一种无力到极致的死寂。

这样的艾塔引起了几乎所有人的同情，这些人中不乏曾经或多或少痛恨和埋怨艾塔的蛮横无理的人，说实话，他们心底里是歧视这些前来“学习交流”的玛雅一族的。他们下意识认为他们的沉默是因为畏惧和地位的低下，但他们中最强的艾塔的败北，似乎把不知何时起建立在心里的种族和文明上的自信一扫而光了。休斯盯着自己看着长大的艾塔，充满了怜惜和心疼，心里想到：你终于可以把背负着的那些执念放下些了吧，艾塔少爷。如果不是有尤塔这样惊才绝艳的存在，地球的这些战士又该早早承受着怎样的压力呢？可以说尤塔的单兵作战能力，是靠他一个人的英雄主义，捍卫着属于地球文明的骄傲也不为过。早上刚和弟弟斗嘴闹矛盾的艾琳一言不发地跑去战场的中心，搀扶照顾着倒在地上眼神空洞无神、尽显颓势的艾塔，此刻血浓于水的亲情，已不需要多余的言语。不只是空岛学生们手足无措，陶墨带领下的地面小团体望向艾塔的目光也充满着同情，这是他们曾经的“神”坠下神坛的一天。当然，想必艾塔完全不会想要这样的看向弱者的目光。

场面出奇的安静，学生们不知道该怎么做。这样涉及星际冲突的外交性质的事件，确实是艾塔个人挑事在先，事件非常清晰。休斯一面关心着此刻的艾塔，一面等待着肯特那边的答复。他不知道怎么做，但他清楚知道，电话那头的人一直关注着这里的情况，没有接通的电话透露的信息很简单：肯特院长也不知道该怎么做了。

“孩子们，你们在做什么呢？”一声苍老却又充满了力量，庄严而又饱含亲切的声音传来，划破平静氛围的声音的主人出现在了所有人的视线里。这是一位满脸皱纹，长发和胡须花白，身着长袍的老头子，这人出奇的干净整洁，举手投足之间使人充满了舒适感。

突然发生的变故吸引了所有人的注意，而年迈的老人也再次缓缓开口：“大家好，自我介绍一下，我叫孔立人。初次见面，孩子们。”

所有人陷入了更持久的寂静，这个名字对他们来说再熟悉不过了。同样这句孩子们，不仅是对于这些孩子，即使是旁边的休斯、毕尔德、未曾接起的电话那头的肯特来说，这句孩子们叫得也毫无不妥。哪怕这位老人这句话是面对着当前地球第一人的大总督佐夫所言，人们似乎也并不会觉得失敬和奇怪。这个老人已经很久未出现了，甚至有一些小道消息，他早已和同时代那些伟大的人一样长辞于世，应该出现在被一同镌刻在历史扉页上的那些人中了。他确实是一位老人了，被誉为公元最后一位儒圣的老人——孔立人。

“纷争、对立、自我、无序。这就是被誉为地球未来的学院学子们吗？我看到了什么，孩子们？又听到了些什么？你们还很年轻，甘心就这样连同这所学院一起，被钉在历史的耻辱柱上吗？如此一来，让往后的世人怎样评价你们呢？”孔立人的话里听不出情绪的起伏，也没有声嘶力竭，只是很平淡的讲述。但却勾起了早已沉默下来认真聆听的每个学生，包括周围的老师们内心最深处的情感，此刻的休斯等人已经敬起了军礼，连一旁的毕尔德都不知何时收起了香烟。

“给大家讲一个公元时期发生过的真实的故事吧。”孔立人接着缓缓讲述道：孔融，字文举，东汉时期山东曲阜人，是孔子的第二十世孙。他小时候聪明好学，大家都夸他是奇童。但孔融并没有因此而沾沾自喜，他非常懂得礼貌，父母和师长也因此非常喜爱他。一天，父亲的朋友带了一盘梨子，给孔融兄弟们吃。父亲叫最小的小弟挑，小弟挑走了一个最大的。父亲让孔融挑，孔融挑了个最小的梨子。父亲很诧异，就问孔融为什么选最小的。孔融说：“我年纪小，应该吃小的梨，大梨该给哥哥们。”父亲听后十分惊喜，又问：“那弟弟也比你小啊？”孔融说：“因为弟弟比我小，所以我也应该让着他。”

不知是因为孔立人的讲述生动而富有感染力，还是孩子们今天都累了，他们很少有这样静下心来听故事的时候，孔立人口中那一个个关于礼貌、道德的小故事，变成一幕幕画面浮现在孩子们的脑海里。孔立人从孔子讲到孟子，从朱熹讲到王阳明，那一个个小故事牢牢抓住了孩子们的注意力，也让他们陷入了深深的反思之中。

正当大家沉浸在这样一个和谐的讲学氛围之中时，休斯身上刚才始终未曾拨通的电话突然响起，打破了这样的氛围。孔立人显然也听到了声音，嘴角挂着不置可否的微笑，他说道："看来，今天的时间也差不多了。希望这些前人先贤的故事会对你们有所启发。孩子们请记住了，海纳百川的胸襟、上善若水的品格、高山仰止的修养是成人基础的基础，如果基础打不扎实，急于求成，过度追求眼前的东西，这样是流于表面和浮躁气盛的。希望你们可以不负国家和时代对你们的期待，在未来真正创造属于自己的时代，我们都老了，未来是你们的。"

孔立人的演讲，或者说一节启蒙课结束了。在后世有留存的史料记载以来，至少这样的公众课，孔立人只出现在地球联合国首席皇家学院这一次，并且也只做了这一次演讲，但就这一次临时平息矛盾的启蒙课，却让他得以名垂青史。因为这也是这群学生严格意义上早在学习各种专业技能之前，就应该不断去学习和掌握的一节课：成才先成人。这是有关于做人的基本原则和道理的一节课。而这一节课，根本上开辟了这所本该成为典范的学院新的教学系统和历史，在此之后，学生们各自为伍，师生、家校之间畸形的对立关系，在潜移默化之中迎刃而解，无数强权镇压和巧计打击都没有根本性解决问题和奏效的难题，就这样在一次成功的德育之中解决了。这场演讲也被后来的人们称为“联合国首席皇家学院真正的开学典礼”。果然，其实小孩子终归还是小孩子，没有多么的复杂，争强好斗、爱表现、自以为是、充满好奇，这些都并非是多么恶劣的错误，导致一切变得糟糕的是未加正确的引导罢了。或者换句话说，这群孩子入学以来之所以会发展成现在的局面，很大原因是因为家庭也好、学校也好，向他们过早地展示了社会和人心黑暗的一面，他们不再相信光了。

小孩子嘛，其实哄一哄就好了。

现场响起了阵阵发自内心的掌声。与此同时，休斯也接通了肯特的电话，再次姗姗来迟的肯特告知了休斯一个更加重磅的消息：许久未曾在学校露面的院长——大总督佐夫将要亲自和在场的所有学生连线，并且对三年来努力工作的全院老师以及今天解决重大危机的孔立人进行对话和表彰。

孔立人的脸上并没有任何的激动，甚至连此刻的师生们脸上也没有任何的激动可言。对于他们来说，这只是一个打扰了一节完美德育课的命令罢了。这样的情绪很快就在人群之中弥漫开来，同时大到夸张的便捷大屏幕在空中数个战舰的拼接下迅速组合而成，佐夫的脸庞出现在巨大的屏幕之上。

屏幕上是佐夫充满威严的脸庞，他严肃的声音自此传来：“同学们，你们一直以来的情况，我都有在关注。国事繁重，我一直难以抽出身来。这次本就打算同大家好好谈一谈我们所面临的情况，这所学院是我力主成立的，承载着我的心血，同样也是所有老师和学生的心血。但是近期，却频繁有负面的声音传来，令我也是头痛不已。但我始终坚信着我们出色的老师，坚信着出众的同学们，你们一定可以在短暂的适应之后处理好这些事情。但今天孔先生的到来，显然大大加速了这样一个过程。我们应该感谢他的所作所为，一直以来为学院也好，为国家也好，为整个人类也好，他是人类史上的传奇和丰碑。事实上，我早在建校之初就邀请过孔立人先生，但一直都未收到先生的答复。先生近年来可还安好？纵使是我这个老朋友，都联系不上你了。不知你是否……”

没等佐夫后面的话说完，孔立人敏锐地捕捉到了他一连串讲话的换气时机，他微笑着说道：“大总督好，出于礼貌我一直在聆听着您的讲话。借您吉言，我这几年身体虽然无可避免地走向衰老，但倒也还可以走动。至于朋友这样的称呼，在您改变了国家的制度，宣布担任大总督之时，我就解释过，我们的朋友关系已经是过去的事情了。我今天会出现在这里，也是因为陪老朋友刚巧经过，能再次见到您也是我的荣幸。感谢厚爱，我已经老了，这就回去颐养天年了。”

镜头里的佐夫眉头紧蹙，在镜头之外的双手已紧紧握成拳头，身躯也止不住有些颤抖。他已经记不起来，自他担任大总督以来，有多久没有人敢以这样的口吻和他说话了。他心里早已经怒不可遏，暗自辱骂道：不识抬举的老东西。

就在此时，战舰上刻着银狐图案的战舰群从学院的上空降落，这样的图案众人并不陌生，它来自曾经的“萌芽军团”。第一次星际战争胜利之后，“萌芽军团”改组扩建而成的“银狐军团”，其最高指挥官是当今三大元帅之一的张振国。事实上，很长一段时间内曾被称为“儒将”的张振国和孔立人出自同一个文化圈，他们也是多年的至交好友。孔立人没有说谎，也不会说谎。他此行确实是应张振国之邀，以叙旧和论学为目的而来。至于张振国这个“老狐狸”是不是有意让孔立人看到学院当前的情况并出手相助，就不得而知了。

看到降落的舰队和从主舰上走下来的张振国，现在早已变得气量狭小、暴躁易怒的佐夫没来由地更加生气了。他没有好脸色地说道：“张大元帅，这个时候带领着舰队，不在戍国卫边、星系驰骋。怎么有空出现在这里，这样的行程我这个当大总督的可从没耳闻过。”

张振国似乎早就料到佐夫的态度，笑着说道：“现在星系一片太平，老头子年龄大了，但也记得我应当拥有军队的独立指挥权，这点准是没错，想来见见朋友这种小事也就不烦扰大总督了。大总督要没别的指示，我这就把我这位老朋友接走了。”

“当然可以了，那本总督就预祝两位老先生此行顺心。”佐夫几乎是强撑着微笑，一字一顿地咬牙说道。

张振国忙上前去迎接站立着的孔立人，孔立人也顺势转身跟着张振国一起往舰队的主舱走去，最后还回头意味深长地看了眼大屏幕里嘴角早已经气得忍不住抽搐的佐夫说道：“佐夫，顺便提醒你一下，这么多年了，你的领带还是没能系好。”

话音刚落，屏幕里奇怪的笑声传来，然后连接着屏幕的网络信号突然中断，屏幕瞬间陷入了一片黑暗。

此刻的地球联合国首席皇家学院一片肃静，刚刚跨越了两个世纪的大人物，这些老人以最出乎意料的方式出现了，又以最戛然而止的方式离开。这样一个过程，对于学生们来说是一节告诫大家要悬崖勒马的人生课堂，但对于此刻在场的一些有一定阅历的中年人来说，这次对话隐含了太多内容。

休斯低着头，神态木然地嘀咕道："大总督终归还是对影响他独裁的这些最后遗留问题感到不满了吗？想来三大独立指挥权的军事力量，确实是让人头疼的。"一旁的毕尔德从口袋里摸出一根完整的雪茄，重新点燃，猛抽了一口，拍了拍身边这个外粗内细的魁梧大汉，嘴角不再是那抹肆意，而是似笑非笑地说道："走吧，休斯。这不是我们的舞台，我们注定只是观众。好好看吧，要珍惜这出戏啊，越来越有意思了。"

此时留在现场的所有学生，都又一次陷入了深思，或是成群结队，或是低头独行，每个人看上去都是心事重重的样子。事实上这些孩子太过聪明了，即使是这样的年龄，也依旧听出了刚才对话中的火药味十足。这不只是一节课程，更是让他们直面世界的一个窗口，这个世界似乎并没有他们想象中的平静，而他们竟然荒废时间在这里纠结于彼此之间的小打小闹和小争小抢。

艾琳扶起了一脸颓态的艾塔，自己这个自以为天下无敌的弟弟，纵使平时再蛮横，无法替代的是二人血浓于水的亲情，也许是自己这个当姐姐的逃避了太久，才让他承担了太多吧。艾琳不由得从自己身上找起了问题，她此刻全身心都扑在安抚自己这个弟弟一事上，毕竟她才是那个姐姐啊。对于艾塔来说，他想了很多，又似乎什么也没想，就这么任由艾琳搀扶着他。他此刻不需要多么强大，也做不到多么强大，他只想就这样瘫倒在自己姐姐的怀抱里，他确实需要歇一歇，再好好想一想了，他还这么小，你不能要求他现在立马生龙活虎地站起来，重新面对这个刚刚给他迎头痛击的世界。

一旁稍显亢奋的玛雅留学生人群欢唱着玛雅一族的战歌，为首的拉卡喊停了即将陷入狂欢和庆祝中的玛雅战士们，倒不是他多么沉着冷静，若是如此的话，也不会因为艾塔几句挑衅就不管不顾的。他扫视着自己衣服上一道道不为人注目的剑痕，现在玛雅一族的衣物，在与地球文明的深度合作交流中，早已经是最新科技加注，不亚于地球士兵防护装备的保护和防御力了。拉卡回忆着刚才的战斗，他清楚地知道，毫无疑问，自己的天赋和刚才的少年远远不在一个层面上。可想而知，若不是这套护具，若不是那少年实在软弱无力的身体，以及从未直逼弱点出杀招的做法，如果是在战场上，他想必早已经死了很多次了。即使这样，刚才他的战斗过程，也完全是被戏弄着，显得蠢笨之极。这样的他更别提什么时候可以追上那位库洛姆元帅了，他第一次深刻地认知到，原来，是他们都太弱了啊。现在就知道这件事情，可想而知对他来说完全是一件幸事。他没有理会之后的事情，他明白这个时候他需要的是继续修炼和更多有意义的战斗。

对于陶墨来说，同样也有很多的思考。李全说得对，孔立人说得更对，对于他的年龄来说，他似乎太过于理想化和着急了。时代的更新换代中，有惊才绝艳如他们父辈那一代，早早就登上时代中心舞台的天才辈出的一代。但更多的是需要长期积累沉淀才得以成才的一代又一代的少年们。他很向往但同时也很遗憾，自己没有身处在那样一个天才的年代，同样的，自己也确实离上一辈的那些天才所差甚远。甚至自己一直瞧不起的父亲陶白，不讨论他如今在陶墨眼中的自甘堕落，能在那个年代和那些不世出的天才站在一起，这就足以让他望尘莫及了。他清楚地知道了这所谓的小团体还远不能成为星球的未来，他们所欠缺的还太多太多了。而李全和玛索依旧是如出一辙的喜怒不形于色的神情，对于他们来说，各自又有着各自的考量和小心思，三人之间时不时的眼神交流也充满了戏剧性，李全偷偷望着玛索的眼睛，玛索直勾勾盯着陶墨，而陶墨规避着玛索目光的同时，还不断扫向李全，关注着自己认定的这位好兄弟的情绪。

这个时代的少年们，或许并不像他们的上一代那样会被历史大书特书，但他们同样有属于他们各自的烦恼，不亚于那些天才的心事重重。

第十八章 / 乱世序曲

世间纷乱不安，可别上当受骗，只有真东西才能留存。

——［日本］坂本健一

空岛联合国总部的顶楼，迎来了注定不平静的一天。

大总督的办公室内，佐夫已经把手中的杯子反反复复用力摔出无数次了，杯子与桌面、椅子、地面碰撞摩擦出“乒乒乓乓”的声音，但反而更让发泄者生气的是，这个杯子的材质注定了他不会听到杯子碎裂那令人解压的声音，他得面对着一个无论你怎样摔打都难以有任何破损的杯子。他的嘴角垮下，眼神充满杀意，满脸抑制不住的怒气。佐夫用力握紧了杯沿，此刻的这个杯子多像他早已看之不爽，又无可奈何的那几个老顽固啊。想到这里，本来陷入沉思的佐夫没来由地握紧了杯子，再一次用力将之远远掷出。长长舒了一口气的他，用力后仰靠在椅背之上。面色稍稍放松的佐夫，右手拇指和食指分别用力按压着两侧的太阳穴，对着空气说道：“出来吧，说说怎么样了。”

不知何时从阴影中跳出来一个人影，这人将全身包裹起来，连眼睛上都戴着深色的护目镜，几乎完全看不到这个人的长相，更别提有人能喊出他的名字。事实上，站在佐夫面前的人确实没有名字，或者说“他们”都没有名字，甚至也没有代号，彼此之间依靠共同的目标而行动，现在出现在佐夫面前的人可能和下一秒出现的人就不同了。这是属于曾经M系情报局最大的秘密，这是一个家族，一个来自公元时期的古老家族，他们为了血脉的纯粹实行同族通婚，或者不如说这是一种完全的以生育和繁衍后代为目的的人类物化交配。他们生下来就要接受祖传的训练，他们应当是这个世界上最敬业的存在，生下来就接受命运的安排，完全失去了自己的自由和生活，越是如此，一代又一代的家族新生血液就越不会去反抗这样的命运，因为每一代都会多承担一代的痛苦，这是代代传人坚守着的荣耀和使命。而他们的生存意义也很简单，为自己的国家和政权监视一个人。事实上，这个人没有严格意义上的具体名字，这个人曾经是很多人，但他们无一不是当时社会最具有创造力的科学家，他们拥有引导世界走向两个极端的力量：牛顿、爱因斯坦、奥古斯托、布莱克等。而自布莱克博士陨落之后，现在他们的目标只有一个——那位叫作姜来的科学家。可以说对于这一代家族成员来说，姜来就是他们活着的意义。这个组织或者说家族的存在一直鲜为人知，而为数不多知情的高层人员习惯称他们为“蜉蝣”，每一只“蜉蝣”都是“蜉蝣”。

蜉蝣：“大总督，姜来近期使用空间跃迁的频率不断增加，因为这项技术的未知性，其目的地我无法准确跟踪。但是我从他身上的微小细节可以得出，他去的地方很多，有地面、废土，甚至地球之外。”

佐夫面色凝重地说道：“这个姜来，到底在搞些什么？这些人最是古怪。最近个别地区又开始出现的一些机械暴动，和他有没有关系？”

蜉蝣接着说道：“从星元 18 年姜来那次突然失踪以来，他已经很久没进行过什么真正有进步意义的科学研究了。与他停滞了的科研进度相对的，他多了很多出去的时间点，似乎一直在寻找着什么。种种迹象都表明 18 年那次出走，对他有很大的影响，他似乎在找寻着什么的答案，但是到现在都没有结果。那次事发太过突然，我甚至怀疑他注意到了我的所在，所以我没有办法跟上他。至于那些机械暴动，虽然看上去很像是姜来的手笔，但确实没有任何证据可以证明和他有直接的关系。这是我的失误，抱歉。”

佐夫低头不语，沉思了一会儿，接着说道：“这不是你的问题。姜来已经掌握了只有他可以开启的跨时代的技术，这是相当危险的。你已经做得很好了，继续跟下去吧。他总会有疏漏的时候，我倒要看看他能搞出什么意外出来，不要影响了那件事就好。”

仅是办公室里佐夫的愤怒，显然不足以让整个顶楼陷入混乱。佐夫在办公室里发脾气的同时，因为要应平时喜欢安静办公的佐夫需要，整个房间对外的隔音是非常好的，因此佐夫一般根本听不到外边的动静。而现在整个楼道陷入了完全的两难境地，有哪个安保和工作人员敢阻拦现在这个正骂骂咧咧奔向佐夫办公室的战场屠夫、有“豺狼”之称的图哈德呢？又有谁敢去联系此刻正在办公室生闷气，一定不愿意被打扰的大总督佐夫呢？稍稍狠下心来打算上前劝阻的守卫，阻拦的势头还没展现，就或被一脚踹飞，或被拎着整个人摔出去。图哈德确实老当益壮是一方面，另一方面，又有谁敢还手呢？

在图哈德的强势要求下，负责保卫的士兵就这样几乎毫无反抗地一层层打开门禁，图哈德在这个戒备森严的顶层总督府简直是畅通无阻。这是多么讽刺的一件事，比起之后被佐夫的怪罪，当下愤怒的图哈德显然是他们最先需要考虑的危险因素，敢这样骂骂咧咧擅闯总督府的人，又岂是他们敢干涉的呢？这样的矛盾和冲突，还是留给那些大人物去解决吧。怀着这样心思的守卫们很快却面临了新的问题，站在薄薄一墙之隔的图哈德突然停下了脚步，停留在了最后一道门槛处站立着。后面一路跟随着，打算进去后请求佐夫原谅的士兵们见状也赶忙低头不语，在图哈德身后安静地站立着。而此刻这个位置，门内佐夫的声音和对话听上去异常清晰。

房间内，背靠座椅的佐夫心情明显好了不少，双手交错搭在胸前，趾高气扬地朝着对面屏幕里的人对话："喂，我答应你们限制地面对废土的打击和干涉，也明里暗里给了你们诸多资金和技术的支持，甚至以各种各样的理由分批'放逐'到废土一批又一批在医药学领域顶尖的专家和生命科学领域的科学家。你不会是要给我看这样缓慢的进度吧？所以你们到底都在做些什么？再这样下去的话，我可不保证会继续对你们抱有期待了。你知道的，地面的战斗资源我根本不放在眼里，更别提你们了。而你们对我来说存在的唯一价值你应该清楚得很吧？"

屏幕上的人戴着兜帽，穿着黑色斗篷，脸上覆盖着面具，看不清长相，但是整个身形充满了辨识度，正是废土之主——净。净不慌不忙地同佐夫说道："话大可先不必说得如此绝对，佐夫。纵使是你现在的专权，倘若公开违反'黎明共识'，大搞生命科学，进行基因领域的研究，企图找到可以延长寿命甚至长生不老的办法，恐怕也会招致巨大的反对力量吧。所以借助废土作为管控外的法外之地进行研究，我们的交易对你来说也是唯一的选项吧？除非，你对自己的身体自信得很，不愿意这个研究课题进行下去了，那你大可出兵和我们兵戎相见。而且我相信地面那个虎视眈眈的陶白也不会让你省心的。再等等吧。这根本不是短时间能完成的课题，荒废了太久的领域和本就不够先进的进展，你总不会怀疑自己安插下来的这些人吧？真可悲，你比起布莱克博士可是差得远了，都是只身犯戒，他追求自己的真理不畏身死，而你却是为了自己能活着。"

佐夫早已经气得牙齿咬得咯咯作响了，这已经是他今天数不清第几次感到被驳了面子了。对于久居高位的他来说，这样的感觉是很致命的。他心里暗自想道：先让你们得意一会儿，等到那个时刻降临，你们会后悔和我作对的。

看过毕尔德《神图》的人，此刻应该都会大为震惊，这个疯子有意无意间塑造了此刻作为未来发生的画面，或者说历史上本就一直如此。本应该完全对立的废土之主净和空岛大总督佐夫，此刻竟然在一起为了共同利益而密谋，一副早已经合作很久、老熟人的样子，像极了"众神之王"宙斯和"冥王"哈迪斯之间的微妙关系。属于艺术的合理猜测，此刻正不断模糊和现实之间的距离。

此刻的佐夫怎么也不会想到办公室房门会轰然打开，而站在自己面前的是出人意料非常平静的图哈德，还有跟在后面支支吾吾捂着耳朵的顶层安保人员。和刚刚在楼道暴怒无比的图哈德不同，此刻的图哈德冷静得瘆人，其实相较于现在，那个骂骂咧咧的形象反而是这位老帅的日常真实写照，生气是真的生气，但是此刻的图哈德不只是生气了，上次露出这个神态时，他差点率领着舰队一路打上玛雅主星。

佐夫很快调整了自己的状态，难得嘴角挂上了笑容，若无其事地朝着图哈德说道："这不是图哈德元帅？怎么来之前也不说一声，后面的混蛋们，你们怎么也不通报一下。赶紧准备东西，我要亲自好好招待我的老朋友。上次一别已经太久没见了。哈哈哈哈哈哈！"

图哈德脸上的冷漠并未褪去，也没有任何的笑容，接着说道："别装模作样了佐夫，我都听到了。"听到这里，佐夫内心一凉，一块大石头落地。图哈德不等佐夫开口又紧接着说："我这趟来本来是以朋友的角度，骂醒你这个越来越自以为是的家伙。孔立人是真正可以改变文化和人民内心的存在，这样的人不应该躲在地球的角落里养老，无论你们有怎样的误会，都应该为了同一个地球而努力。我原本以为你最多也就是如那些传言一样，位置太高了，就蛮横自大了点，现在看来完全不是。"

佐夫面露委屈地说道："老帅，秦始皇、汉武帝、唐玄宗，这些千古明君，又有哪一个不向往长生不老的呢？这只是基本的诉求吧，我们为人类文明奉献了这么多，有这样的需求不是再正常不过了吗？"

图哈德尽力克制着自己的愤怒，跟佐夫说道："你说想要作为大总督更好带领人类文明向前，我相信并且支持了你。可我今天看到的是什么呢？还什么千古明君，你真把自己当独裁的皇帝了？这是我们组建联合国的初衷吗？你完全践踏了我们这群老家伙的信任，你还记得自己的老上司帕卡莱迪吗？他用自己的一生和生命捍卫着民主的权利，地球内部的和平，尊重着每一个人本身。他是当之无愧的全人类的英雄，而你作为他最后培养的接班人，完完全全辜负了他的努力和栽培，你亲手把这一切毁了。你要如何向我、向我们、向他解释你现在为了自己的长生不老，将一切玩弄于股掌的手段呢？”

“老师！我知错了。”佐夫一脸的愧疚，不敢直视图哈德的眼睛。事实上，比起安享晚年享天伦之乐的安德森，因为孔立人和设立总督事件，早已面上都很难过得去的张振国，在地球现今最强的三大战力中，图哈德是真的始终坚定支持着佐夫的那个人。

图哈德看上去似乎失去了斗志，也许是太失望了吧。他没有理会身后的佐夫，转身大步流星朝着门外走去，留下了同佐夫说的最后一句话：“你好好反思一下吧，佐夫。现在回头，还不晚。不然……”图哈德没有把最后的话说完，便已经离开了办公室，留下愣在原地、面露愧疚的佐夫。但图哈德没走多远，佐夫脸上的愧疚就一扫而光，取而代之的是面部肌肉逐渐的扭曲和狰狞。他朝着呆若木鸡的众人说道：“传令下去，在图哈德元帅的战舰起飞之后，利用现有的最强对空打击，将其击落。不要留有任何残骸，送老师一程吧。”

“啊？可是……您确定吗？”门口的传令员支支吾吾不敢行动。

佐夫暴怒地骂道：“蠢货！我是大总督，按我说的话去做。”

“是……是！”传令员一刻不敢逗留，慌慌张张地向国防部军事指挥中心传令。事实上除了三大军团各自直属于三大元帅以外，联合国所有的装备武器、军事力量都由国防部管辖。而国防部则直属于大总督佐夫，想要短时间调动对一艘战舰进行饱和打击的火力，再简单不过了。更主要的是其目标也充满了辨识度。

经历了无数次战争的战舰载着人类历史上，公元和星元跨世纪最为传奇的三大元帅之一图哈德从空岛联合国总部的上空起飞，刚刚飞出空岛区域没多远，就在饱和的火力打击下坠落，战舰在下落的过程中甚至来不及解体，一边燃烧一边不停坠落。没人知道战舰在遭遇这样打击的时候，驾驶舱内的那个两鬓花白、为人类文明奋斗了一生的老人在想些什么，人的生命在这样的情况下显得格外脆弱和毫无反抗之力。巧合的是，此刻的空岛正好“移动”到了曾经的非洲上空，下面正是图哈德的故乡。

图哈德的战舰坠毁之后，没有任何来自敌袭和遭受打击的消息传出，纵使很多人看到了空中残余的弹道，纵使很多人对战舰故障坠毁的原因可信性完全存疑。但事实就是，现今的人类文明都处于同一个政府的领导下，不管是废土还是地面，严格意义上都未曾脱离过空岛政府的管辖，而这唯一的存在，一口咬定图哈德死于始料未及的战舰故障，政府自然不会对自己提出质疑。

星元 29 年，地球联合国的传奇元帅图哈德死于战舰在空中遇到的突发事故，事故起因不明。大总督佐夫知道消息后，在办公室泣不成声，哭到晕厥，亲自为其题写悼词。图哈德的意外离世，原则上宣告了“三大元帅”格局的解体，这些来自上个世纪的英雄似乎到了正式退出历史舞台的时刻。这样的消息引起了不论是空岛还是地面，又或是废土的居民的沉痛哀悼，这位为人类文明立下赫赫军功的老帅，赢得了所有人的尊重和认同。上一次这样的场面，还得追溯到那个传奇的教师陈延庭的离世。

事情尘埃落定，佐夫悬着的心并没有因此落下。佐夫的办公室这几天来一直都很安静。不只是他个人安静，整个办公室的氛围都很安静，事实上整栋联合国总部都显得异常安静，没有接收到任何外界的信息和回馈。这样的情况无非是有两种可能：一种是，图哈德的离世打击了所有的独立势力，树立了佐夫领导层级的绝对权威，所有可能有不同意见的势力现在人人自危，而此刻的佐夫可以高枕无忧了。另一种则是，所有人或者势力都在关注着事态的变化，并且都达成了默契：已经不需要再和佐夫聊什么了。佐夫自己都不相信，会如同第一种情况一样的顺利，事实上这场清除异己和顽固旧派的战争，佐夫已经预谋很久了，图哈德事件只是意料之外地加速了这个进程，而不只是佐夫在等待着机会，他也清楚地知道，所有在暗处的人和势力都在等待着他，等待着这次机会。

所有人都清楚地知道，这只会是暴风雨来临前的宁静，图哈德之死为即将到来的新的乱世，开响了第一枪，同样也拉开了序幕。

图哈德的“头七”一过，暴风雨前的宁静彻底被打破了。零点的钟声敲响，地球的上空灯火通明，曾经的蜜獾军团战舰，少了领头的镌刻着豺狼图腾的战舰，但是它的位置却被空了出来。后面的所有战舰排列出蜜獾军团引以为傲的流线型进攻队列，在没有领头战舰的情况下完成了整个队形的排列组合，这是图哈德带给这支军团留在肌肉记忆和血液里的传承，而这支军团所有战舰，均是在未曾接收到任何指挥官和政府命令的情况下强行起飞，以最快的速度飞出地球，一路上途经之地——被人为精心布置的陨石包围圈在舰队配合默契的联合打击下完全被撕裂开一个巨大的口子。难以执行和令人无法想象的是，这支战队迄今为止的所有军事行为，没有任何一个指挥在下达指令，仿佛空出去的位置上还是那个总骂骂咧咧的图哈德在臭骂着身后的这些舰队驾驶员，他们自发按照“老帅会怎么做”来执行，而驾驶着的舰队竟然实现了绝对程度的规整。在卫星的监控下，看上去他们似乎是完全漫无目的地朝着太阳系最远端航行，这些战舰上的军人，似乎是在用自己的实际行动，宣泄着各自的情绪，表达着抗议和祭奠着图哈德，他们重走着图哈德在星际上一战成名的迎敌路线，似乎要直冲玛雅主星，星际之间的星球边界的冲突看上去要不可避免了。

而佐夫率领的地球联合国总督府完全处于观望态度，毕竟他们本就指挥不动这堪比私兵的军队，用不了的反而会成为隐患。事实上，他们现在巴不得这支军团和玛雅文明产生直接的冲突，借由玛雅之手名正言顺地清除掉这支后患无穷的军团。同时还可以削弱玛雅文明的实力，佐夫觉得对于自己来说这倒是一个很好的消息。

而让佐夫没能预想到的是，地面和废土之间的关系不知道为何突然就急剧恶化到了一发不可收拾的程度。佐夫想到了局势会大变，但没想到都是这样的变化，似乎对于空岛来说并没有任何实质性损失，反而是可以坐山观虎斗。事实上现在的空岛也难以进行任何有效的干涉，一方面可流动的战舰群三大军团几乎占了全部，没有一个是当前佐夫可以指挥的。对于空岛来说，需要地面的资源补给和支持。对于佐夫自己来说，他又和废土有秘密的交易在进行。某种意义上，此刻的空岛反而变成了被架空的华而不实的玩具，命运并不掌握在自己的手中。而佐夫并非只有刚愎自用、唯我独尊的心态，其政治能力和手段都毋庸置疑，没人会想到此刻看似无动于衷的佐夫早打起了自己的算盘，但具体是什么，没人能说得清楚，似乎不只是坊间流传的来自废土的技术这么简单，佐夫的秘密不止如此。

星元 30 年，废土和地面正式开战。出乎地面层的预料，废土应用于战场之上的“机甲”和“基因强化”技术的大放异彩，使得人数处于绝对劣势的他们同依旧使用着空岛次一级别的老旧科技和装备的地面层陷入了僵持战。再加上“愚公精神”和复仇意志强烈的废土居民比地面取胜意志更强烈，他们隐隐约约还占据了战争的主动权，居于上风。而此时，亲临战场督战的总统陶白，似乎重新找回了走正步的感觉，肥胖的身形也重新变得趋于正常，很多人都忽视了，如果不是陶海之死给他的打击，种种变故，他应当是和姜来尤塔一行人处于同一层次的天才军人。不管是战斗上还是战略上，对于这位如愿走上权力巅峰的总统陶白来说，可谓是提出了新的艰巨的挑战，他重新拥有了一个开创属于自己时代的机会。

空岛的军事力量整体上处于战时待命状态。事实上，战时状态对于他们来说，都已经是许久未曾经历过的了。对很多新兵蛋子来说，这是真正意义上的第一次，离战争最近的一次。很多事情也有了新的变化，随着图哈德的离世，猎鹰军团的安德森作为元帅，和他的老副手佩鲁有意无意放下了绝大多数的军务，现在显然还没到需要他们出面的时候，尤塔家里最近的斗嘴少了不少，早已转回猎鹰军团的尤塔和凯特琳作为猎鹰军团的第二号和第三号人物共享了军队绝大多数的情报和军务工作，他们似乎又回到了恋爱时那样的合拍和自如。对于凯特琳来说，在战场上无所不能的尤塔重新变成了自己心目中那完美少年的形象，她望向尤塔的眼睛里重新闪烁着光芒，而尤塔同样注意到了那属于少女的熟悉的期待和陪伴，至少目前来看，他从未辜负过少女的这份信仰和信任。

另一边的萌芽军团同样如此，在张振国撒手不管的时候，其日常的运作完全交接给了姜来和菲儿。但实际上，这俩人都颇有点甩手掌柜的意味，似乎都有自己的事情要做，而萌芽军团的工作也时常陷入找不到主脑的停滞之中。至于菲儿？她罕见地没有紧紧黏着姜来，忙碌的二人在战争开始后只有一次相见：姜来在熟悉的飞船甲板上仰望星空，而菲儿和以往无数次一样出现在姜来身后。只是这次，菲儿的情绪并不高涨，没有见到姜来就忘记所有的开心，而姜来反而一反常态地和身后的菲儿说话了。

姜来并没有转身，只是很平静地说道："菲儿，你看过古希腊的神话故事吗？"

菲儿愣了下，点了点头。

姜来的余光扫视着菲儿，接着说道："那你觉得冥王哈迪斯到底属不属于奥林匹斯十二主神，或者说他就是从十二主神中，选择下去冥界的也说不定呢?”

菲儿笑了，笑得很灿烂。看着眼前这个自己爱慕了半生、却从未回应过自己心意、自己苦苦等待着的男人，她的眼角不知何时就渐渐湿润了起来。她对姜来说道：“谢谢你的石头。我很喜欢，呆子。”

姜来愣在了原地，不用回头，他知道身后的女孩已经离开了这里。

与此同时，原本寂静的太空再起波澜，蜜獾军团回来了，整个舰队和离开之前相比并没有什么损耗。人们不由得在想是什么让他们避免了和好战、领土意识强烈的玛雅文明的冲突，但随后的卫星图像，则让人们，尤其是空岛的人们大概看清了些许事情的走向。因为舰队在前面开路，其身后是一眼望不到队尾的茫茫玛雅大军，以地球文明对玛雅文明的了解，这几乎是举国出动了，这是一整个文明的大迁徙，在佐夫政府多次联络乌藤未果之后，佐夫直接发起了警告，如果再次未经允许靠近地球的领空，双方的外交关系将受到重大考验。但显然，玛雅军队的意图非常明显，这与其说是迁徙，不如直白地说是一次光明正大甚至蓄谋已久的星际入侵。玛雅军团领头的是玛雅军队现今除了乌藤女王外的最高统帅——大元帅库洛姆。库洛姆骑在自己高大的战马上，眼睛里却没有过往的坚定。事实上，他一开始并不愿意出征来到地球，他甚至不愿意也不明白为什么那个所有人眼中纯洁天真的女王要力主发动这次侵略战争，他并不想真的和那些不同文明、却是多年至交的老熟人兵戎相见，但他的直觉告诉他，他需要来到这里，才可以解开自己的疑惑。同样他隐隐感觉到，这场战争和那个来自地球的他心心念念的女人也有很大的关系，他需要亲自来确认菲儿的安危，他选择继续信任此生到现在都未曾出错的直觉。而军队正中战马拉着的轿子里，端坐着的是紧闭着双眼、面无表情，看不出在想些什么的乌藤女王，就是她决定和失去了主帅的悲痛蜜獾军团合作，杀回地球复仇，借机发动了这次出人意料的侵略战争。如果不是这次几乎全文明的倾巢出动，或者说即使是现在这样的局面，也没有人会相信现今这个早已完全放弃同地球的有效沟通的乌藤女王发动这场战争是自己坚定的想法，不少地球人认定纯洁高贵的乌藤女王是受到了某种不可抗力的胁迫，就诸如上次的圣日教教宗，不少人扬言要再次拯救乌藤女王和玛雅文明。至于真相到底如何，想必此刻也只有沉默不语的乌藤最为清楚。

曾经在时代中心的那些少年少女，现在来到了手持最高决定权杖的时刻，他们已经从中心的位置来到了代表时代权力和命运的最高层。

面对来势汹汹的玛雅大军，地球联合国并没有愚蠢到认为对方是来友好交流的。佐夫开始行动了，他暂停了地球联合国首席皇家学院的课程，发表了自认为激动人心的演讲。养兵千日用兵一时，也许他在建立学院、亲自担任院长之时，就想好了这一天的到来。这些来自这个时代最惊才绝艳的童子军毫无疑问应当是他最亲近的嫡系，他也毫无保留给予了他们最高的信任。以如此年轻的年龄，在人生第一次实战中，参与和指挥的是决定地球未来的战争，不是没有人质疑佐夫此举的草率，但在现在的空岛决策层之中，又有谁会公然反抗佐夫的权威呢？再者说，除了这些孩子，佐夫还有谁能用呢？

玛雅留学生在上个假期就已返回了玛雅主星，再联想到现在的大军，也许他们已经正好赶上并且加入了入侵的队列。而陶墨并没有打算回去加入父亲陶白的军队，这对他来说是梦寐以求的机会，在上次战败之后完全变了一个人的艾塔也是这样想的。谁会敢想呢？这样势不两立的空岛学生和地面小团体两个利益集团的中心人物，此刻却整装待发加入了代表空岛的本土军队，去并肩作战经历自己的第一场战争，开辟属于他们的时代。而陶墨费心招揽，当作亲兄弟对待的李全，却在战前就不知了去向，连同他一起消失的还有那个和他一样具有木然眼神的女孩玛索。留给陶墨的只有一封亲笔信：

亲爱的陶墨，我是李全。当你看到这封信的时候，我已经离开了。说来你可能不信，你是我唯一的兄弟。我知道这是一次背叛，但我相信以你的能力，你不会缺我这样自私的兄弟。事实上，我想告诉你，我本不叫李全，这只是一个伪造的身份，其实以你的实力很容易就可以查到的，但我很意外也很感谢，你完全信任了我，从未去调查过什么。我没有名字，是一个孤儿，被净从地面小孩子们的欺凌中救下。你口中的我们一起开创的世界，我多想陪你一起亲眼见证啊，但我的生命早已不属于我自己了，我属于给了我又一次生命的废土和净。我不仅要为他们战斗，更要同那些曾肆意夺取我所有的地面战斗到底。我们的立场不同，我不忍心也不希望在战场上背叛你，所以我提前走了。至于玛索，也被我强行带走了，她很喜欢你、很崇拜你。我并不是羡慕这一点，只是说实话，我爱她比你多得多，我比你更能保护好她，我希望自己来保护她——用我的生命。对不起，我的兄弟，我永远是你的李全。

——李全

陶墨看过信后，什么也没说，默默将信揣进了怀里，低着头，攥紧了拳头，嗓子稍有些沙哑地嘀咕道："你最好给我好好活到我亲自抓到你，李全。然后我看你如何当面把这封信的内容读给我听，在那之前，可不准再被人欺负了，不准死了。"

完全和这些孩子不在一个生长环境中的李全，老练太多了。事实上陶墨应该庆幸，起码他还收到了一封信，早已偷溜出去的艾琳甚至没等到一句来自少年的告别，可能她是那个少年更不敢面对，直接仓皇而逃的存在吧。艾琳驾驶的战舰毫不犹豫地开动，她完美继承了凯特琳驾驶飞船的天赋，同时也清楚自己藏在李全身上的定位器正不断移动的位置，他可是招惹了一个同时来自安德森家族和佩鲁家族的女孩啊，又怎能一走了之？

学院里驻守的休斯依旧盯着自顾自抽着雪茄的毕尔德。

毕尔德忍不住开口："你烦不烦啊，这还盯着我？我不会跑的，这里安全得很，现在出去的都是笨蛋。"

休斯盯着毕尔德手里把玩着的画，画卷上是一个眼神空洞的少年躺在废土和地面的交界处，一边是施暴的少年们，一边是戴着面具的废土之主。休斯看过后，拉着毕尔德问道："别打岔，毕尔德，你早就知道了是吗？"

毕尔德照例熄灭了雪茄，把剩下的半截塞进口袋，喃喃自语道："休斯啊，无论是年轻人、中年人，还是老人，我们都最多只算得上是一个旁观者。旁观者就要有旁观者的觉悟，少说、常看、不多事。"

属于这个时代的少男少女们，也即将各自起程。

第十九章 / 交谈

在要说一些事之前，有三件事要考虑——方法、地点、时间。

——［波斯］萨迪

战争向来是个脾气捉摸不定的小孩子，你不知道它什么时候就来了，也不知道它什么时候闹够了离开。

星元 31 年，随着玛雅大军降临地球，地球文明和玛雅文明史上第二次大战正式拉开序幕。这一次的地球文明与此前不同的是，他们并没有爆发出空前的凝聚力。占据地球人类绝大多数人口的地面和废土正在忙于互相开战，根本无暇他顾。空岛所具备的武装想要自保绰绰有余，但是想要在星际之中阻击玛雅军团的入侵，完全是不现实的。而这一次的玛雅文明也与此前不同，他们不再身披几片树叶，但同时并没有任何身体素质上的退化，并且重新相信了科技，在几十年来与地球文明的交流学习中，在完全算得上一代明主的乌藤的带领下，再加上国内政教合一的稳定统治，这次玛雅文明完全是有备而来，比起曾经的相互内耗，这是上下一心的一次文明入侵。

事实上，在空岛计划最初的设想之中，并非没有考虑到地球外的危险，甚至正是考虑到了地球外的危险，他们才会做出这样的调整。而所有问题的关键环节也出在此，本该出现在星系之间，阻击着外来入侵的三大军团，此刻完全脱离于空岛政府的掌控——蜜獾军团在失去了图哈德之后，联合了想趁机入侵地球的玛雅文明，一门心思要打上空岛，为死去的老帅复仇；而安德森率领的那支军纪严明的猎鹰军团，并不想要在太空之中同时面对发了疯的蜜獾和与之通力合作的玛雅军团。重新在关键时候收走了尤塔的指挥权，站上指挥台的安德森，坚守了自己一生赖以成名、未尝败绩的战法，尽可能保存自身实力的完整性，等待着最合适的机会，给敌人最饱和的打击。而现在的空岛对他们来说早已不是需要守护的目标，他们要守护的是地球，而不是这座空岛。最出人意料的地方也在这里，似乎是这些年来文明的互相高度认同和本就同本溯源，地球的人类似乎并没有对玛雅文明的入侵表现出多大的敌意和恐慌，疯狂动员人民、感到压力的从来只有佐夫的总督府而已。而早已经登陆地球的玛雅军团，也没有进行任何的破坏和杀戮，似乎他们真的就是集体来迁徙和访问的一样。以完全不干涉的态度观望或者说等待着地球上的战争结果，可以说，激烈无比的主战场一直都在废土和地面之间。积压在废土居民们心里的怒火，是不可能轻易消除的。这不是这个世纪的事情，这是属于每个时代底层人民对于层级社会的不满和反抗。战场的局势迟早会有个结局，但是在结局到来之前，人们还有很多的秘密没能解开。

最让人不解的还要数这场入侵战争到底为什么会发生，或者说人们至今都还不愿意相信，那个曾在地球的守护和教导下登上皇位，稳定局势，温柔高洁、善良纯真的乌藤公主会主动挑起第二次星际战争。同样，龟缩在空岛之上的佐夫也想不明白，他最近过得并不如意，几乎完全失去了对空岛以外地球土地的掌控，他知道自己不能把希望寄托在至今未曾出现，向来神出鬼没的萌芽军团，因为张振国和乌藤之间的关系。在乌藤并没有对地球文明做出任何实质性伤害之前，所有人都清楚，张振国不会出现并亲手制裁这位自己曾经亲自保护和多年来暗中帮助着的女儿一样的存在。所有的势力在地球这颗蔚蓝的行星上陷入了诡异的平衡，人民的生活也几乎丝毫没有受到影响，反而因为战争获得了更宽松和更自由的环境，而流血流汗、兵戎相见的战争发展到后面，甚至只剩下了最先开战的废土和地面。事实上，玛雅军团的元帅库洛姆在得知这场战争之后，就打算前去给老朋友陶白一点帮助，最后再归咎给直觉没忍住就好了，无可置疑的是一旦这点帮助兑现，战局将很快迎来一个明朗的结局。但是当憋屈了许久，不知道如何进展下去的库洛姆刚想去战场释放自己的压抑和愤怒之时，他见到了那位传说中的废土之主净，这位天不怕地不怕的玛雅元帅，在与净对视一眼之后，便灰溜溜逃离了战场，这也成了又一个新的人们想不明白的秘密。

地球，南极圈。

南极圈在第一次星际战争之后就被废弃和冷落了。人们不会再对一个没有秘密的地方感到好奇，同样的，这里本来进行的那些不能被人发现的科研和实验，也因为这里逐渐发展为旅游景点的缘故而早已陆续搬走了。这个地方很难再承载什么新的秘密，每个人都知道秘密在哪里的话，这个地方也就没法再有秘密了。那些组成了纵横交错空间的集装箱经历了时间的磨炼，看上去充满了破旧感，曾经简单而精简的风格早已荡然无存，这里有一种空旷和寂静、衰败和遗落的感觉。

洁白的地面上，一眼望不到边际和界限的空旷和无序中，独栋的平房显得格外突兀，这间小屋在这里已经很久了，从公元末期就在这里，里面曾经住着公元末到星元初，整个人类文明最伟大的教育家、哲学家——孔立人。事实上，他现在也住在这里面，每个人都在寻找着孔立人的去向，可其实他根本就没有离开过，也没有刻意躲避任何人或者事。他一直都在这里，只是没人找到他，或者说人们并没有实际意义上真的来找他，无论是统一了政权的政府，还是安居乐业的人民、井然有序的社会，一开始那如同南极圈曾经的“海市蜃楼”一样，隐藏着诸多的真相，人们不愿意从假象面前逃离，正如同人们不愿意真的寻找到从未进入那“海市蜃楼”中的孔立人一样。

小屋内还是依旧的温馨和温暖，桌子上泡着一壶茶，老人端坐在桌子的旁边，另一边坐着来访的客人。这里已经很久没有人来访过了，这些年来，似乎也就只有张振国和姜来偶尔能找过来。孔立人对上次姜来这小子硬要留下来的那个“空间跃迁”的虫洞挺有兴趣的，他没见过这种东西，姜来说他需要使用的时候尽管使用就好了，但他自己也知道，孔立人这样的人，恐怕永远没有需要被迫做一件事的那一天。而今天的这位客人就更稀奇了，她是个女人，同样的，也是一个非常有名的女人。女人嘛，总是难以搞懂的，而这个女人无疑充满了谜一样的魅力，因为至少，她现在让整个地球文明和玛雅文明的所有人为她的所作所为感到困惑。当然了，面前这个老人显然不处于这个范畴，女人显然也很清楚，所以她才会出现在这里。

“好久不见了，孔老先生。”几乎要站在整个星系文明顶点上的女人乌藤女王开口道。

孔立人微笑着为她注满面前的茶杯，看上去并没有多么惊讶，但他还是以夸张的口吻说道：“你居然能找到这里？真不容易。”

乌藤的情绪并不高涨，接着说道，“确实。谁会想到不知去向的当代孔圣压根就从未离开过呢?”

孔立人接着说道：“不不不。我走了很多次，只是到点了，就该回家了不是吗？你来的这个时候，我正好要在家里休息。”

乌藤稍有些疑惑地问道：“你似乎一点都不意外我的到来，也并不感兴趣我怎么知道你在这里的?”

“哈哈哈！”孔立人咧开嘴笑了起来，接着说道：“这还用问吗?自然是张振国那家伙。底子多好的家伙啊，可惜，太聪明的人有时候愚笨起来也会出乎意料的愚笨。”

乌藤稍有些没好气地说道：“或许我不希望听到您这样说。毕竟他对我来说，是一个亦师亦父的存在。”

孔立人不置可否地再一次问道：“那公主，不，乌藤女王，这一次造访，到底是为什么呢？现在您不是应该准备着接下来的战争吗?”

乌藤笑着说道：“战争？我何时说过要发起战争？海纳百川的道

理，是我在儒文化，在与张振国元帅那次惊险刺激的太空漂流中学到的，当时我数次以为我们可能会落入敌手了。这些危难时期接受的知识和理念总是让人难忘的。无论是玛雅文明还是地球文明，我们事实上同出一源，就好比曾经的黄种人黑种人白种人一样，大家可以都是地球人，建立所谓的地球联合国。那我们为什么要彼此竞争和内耗？整个太阳系的完全开拓，意味着接下来的时代，必然是向太阳系之外的璀璨银河探索的年代，我们为什么要放弃这样一次机会呢？难道要在老死之后，把这样的压力和期待留给下一代吗？佐夫做了什么，想必你们比我更清楚，盲目的自我崇拜，整个地球的广阔人力物力资源为一己夙愿服务。说实话，若不是他亲自创造了层级，废土和地面不会不约而同地来寻求我的帮助；而若不是他的刚愎自用和气量，三大军团也不会分崩离析，可以说这一切都是统治者的无能造就的。而我在玛雅所做的一切，所有人都有目共睹，为什么没想过，相信我可以给整个星系一个光明的未来呢？”

“比起海纳百川，您学的更多的是鹬蚌相争的道理吧？”孔立人还是没有直面乌藤的问题，反而出言相问。

乌藤显然被孔立人的问题难住了，一时也不知道应该说些什么。

孔立人接着问道：“张振国是我的老朋友了，我很了解他。这件事情他也有很大部分不可推卸的责任，他毕竟首先是个军人，儒学对他来说，不过是运用在战争中的一种工具和手段罢了。”

乌藤不服气地说道：“这些年来，我所学到的不只是张元帅教我的那些，还包括治国理政，经世致用的办法。我也一直严格按照这样的标准要求自己。”

孔立人听完又笑了：“哈哈哈哈哈哈，正是如此啊。您现在可能比起他来说，还要更了解所谓的儒学，或者说，更明白应该如何去使用它。从这个角度来看，您依靠聪慧和勤奋已然出师了，这是我所佩服您的地方。但是您认为您真的明白了吗？还是说，这是不只运用于战争，甚至可以运用到统治社会的方方面面的政治手段和教化工具呢？”

乌藤再次陷入了沉默，眼前的老人看似温柔平和的话语里，却暗藏着一把把锋利的刀子，直直插向一个人最深处最脆弱的地方。

孔立人并没有就此停止，抿了一口茶水，放下后接着说道：“那不知道乌藤女王是否愿意回答老头子，您之后打算怎么做呢？在废土和地面元气大伤之后，以绝对的军事实力和怀柔态度，高举星系命运共同体的大旗，然后向最后的顽固旧势力、阶级的制造者空岛发起大总攻，然后建立以您为尊的全新国度吗？”

乌藤还是没办法给出任何答复，似乎她所有的心事都被面前这位老人洞察了，这一趟有很多她未曾考虑到的变故，她自己也说不清这到底是对是错了。

孔立人见乌藤不语，换了更加具有亲和力的语言说道：“那如果乌藤女王您一切顺利，成功实现了您的目标，面对前所未有统一的新文明，重新陷入完全未知的太阳星系外的未来，您又该如何做呢？”

乌藤听到这话，似乎是来了兴致，也或许是想象到了自己曾憧憬无数次的未来，开口说道：“那自然是要实现每个人的诉求，还大家一个全新的国度：净向往着没有贫民窟这样的地方存在，能消除阶级的对立和分化；陶白无非是想证明自己，解开心结；姜来可以专注于他的科研；尤塔和库洛姆这样的军人和战士们，也可以开拓无限未知的大陆……”

孔立人罕见地打断了一个人的发言，他明白此刻的乌藤已经完全陷入自己的想象世界了，所以他这个时候还是说出了自己眼中的真相：“您所说的，真的能实现吗？”

乌藤积攒已久的不悦更甚了。她和孔立人很像的一个地方就是，两个人都是看上去十分平和的人。但是孔立人并不会真正生气，而乌藤显而易见地在克制着自己的情绪，这样的弊病也很明显，一旦情绪突破了阈值和临界点，就会迎来真正的无法抑制的爆发。此刻的她脸上的表情和神态已经明显和刚才不太相同了，接着她说道：“到时候本王就是整个星系唯一的领袖，我说可以，为什么会不行？”

孔立人似乎并不意外乌藤的反应，接着又说道：“如果是现在我们可见的未来，一旦按照您的设想，本来在身体素质各方面天生就领先出地球人无数个纬度的玛雅人，在得到了地球的科技力量后，还有一个高高在上的女王作为全人类的统治者，您觉得可以实现所谓的平等和消除阶级的对立吗？您口口声声说着实现大家的利益，诉求能让您注意到的，不也还只是那几个早已经站在顶端的您的故友们吗？但事实上，这些您挂在嘴上常常提起、无比珍视、曾经共危难的朋友，又真的是您的朋友吗？您又真的在乎或者了解他们的诉求吗？陶白这孩子我印象很深，在战争开始之后，这家伙的心结真的是证明自己就能解开的吗？姜来的科研早已停步了数年你会不知道吗？尤塔现在需要的到底是一个家庭，还是可能失去性命的未知的风险？甚至对于整个太阳系文明一样，盲目自信的开疆拓土，如果面对的是完全超乎想象的敌人，本来可以延续下来的文明，可能会被瞬间毁灭，您所在乎的是您自己的丰功伟业，还是这些人的诉求呢？至于库洛姆，您，真的爱他吗？”

不知是听到丰功伟业，还是库洛姆的名字，总之这一刻，那个冰清玉洁的玛雅女王彻底暴怒了，她将手中的茶杯奋力扔在地上，这个动作像极了办公室内暴怒的佐夫，不同的是，这只是个普通的茶杯，而杯子接触地面的瞬间就碎裂开来，茶水溅了一地。然后她几乎是声嘶力竭，以不可侵犯的威严吼道：“你知道你在跟谁说话吗？你不过是一个被世人遗弃的糟老头，你早已经不属于这个时代了，你简直和那些老疯子没什么两样，什么循循善诱，还不是站在道德的制高点上来数落我？我如何做事不需要你来管，你也管不了，我给你一次机会，你最好闭嘴，如果你管不住自己嘴巴的话，不会有什么善终的。”把此刻乌藤女王的形象代入到会挑起第二次星际战争的侵略者身上，就没有任何的违和感了，也许世人看到这一幕，困扰很久的问题也就迎刃而解了。

孔立人略显吃力地起身，并没有直视乌藤愤怒的眼神，而是自顾自打扫着被她摔碎在地的茶杯碎屑，然后接着说道：“或许，乌藤女王可以消消气，来都来了，愿意再听老头子讲个故事吗？”

乌藤显然还是很生气，但好奇是人的本性，她努力平复了下心情，似乎也意识到刚才自己完全地释放了自我，做了出格的事，接着继续压抑着自己的怒火说道："早就听闻孔先生口中的故事不仅多，而且吸引人。那我就听一听，孔先生自身性命都快保不住了，还要跟本王说的故事，到底有多动人。"

碎屑被扫进簸箕里的声音叮叮当当，这间小屋内部的陈设古朴而有韵味，除了修建之初为了立足南极的用料和恒温系统的讲究，几乎没有任何的科技加持。孔立人缓缓开口道：

一个女孩子很小的时候，见到了流淌的河水里游来游去的鱼群，她很喜欢这些鱼，就跟身边一直照顾她长大的男人说，这个鱼真可爱，自己想像鱼儿一样自由自在地生活。男人便教育她，做鱼儿虽然是自由的，但是不幸的，它们生命很短暂，并且得面对水中的一些食肉动物的捕猎和岸上人类的捕捞。而这一切，它们几乎完全没有抵抗之力，最终会成为捕猎者的晚餐，是在食物链较低层的存在。女孩子听完这话之后说，即使是这样，鱼也是自由的，并且她愿意保护这些鱼。男人很感动，他骨子里不认同家族传承的血腥和杀戮，所以他希望这个自己亲自抚养的小女孩日后可以改变这样的传承和习惯，所以他很开心地捕捞了两条鱼，一条浑身金色，充满雍容高贵之感，另一条浑身雪白，纯洁灵动。小女孩开心极了，尤其是对那条雪白的小鱼爱不释手，视线完全离不开它，她把两条小鱼养在男人用不透水的枝干为她编织而成的小筐子里。小女孩从此之后的一段时间，每天都要来看她的两条小鱼，给它们喂食、换水。

后来有一天，小女孩出去玩，没有好好吃饭，还晚归了。回来的路上看到很多大人围坐在火堆旁，长矛上穿着一排闻上去无比美味的烤鱼，小女孩之前从没吃过闻上去如此美味的食物，当她从大人们口中得知这个香喷喷的食物是烤鱼的时候，立马不停地左右摇摆着自己的小脑袋，说这样也太残忍了，无论如何她也不会吃大人们递给她的烤鱼。

等晚上回到家的时候，凌晨咕咕叫的肚子让她完全无法入睡。所以她蹑手蹑脚地起身，确认了隔壁房间的男人正在休息，她来到自己喂养着小鱼的筐子面前，毫不犹豫地把那条雪白的小鱼从水里捞出来。小鱼在她的手上用力挣扎着，但女孩的双手死死钳住了小鱼，让它动弹不得。然后她再一次跑到了荒无人烟的野外，学着刚才仔细观察过的大人的样子，生火烤鱼，然后亲自将这条爱不释手的小鱼送上了烤架。她很聪明，聪明到很多事情一学就会，也很细心，细心到连怎么把鱼刺吐出来都留意和学习了。一顿饱餐之后，她摧毁了自己临时搭建的烧烤架，若无其事地回到房间安然睡去。没人会把这一处偷吃的作案现场和一个小女孩扯上关系，更何况死的只是一条鱼。

第二天，天刚一亮，隔壁屋子的男人就被女孩的哭声吵醒了，女孩哭得很凶，似乎都快要岔气了一样，男人有些不知所措，从女孩带着哭腔的倾诉中他知道了，原来是她最爱的那条雪白的小鱼不知道怎么突然失踪了，筐子里只剩下了那条金色的鱼直勾勾盯着哭泣的小女孩吐泡泡。男人想要再给小女孩抓一条新的，但是小女孩说什么也不肯，她只要那条她最喜欢的和她有深厚感情的小白鱼。

“喵”的一声传来，一只小花猫若无其事地蹦上了放筐子的桌子，然后自顾自舔着自己的爪子。男人恍然大悟，这才想起，家里养鱼之前，这只小花猫是女孩子最喜欢的小宠物，每天都爱不释手，一直到小鱼到来才备受冷落。男人马上明白了原因，定是这只小花猫夜里贪吃，偷偷吃了那条可怜的小白鱼，便跟小女孩说了自己推断的前因后果。小女孩一听凶手是自己同样喜爱的花猫，一时也不知道说些什么好了，象征性地拍了拍小花猫的脑袋，然后一个人跑回房间里了。

在这之后，小女孩更加疼爱自己仅存的那条金色的鱼了。而小花猫反而备受冷落，她不喜欢这样残忍的小动物。后来又是一天早上，小女孩睁眼第一瞬间就是要去看自己的小金鱼，可出乎她意料的是，小鱼又一次消失了，她疯了似的寻找这条小鱼，结果却看到了院子中的花猫嘴里叼着这条小鱼，小鱼呆滞的眼神表明它早已经奄奄一息。小女孩并没有大惊失色，也没有愤怒，没有吵闹，更没有哭泣，她的眼睛里充满了冷漠，然后一言不发地回到房间，若无其事地继续睡下。仿佛自己什么都没看见。

当天晚上，已经装睡了很多个夜晚的男人，清楚地知道隔壁房间里的女孩再一次离开了房间，随着起初很大，然后渐渐消失的猫叫声，女孩又一次回到房间睡下。第二天，这只陪伴了女孩成长的小花猫离奇失踪了。

孔立人早已经清理完碎屑坐下，而随着他话音落下，这个故事也讲完了。他盯着对面的乌藤女王，等待着她的回复，而乌藤女王此刻脸上早已没了任何的愤怒和不满，取而代之的是一种冷漠，就像亲自把小白鱼送上烤架时，看到小金鱼被花猫吃掉时小女孩脸上的冷漠一样，眼睛里是一种肃穆的杀意，古来的一代王者皆是如此。

乌藤反而很冷静地说道："这个故事孔先生没有讲完吧？我刚巧也听过这个故事，后面的故事，我来讲给先生听吧。这个小女孩在夜里，亲自将那只曾经珍爱的小花猫掐死之后，将小花猫的尸体坠入了抓到那两条小鱼的溪流里。小女孩也知道男人装睡的事情，甚至他睡没睡着对她来说并不重要，因为她是他的希望和未来，是他一手照顾长大的，这就够了。后来，小女孩逐渐长大，伴随着她的成长，离奇失踪的还有之后养的大黑狗、无意中咬伤她的本来要陪她共同长大的幼虎，还有成年后第一次试骑就很不听话、将她摔下马的她的第一匹战马，还有曾公然批评过她的人……"

这已经是孔立人又一次打断乌藤的话了，他接着说道："这些动物和人的下场应该都很相似，这些失踪应该就是死亡了吧。所以，这些人里是不是也包括了，那个亲自抚养照顾小女孩长大，教她并且给予她自己所有的男人呢？"

乌藤低头不语，眼睛里闪过了一抹不易察觉的悲伤。

孔立人没有等待她的回答，接着说道："你一定很好奇，我是怎么知道这个故事的吧。其实在这个女孩成年后，当她的国度接触到了外来的全新世界时，我和代替这个女孩掌管大权的、此时已经是个老人的男人有过许多次沟通。他很信任我，有什么话也很愿意同我说，他是一个很纯粹又有些固执的老人，到了我们这个年龄，可能大家都是如此吧。他一辈子有两个执念，一个是登陆太阳，一个是看着自己一手抚养的小女孩长大成人，并且实现她的理想。因为他太了解她了，正因为此，他明知道这个小女孩并不是世人口中的样子，她有着与生俱来的血统里的贪婪、任性、狠毒、为达目的不择手段。一切的一切在她眼里都只是工具。我最后一次见到这个老人，我这位老朋友的时候，他眼里充满了坚定，他并没有说是告别，但我很清楚地知道那应该是我最后一次见他了，后来再有他的消息，已经是从别人的口中听闻了。我想大概是因为他知道我会劝他，不要做一个错误的抉择，但对他来说什么是对，什么又是错呢？我们都是些孤家寡人，他比我幸运些，他有一个孩子，他最终还是在明知道自己孩子野心的情况下，为了她的理想和大业，自己背负了所有的骂名甚至历史的曲解，用自己一生积攒的影响力、自己一辈子奋斗的事业，为自己的孩子做了最好的垫脚石。在孩子眼中他可能是一个最佳的工具，我看到了那孩子眼里的悲伤，却从没看到内疚，她应当一直认为自己是对的吧。而在这个老人眼里，她还只是个孩子啊。我说到这里，也就不需要兜什么圈子了，那个老人正是在玛雅文明内部虎视眈眈的情况下，稳定局势，保护并亲自抚养了现今玛雅唯一的女王乌藤长大的玛雅向日教最后一任教宗，而那个小女孩正是女王您自己吧。”

乌藤还是没有任何的回复，烛火闪烁之间，看不清她低头的表情。

孔立人似乎并没有想要停下来的意思，只要乌藤不开口，他好像就要一直说下去：“那个小女孩确实没让他失望，励精图治，成为玛雅文明史上又一代卓越的王者，带领着文明进入了新的时代。但同样也不出他所料的是，这个女孩早在三十年前知道地球文明存在的那刻，就伺机入侵地球，在遭遇她想象范围外的抵抗之时，她又转而借机铲除了宗教这一心腹大患，彻底统一了国内政权，因为她甚至连这位自己的‘亲人’都不信任，终于在三十年后等到了最好的机会，早已做好准备的她并不顾及任何情谊与牺牲，毅然决然向自己向往的前所未有的巨大国度版图和名垂青史的丰功伟业大步跨进。所以那已经被写进历史的真相，有时也并不可信，人们都认为教宗和博士，两个自私而又纯粹的老疯子掀起了那场星际大战，可其实纯粹的似乎只有博士一个，那位受人爱戴的教宗，在那场震惊两个文明的星际战争中并不纯粹，他明知道自己被最亲的人利用了，仍然义无反顾愿意成为她成功路上的垫脚石，多想问问那些愚蠢的史书撰写者，他如果想取而代之的话，何必要抚养她长大呢？还是他们根本就不知道，也没办法知道和撰写真相呢？我倒想请教下乌藤女王了，教宗的目标到底是地球还是太阳？最后他独自微笑着奔向太阳的那一刻，瞳孔里出现的到底是太阳的样子，还是那个小女孩？”

“哈哈哈哈！”乌藤出人意料地笑了，脸上重新挂上了一贯无害的笑容，此刻的她又回到了人们熟知的乌藤公主的形象，然后问道：“那孔先生，您既然认定了真相，并且这么清楚，以您的影响力，早可以把这些全部公之于众，至少可以让所有人对我有所提防。那样的话，地球的形势也不会是现在这个样子了。您为什么不这样做，反而现在跟我本人讲述这些，您不会是认为可以教化得了我吧？您又何尝不是位偏执的疯子呢？”

孔立人倒也不生气，他总是这样的从容得体，回答道：“我已经是个老人了，很老很老的老人。您说得对，我其实根本就不属于现在的时代，跟我一个时代的人，也仅剩我自己了。或许我早就该随着他们离开，但我就是忍不住想看看，我们这些人曾为之拼尽全力的未来，到底是什么样子的。您说的有一点我其实是很认同的，玛雅人和地球人都是同源的存在，或者不只我们，很多生物种族之间本就该抛弃很多仇视和敌意。我已经够幸运了，看了这么久的未来，如果我还去阻拦这个时代，未免也太自私了点。就让我作为一个上个时代留存的旁观者，来看一看这个时代的人会如何做吧，不管什么样的结局，终归是你们这代人自己的选择，我还是很期待的。”

乌藤彻底地笑了，不知道她脑海里想起的是那位从未苛责过她的老人，还是面前这位生死一线的老人，然后她摆出了无比自然而热诚的微笑，轻声说道：“那我就不打扰您了，这趟果然不虚此行。您可以期待一下，接下来的事情就交给我们了，我会尽我所能，把文明带到新的高度。当然您也可以认为这是虚伪善变的我又一次掩饰内心想法的谎言。”说完，也不等孔立人回复，她便自顾自起身朝屋外走去。

房门刚开，不远处的一座墓碑却如同白茫茫大地上的小屋一样，突兀地出现在乌藤的眼前。墓碑的位置很奇怪，来的时候很难注意到，但出门的时候却一眼可以看到，乌藤好奇地走近观察，上面镌刻着一行大字：我的一个西方朋友贝鲁——孔立人。乌藤停下了脚步，思考了会儿，没有回头，大声问屋内的孔立人："还有个问题，这位贝鲁是谁?"

屋内的声音传来："我的朋友，一位做了很多坏事的可怜人。"

乌藤又想到了什么似的问道："那您如何评价我呢?"

孔立人的声音毫不犹豫地再次传来："一个很可怜的坏人。"

乌藤继续往前走，准备骑上玛雅战马离开，最后一句话还是给孔立人的问题："所以您对我的宽容，当真没有您自己的私心吗？只为了您为数不多，真正交心的朋友吗?"

屋内再没有声音传出。

在二人谈话的同时，风云莫测的战场从未有过一刻的休息。本来在库洛姆对陶白的不辞而别下，声势大涨的废土已经呈现出压倒性的战力，但是变故再次发生了，因为他们引以为傲的最强战斗力，那些机甲又一次失控了。

它们在没有任何人操控的情况下再次完全失控，发起了暴动。

第二十章 / 起点与终点

人只有在不断追求中才能得到满足。像爱情一样，诗，哲学，科学的真正精神恰恰就是不断地追求，永远站在起跑线上。

——［中］赵鑫珊

星元 32 年，机械的暴动再一次给地球的局势造成了完全不同的变化。只不过这一次，它们站在了地球现在的大多数人类一方，它们反抗和背叛了把它们改造成强大机甲形态的废土，而本该因为核心战斗力的易主而重新占据战争主导权的地面并没有因此大举反扑。因为这个时候野心尽显的玛雅军团行动了，它们开始帮助此刻的废土军，很大一部分原因是，这些叛离了废土阵营的机械，似乎也并没有加入并且受到地面层领导，它们再一次在没有人指挥的情况下，井然有序攻击着来到地球的玛雅人，似乎这些机甲巨人才是地球真正的主人，要帮助地球文明击退外来的玛雅人。还有一个有趣的现象是，因为这些机甲全都是废土重新加工改造的，其所用材料皆是被淘汰和废弃的那批，而这里面真正的动力系统和引擎可以采用的只有曾经 STANT 公司生产的机械。一时之间众说纷纭，有人说，是布莱克博士并未死去，暗中操控着这些机器人，当然也有人说，这一切和姜来在星元 18 年那趟突然的失踪有很大关系，他自从那次回来以后科研进度几乎陷入了停滞，很多人怀疑是他在那次出行中知道了什么或者找到了什么，偷偷进行着机械方面不可告人的研究，而现在也是如今突然失踪的他操纵着这些机器人。这一观点在陶白率领的地面层将姜来的身世，姜浩天夫妇二人曾经加入逆流组织帮助布莱克博士进行研究的事情公之于众之后，更是甚嚣尘上。

这个时候早已在安德森授意下完全接过猎鹰军团指挥权的尤塔，与担任其副手的凯特琳在几次动员和调整后，完全割舍了父亲引以为傲的不动如山的防守战法，尤塔要用最快的方式击败空岛上空虎视眈眈的蜜獾军团，他已经不能再等了，迫不及待地要解放出战斗力，将入侵地球的玛雅人赶回老家。也不会有人怀疑，尤塔率领下的猎鹰军团只要愿意出动，就可以很快歼灭这支没有实际指挥者、在强攻下受到多轮空岛防御系统打击、早已强弩之末的军团了。虽然指挥权发生了更替，但没人会质疑，正是安德森开始坚持的战法，才可以让猎鹰军团以逸待劳，在尤塔的率领下，用几乎没什么战损的方式击溃疯狂的“蜜獾”。少了图哈德，这支军团便少了真正的灵魂。而年迈的雄鹰安德森，也为自己唯一的儿子尤塔做出了最后的努力，铺出了最光明的一条道路。

三大元帅中始终未曾露面的张振国在这个时候，依然没有做出任何反应，也没有出现，没有人知道这个老帅去了哪里，他年轻时就是这样，只要他不想让人知道他在哪儿，就不会有人能知道。同样的，萌芽军团也没有任何行动，直到猎鹰军团击溃了蜜獾军团，下一步就要出军玛雅的时候，这个老帅偏偏在这个时候有了音讯，本就被质疑始终护着那个自己当作女儿一样的乌藤女王的张振国一时间被推上了风口浪尖。事实上，他也并不冤枉，虽然他此时依旧没有自己出现，但他传回来了军令，自己辞去了萌芽军团主帅的位置，然后将军团交由姜来和菲儿二人全权指挥。在所有人都知道姜来在战争刚一开始就消失得无影无踪的情况下，菲儿当之无愧地接过了军团的指挥权，但是出乎所有人意料的是，菲儿并没有率领着萌芽军团奔向入侵地球的玛雅人，而是保持了萌芽军团一贯神出鬼没的游击战战法。但他们的目标却是对玛雅军虎视眈眈的猎鹰军团，在这样的鬼魅打击之下，尤塔率领的猎鹰军团几乎完全被限制了，两大军团相持在地球上空，形成一种难以打破的平衡。虽然萌芽军团并不能与猎鹰正面对抗，但一旦猎鹰不管不顾前去打击地面上的玛雅人，那么萌芽军团一定会给他们致命的打击。

正当人们万分不解之时，本应该出现在地面的废土之主——净，在萌芽军团现在的总指挥舰，除了姜来以外只有菲儿能启动的“风神号”里出现了，他面对着全星系直播的镜头，亲自卸下了自己的兜帽和面具——联合国唯二的女少将，萌芽军团的总指挥菲儿出现在了镜头面前。这一刻她早已不需要任何遮掩了，全世界为之轰动，谁会敢想，这位空岛势力最高层的人物之一，会是那位废土之主？想必连亲自画出《神图》的毕尔德此刻都会被震惊到，“冥王”哈迪斯，到底算不算十二主神呢？此刻唯一不会感到惊讶的，应当是和张振国一样，自战争开始就未曾出现过的尤塔吧，他清楚地知道，这位从小在贫民窟长大，经历了多少危难，从骨子里厌恶和痛恨着阶级和不平等的菲儿，终于来到能完成年少时就立下志向的位置上了。

战争彻底进入白热化，所有的势力倾巢而动，所有的底牌也全部亮出。粗略看来暂且化为两方的彼此，完全陷入了势均力敌的平衡中，菲儿对于姜来的感情是所有人都看得出来的，而此刻姜来到底去了哪儿？在干什么？这一问题似乎又一次成为战场的核心问题。

金星。

漫天沙尘之下，这是真正的废土，而此刻没人知道在哪儿的姜来，正在金星这片土地上，默默看着金星的天空，他没有驾驶那艘从不离身的“风神号”，他离开之前把它给了一个女人，而此刻的他一遍又一遍尝试开启着空间跃迁的虫洞，已经满是胡茬的脸看上去前所未有地颓败，满头大汗的他在又一次成功开启虫洞之后，停下来歇息，他旁边堆放着小山一样开启虫洞的准备材料。而就在默默擦汗的瞬间，姜来朝着荒无人烟的周遭开口了：“出来吧，不用藏了，已经这么久了，你也累了吧。”

空气中并没有任何人应答。

姜来又接着说道：“你就不好奇真相吗？你我的秘密比自己的星球毁灭还要更重要吗？”

在姜来一字一顿强调着我们的星球毁灭之时，漫天黄沙之中，真的从废墟旁走出来个人影，一个浑身包裹得像影子一样的人，蜉蝣用行动表达了自己的态度。

姜来笑了笑，然后指了指天空说道："这儿看得很清楚，地球的位置已经不一样了。你自己看吧。"

蜉蝣不知从哪里又把藏匿的飞船找来，他没有那样穿越空间的本领，但等他驾驶飞船来到太空再次返回金星的时候，他终于开口了："这是为什么？我，我怎么看到了整个地球像是在朝着太阳逼近，地球似乎完全脱离了公转的轨道。"

姜来似乎早已经想到了他会有的疑问，很平静地说道："如你所见，地球就是在朝着太阳逼近。说来很讽刺，我们以为自己可以战胜自然的时候，在我们科技发展到至今的顶峰之时，甚至超越了几千年前的玛雅文明毁灭科技前的科技高度，但是我们的家园地球却因此面临着诞生至今最大的毁灭风险和灾难。"

感受到了蜉蝣的困惑，姜来接着说道："我不知道你是谁，但建议你不要跟着我了，你跟着我这么久，我虽然不知道你的目的是什么，但你并没有加害于我。星元 18 年我离开的那次，是来到金星，想要祭拜我曾经的一位好友，但当我来到这里的时候，我发现了一个巨大的秘密，我们的地球开始偏离了轨道，并且一点点朝着太阳逼近，而且随着距离不断缩短，逼近的速度也在不断加快，可想而知，一旦我们靠近了太阳，以人类现在的科技和文明等级，将会被完全毁灭掉。事实上，因为很少有人会来到地球和太阳之间，随着玛雅和地球的建交，所有人的重心都放在了地球和玛雅主星之间，但这些变化一定逃不过地球联合国的天文观测中心，可我发现对于这一消息，似乎没有人知道，那时候佐夫又在准备所谓的空岛计划，我就明白大概的原因了。这所谓的空岛计划起初确实是一个很好的设想，但是其错估形势的事情是，大量从地球带走高质量的岩石层甚至地幔处的固体，直接导致的结果是本来不可能会大量减少的地球的质量，在超出人们曾经认知的科技下，完全实现了这样的开采，导致了地球质量的不断减少。而近年来恒星太阳不断地吸收着一些小的星体、陨石等物质，其质量却在不断提高。此消彼长之下，地球开始被太阳的引力吸引过去，而这个过程一旦开启，就是完全的恶性循环，难以解决，甚至，为了隐藏自己的错误决策，刚愎自用的佐夫完全封锁了消息，将错就错，将空岛计划变成了少数人出逃的逃离地球的计划。我通过空间跃迁技术，多次确认了佐夫的目的，就是要依靠空岛储备的足量能源，从而让少数精英流浪到新的宜居星球，因为这次大的星系变化毁灭地球的同时，也会重新更改星系间的布局，这是一次以牺牲绝大多数人以及我们的家园为代价的，少数精英的种族进化，而我在确定了他的目的之时，也并没有想到更好的解决办法。不得不说，佐夫的办法虽然毫无人性，但确实可以为地球文明留下存续的火种，所以我之后的科研重心，完全放在了如何将整个地球进行一次空间跃迁上，但到现在已经时间不多了，随着几何级数增长的逼近速度，离地球被太阳吞噬，只剩下一年的时间了，而我只能在有限的时间内，尝试开启更多频次的空间虫洞，看能不能通过数量产生质变，就算最后不行，也可以多救一些人。”

背负着一个文明灭亡压力许久的姜来，已经很久没有这么放松地和一个人说话了。许是今天太累了吧，他并没有考虑蜉蝣有没有听进去，他甚至不知道这个人是谁，到底是何目的，他知道就是这个人一直跟着自己，很久了，这时候无论是谁都可以，他想把这样的压力宣泄一下。而蜉蝣不知道听完了没有，他早已经不在姜来身边，这是他的强项，无声无息。

此刻的空岛，反而成了战斗气氛最放松，情绪也最高昂的地方，因为他们真的依靠那群“童子军”操纵着这些防御系统，抵御着曾经人类三大王牌军团之一的进攻，最后才有尤塔的所向披靡。下个时代的传奇，陶墨和艾塔这对双子星在这场战役中结下了深厚的友谊，并且取得了巨大的成长，不仅是他们，在这场战役和下个时代到来之前，根本没人敢想象那群在那所几乎算不上学校的学院成长起来的第一批学生，真的如同学院建立伊始所期待的那样，成了人类的未来。而这批学生中日后和他们二人同样重要的，三人之后被合称为“新三大帅”的最后一人李全，此刻过得并不太开心，废土的战斗陷入了僵局不说，他费尽心思带回来保护的玛索，以和他离开陶墨一模一样的方式，留给了他一封信：

亲爱的李全，我知道你的心意，也很感激你。虽然我这么说，可能会有些不考虑你的感受，但我并不属于我自己。说实话，我并不是人，我只是一个仿生机器人。你可能不信，但我代表着布莱克博士生前最高级别的那批机器人，我身上流淌着 STANT 的

"血液"，就如同你们人类所谓的传承。我接到的任务，就是要来到这所学院监视这里最强的人，一开始是艾塔，后来变成了陶墨。我真的在想，如果有一天这个人变成了你，我会为那一天而感到开心，因为我就可以名正言顺地出现在你身边，也不会去躲避你的感情了。但我又庆幸，还好那一天没到来，不然如果我以那样的方式，选择了我的使命，背叛了你的话，或许我会很难受的。你相信吗？我们确实是机器人，但我们这些机器人确实拥有了感情。祝你一切顺利，全。

——玛索（DM667）

李全的心里再装不下什么玛雅或者空岛，他头一次感到如此难以克制的生气，上天似乎对他太过苛刻了些，他本就比别人少拥有了很多东西，但每当他好不容易拼尽全力得到什么的时候，就一定会很快失去。他记下了STANT这几个字母，谁也不会想到，现在再次暗暗立誓要找到那个漂亮眼睛女孩的男孩，将在未来成为又一次决定人类命运的人机大战的决定性人物，那场战役中最功勋卓著的将领。

这场战争期间，所有人各怀心思。但是目前最为得意的应当是在总督府跷着二郎腿喝着咖啡的佐夫，他的身边是不知道何时已经来到他身后的蜉蝣。他肆无忌惮狂笑着，刚刚身后的蜉蝣告诉了他一直担忧着的姜来的秘密，他似乎是完全如释重负，似乎是自言自语，又似乎是和身后的蜉蝣说道："哈哈哈哈哈哈哈！这群呆子，我还以为这机械暴动和姜来有关系，结果没想到，他是个最大的呆子，明明掌握了这么伟大的技术，而且还只有他一个人可以使用，居然躲起来去做这种无用功。凭他一个人的效率，做多久才可能有足够量拯救地球的虫洞啊。那咱们就等一年，等到这帮愚民亲眼看到巨大无比的太阳，并且为之毁灭的时候，就会知道反抗我的下场了，什么玛雅女王，什么三大元帅，什么最年轻的将军，到最后还不是被我玩弄于股掌？哈哈哈哈哈哈！”

蜉蝣难得又说道：“大总督，那为什么不差人帮助姜来一起开启，那样不是还有希望拯救地球，大家也能立刻停战了。”

佐夫脸上还是不减笑意，接着说道：“停战？为什么要停止，我巴不得他们打下去。与我们何干，等到地球毁灭的前一天，我们就驾驶着空岛前往格利泽 667Cc 行星，这次剧变之后，那里就会成为‘新的地球’。而且你以为我不想吗？姜来发明的空间跃迁技术得建立在完全理性的前提下，可是除了他那个疯子，还有谁可以完全理性呢？一旦达不到这样的条件，强行开启虫洞，自己本身必然会马上从这个空间中被抹杀掉，那是完完全全的消失，永远的……”

佐夫没有说完后面的豪言壮语，他瞪大了眼睛，嘴巴夸张地咧开，脸上表情痛苦且扭曲。他再没有亲眼看到自己计划完成的那天了，他算到了所有的事情，那些差一点没能算对的变数，也被他很好地处理了，在他以为的最后一个变数姜来做着自己看来很蠢的事情之时，出现了最致命的一个变数：身边的蜉蝣不是一个完全没有思想、听命于他的工具，他也是一个人，一个有血有肉的地球人。

蜉蝣下手又快又狠，一刀捅在大动脉，佐夫甚至还没能想明白，刚有了惊讶的感觉就离开了人世，人类文明历史上权力顶峰的人物，就这样悄无声息死在了一个没有名字、不能被历史所记载的、小人物都不算的人手里。蜉蝣熟练地把一些粉末撒在了佐夫身上，很快佐夫的尸体就完全蒸发掉了，一点痕迹都没有。然后蜉蝣自顾自地说道："你似乎忘了，我们家族最先是暗杀出身，只是因为后来的那些人不该窝囊地死，所以我们从不杀人。而且蜉蝣从来都不是很多人，至少到我这代，就只有我一个人了。我们曾经失去了自己的意义，也许我这样做对不起整个家族的传承，但我想他们应该会原谅我的，或者我也不求他们的原谅了，因为我找到了自己生存的真正意义和价值，起码我不愿意背负着几乎全部人类毫无征兆覆灭的罪责。在杀你之前，我没杀过人，我不忍心，姜来是个好人，你不是，但是我对你的背叛，就让我用我剩余的一生、我的整个家族为你偿还和陪葬吧。"

蜉蝣一边说着，手上也一边行动着，对于蜉蝣家族来说，易容是进行工作前的必修课，他们的易容是细节到指纹的，更何况还是他接触了这么久的佐夫。很快地，"佐夫"又原原本本端坐在了办公室的座位上，那个摔不碎的杯子也还在，似乎什么也没有发生。

"佐夫"还在，但是"蜉蝣"从此再不会存在在这个世界上了，因为刚刚所有知道他存在的人都死了，或者说蜉蝣也根本从来没有存在过。

空岛上的总督府拥有可以连接到整个地球几乎每一个角落的投屏，如果佐夫想的话随时可以向全世界投屏。他一直没有这样做过，尤其是开战之后，因为正如他所言，他根本就没有想要这场战争停止，而是一直假意示弱，等待着太阳对地球的毁灭，这样甚至可以毫发无损达到他所有目的。而此刻，投屏在所有人的惊讶下亮起，佐夫的脸再次出现在了镜头里，他面对着镜头完成了一次真诚的道歉，并且完整地公布了总督府是如何控制着地球即将毁灭的真相不被人发现，是如何利用所有人实现自身的目的。首先反应过来觉得佐夫疯了的人，是毕尔德《神图》中除了宙斯另外十一个天神的原型，这些曾与佐夫绑在一条绳上，一度把自己当作神灵一样的蚂蚱早已经开始各显神通，但是佐夫完全看不到似的，公布了他们所有的罪行。而紧接着的是，面对着大总督的亲自认罪，他亲手建立的联合国首席皇家学院的师生们早已经在来的路上了，这简直是全空岛、全人类的耻辱。他们没有人有将佐夫绳之以法的权力，但他们每一个人都明白自己肩上的义务。

佐夫的最后一次演讲并不短，主要是真相太过于残酷，所以人们感觉很快就结束了，而对于这个时候推门而入的肯特等师生，处置这个事件的过程出奇的轻松，因为佐夫显得非常的配合，伸出双手戴上镣铐，由休斯亲自押送关押。毕尔德难得毕恭毕敬地看着佐夫，他竟然也会觉得这个家伙有看上去顺眼的时候，并且他似乎还看见了佐夫脸上的笑容，他不愿意相信这是佐夫，但是他确实又亲眼所见，没有一个艺术家会不相信自己所见。

肯特负手站在总督府办公室的桌子前面，看着被休斯带下去的前联合国大总督佐夫，郑重地敬了个标准的军礼说道："大总督，您今天的演讲是我认识您以来最棒的一次，让我想起了我年轻时听的那次演讲，演讲人正巧是您曾经的老师和上司——帕卡莱迪，那是他最后一次演讲，我曾以为那是我这辈子最后一次听到那样的演讲了，很荣幸我今天又获得了这样的机会，感谢您所付出的一切。”

被押解着的佐夫并没有回头，与其说是休斯拽着他，不如说是他自顾自往前走着。肯特见状，收了军礼，然后接着说道：“作为下属，或者朋友，我认为您今天的领带系得很好。”

地球联合国的第一任也是最后一任大总督——佐夫，在今天正式退出了历史的舞台。

一个问题解决了，但更大的问题却到来了，这下所有人都知道地球即将要被毁灭了，而且是要以一种被孕育着它的太阳毁灭的方式。人们在想明白之后，陷入了比要面临战争更大的恐慌，而战争也因此悄无声息地停止了。对于玛雅人来说，他们自己的主星还在，并且每个人都有骑着战马横穿星系的本领，甚至他们的家园本已经被毁灭过无数次了，他们更多的竟然有一种骨子里莫名的向往，这是一件神圣的事情，最近距离接触不容触犯威严的太阳，虽然教会已经被解散了，但玛雅人骨子里对于太阳的炙热向往是不会被磨灭的，只是他们很快也明白了生命的可贵，更多的就是对地球这个他们起源的星球深深的同情和不舍，毕竟他们的本意也是想要回归这里，而不是毁灭。

这个时候的地面，陶白面部扭曲，愤怒地朝着对讲机留言，目标对象很清晰，正是那个不辞而别的姜来。他几乎无法抑制愤怒，疯狂地叫喊着：“姜来，你这个混球，我爸为了你爸妈被抓，你这个害人精，他抚养你长大，你还害死了他。你都没给我一个交代，我还没亲自超越你，站在你面前和你讨回公道，你现在倒是又想一个人开溜，跑去做英雄是不是？行，我让你做英雄，你就是慌了，害怕我超越了你，你现在要去做英雄……”

很显然，对讲机的那头并没有任何回复。这些信息那个人都收到了，但这似乎并没有影响他的情绪，起码姜来自己这样认为。他还是自顾自制造着空间跃迁的虫洞载具，来和太阳争分夺秒，他是继张振国之后的东方名将，也是继布莱克博士后的又一个伟大科学家，现在又是继教宗之后又一个挑战着太阳权威的男人。

这样的男人势必会获得许多的爱戴，而从始至终，从微末到顶峰，从未停止过一刻对他偏执的爱的女人，此刻正在废土的那家“极乐夜”酒吧，安静地等待着自己那个英雄一样的男人归来。因为这个男人在知道地球的情况和大家的等待之后，对地球做出了一年之约的承诺，一年之内不希望被打扰，一年之约一到，他会回来给出他的答案。这一年，也是地球最后的一年，人们只能期待着他，除了他以外，再没人有办法拯救现在的地球。菲儿喝着初次见面两人一起喝过的酒，走过一起待过的地方，抚摸着他送给自己的那块“石头”。

玛雅女王本可以带领着全部的玛雅人放弃地球，回到自己的主星，但她并没有这样做，她哭诉着自己受到了佐夫的蛊惑，现在决心要等到最后一刻，和整个地球共存亡，人们再一次被这位纯洁高贵的女王感动了，人们对她的喜爱仅次于姜来，但也有少部分人并不这样想，玛雅最年轻的元帅库洛姆是来请辞和告别的。

库洛姆：“乌藤，我要走了，我已经逗留很久了，我尊重我的直觉。但现在，我想跟着我的心走，我是说，你我都很了解彼此的不是吗？我已经把我能做的都为你做了，你会祝福我的对吧？”

乌藤并没有如同想象中那样情绪崩溃，那次和那位老人的谈话，虽然不能改变一个人，但是可以让一个人认清自己。的确，一个并不爱自己的，并且已经将玛雅军队训练得井然有序，甚至之后还会构成下一个教宗一样威胁的男人，似乎离开反而是对她来说更好的选择。她爱他吗？她回答不出来，但如果问她是否利用过他，那答案一定是肯定的，所以她也选择了不挽留。早已不再年轻的库洛姆元帅，告别了他的祖国和君主、战士和军队，来到了“极乐夜”酒吧的不远处，同样静静等待着。

库洛姆走后，乌藤除了感到一种空荡荡的感觉以外，还有一种前所未有的撕裂感，这是在她失去了她的鱼、猫、狗，甚至教宗的时候，都未曾有过的情绪，但她还是习惯性地克制了下去，只是这次，这种情绪时不时会涌上心头。

一年的时间对于所有人来说，似乎过得很慢，但事实上，过得很快。

星元 33 年，地球上灾害频繁，人们已经完全可以感受到那种灼热感了，海水甚至都快被蒸发殆尽，最恐怖的事情是，人们可以看到巨大无比的太阳，像恶魔的笑脸，所有人似乎下一秒就会被其吞噬。

在这个时候，姜来如约回到了地球。但他并没能给地球带来什么振奋人心的消息。他失败了，他竭尽了自己所能，可最终形成的虫洞空间也仅仅可以支持相比全人类数量来说很少的一部分人传送离开，本以为会得到谩骂的姜来并没有等来人类的大乱，在这个时候，地球人类反而再一次爆发出了空前的凝聚力和大无畏的牺牲精神：小孩和有卓越贡献的那些人先走。

至于老人们，本来大家脾气就返璞归真了，没有一个想要苟活离开的老人，他们全然不顾子女们的劝阻，众志成城要与这颗生活了一辈子的星球共存亡。

时间不多了，星元33年10月26日，是姜来带回最终通牒所提供的理论上最后一次撤离的时间和机会，尤塔等军队的领袖们早已经率领着舰队身处地球上空的星系之中，而肯特等人暂时掌权的空岛也在达到最大负荷之后启动了囤积多年的燃料，即将进入太空之中。玛雅的军队整装待发，在前一天夜里和姜来沟通之后，库洛姆选择了相信自己的朋友和深爱的女人，带领着军队有序离开地球，等待着他们成功逃离。但上空的舰队和空岛都没有离开地球，他们还在和地球上的人运用这个即将毁灭的星球科技达到最高峰的便利进行着跨越太空光年的通话。

安德森和阿丽塔，夫妇二人相拥着躺在第一次相见的沙滩上沐浴着“温柔”的日光，他们的身边还站着从战争开始就从未出现在世人面前的张振国。

安德森缓缓开口道：“我准备和尤塔进行最后的通话了，你不和孩子们说两句吗，人类的功勋，张大帅?”

张振国不置可否地笑着说道：“算了吧，别取笑我了。我是个逃兵，是个不敢面对的懦夫，是个罪人，还是不要让我出现在大家面前了。这样的结局挺好的，张振国那只老狐狸永远不知所终的故事，比起他给地球陪葬赎罪听起来好多了不是吗？”

“哼，矫情，随便你吧。”安德森说完，又拨通了电话与早已等待的尤塔开始通话，他说道，“哈哈哈哈哈！你小子终于等到这天了吧。老头子我要走了，带着你母亲，以后再没人管得住你了。你可不准欺负我那老副手佩鲁，还有也是我女儿的凯特琳了。我已经没能做一个好的父亲，我希望你以我为戒，好好关注家庭，照顾好你的妻子和儿女，有时候这才是对一个男人来说最重要的事情。”

通话那头的艾塔和艾琳两姐弟早已泣不成声，凯特琳紧紧握住尤塔的手鼓励着他，尤塔强忍着眼角的泪水，一个劲儿地点头答应着。他不敢说话，怕此刻的情绪完全崩溃，一直等到安德森那边果断地挂掉了电话，尤塔强忍着最后一丝理智，大声喊道：“全军听令，起飞，撤离地球！”

军舰整齐地起飞，空岛在包围和保护中也迅速发动，而成群结队的玛雅战士们也在库洛姆的统率下，保护着正中的轿子在一旁一同撤离地球。

而此刻的沙滩上，越来越多的老人们加入了安德森三人的行列中。

“唉，如果图哈德那家伙在就好了。”

“得了吧，你们三个碰面，那还不是要吵翻天了。”

“说真的我现在还挺羡慕他的，不用亲眼看见这颗我们保护了一辈子的星球还是迎来了毁灭。”

“但他也错过了这最后最美的风景。”

“哈哈哈哈哈哈哈哈哈哈哈哈哈！”

那些横跨两个时代的传奇将军的故事落幕了。

此刻，太空中所有人的情绪都并不高涨，大家都沉浸在自己的情绪当中，所以也没有人，或者也并不敢去注意到玛雅军队保护的那个轿子里根本就没有人，完全是个空的轿子，而当他们发现的时候，已经太晚了。此刻本该出现在轿子里的那个聪明绝顶的玛雅女王，正跟一个除了眼角有着一颗黑痣以外，在人群中普通得不能再普通、平庸得不能再平庸的人一起挂在悬崖上的树枝上。就在昨晚，这个男人莫名其妙再一次不被人注意地出现在了乌藤女王出来眺望星空的瞬间，就在这稍纵即逝的时候，他毫不犹豫地冲上前去，抱着她跳下了悬崖，然后又在下坠的时候紧紧抱住了巨大的树枝。

乌藤已经完全卸掉了平日里的伪装，对于她来说现在是一种完全的失控状态，她声嘶力竭大吼着："你是谁？到底是为什么？"

眼角有黑痣的男人平静地说道："我不是什么好人，小偷小摸，贪生怕死，当了一辈子军人，没干出过一点成绩，坏事做了不少。那天我本来是想去祭拜一下曾经唯一的朋友贝鲁，没想到，听到了你和孔先生的对话。说真的，你简直是坏透了，死之前拖着你，我这辈子算是值得了，这也算是一件大事吧，哈哈哈。"

乌藤愤怒地盯着他："那你为什么还拉着我不让我死？"

男人接着说道："万一你祸害遗千年，跌下去还没死呢？我要亲眼见证和确保你的死亡，有我陪着你你也算值得了，回头吧，看看你身后那颗巨大的太阳吧！"

乌藤来不及愤怒，因为她已经感受到了那种蚀骨灼心的热量带来的痛苦。她不自觉地回头，看到了那颗玛雅人心中本该无比向往的太阳，但可能是已经被烧得发昏，她看到的似乎不是很多人眼中凶神恶煞的太阳恶魔，而是那张慈眉善目的教宗的笑脸。

这是那位玛雅女王，那个小女孩，死前看到的最后一幅画面。

地球的南极圈，漫天燃烧的雪白地面，看上去充满了神奇和诡秘，但这片白茫茫的雪白确实在起火，完全不会被扑灭的大火。地面被不断升温一点点熔化，一个白发苍苍的老人从小屋内走出来，看着这轮炽热的太阳，微笑着闭上了双眼，屋子内的烛火在一片凶猛的火势中突然熄灭。孔立人，在地球毁灭之前离世了。

至此，教宗、博士、大儒，还有那位长眠冰岛的英雄，皆成历史。

属于公元的那个年代，这一刻正式走向了终结。

废土之上的“极乐夜”，男人终于低头吻了陪伴他半生的女人，在女人要陪他一起赎罪，同地球一起毁灭的时候，他不忍心了。事实上，他又何罪之有呢？一个人为整个地球拼上了自己所有的努力，又有谁会责怪倾其所有的他呢？他答应了女人，会在最后时刻打开通道陪她一起离开。吻毕，姜来捏碎了菲儿脖子项链上的那枚他亲手送给她的石头，空间虫洞成功开启，菲儿微笑着想要拉着姜来的手离开，可就在这时，说好了永远不再放手的姜来却放开了她的手，然后将她推向了虫洞，菲儿的身体逐渐透明，无力地哭诉着：“呆子你过来啊，你又骗我！”

姜来佯装冷静地说道：“一个虫洞只能承载一个人。”

菲儿赶忙说道：“那你快点再开启一个啊！”

姜来忍着眼中的泪水，这是他人生中第一次可以感觉到自己的泪水和悲伤，他缓缓开口说道：“我再也开启不了了，因为我不再是完全理性的存在了。因为我为你心动了，我爱上了你。我爱你，菲儿。”

菲儿的身体完全消失，出现在了空岛总督府的办公室内，所有等待着姜来和菲儿的人只等到了菲儿的归来。菲儿低着头一言不发，眼睛里噙满泪水，嘴角却是微笑。冲到办公室内的库洛姆看到了菲儿，同样低下了头，姜来到最后也没有欺骗任何人，除了他自己和菲儿。

地球几乎在瞬间被太阳完全吞噬和毁灭，这个场景大概是所有人一辈子都难以再见的奇观，但没有一个人忍心回头去看这一刻，就连那个主张“艺术高于一切”的毕尔德都没拿出自己的摄影机和画笔进行记录。学院里的学生们也各怀心事，名为艾琳的女孩一边流泪，一边拼命地进行着手头关于大规模大体积量子隐形传态的研究和测试。玛雅人已经发现了女王的消失，但他们没有任何办法找寻到她了。

这一支由同源地球的地球人和玛雅人组成的残存文明，进入了星际漂流时代，他们的第一个目标是曾经太阳系最外围的玛雅主星。随着指挥权的更换，和现今活着的“佐夫”的疏忽，没人知道格利泽667Cc 行星才是空岛曾经的目标，而同佐夫一同隐没在时代之中的还有被其私自封锁了的真相，这支悠久文明的敌人从不只是自然。

此时此刻的玛雅主星上，也并不平静和空旷，满地的机甲整装待发，各司其职。

好久不见的少女玛索开口道：“兄长，我们为什么要帮助他们守卫地球呢?”

和身边与人类几乎完全一样的仿生机器人们完全不同，身体外还覆盖着一层光滑的“铁皮”的机器人端坐在所有机器正中的座位上，笑着说道：“因为那也曾经是我的家园。”

地球已经成为过去，人类的历史车轮依旧随着文明的漂流而继续滚动着。

星元历还在继续。

后记

《星元历》是我长篇小说的处女作，或者说我打算让它成为我严格意义上的处女作。我对于这个作品有着非常深的情感，很多朋友喜欢用“诚”字来概括我，以“诚”感人也伤人。我就在此本着这样的初心，在后记里简单写写吧。

先从“作者”聊一聊吧，我是想以“经典文学”的写法去写的，一开始是想写到五六十万字，但我很快发现了自己的不足和遗憾。我想我不是个天才。即使我做了个我认为已经很大的框架，当我在我创作的这个世界，写到三代人的时候，我发现我已经没有办法再塑造出各有特色的全新人物了。人物开始走向趋同化，如果我分开平行线再去写，似乎又达不到我想要的紧凑的情节，一个个短篇成就《百年孤独》，应该只有那一个天才，其他人写下去多半都成了短篇小说集。如果我回去弥补细节刻画，好像又是一个很烦琐的工作，关键是我认为这不是我向往的文风，诚然，同懒惰确实也有关系，我发现了社会百态是一个很无聊的写作过程，对话和动作、不同性格要有所区别，繁琐到让人抓狂，当然不是不可能进行下去，但这终归不是我想要表达的最核心的内容。如果让大学时在文学院学习的我来批评自己的作品，显然是会有很多可批判的地方的。原计划后来要写心理意识流，但以我现在的水平又不能很好达到预期，更多是一种学了那么多文学史上的各种流派之后的野心和追求，但想要容纳在自己的体系里融会贯通，显然还需要一段时间的积淀。简单来说就是，我感到很庆幸，因为我直视了目前自己做不到、做不好的事情，也接受了自己当前的不足。

接下来说一下“作品”，我认为文学作品是无法脱离时代的，萨特、托尔斯泰等伟大前辈对我影响是很大的，我希望可以书写出一幕“科幻下的批判现实主义”。希望通过历史的教训、现实的社会，警醒未知的将来，通过真正现实可行的手段去探讨和解决男女平权、种族歧视、世战危机等时代议题，自由平等不能成为西方政客挑起矛盾争端的工具，博采众长、海纳百川的中式思维，必定会在解决现实及未来的世界性难题中发挥决定性作用。

《星元历》的创作有阶段上的区别，对于作品来说，前十章主要是做大的框架建构，描绘的是悬疑性质的地球被入侵之谜，而这个谜底也在前十章的最后揭开，是来自与地球文明同源，因为特殊原因，已经经历了生态毁灭环境、工业毁灭科技时代、自身基因突变后的人类群体。接着演化为人类利用科技和超人类的战争，但这个战争中夹杂着个人英雄的身世之谜。最终又演变为机械文明与人类和超人类联合起来的人机大战，通过这场战斗，展现的本质，其实是整个社会各个阶层的状态和隐喻，所以从创作本身来看，这是一部“科幻”背景下的批判现实主义题材作品。而在作品的前十章侥幸获奖之后，作者的创作心态也发生改变，我希望注入更多的人文情怀和情感在作品里。所以后十章，科幻几乎彻底成为背景，描写的是在战争之后，中年成为老年一代、青年成为中年一代、新的青年一代登上新舞台的故事。这里重新给了前十章的“结局”一个颠覆，重新去揭露隐藏的故事真相，比如宗教和皇权之间的博弈，女权对男权社会的颠覆，等等，里面故事性就更足了。所以整部小说，总的来说，想要呈现的就又添上了大的三代人成长的主旨，所有人都在变化和成长，矛盾也是因地制宜的。可以说后十章将本来前十章作者自己认为有些符号化的人物，一个一个让他们圆形化，丰富他们的人物形象，最终又给每个人的性格做了曲线和翻转。前后两个阶段是两种表达情绪的尝试，最终统合在一起，就是想要表达理性的科技和感性的人文的结合，科技是大的舞台背景，但是不管在什么样的时代，人与人之间的感情和羁绊才是着眼的关键。作者聊起自己的作品总是有说不完的话的，从我想追逐的“戏剧矛盾”“画面感”“诗的运用”“凝练不易懂的语言”等方面我是有很多话和设计想说的，但总觉得有些王婆卖瓜的嫌疑，在这里也就忍一忍，不过多进行赘述了，我想我会很期待有机会当面和读者朋友们聊一聊的。

接着说“世界”吧，这本书的“世界”对我来说是一封真正的感谢信。首先要老生常谈感谢父母的养育之恩，亲友的陪伴与支持。单说这一作品，更应该感谢的其实还是与作品相关的老师前辈们。我于2019年考入河南大学文学院戏剧影视文学专业，写作这篇后记之时，我被河南大学文学院戏剧与影视学学硕拟录取。在这里的学习生活，遇良师益友众多，对我有极大改变和启发。写作契机是孙振虎老师在一个英语打卡群发的首届“鲲鹏”青少年科幻文学奖的推送，在那之后我写作了9万字的《星元历》初稿，参加了比赛，侥幸获奖。非常感谢赛事评委们给我这样的荣誉，虽然最终没能达成出版共识，但非常感谢组委会默耘老师、程园老师在商讨过程中的协调和帮助。在我获奖之后，文学院杨萌芽书记和燕俊老师给《星元历》写了评语，尤其是感谢杨书记的点评，让新闻有幸被学校推送，得到更多关注。在此我要特别感谢的是我本科第一个专业课老师燕俊老师，承蒙她的鼎力支持和帮助，我作为项目负责人成功申报、结项了国家级大学生创新创业项目。在之后的小说出版中，燕老师更是不遗余力帮我推荐和联系出版社，才有之后段晓华老师的引荐和帮助，使小说得以在河南文艺出版社出版，在此也要真诚感谢知性温柔的段老师。能在河南文艺出版社这样优秀的出版社出版，是我和小说作品的荣幸。之前最早结缘是在由河南文艺出版社出版的李佩甫老师新书《河洛图》的发布会上，当时，有幸和李佩甫、张宇、乔叶这样的河南文坛真正的大师进行交流，也对我之后的创作有很大的帮助。在小说出版过程中，还要衷心感谢出版社的陈静老师、张娟老师对我与这部作品的帮助。

适逢河南大学文学院百年院庆，更要感谢的是，虽院里事务繁忙，武新军院长在百忙之中为拙作作序。在我本科于文学院学习的日子里，感谢裴萱老师在科研、学习等方面认真细心的指导和教诲；郭伟老师在学问、生活等方面如师如长的帮助和支持；林萌老师在活动和篮球场上的锻炼；刘军老师在写作方面的领路和帮助；跟随孙建杰、徐芳芳、冯珊珊老师在戏剧戏曲方面，张霁月老师在电影方面，李文英老师在纪录片方面的学习；鲁冰、张雨薇等老师在语言学方面的教导；郑慧霞、张亚军等老师在古代文学方面的教导；王银辉、舒炜等老师在文艺理论方面的教导；杨亮、侯佳等老师在古典文献方面的教导；孙彩霞、侯春林等老师在外国文学方面的教导；更有李伟昉、耿占春教授这样的学界大牛指路。在这本书写作的过程中，本人在学院本科的学习生活更是幸得从葛本成书记、高冬东书记到杨萌芽书记、涂钢书记的支持和帮助。写下这段文字时，我如愿在河南大学文学院继续攻读研究生学位，感谢这几个月的时光，我所经历的让我的创作生涯增益了许多。我在新乡参加了“第二届全国小小说青春笔会”，这次笔会让我对于小说这一文体的创作有了新认识。感谢秦俑主编、王彦艳主编等《小小说选刊》《百花园》的编辑老师们，感谢《小小说月刊》的郭晓霞主编和《微型小说选刊》的李梦琦主编等编辑老师，感谢非鱼、夏阳老师等在小小说领域给我创作指导的业内前辈们，当然更要感谢和我在此结下友谊的训练营的成员们，我们有很多难忘的故事。在那之后，在武汉大学文学院的研讨会上，我认识了萧映老师等老师、朋友，对于远道而来求学问道的我，大家都以极大的善意和帮助待我，万分感谢。回到这片我扎根多年的土地，同样要感谢开封本地的樊城、李俊功、任崇喜等本土作家前辈们以及葛艳丽、李霁月、樊畅等本土戏剧领域的前辈们。在同“鲲鹏”青少年科幻文学奖的创始人之一谢晨老师的沟通请教中，也感受到了科幻文学的推广者和前辈们对于年轻作者的关注和鼓励，为此也感觉到温暖和感谢。而在文学院研究生的学习阶段，李伟昉老师一如既往简明扼要的讲解以及对文学与社会宏观命题的思考让人温故而知新。刘进才老师的文学理论课，实际上对我的创作，尤其是在创作倾向和人生看法上起了积极的导向作用。我对刘老师口中"文学给人温暖和美好"记忆深刻，这也让我重新反思自己的思考和书写。张清民老师学术研究规范上的指路，也让我对刚刚开始的学术之路，有所规整和希冀。吴效群老师关于非遗影像比文字更为流传的扎根实践的学术视野让我对本以为单调的学术研究之路有了新认识。我的研究生导员陈伟老师同本科生导员赵婧老师一样，都是性格温柔照顾同学的人，负责研究生工作的庄鹏涛老师和卢美丹老师也给了进入新阶段的我很多帮助和支持，我为此感到庆幸和感谢。学院一楼行政办公室的梁建功老师，党办的王友芳老师、团委的苏亚丽等老师也都给了我很大的支持。更有幸能遇见刚来到文学院的刘百陆书记，他让我对很多事情有了新的认识，也意识到了自身的不足。为母院为母校留下一部校史剧，是我一直以来的心愿，就像完成了和学院篮球队一起出线的愿望一样，为此我愿意不求回报地付出，也敢于接受外界的评价和监督。刘书记以及转向教学和科研的葛书记，去了宣传部工作却仍在百忙之中传道授业解惑的杨书记等老师前辈们，都不以我微小，给了我很多支持和帮助。我为此常感到幸运，作为一个学生，我在学院遇到的老师领导，都是很乐意帮助学生的人。作为一个外地人，我在河南仍旧得到了许多的机会和尊重，感谢脚下的这片土地。也许说得远了，但这大概就是我认为文学最重要的，我的文学最想表达的：人与人之间的情感。感谢所有的情感，或喜或悲，或好或坏。我在这里所受帮助太多太多，所以我常说这本书籍比起我微不足道的努力，更应该感谢的是我所遇到的这些老师，我将终身铭记，用怎样的篇幅去描述这份感谢信都不为过，河大文脉薪火相传，在此我也希望表达对母院百年华诞的衷心祝贺！

最后聊一下“读者”，给读者朋友们揭露一个小内幕，逗大家一乐吧。在我的大多作品立意里，太阳基本都代表了恶魔、恐惧、毁灭、绝望等象征意义，甚至实体凝练。人们要么在被太阳毁灭，要么在毁灭太阳，在承受苦痛却无法逃脱。原因其实没那么高大上，只是因为：我从小对紫外线过敏。

感谢生命中所有的一切！

杨昊宇

2023 年 4 月于河南大学文学院　初稿

2023 年 11 月于河南大学文学院　再稿

图书在版编目(CIP)数据

星元历/杨昊宇著. --郑州:河南文艺出版社,2023.12
ISBN 978-7-5559-1542-3

Ⅰ.①星… Ⅱ.①杨… Ⅲ.①幻想小说-中国-当代
Ⅳ.①I247.5

中国国家版本馆 CIP 数据核字(2023)第 186785 号

策划编辑 张 娟
责任编辑 张 娟
装帧设计 刘婉君
责任校对 赵红宙

出版发行	河南文艺出版社	印 张	12
社 址	郑州市郑东新区祥盛街 27 号 C 座 5 楼	字 数	233 000
承印单位	河南瑞之光印刷股份有限公司	版 次	2023 年 12 月第 1 版
经销单位	新华书店	印 次	2023 年 12 月第 1 次印刷
开 本	890 毫米 × 1240 毫米 1/32	定 价	48.00 元

版权所有 盗版必究

图书如有印装错误,请寄回印厂调换。

印厂地址 河南省武陟县产业集聚区东区(詹店镇)泰安路
邮政编码 454950 电话 0371-63956290